영미문학 자세히 읽기

영미문학
자세히읽기

이세규

한국문화사

책을 펴내면서

■■■■■■■■■■■■■■■■■■■■■■

　인문학이 어느 때보다 푸대접을 받는 요즈음 책을 펴내는 일은 여간 부담이 되는 일이 아니다. 그것도 인문학 가운데서도 한가로운 사람들의 잠꼬대처럼 인식되어 있는 문학 관련 서적일 경우 그러한 느낌은 더욱 크다. 지은이들은 돈을 벌기 위하여 책을 내는 것은 아니지만 출판사는 그렇지 않기 때문에 여간 눈치가 보이는 것이 아니다. 그러나 어떤 학문도 시대의 유행에 따라 후대를 받거나 천대를 받는 일은 결코 바람직한 현상이 아니다. 인문학 관련 서적들보다 영어 공부와 관련된 참고서적들과 사전류들의 서적들이 베스트셀러의 반열에 오르는 오늘날의 대학가의 풍경은 쉽게 사라지지 않을 전망이다. 현실 논리, 경제 논리에 얽매어 있는 젊은이들에게 돈과 무관한 인문학 서적들의 가치와 유용성을 강조하는 일은 어쩌면 방수 천에 물 붓기와 다름없을지 모른다. 그러나 소수이기는 하지만 이러한 세태와 무관하게 문학과 인문학에 관심을 갖고 연구하는 후학들이 건재하고 있는 것 또한 사실이다.

　우리가 인문학 관련 서적들에서 얻는 것은 지식보다는 무엇보다도 세상을 바라보는 저자의 관점일 것이다. 특히 외국문학의 경우, 저자의 관점은 그대로 문학 작품을 이해하는 방법으로 이어질 수 있다. 이 책이 영문학에 관심을 갖고 연구하는 후학들에게 도움이 될 수 있다면 작품을 읽고 이해하는 한 방법을 제시하고 있다는 점에서 일 것이다. 여러 점에서 미흡한 이 책을 낼 엄두를 내게 된 것도 이러한 생각에 힘입은 바가 크다.

이 책은 지난 10년 동안 영문학에 관련된 학회지에 실렸던 글들을 수정하고 보완한 것이다. 책의 제목으로 『영미문학 자세히 읽기』로 정한 것은 여기에 실려 있는 글들이 서로 다른 주제를 지니고 있지만 가능한 한 문학 이론보다는 작품들을 꼼꼼하게 읽으려고 노력했다는 점을 강조하기 위해서이다. 물론 필자 나름으로는 자세하게 읽으려고 노력했지만 다른 독자들의 관점에서는 피상적인 독서에 불과할 수 있다. 미흡함은 앞으로 극복해야할 필자의 과제일 것이다.

이 책은 1부에 시를 그리고 2부에서는 소설들이 다루어진다. 1부에서는 G. M. Hopkins, Thomas Hardy, Ted Hughes, Seamus Heaney 그리고 Philip Larkin의 작품들이 고찰된다. 하디의 경우 일반적으로 그의 소설들이 연구되고 있으나 여기서는 그의 시들이 다루어진다.

2부에서는 Nathaniel Hawthorne, Mark Twain, George Elot 그리고 Dylan Thomas의 작품들 가운데 한 작품이 선정되어 중점적으로 다루어진다. 문학 시간에 가장 많이 읽혀지는 해당 작가의 작품을 선정해서 그것을 자세하게 읽어보려 했다. 다만 딜란 토마스의 경우는 이례적으로 그의 산문이 다루어진다. 여기서 다루어지는 호손의 『주홍글자』(*The Scarlet Letter*), 막 트웨인의 『헉클베리 핀의 모험』(*The Adventures of Huckleberry Finn*), 조지 엘리엇의 『사일러스 마아너』(*Silas Marner*)는 흔히 도덕적인 관점에서 읽혀지는 것이 보통이다. 이러한 현상은 문학작품들을 통하여 학생들에게 되도록 쓸만한 교훈을 주어 문학 작품들을 읽는 것이 결코 무익한 것이 아님을 강조하려는 문학 교사들의 애틋한 마음을 반영하는 것으로 보인다. 여기서는 주로 그러한 도덕적인 관점을 전복시키는 데 의미를 둔다. 필자는 이 작업을 통해서 작품들을 꼼꼼하게 읽는 것이 윤리의식 못지 않게 중요한 사고능력을 제고하는 매우 효과적인 방법임을 강조하려 했다. 아무쪼록 필자의 미숙한 생각들이 후학들에게 훌륭한 연구의 실마리가 되기를 바란다.

차 례

■■■■■■■■■■■■■■■■■■■■

제 1 부
시

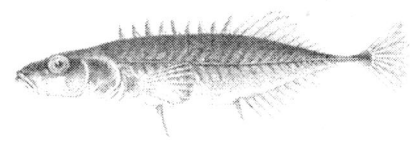

제 1 장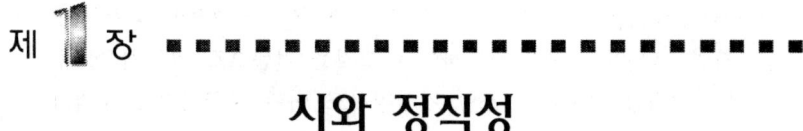

시와 정직성

Thomas Hardy

I. 들어가는 말

우리가 시인으로서의 토마스 하디를 말할 때 빠뜨릴 수 없는 것은 바로 그의 정직성이다. 그는 주지하다시피 낭만주의의 전통을 이어받고 있으면서 동시에 그것으로부터 이탈한 시인들 가운데 한사람이다. 낭만주의 시인들은 대체로 현실적인 고통과 갈등을 외면하고 상상력에 의하여 조화된 세계를 구현하는데 반하여 하디는 그와 정반대로 상상력을 불신하고 현실적인 고통과 갈등에 직면하는 것을 조금도 꺼려하지 않는다. 낭만주의 시인들은 말하자면 현실로부터 고통을 받고 있으면서도 그것을 초월하고 있는 것처럼 행세한 어떤 의미에서 위선자들이라고 볼 수 있다. 그러나 하디는 그들과 달리 자신은 물론 다른 사람들을 속이기에는 너무나 정직했던 것으로 보인다. 이 점은 그의 다음과 같은 글에 의해서 뒷받침된다.

고통은 있어 왔고 지금도 존재한다. 자연에서 새로이 발견한 어

떤 종류의 윤리도 과거로부터 고통을 제거할 수 없으며 정확한 평
가자인 고통의 담지자들로 하여금 그것을 기쁨으로 만들게 할 수
없다. 그리고 아무리 사소한 것일지라도 어떤 불공평함도 우리가
자연의 능력이 무한하다고 여기는 한, 자연이 베푸는 아무리 후한
미래의 관대함에 의해서 보상될 수 없다. 그러한 소급적인 정의에
의하여 전능한 자연을 용서한다는 것은, 우리가 그것의 전능에도
불구하고 그러한 부당함이 무엇 때문에 필요했는지 묻는다면 불합
리한 것이 되고 만다.(F. E. Hardy 315)

　이러한 하디의 사고는 기독교적인 사고가 몇몇 과학자들에 의하여 도
전을 받고 있었지만 그래도 여전히 크게 지배하고 있던 그 당시의 사정
을 감안한다면 매우 용기 있는 발언임에 틀림없다. 물론 이러한 그의 사
고는 기독교의 낙천적인 믿음에 회의를 품기 시작한 과학자들의 저서를
통해서 영향을 받은 것으로 볼 수 있지만 그것을 규정한 주된 요인은 현
실에 대한 그의 경험적 관찰로 보인다. 현재의 고통은 과거로부터 있어
왔고 미래에도 계속될 것이기 때문에 미래 혹은 내세의 행복을 약속하는
어떤 논리에 의해서도 정당화될 수 없다는 그의 사고는 분명 경험적인
관찰에 의존하지 않고서는 나올 수 없는 것임에 틀림없다. 어빙 하우
(Irving Howe)가 하디의 글이 밀(J. S. Mill)의 사고를 그대로 반향하는 것
임을 지적하면서도 한편으로는 경험적인 결과라는 점에서 그것과 구별
함으로써 의미를 부여하는 것은 바로 이러한 점에서 일 것이다(14). 그리
고 그의 글이 밀의 글과 뜻에 있어서 다르지 않다고 해서 그것의 의미가
자동적으로 사라지는 것도 아니다. 전문적인 과학자가 아닌 하디에게 독
창적인 사고를 바라는 것은 분명 우리들의 지나친 기대임에 틀림없다.
이러한 점에서 우리가 주목해야 할 것은 그가 당시의 지배적인 견해가
아닌 소수의 견해를 수용한 점일 것이다. 대다수의 사람들은 그들이 살
고 있는 당시의 지배적인 통념에 의하여 보고 느끼고 생각하는 것이 일
반적인 경향이고 보면 이러한 그의 선택은 결코 과소평가 할 수 없는 의

미를 지닌다고 할 수 있다. 물론 그의 선택의 의미는 단지 경험적인 사실을 중요시했다는 점에 있는 것은 아니다. 우리는 경험적인 사실이 지배적인 통념을 뒷받침하기 위하여 왜곡될 수 있는 가능성을 배제하지 못한다. 따라서 소수의 견해에 대한 그의 지지는 그가 그 당시의 통념에 지배되지 않고 경험적인 사실들에 정직하게 반응한 결과로 볼 수 있으며 이러한 그의 태도는 곧 정직성이 그의 삶의 기본원리가 되고 있음을 말한다.

따라서 시에서도 정직성이 하나의 기율이 되고 있는 것으로 보이는데 이 점은 「과거와 현재의 시들」("Poems of the Past and the Present")의 서문에서(*P* 441-42) 그가 다음과 같이 말하고 있는 것으로 미루어 짐작할 수 있다. 그는 여기서 ① 이 시집에 실려있는 작품들은 폭넓게 다른 감정과 상황 속에서 쓰여진 일련의 감정과 사고들이라고 정의하고 더 나아가서, ② 진실한 철학에 이르는 길은 우연이나 어떤 변화로 인하여 결과되는 현상에 대한 다양한 이해 속에 있다고 말한다. ①은 이 시집에 실려있는 작품들이 사전에 조정되지 않은 경험의 기록임을 시사는 반면, ②는 현대에서는 보편적인 진리에 대한 합의가 불가능하다는 것을 함축하고 있는 것으로 보인다. 작품들이 서로 다른 감정과 상황 속에서 쓰여졌다는 것은 곧 그 때 그 때의 감정과 상황에 충실했음을 말해 주는 것이며 또한 어떤 개념에 의해서도 질서화 되어 있지 않음을 아울러 시사하는 것으로 볼 수 있다. 한편 현상에 대한 다양한 이해를 통하여 진실한 철학에 도달할 수 있다는 것은 바로 보편 타당한 진리가 존재하지 않고 있음을 시사한다. ①과 ②의 진술을 통해서 그가 여기서 말하려고 하는 것은 진리에 대한 보편적인 합의가 이루어질 수 없는 경우 현실에 대한 솔직하고 다양한 느낌과 사고만이 참이 될 수 있다는 것으로 요약될 수 있다.

그가 소설보다도 시를 더 가치 있는 것으로 생각한 것도 이러한 맥락에서 이해할 수 있다(F. E. Hardy 291). 소설은 아무리 그 방법이 복잡하고 변덕스럽다 할지라도 상당한 정도의 일관성과 전체성을 유지해야만 한다. 그런데 실재에 대한 그의 지각이 유동적이라면 인위적으로 부과된 일관성과 전체성은 그의 양심을 괴롭히는 거짓에 불과한 것이 된다. 그가 비극적인 소설을 쓰면서 동시에 경쾌하고 행복한 종류의 서정시를 쓴 것은 대빗 퍼킨즈(David Perkins가 이야기하고 있듯이 인위적인 것과 가식적인 것을 선천적으로 거부하는 그의 정직성과 밀접한 관계가 있는 것으로 보인다(146).

어떤 점에서는 사전에 조정되지 않은 인상들과 대조적인 기분이나 상황을 제시하는 서정시들이 인위적인 질서가 부여되어 있는 소설보다 삶의 전체적인 진리에 더 기여하고 있다고 말할 수 있다. 전체적인 진실은 개인적인 진리로 이루어지는 것이므로 개인적인 체험에 충실하는 것이 곧 전체적인 진리에 기여하는 것이 될 수 있다. 물론 개인적인 체험에 객관성을 부여하기 위해서는 전체적인 진실이 요구되지만 그 전체적인 진실은 개인적인 체험을 억압하는 것이 아니라 그것을 포용하는 것이 되어야 한다. 인간의 삶은 개개인의 속성을 그대로 지니고 있으면서 전체 속에 융합될 때 가장 이상적인 것이 될 수 있기 때문이다. 이것은 이상적인 인간의 존재 방식으로서 시적 인식의 토대가 된다(김우창 183).

하디의 정직성 또한 그의 개인적인 체험이 보편성을 지니고 있는 것인지 아닌지에 따라 가치 있는 것이 될 수도 있고 제한된 의미밖에 갖지 못하는 것이 될 수 있다. 하디의 정직성에 관심을 보이는 어빙 하우(167)와 대빗 퍼킨즈(143)는 그가 단지 경험을 솔직하게 표현하고 있다는 사실만을 주시할 뿐이다. 그러나 시에서의 정직성은 단순한 도덕적인 태도로서가 아니라 진실을 보증하는 가치를 지닐 때만이 값진 것이 될 수 있다. 우리가 보고 느낀 것을 그대로 전달한다고 해서 그것이 반드시 보편적인 진리가 되는 것은 아니다. 그것은 인간의 감각이 근본적으로 주관적이어서 개인적인 감정이나 시각의 테두리를 벗어나지 못한 것일 가능성은 얼마든지 있다. 그렇다고 우리들의 개별적인 실감을 배제하기도 어려운데 그것은 시가 본래 우리들의 개별적인 감각에 기초하고 있는 것이기 때문이다. 따라서 시적 진실은 우리들의 개별적인 경험을 존중하는 동시에 그것을 넘어설 때만이 획득할 수 있는 것이 된다. 우리가 여기서 개별적인 경험에 대한 하디의 정직성이 과연 보편적인 진실을 이끌어 내는 촉수가 되고 있는지 아닌지에 대해서 고찰하려는 것은 바로 이러한 맥락에서이다.

II . 일상적인 시

하디의 시들에 내포되어 있는 경험들은 우리가 매일 매일 겪는 평범한 것들이다. 그의 많은 시들은 이처럼 그의 사적인 경험의 범주에 속하는 것이 사실이지만 연륜이 지남에 따라 그러한 개인적인 요소들이 배제되어 간다. 그의 훌륭한 시들은 매우 객관적인 것들로서 인간의 보편적인 운명에 참여하고 있다는 점에서 주목할 만하다.

그는 자그만 일들이 모여 우리들의 운명을 형성한다고 보았고 그리하여 현상에 대한 단편적인 인상들에 크나큰 의미를 부여했다. 아마도 이러한 평범한 일상사에 대한 그의 세심하고 자상한 관심은 그의 출생이 서민이었다는 점과 무관하지 않을 것이다. 그의 서민적인 감각과 그의 리얼리즘은 시에서 매우 중요한 요소들이 되고 있다. 특기할 만한 것은 그것들이 사회적인 편견이나 특정한 주제에 대한 선호로 나타나는 일이 극히 드물고 그 대신 살아 있는 모든 생물이나 무기력한 대상들에 대한 겸손한 태도로 나타나 있는 점이다(Howe 166).

무엇보다도 그의 서민성은 감정의 민주주의, 다시 말하면 그가 보고 만지는 것들에 대한 각별한 관심을 통해서 드러난다. 이러한 자상한 관심은 결코 감정의 과잉이나 번설한 수식을 요하지 않는다. 그의 시의 정직성은 바로 이러한 그의 서민적인 관심 속에 뿌리박고 있다. 그가 동시대의 다른 시인들과 달리 시인을 보통 사람보다 더 우월한 인간으로 보지 않았으며 시와 일상생활의 밀접한 연관성을 고집했다는 것은 이러한 점에서 매우 시사적이다. 그가 77세 때 지은 작품인 「발문」("Afterwords")은 그의 서민적 소박함과 정직성을 엿보여 주는 대표적인 작품이라고 말할 수 있다.

> 현재가 나의 망설임 뒤에 뒷문을 닫고
> 5월이 방금 뽑은 실크와 같은 가냘픈 날개처럼
> 그것의 초록색 나뭇잎을 파닥일 때 이웃들은 말할까,
> '그는 그러한 것들을 눈여겨보곤 했다고.'
>
> 스르르 감기는 눈꺼풀처럼 저녁 매가 그늘을 가로질러
> 바람에 비틀린 가시나무에 사뿐히 내려앉는 어슴푸레한 저녁이면
> 그것을 본 어떤 사람은 '그에게 이 광경은 낯익은 것이었는데'라
>   고 생각할지 모른다.
>
> 나방이들이 떼를 지어 나는 무더운 캄캄한 밤에 내가 죽는다면
> 호저가 잔디밭으로 몰래 들어갈 때
> 누군가 말할까, '그는 아무 죄 없는 저런 동물들이 해를 입지 않게
> 하려고 애썼지만 그것들을 위해서 별로 한 것은 없었지,
> 그런 그가 이제는 이 세상에 없구나'라고.

> When the present has latched its postern behind my tremulous stay,
> And the May month flaps its glad leaves like wings,
> Delicate-filmed as new-spun silk, will the neighbours say,
> 'He was a man who used to notice such things'?
>
> If it be in the dusk when, like an eyelid's soundless blink,
> The dewfall-hawk comes crossing the shades to alight

Upon the wind-warped upland thorn, a gazer may think,
To him this must have been a familiar sight.

If I pass during some nocturnal blackness, mothy and warm,
When the hedgehog travels furtively over the lawn,
One may say, 'He strove that such innocent creatures should come to
　　　no harm
But he could do little for them; and now he is gone.'(*P* 304)

　이 작품은 죽음을 앞둔 자의 일종의 고별사와 같은 것인데도 불구하
고 시인은 여기서 죽음보다는 다른 사람들의 기억 속에 살아남을 가능성
에 주된 관심을 보이고 있다. 시인은 몇몇 소수의 사람들에 의하여 시인
으로서가 아니라 자연을 사랑하는 관찰자로서 기억되기를 바란다. 자연
에 대한 그의 관찰은 소박하면서도 섬세한 그의 감수성을 드러내 준다.
새롭게 돋아나는 나뭇잎들이 나방이에서 갓 깨어난 나비처럼 묘사되어
있다든지 매가 날아와서 나뭇가지에 사뿐히 내려앉는 모습이 스르르 감
기는 눈까풀에 비유되어 있는 데서 우리는 그의 섬세한 감각을 뚜렷이
엿볼 수 있다. 이러한 이미지들은 예리한 관찰력뿐만 아니라 자연에 대
한 사랑이 없이는 포착하기 어려운 것들임에 틀림없다. 이러한 그의 세
심한 관찰은 현상을 왜곡하지 않고 가능한 한 정직하게 있는 그대로를
표현하려는 의도의 일환이라는 점에서 그 의미가 있다. 특히 우리는 그
가 자연을 사랑했지만 그것들을 위하여 별로 한 것이 없는 사람으로 그
자신을 인식하고 있는 대목을 통해서 그의 정직성을 뚜렷이 엿볼 수 있
다. 물론 그의 정직한 관찰이 그 자체로서 의미를 지니는 것은 결코 아
니다. 우리가 그것을 가치 있는 것으로 보는 것은 그 속에 삶에 대한 보
편적인 인식이 자리하고 있기 때문이다. 가령 그가 자신이 죽은 뒤에 소
수의 사람들이 자연을 통하여 그를 기억해 주기를 바라는 것은 메린 윌
리암즈(Merryn Williams)가 말하고 있듯이 인간은 생전에 대단히 희미한

자취밖에는 남기지 못한다는 것을 암시한다(156). 이러한 생각은 다분히
염세적인 느낌을 주고는 있지만 우리들이 대체로 공감하는 삶의 진실임
에 틀림없다. 삶에 대한 이러한 그의 소박한 태도는 삶과 죽음을 신비화
시키는 낭만주의 시인들의 그것과 확연히 구분된다.

그가 이처럼 영생에 대한 종교적인 복음도 낭만주의 시인들의 초월적
인 도구인 상상력도 인정하지 않는 것은 이미 앞에서 언급했듯이 진화론
자들의 저서로부터의 영향과 그의 삶에 대한 구체적인 경험이 일치한 결
과로 볼 수 있다. 이것은 곧 삶에 대한 그의 정직한 관찰이 독서를 포함
한 현실적인 경험에 바탕을 두고 있는 것임을 말한다. 여기서 우리가 주
목할 것은 그의 관찰과 해석이 지극히 일상적인 그리하여 다분히 서민적
인 성격을 띠고 있다는 점이다. 서민들이 그들의 소박한 일상적인 삶 속
에서 삶의 진실을 깨닫는 것처럼 그 또한 평범한 일상 속에서 보편적인
진실을 발견한다. 심지어 「국가가 붕괴될 때」("In Time of 'The Breaking
of Nations'")와 같은 공적인 주제들을 다루고 있는 작품도 지극히 평범한
일상들에 대한 관찰을 바탕으로 하고 있다.

<blockquote>

1

천천히 걸으면서
흙덩이를 깨는 사람만이 있구나,
함께 걸으면서 반쯤 졸린 듯
고개를 끄떡이며 비틀거리는 늙은 말과 더불어.

2

개밀 초가 지붕에서는
불꽃 없는 연기만이 피어오르는구나
이러한 모습은 왕조가 망해도
여전히 계속되리라.

3

저쪽에서 한 처녀와 그녀의 연인이

</blockquote>

속삭이면서 다가오는구나
그들의 이야기가 사라지기도 전에
전쟁 이야기는 구름이 되어 하늘로 사라지고 말리라.

i

Only a man harrowing clods
In a slow silent walk
With an old horse that stumbles and nods
Half asleep as they stalk.

ii

Only thin smoke without flame
From the heaps of couch-grass:
Yet this will go onward the same
Though Dynasties pass.

iii

Yonder a maid and her wight
Come whispering by
War's annals will cloud into night
Ere their story die.(P 282)

이와 같이 지극히 평범한 그의 관찰은 겉으로 보기와는 달리 사고의 깊이를 지니고 있다. 제 1연에서는 피비린내 나는 전쟁도 아랑곳하지 않고 늙은 말을 끌고 밭을 갈고 있는 사람의 나태에 가까운 평화스러운 모습이 나타나 있으며 제 2연에서는 초가지붕에서 가느다랗게 피어오르는 연기를 통하여 힘차지는 않지만 끈질기게 이어지는 서민들의 생명력이 암시되어 있는 반면 제 3연에서는 서로 속삭이면서 지나가는 여인을 통해서 사랑의 항구적인 가치가 제시되어 있다. 여기서 시인은 언뜻 보기에 전혀 연관성이 없는 삽화들을 무작위로 나열하고 있는 것처럼 보인다. 그러나 그것들은 모두가 극히 평범한 일상생활의 일부라는 점과 그리고 전쟁을 아랑곳하지 않고 있다는 점에서 공통점을 지니고 있다. 그것들은 결코 역사에 기록되지는 않을 것이지만 인간의 삶을 지탱하는 실제적인 힘이다. 전쟁은 한 나라를 망하게 하거나 또는 역사를 변화시키는 일시적인 하나의 현상에 불과한 반면 밭을 가는 농부나 밥을 짓는 모습과 사랑을 속삭이는 여인의 모습은 실질적인 역사를 창조하는 보이지 않는 힘의 구현들로서 영원히 존속될 것이다. 전쟁에 관한 기록이 연인들의 사랑의 이야기보다 더 먼저 잊혀진다는 시인의 말은 바로 이러한 의미에서이다. 조용히 걷는 사람과 꾸뻑꾸뻑 졸면서 비틀거리는 말과 나지막한 초가지붕에서 피어오르는 가느다란 연기 그리고 연인들의 속삭임은 일시에 폭발해서 사라져 버리는 파괴적인 힘을 구현하는 전쟁과 달리 보이지 않게 지속되어 왔고 앞으로도 지속될 인간의 영속적인 생명력을 나타내 주는 것들로서 역사에 기록되는 전쟁 이야기보다 우리들의 평범한 일상들이 더욱더 중요하다는 것을 역설적으로 강조한다.

그가 이러한 평범한 일상들 속에서 삶의 보편적인 힘을 발견할 수 있는 것은 기존의 관념 내지는 이념으로부터 벗어나 사물을 있는 그대로 바라볼 수 있기 때문에 가능한 것으로 보인다. 이것은 달리 말해서 그의 정직성이 보편적인 진리를 확보하는 구심점이 되고 있음을 뜻한다. 그는 이러한 그 자신의 정직성을 전달하기 위하여 제 3의 인물을 창조하기도 하는데 작품 「그가 죽인 사람」("The Man He Killed")도 그 한 예가 된다. 그는 여기서 지극히 평범한 시골 출신인 퇴역 군인의 눈에 비친 전쟁의 모습을 그대로 전달함으로써 인간을 말없이 추상적인 존재로 만드는 전쟁의 비인간성을 고발한다.

　　　'그와 내가
　　　어떤 오래된 선술집에서 만났더라면
　　　우리들은 함께 앉아서 술잔을 기울였으리라

단번에 여러 잔의 맥주를!

'그러나 보병으로 배속되어
서로서로 얼굴을 노려보며
그가 나를 쏘듯 나도 쏘아서
그를 죽이고 말았지.

'나는 그를 죽였지—
그가 나의 적이었기 때문에
그렇지— 물론 그는 나의 적이었어
그것은 아주 분명한 사실이었지, 그러나 그래도,

그도 나처럼 별다른 생각 없이
군인이나 되겠다고 생각했겠지—
일자리도 잃고— 세간도 처분했으니—
아마 그 외엔 다른 이유가 없었겠지

그래 전쟁이란 참으로 이상한 거야!
선술집에서 만났더라면
술도 사고 약간의 돈도 보태어 주었을
사람을 총으로 쏴 죽이다니.'

'Had he and I but met
By some old ancient inn,
We should have sat us down to wet
Right many a nipperkin!

'But ranged as infantry.
And staring face to face,
I shot at him as he at me

And killed him in his place.

'I shot him dead because-
Because he was my foe,
Just so; my foe of course he was:
That's clear enough: although

'He thought he 'd' list, perhaps
off-hand like—just as I—
Was out of work—had sold his traps—
No other reason why.

'Yes; quaint and curious was is!
You shoot a fellow down
You'd treat if met where any bar is,
Or help to half to half-a-crown.'(*P* 258)

　여기서 화자는 친구가 될 수 있는 사람을 단순히 자신의 적이기 때문
에 그를 죽였다고 말한다. 화자는 그를 적으로 간주하자 일단 그 자신의
죄책감에서 얼마간 놓여나고 있는 것처럼 보이지만 한편으로는 그가 쏘
아 죽인 사람이 자신처럼 아무런 이유 없이 맹목적으로 끌려나온 것이
아닌가 하는 의문을 떨칠 수 없다. 이러한 의문은 바로 인간을 아무런
이유 없이 단순히 쏘아 죽여야 할 적으로 만드는 전쟁의 허구성을 암시
한다. 여기서 화자는 전쟁의 비인간성과 그것에 휘말린 자신의 죄책감을
드러내는 것이 당연한 순서임에도 불구하고 "전쟁이란 묘하고 이상한 거
야"라고 말함으로써 전쟁을 신비화시키고 있다. 이 신비화는 그가 고발
하고 있는 전쟁의 허구성 내지는 비인간성을 무의미하게 만들고 있다는
느낌이 들지만 한편 이러한 시적 전개는 경험으로부터 어떤 것도 배우지

못하는 화자의 인식의 한계를 자연스럽고도 정확하게 포착하고 있는 것으로 이해될 수도 있다. 이러한 사실성은 근본적으로 시골 출신 군인인 화자에 대한 시인의 솔직한 관찰에 의해서만이 성취할 수 있는 것이다. 우리는 이러한 점에서 시인의 정직성이 시적 미덕으로 작용하고 있음을 짐작하기 어렵지 않다.

시인의 솔직한 태도는 도시 사람들보다 시골 사람들이 더 도덕적이라는 일반적인 견해를 정면으로 부정하는 데서도 뚜렷이 드러난다. 우리가 이러한 시인의 태도를 그의 정직성의 산물로 보는 것은 같은 서민계급으로서 시골 사람들은 당연히 그의 동정과 연민의 대상들임이 분명함에도 불구하고 그러한 개인적인 감정이 개입되어 있지 않다는 점에서 그러하다. 화자의 인식의 한계는 무지와 둔감이 바로 행복의 요소들이라는 삶의 아이러니를 제시한다. 이 아이러니는 더 나아가서 순박한 시골 사람이 오히려 도덕적인 열의를 결핍하고 있다는 아이러니로 발전한다. 낭만주의 시들에 길들여진 독자라면 이러한 양상에 거부감을 느끼기 쉽다. 그러나 시골 사람들의 순박함이란 정신적인 수련을 통해서 획득한 것이라기 보다는 경험과 지식의 한계에서 오는 현상이기 쉽다는 점을 생각한다면 하디의 지적을 그르다고 말할 수 없을 것이다.

지각의 예민함과 도덕성의 함수관계는 빅토리아 조의 일부 신학자들 사이에 공공연히 논의되었던 사항이다. 뉴먼(J. H. Newman)은 감각적인 지식과 신적인 계시 사이의 뚜렷한 상호관계를 지적한 바 있다(Frazer 30). 그러나 이러한 사고가 빅토리아 조에 와서 갑자기 출현한 것은 결코 아니다. 그것은 이미 낭만주의 시대로부터 자라온 것이다. 다만 낭만주의 시대에는 상상력이 중요시되었기 때문에 상상력과 도덕적인 의식의 상관 관계가 강조되었을 뿐이다. 셸리(P. B. Shelley)는 상상력을 가장 위대한 도덕적 선의 도구로 간주함으로써 상상력을 원리로 하는 시를 적극 옹호한 시인으로 널리 알려져 있다. 물론 상상력과 지각을 동일시할 수는 없지만 상상력은 근본적으로 사물에 대한 지각을 바탕으로 하는 것이므로 그것이 풍부한 사람은 곧 감각적으로 예민한 사람이라는 등식이 성립될 수 있다. 그런데도 낭만주의 시인들은 무지한 사람이나 어린이와 같은 순진한 사람을 감각적으로 뛰어난 사람으로 보았는데 이를테면 워즈워스는 무지한 사람이나 순박한 사람이 느끼는 신비감을 지적으로 세련된 사람의 마음속에 불러일으키는 것이 시의 주요 기능이라고 말한 바 있다. 즉 무지한 사람들이나 순박한 사람들은 물질주의나 산업주의에 의하여 오염되어 있지 않기 때문에 자연히 그들의 감각이 지적인 사람들의 그것보다 더 예민하다는 것이 그의 생각이다. 이러한 그의 생각은 자연을 숭상하는 그의 입장에서 볼 때 지극히 자연스러운 것임에 틀림없다. 낭만주의 시인들이 자연과 자연인에 가까운 농부나 무지한 사람을 이상화한 것은 이성보다 자연스러운 감정을 더 중요시하는 그들의 시적 혁명의 이데올로기와 관련된 것이었다. 하디가 순박한 시골 사람을 도덕적으로 열등한 사람으로 그리고 있는 것은 그가 시골에서 농부들과 더불어 생활하면서 그들을 가까이 관찰할 수 있었고 따라서 그러한 이데올로기로부터 자유로울 수 있었기 때문에 가능했던 것으로 생각된다.

그러나 우리가 이데올로기를 일반적으로 세계를 바라보는 일정한 틀로 정의한다면 하디가 어떤 이데올로기도 지니지 않았다고 말하는 것은 분명 순진한 생각이다. 하디의 경우 그의 관점을 전체적으로 통어하는 것은 말할 것 없이 삶에 대한 비극적인 인식일 것이다. 대체로 이러한 그의 전체적인 관점이 개개의 사물의 속성을 억압하고 전면에 나올 때 그의 시는 실패하는 것으로 보인다. 많은 비평가들은 하디의 믿음 혹은 불신이(어떤 사람은 우주에 대한 하디의 사고를 불신으로 규정하고 싶어 한다) 시의 실패의 주된 요인인 것처럼 여기고 있으나 그것은 슈왈츠(Delmore Schwartz)가 말하고 있듯이 오히려 시의 세부적인 묘사에 힘을 부여하는 긍정적인 효과를 지니고 있는 것으로 판단된다(128). 그러나 그의 믿음/불신의 긍정적인 효과는 개별적인 세부들과 조화를 이룰 때만이 가능하다. 즉 그의 믿음/불신이 그가 시에서 세부적으로 묘사하고 있는

일상적인 것들을 전체적으로 통합함으로써 보편적인 인식을 낳을 때만이 가치 있는 것이 될 수 있다. 이를테면 작품「마스크를 쓴 얼굴」("The Masked Face" 304)이 독자들의 공감을 얻지 못하는 것은, 삶 자체가 인간의 인식으로서는 이해하기 어렵다는 전체적인 시인의 관점이 그것을 뒷받침하는 개체들의 세부에 제대로 용해되어 있지 않기 때문이다. 작품「생각나게 하는 것」("The Reminder")은「마스크를 쓴 얼굴」과 상반된 양상을 보이고 있다는 점에서 성공한 작품이라고 말할 수 있다.

> 내가 크리스마스의 불빛이
> 방안을 붉게 물들이고 있는 것을 보다가
> 무엇 때문인지 모르지만 나의 시선이
> 서리가 내린 바깥 풍경으로 쏠렸다.
>
> 거기에는 한 마리의 티티새가
> 썩은 딸기를 줍기 위해 애쓰고 있는 것이 아닌가
> 극심한 배고픔 때문에 음식의 찌꺼기에도
> 감지덕지하는 새 한 마리가.
>
> 아! 굶주린 새여 왜 하필이면 내가
> 하루를 즐겁게 보냄으로써
> 고통을 잊으려할 때
> 왜 너는 나의 눈에 뜨였는가!

> While I watch the Christmas blaze
> Paint the room with ruddy rays,
> Something makes my vision glide
> To the frosty scene outside.
>
> There, to reach a rotting berry,

Toils a thrush, —constrained to very
Dregs of food by sharp distress,
Taking such with thankfulness.

Why, O starving bird, when I
One day's joy would justify,
And put misery out of view,
Do you make me notice you!(*P* 218)

여기서 시인은 방안에서 크리스마스의 휘황찬란한 장식들을 즐기다가
언뜻 창문을 통하여 썩은 딸기를 주어먹으려고 애쓰는 한 마리의 티티새
를 목격한다. 사실 먹이가 없는 겨울에는 썩은 딸기라도 주어 먹을 수
있다는 것은 행운이면 행운이었지 결코 연민의 대상이 될 수 없다. 그럼
에도 불구하고 시인은 그것에 연민을 느끼고 있는 것처럼 보인다. 우리
가 특히 이점에 주목하는 것은 크리스마스 파티가 진행되고 있는 즐거운
분위기 속에서 바깥에 있는 새의 고통을 상상하기란 그리 쉽지 않다는
점에서이다. 그가 새의 고통에 대해서 연민을 느끼고 있다는 것은 곧 그
가 크리스마스의 즐거운 분위기에 완전히 젖어 있지 않음을 말하는데 이
것은 삶을 비극적으로 바라보는 그의 관점에 비추어 충분히 이해될 수
있는 대목이다. 어떤 독자들은 이 점을 그의 염세주의적인 세계관과 연
결시키는 것으로 이 작품을 다 이해했다고 생각할 가능성이 없지 않지만
이러한 읽기는 피상적인 이해의 수준을 넘어서지 못하는 것으로 생각된
다. 여기서 우리가 특히 주목해야 할 것은 시인이 세상의 즐거움과 고통
가운데서 어느 것에 더 많은 비중을 두고 있는지, 그것이 아니라 하찮은
미물에도 연민을 느낄 수 있는 그의 따스한 마음일 것이다. 시인이 방안
에서의 즐거움보다는 방밖의 새의 고통에 대해서 더 많이 이야기하고 있
다는 것은 그러므로 즐거움보다 고통을 더 많이 생각하는 그의 태도의
반영으로 읽혀지기보다는 자신의 즐거움보다는 타자의 고통에 더 민감

한 그의 마음을 나타내 주는 것으로 읽혀져야 마땅한 것으로 보인다. 그
의 연민은 가진 자가 못 가진 자에 대해서 느끼는 동정 같은 사사로운
감정의 산물이 아니라 삶 자체에 대한 보편적인 인식으로부터 나오는 것
이라는 점에서 우주적인 것으로 보아야 할 것이다.

작품 「깨진 약속」("A Broken Appointment")에서의 보편적인 인간애에
대한 그의 호소도 같은 관점에서 이해될 수 있다. 시인은 여기서 약속시
간이 되기까지의 초조한 마음과 기다리던 여인이 끝내 나타나지 않을 때
의 슬픔을 표현하고 있다. 흥미로운 것은 화자가 절망감에 사로잡혀 있
지 않고 인간애를 결핍하고 있는 그녀의 비인간성을 도리어 질책하고 있
는 점이다. 그의 질책은 슬픔을 잊기 위한 단순한 넋두리가 아님은 물론
이다. 비록 자신을 사랑하지 않는다 하더라도 와서 그의 괴로운 마음을
위로해 준다면 그것은 그것대로 가치 있는 일이 아니냐는, 언뜻 푸념같
이 보이는 그의 주장은 곧 우주의 모든 것들에 대한 보편적인 인간애의
필요성을 강조하는 하디의 우주적인 연민을 반영하는 것으로 보인다. 새
가 낭만주의 시들에서와 달리 사실적으로 묘사되어 있는 것도 그의 염세
적인 우주관과 밀접하게 관련된다. 만일 워즈워스가 이와 똑같은 광경을
목격했다면 새에 대한 관점은 하디의 그것과는 판이하게 달랐을 것이다.
낭만주의 전통에서는 자연이 현실이 아닌 초월적인 세계를 상징하고 있
어 그것이 항상 아름답게 묘사되는 것이 관례임은 우리가 익히 알고 있
는 사실이다. 하디는 이러한 전통을 무시하고 자연을 인간현실의 알레고
리로 사용함으로써 새가 낭만주의 시에서와 달리 초라한 모습으로 묘사
되어 있다. 여기서 우리는 새의 고통과 인간의 그것 사이의 유사성이 지
나치게 과장되어 있음을 느끼지 않을 수 없다. 새의 고통은 계절에 따른
것인 반면 인간의 그것은 그렇지 않다는 점에서 양자의 유사성에 대한
강조는 분명 무리가 있다. 하디는 이처럼 자연과 인간 현실의 부분적인
유사성을 지나치게 강조함으로써 종종 사실성을 배반한다. 그러나 방안
과 바깥의 대조적인 세계는 즐거움과 고통이 공존하는 현실에 대한 알레

고리로 읽혀질 수 있다는 점에서 시인의 개인적인 경험의 테두리를 넘어
서고 있는 것만은 분명하다. 뿐만 아니라 비록 인간의 고통과 새의 고통
이 동일시되고 있으나 이것이 인간을 고통으로부터 자유롭게 하는 편의
적인 방법으로 원용되어 있지도 않다. 이 점은 곧 시인의 정직성을 엿보
여 주는 또 하나의 예가 된다.

　시인의 사적인 경험의 보편성은 거듭 말하지만 그의 정직한 관찰과
느낌에 힘입고 있는 것이다. 그의 시에서 각고의 흔적을 발견하기 어려
운 것도 따지고 보면 이러한 점과 관련된다. 가령 작품「거울 속을 들여
다보며」("I Look into My Glass")에서 시인은 거울에 비친 자신의 모습을
보며 느낀 감정을 그대로 표현하고 있는 것처럼 보인다.

　　　　나는 나의 거울 속에 비친
　　　　나의 노쇠한 피부를 보고
　　　　'내가 죽을 때가 되면
　　　　나의 가슴도 고갈되어 얇아지겠지!'

　　　　그 때가 되면 나는 나에게 냉담해진 가슴 때문에
　　　　전혀 고통을 받지 않고
　　　　홀로 나의 끝없는 휴식을
　　　　평화롭게 기다릴 수 있을 거야.

　　　　그러나 나를 슬프게 하기 위하여
　　　　시간은 일부를 훔쳐가고 일부는 남겨두어
　　　　저녁 무렵이면 나의 연약한 육체를 흔들어 놓는다,
　　　　한낮의 맥박으로.

　　　　I look into my glass,
　　　　And view my wasting skin,
　　　　And say, 'Would God it came to pass

My heart had shrunk as thin!'

For then, I, undistrest
By hearts grown cold to me,
Could lonely wait my endless rest
With equanimity.

But Time, to make me grieve,
Part steals, lets part abide;
And shake this fragile frame at eve
With throbbings of noontide.(*P* 289)

여기서 시인은 거울을 보며 죽을 때가 되면 나의 가슴도 고갈되어 아주 평안한 마음으로 최후의 휴식을 기다릴 수 있을 것처럼 생각했으나 사실은 그렇지 않다는 것을 뒤늦게 깨닫고 있다. 그는 시간이 그의 육신만을 망가뜨렸을 뿐 마음은 예전 그대로의 상태로 남겨두어 죽음을 평안한 마음으로 맞이할 수 없게 되어 있는 것이 인간의 운명임을 나이가 들어서 비로소 깨닫게 된 것이다. 이러한 그의 깨달음은 늙음에 의미를 부여함으로써 그것과 거짓 화해를 이루는 워즈워스의 태도와 달리 정직성을 엿보여 준다는 점에서 색다른 느낌을 준다. 늙는다는 것은 고통스러운 일이지만 그것을 삶의 필연적인 과정으로 받아들이는 하디의 태도는 상상보다 실제의 경험을 더 소중히 여기는 서민의 보편적인 특성에 속한다. 위에서 언급한 하디의 깨달음은 달리 말해서 생각과 실제가 다르다는 것으로서 상상의 세계보다 현실세계를 보다 중요시하고 있음을 뜻한다. 늙음을 대하는 워즈워스의 고답적인 태도보다 육체와 정신 사이의 갈등을 솔직하게 인정하는 하디의 태도가 우리들에게 훨씬 친근하게 여겨진다는 점에서 우리들은 정직성의 시적 가치를 확인할 수 있다.

III. 자연시

앞에서 이야기 한 바와 같이 하디는 동시대인과 달리 외부세계를 그의 의식으로부터 독립시켜 보려고 노력한 시인이다. 이러한 경향은 특히 그의 자연시에서 두드러지게 나타난다. 그는 워즈워드의 전통 속에 속해 있다고 말할 수 있지만 자연이 신과 같다거나 존재를 주재한다고 믿지도 않는다. 그는 자연을 있는 그대로 본 최초의 시인이다. 이러한 그의 태도는 자연과 인간은 근본적으로 다른 어떤 존재의 법칙과 질서를 지니고 있다는 그의 생각과 밀접하게 관련되어 있다. 가령 「가을 중반의 밤 시간」("Night-Time in Mid-Fall" 83)에서처럼 폭풍우가 몰아치는 밤에 덧문을 통하여 들려오는 소리를 듣고 바깥의 풍경을 마음속으로 그릴 수 있을 정도로 그는 자연과 친밀한 관계를 유지하고 있는 것이 분명하지만 과학적 지식에 의하여 인간과 자연은 엄연히 구별되는 것이라는 의식이 그의 마음속에 자리하고 있는 것으로 보인다. 시인이 「어둠 속의 티티새」("The Darkling Thrush")에서 갑자기 들려오는 새소리에 마음이 이끌리면서도 낭만주의 시인들의 경우처럼 그것으로부터 어떤 위안을 얻으려 하지 않는 것도 이러한 그의 지식과 무관하지 않을 것이다.

> 바로 그 때 한 목소리가 들려왔지,
> 머리 위 황량한 나무 가지 사이에서,
> 무한한 환희로
> 가슴 가득 찬 저녁 노래가;
> 연약하고 수척한 작은 늙은 티티새 한 마리가
> 깃털을 광풍에 날리며
> 어스름한 땅거미에
> 이처럼 그것의 영혼을 내던지기로 작정한 듯이.
>
> 이렇게 황홀한 축가를 부를

이유는 어디에도 없었지
멀리 혹은 근처의 지상의 것들에는.
그래서 나는 생각했지
그것의 행복한 밤의 작별의 노래 속에는
나는 모르지만 그것은 아는 어떤 즐거운 희망이 떨리고 있음을.

At once a voice arose among
The bleak twigs overhead
In a full-hearted evensong
Of joy illimited;
An aged thrush, frail, gaunt, and small,
In blast-beruffled plume,
Had chosen thus to fling his soul
Upon the growing gloom.

So little cause for carollings
Of such ecstatic sound
Was written on terrestrial things
Afar or nigh around,
That I could think there trembled through
His happy good-night air
Some blessed Hope, where of he knew
And I was unware.(P 218)

    여기서 화자는 키이츠의 「나이팅게일에 부치는 노래」에서처럼 우울한 상태에서 새소리를 듣는다. 그는 그 새소리에 마음이 이끌리고 있는 것이 분명한데 그것에 공감하지 못하는 것처럼 행동한다. 즉 그토록 늙고 연약하고 지저분한 깃털을 가진 볼품없는 새가 그토록 즐거운 노래를 부를 수 있다는 것이 그에게는 도저히 믿어지지 않는 것이다. 메린 윌리암

즈는 화자가 새의 노래에서 느끼는 축복된 희망이 알렉에게 정조를 빼앗
긴 후 새 출발을 하는 테스에게 일어난 현상과 동일한 것으로 간주하고
있어 주목된다. 『더버빌가의 테스』의 제 15장에서 작가는 "가지에 오른
수액처럼 그녀에게도 자동적으로 어떤 힘이 솟아올랐다. 그것은 일시적
으로 중단된 후 다시 용솟음치면서 희망과 스스로 기쁨을 찾으려는 억제
할 수 없는 본능을 동반하는 아직 고갈되지 않은 젊음이었다"라고 말하
는데 티티새가 어둠 속에서 노래할 수 있는 것은 같은 관점에서 스스로
기쁨을 찾으려는 억제할 수 없는 본능이라는 것이 윌리암즈의 견해이다
(147). 다시 말하면 새가 노래하는 것은 아직 겨울의 입김이 남아 있음에
도 불구하고 봄을 예감하고 있기 때문이라는 것이다. 윌리암즈가 시사하
고 있듯이 화자가 인간을 자연과 동일하게 계절의 순환에 복속된 존재로
파악하고 있다면 당연히 그 또한 새와 마찬가지로 "즐거운 희망"을 예감
할 수 있어야 마땅하다. 그럼에도 화자는 새의 희망찬 노래를 이해하지
못하는 것으로 묘사되어 있다. 이것은 화자가 단적으로 자연과 인간을
별개의 존재로 규정하고 있음을 말하는데 바로 이 점이야말로 그와 낭만
주의 시인들 사이의 결정적인 차이점으로 지적될 수 있다. 이처럼 새의
존재 양식이 인간의 그것과 다르다면 새의 희망이 시인에게 무슨 의미가
있을지 의심이 가지 않을 수 없다. 따라서 우리는 새의 노래를 "종교적
인 확신보다는 이 세계에서의 발전 가능성에 대한 낙천적인 생각을 제시
하는 것"(Paulin 151)으로 보는 폴린의 견해에도 동조하기 어렵다. 상식적
인 관점에서도 새의 즐거움이나 희망이 인간의 발전과 어떤 관계가 있는
지 이해하기 어렵다. 요컨대 이 작품은 시인의 미래에 대한 낙천적인 믿
음보다는, 새는 늙어 볼품이 없어도 여전히 즐겁게 노래하는데 반하여
시인은 아무리 주변을 둘러보아도 즐거워야할 이유를 찾지 못하고 있다
는 점에서 인간의 자연으로부터의 소외를 주제로 하고 있다고 보는 것이
보다 적절한 것으로 생각된다.

　작품 「11월의 저물녘」("At Day-Close in November")도 이러한 관점에

서의 고찰이 가능하다. 여기서 시인은 아이들이 어른의 아버지라는 워즈
워드의 기본적인 사고에 정면으로 도전하고 있어 주목된다.

> 10시간의 빛이 점점 사그라지고
> 늦게 귀가하는 한 마리의 새의 날개 짓
> 그 때 소나무들이 순서를 기다리는 왈츠를 추는 사람처럼
> 검은머리를 가볍게 숙여 인사한다.
>
> 한낮을 노랗게 물들인 너도밤나무 잎들이
> 눈 속의 티끌처럼 나부낀다,
> 나는 그 모든 나무들을 젊은 시절에 심었는데
> 이제는 그것들이 하늘을 덮고 있구나.
>
> 그 나무들 사이에서 뛰어 놀고 있는 아이들은
> 키 큰 나무들이 자라지 않은 적이 없고
> 언젠가 그것들이 사라질 것이라는 생각도
> 하지 않겠지.

> The ten hours' light is abating,
> And a late bird wings across,
> Where the pines, like waltzer waiting
> Give their black heads a toss.
>
> Beech leaves, that yellow the noon-time,
> Float past like speck in the eye,
> I set every tree in my June time,
> And now they obscure the sky.
>
> And the children who ramble through here

Conceive that there never has been
A time when no tall trees grew here,
That none will in time be seen.(*P* 216)

　시인은 여기서 너도밤나무 숲에서 아이들이 뛰어 노는 광경을 통해서
어른과 어린이의 차이를 암시적으로 드러내고 있다. 하늘을 뒤덮은 너도
밤나무 숲에서 놀고 있는 어린이들은 "어린 시절에는 천국이 가까이 있
다"라는 「영생불멸을 깨닫는 노래」에서의 워즈워드의 말을 무색하게 만
든다. 한마디로 여기서의 어린이들은 천방지축, 철부지들에 지나지 않는
다. 바람에 지는 나뭇잎이 눈에 끼어 있는 티끌에 비유되어 있는 것은
시인이 나이가 들어 시력이 약해지고 있음을 시사한다. 나무들이 그의
눈 속에서 "떠도는 티끌"로 묘사되어 있는 것은 곧 그것들이 그의 존재
의 일부임을 말한다. 사실 그가 그것들을 식목하고 키웠다는 점에서 충
분히 그것들은 그의 일부라고 말할 수 있다. 그런데 그가 심은 나무들이
하늘을 가려 빛을 차단하고 있다. 이것은 폴린이 말하고 있듯이 나무와
아이들을 성장하게 만든 힘은 동시에 그를 늙게 만들어 그의 시력을 약
화시키는 요인으로 작용하고 있음을 시사하는 것으로 보인다(144). 시인
이 「어둠 속의 티티새」에서 새가 그 자신과는 무관하게 존재한다는 것
을 깨닫고 있듯이 여기서도 그는 자연이 그 자신은 물론이고 아이들과도
무연하게 자라고 있음을 인식하고 있다. 아이들은 세계가 그들 중심으로
이루어졌다고 생각하기 때문에 현재만을 알고 언젠가는 나무들도 쇠퇴
해서 시야로부터 사라지고 말 것이라는 점을 깨닫지 못한다. 이것은 인
간의 경우 모든 것들이 그의 지각에 달려 있기 때문에 그 자신의 일부처럼
보이는 유아론적인 우주와 그 자신과는 전혀 무관하게 존재하는 우주에
동시에 기거하고 있음을 뜻한다(Paulin 145). 「길목에서」("On the Way")
도 이러한 인간의 보편적인 현실을 주제로 한다.

나무들은 발작적으로 흔들다가 몸을 비틀고
셔터들이 덜컹거리고 카펫들이 들썩이고
엊그제의 먼지는 끈적끈적하고
흐르는 안개 속으로는
고기들이 마음껏 날뛰고 있을지 모르지만
그러나 그의 발걸음은
점점 더 편안하고
바람은
현이 되어 노래한다.

공허함이 하늘을 회색으로 뒤덮고
습기나 관목의 마디마다 고여
둥근 물방울이 되어
죽은 사람의 눈처럼 싸늘한 광휘로
지나가는 사람을 맞이한다.
그러나 그녀는
점점 더 깊은
희열을 느끼고
안개는 밝고
바람은 현이 되어 노래한다.

The trees fret fitfully and twist,
Shutters rattle and carpets heave,
Slime is the dust of yestereve,
　　And in the streaming mist
Fishes might seem to fin a passage if they list
　　　　　　But to his feet,
　　　　　　Drawing nigh and nigher
　　　　　　A hidden seat,
　　　　　　And the wind a lyre.

A vacant sameness grays the sky,

A moisture gathers on each knop

Of the bramble, rounding to a drop,

  That greets the goer-by

With the cold listless lustre of a dead man's eye.

   But to her sight,

   Drawing nigh and nigher

   Its deep delight,

   The fog is bright

   And the wind a lyre.(*P* 320)

시인은 흔히 의식적으로 풍경을 선택, 조정하는데 여기서의 회색풍경 또한 그러하다. 언뜻 보기에 이 풍경은 시인의 감정을 전달하는 매개물처럼 보이지만 자세히 검토하면 대단히 정치한 사실주의에 도달하고 있음을 알 수 있다. 그가 바람이 불고 안개가 자욱한 날씨를 시의 배경으로 선택하고 있는 것은 그의 염세주의적인 세계관과 무관하다고 볼 수 없지만 나무들이 발작적으로 흔들리고 셔터가 덜컹거리는 모습과 회색의 하늘과 덤불 숲의 새순마다 맺혀 있는 물방울 등의 세부적인 묘사는 사실감을 주기에 충분하다. 그러나 시인은 이러한 외부의 자연이 연인들에게는 전혀 달리 비칠 수 있음을 또한 암시한다. 안개가 끼어 있는 침울한 날씨임에도 불구하고 안개가 감미롭고 바람은 현이 되어 남자의 발걸음에 보이지 않는 휴식을 주고 여성은 내밀한 기쁨으로 가득 차 있다. 연인들은 텅빈 스크린에 그들의 정서를 투사하는 반면 현미경적인 세부에 대한 시인의 치밀한 묘사는 꿈과 현실 사이의 커다란 간격을 부각시켜 그들이 생각하는 감미롭고 밝은 풍경이 사실은 적대적인 것임을 암시한다(Paulin 141). 이처럼 시인은 항상 대상에 대한 정확한 관찰을 통하여 인간의 보편적인 현실을 포착함으로써 시적 진실성을 확보한다.

시인의 치밀한 묘사는 그의 시에서는 개별적인 것이 중심이 되고 있음을 말한다. 낭만주의 시에서의 개별적인 것들은 단지 그것들을 통해서 현실을 초월하려는 시인의 마음을 위한 도구에 지나지 않았다. 그 결과 낭만주의 시에서는 개별적인 것들보다 항상 시인의 마음이 중심이 되었던 것이다. 그러나 하디의 시에서는 개별적인 것들이 시인의 정신과는 별도로 그 자체들로서 중심을 이룬다. 시인은 「8월의 한밤」("An August Midnight")에서 모기와 나방이 그리고 벌과 파리 등을 명예로운 방문객으로 환영한다. 그 손님들은 시인이 쓴 시를 더럽히고 램프에 부딪혀 죽어 가기도 한다. 시인은 그것을 보고 "도대체 그것들은 내 자신이 모르는 어떤 지구상의 비밀을 알고 있는 것일까?"하는 의문에 사로잡힌다. 이 부분은 「어둠 속의 티티새」에서 시인이 "그것의(티티새) 행복한 작별의 노래 속에는/나는 모르지만 그것은 알고 있는 즐거운 희망이 떨리고 있었음을" 생각할 수 있다고 말한 것과 동일한 맥락을 지닌다. 양자는 곤충들과 새의 개별성을 존중하고 있다는 점에서 공통점을 지닌다. 상식적인 관점에서 곤충들이 시인의 작업을 방해한 것은 어떤 목적이 있어서가 아니라 단지 그것들 나름의 본능에 따른 것일 뿐이라고 생각하기 쉽다. 그러나 당연하다고 생각되는 이러한 상식은 어느 의미에서 우리가 과학적인 지식에 의하여 삶의 신비에 대한 감각 내지는 자연에 대한 외경감을 상실하고 있음을 반증하는 것이 될 수 있다. 우리가 보기에 여기서 열거되어 있는 곤충들은 하찮은 미물에 불과한 것처럼 보이지만 그것들을 인간과 마찬가지로 신의 창조물로 보는 하디의 관점에서는 그것들이 그의 원고지를 더럽히고 불에 부딪혀 죽는 것은 분명 예사로운 일이 아닐 수 있다. 곤충들을 손님으로 대접하고 그것들의 하찮은 행동에 의미를 부여하는 그의 행동은 바로 그의 휴머니즘의 소산으로 보인다. 그의 휴머니즘은 그의 감정이 엄격하게 절제되어 있는 가운데 있는 그대로 묘사되어 있는 곤충들의 행태를 통해서 은밀하게 드러남으로써 매우 진솔하게 느껴진다.

그러나 우리는 곤충들이 그의 시각으로부터 완전히 독립된 개체들로 간주되어 있다고 말할 수는 없다. 여기서의 곤충들은 있는 그대로 묘사되어 있는 것처럼 보이지만 그것들의 객관적인 모습은 시인의 주관적인 시각을 강하게 반영하고 있다. 이를테면 졸린 듯한 파리의 모습은 갓이 씌워진 램프와 조용히 흔들리는 블라인드 그리고 멀리 떨어진 마루에서 들려오는 시계 소리 등이 자아내는 고즈넉한 분위기를 반영하는 것으로 볼 수 있다. 시인이 곤충들을 손님으로 맞이하는 것은 바로 이러한 분위기에 비추어 이해될 필요가 있다. 감각적으로는 그것들에 친근함을 느끼면서 지적으로는 이질감을 느끼는 그의 태도는 문명적인 지식에 따른 현대인의 감각적 분열상태를 전형적으로 보여주는 것이라는 점에서 보편적인 의미를 지닌다.

Ⅳ. 회상의 시

하디의 상상력의 구심점은 다름 아닌 기억이다. 그의 대부분의 작품들이 기억 탐색의 결과로 간주될 수 있을 만큼 기억은 그에게 큰 비중을 차지한다. 그것들에 대한 그의 탐색은 현재의 경험을 원근법적으로 이해하기 위한 것이라는 점에서 그것이 상상의 세계로 나아가기 위한 단계가 되고 있는 워즈워스의 경우와 구분된다. 그의 기억의 내용이 지극히 일상적이고 개인적인 것임에도 불구하고 현재의 경험과 접합되어 보편성을 띤다. 말하자면 기억은 내적 세계와 외적 세계를 통합시키는 역할을 하는 셈이다. 즉 기억은 우리들의 의식 속에 용해되어 내면세계를 이루고 이 세계는 외부세계와의 교섭에 의하여 풍요로워진다. 양자 사이의 발전적인 조응관계는 이상적인 삶의 조건이면서 동시에 시의 조건이기도 하다. 위대한 시인들의 대부분이 이 두 세계를 동시에 탐험했다는 사실은(Pinto 13) 이러한 점에서 퍽 시사적이다. 그러나 하디는 양자 사이의 교섭을 통해서도 그의 삶에 대한 비극적인 인식을 극복하지 못하고 있다는 점에서 낭만주의 시인들과 구별된다. 그렇다고 해서 그가 다른 시인들보다 더 불행한 시인이 되는 것은 아니다. 단지 살아가는 방법이 다를 뿐이다. 다른 시인들은 꿈과 상상력을 통하여 위안을 얻으려 하는 반면 하디는 삶의 고통을 당연한 것으로 받아들임으로써 절망의 요인을 처음부터 제거하고 있는 것이 다를 뿐이다.

작품 「마지막 등불너머」("Beyond the Last Lamp")는 시인의 내면세계와 외부세계가 융합되어 있는 전형적인 하나의 예라고 할 수 있다. 여기서 시인은 비오는 날 길을 걷다가 문득 그 길을 걷고 있었던 그의 기억 속의 어떤 연인들을 상기한다. 그 때 그 연인들은 비가 오는데도 불구하고 수심에 잠긴 채 서로 속삭이면서 거리를 천천히 걷고 있었다. 그가 30년이 지난 지금도 그들의 모습을 생생하게 기억하고 있다는 것은 그만큼 그들의 모습이 인상적이었음을 엿보여 주는 것이다.

> 내가 그 곳에서
> 비밀스러운 대화를 나누면서
> 천천히, 슬프게 걷고 있던
> 신비로운 비극적인 연인들을 본 이후
> 망각의 30년의 세월이 흘렀어도
> 그 곳의 옛날의 모습은 그대로 남아 있구나—
> 가버린 그 연인들을 빼놓고는.
>
> 그들이 어디로 갔는지는 아무도 모르지만……
> 비가 오는 음산한 밤이면
> 그 곳에서 그 때의 그 연인들을 볼 수는 없지만
> 그들이 천천히 가만가만 애달프게 나에게로 다가와
> 더 이상 외로움을 느끼지 않는다.
> 거기서 그들은 그들의 고통에 대하여 번민하고 있는 것만 같구나,
> 그 길이 남아 있는 한 앞으로도 그러리라.

Though thirty years of blur and blot
Have slide since I beheld that spot,
And saw in curious converse there
Moving slowly, moving sadly
That mysterious tragic pair,
Its olden look may linger on—
all but the couple; they have gone.

Whither? who knows, indeed.⋯⋯ And yet
To me, when nights are weird and wet,
Without those comrades there at tryst
Creeping slowly, creeping sadly,
That lone lane does not exist.
There they seem brooding on their pain,
And will, while a lane remain.(P 167)

　시인의 기억 속에 유독 쓸쓸한 부부의 모습이 생생하게 남아 있게 된
것은 아무래도 그의 비극적인 삶에 대한 그의 인식과 무관하다고 할 수
없다. 그는 기억 속에 각인되어 있는 그 인상 때문에 비가 오는 음산한
밤에 그 길을 거닐 때도 그는 전혀 외롭지 않다. 이처럼 지극히 평범한
그의 외부세계는 그 자신의 내면세계를 통과함으로써 새로운 빛과 효과
를 획득한다. 이러한 양상은 하디가 과거의 경험이 현재의 경험에 미치
는 영향에 대하여 깊은 관심을 보였던 낭만주의 시인들의 시적 관습으로
부터 멀리 벗어나지 못하고 있음을 뜻한다. 그러나 하디의 시는 과거의
경험이 상실과 고통을 수반한다는 점에서 항상 긍정적인 효과만을 미치
는 낭만주의 시와 구분된다. 이러한 차이는 진보에 대한 낙천적인 믿음
을 가지고 있었던 낭만주의 시인들과 달리 하디는 그러한 믿음을 회의적
으로 바라본 데서 연유하는 것으로 볼 수 있다. 하디의 경우 기억이 항

상 현재의 경험에 악착같이 붙어 다니면서 기뻐했던 경험보다는 고통과 상실의 경험을 상기시키는 것은(Zietlow, 181) 바로 이러한 그의 세계관과 밀접하게 관련되는 것일 것이다. 이 작품에서도 현재의 경험에 영향을 미치는 과거의 경험은 삶에 대한 비극적인 인식의 일단을 보여준다. 그가 30년 전이 지난 후에도 그 연인들의 모습을 상기한다는 것은, 그것도 불현듯 떠올리고 있다는 것은 바로 그것이 그의 삶에 대한 비극적인 사고와 일치하는 것이기 때문일 것이다. 그러나 그의 기억이 그의 삶에 대한 비극적인 인식에 의하여 왜곡되어 있는 것처럼 보이지 않는다. 오히려 그것은 현재의 그의 경험에 원근법을 제공함으로써 그것의 진실성을 높여주고 있다는 느낌이 지배적이다.

「여행」("The Going")에서도 그의 기억에 의한 상실감이 모티브로 작용하고 있다. 여기서는 아내에 대한 기억이 그에게 슬픔과 자책감을 야기하는 원인이 된다.

> 왜, 우리는 뒤늦게라도 말을 하고
> 지나가 버린 세월을 생각하지 않았는지,
> 당신이 가버리기 전에
> 왜 지나간 시간을 회복하려 하지 않았는지?
> 우리는 이렇게 말할 수 있었지 않았을까,
> "화창한 봄날이 되면 함께 가자구
> 우리가 간 적이 있던 그 곳에"
>
> 그래 이제 모든 것은 돌이킬 수 없어
> 변화될 수 없단 말이야. 모든 것은 사라지게 되어 있어.
> 나는 삶의 끝에 서서 곧 죽을 사람이나 다름 없다오……
> 아마 당신은 생각 못했을 거요,
> 아무도, 심지어 나 자신도,
> 짐작할 수 없을 정도로 순식간에,

그토록 빨리 내가 죽으리라고는.

Why, then, latterly did we not speak,
Did we not think of those days long dead,
And ere your vanishing strive to seek
That time's renewal? We might have said,
　　'In this bright spring weather
　　We'll visit together
Those places that once we visited.'

　　Well, well! All's past amend,
　　Uncahangeable. It must go.
I seem but a dead man held on end
To sink down soon... o you could not know
　　That such swift fleeing
　　No soul foreseeing-
Not even I-would undo me so!(*P* 370)

　우리는 여기서 시인이 그의 아내가 살아 있는 동안 그녀에게 매우 냉담한 태도를 보였음을 짐작할 수 있다. 그녀가 한마디 말도 없이 죽은 것도 이와 관련되는 것으로 추측된다. 피니언(F. B. Pinion)의 증언에 의하면 시인은 그녀가 죽기까지 그녀가 아픈 것조차 몰랐다고 한다(103). 이것은 그만큼 그가 그녀에게 무관심했다는 것을 말하는데 그는 여기서 그녀가 죽은 다음에서야 그녀에게 좀더 다정하게 대해 주지 못한 것에 대한 아쉬움 내지는 죄책감을 느끼고 있는 것이 분명하다. 그는 이러한 그 자신의 죄책감에 대하여 그녀가 그토록 빨리 죽은 것이 그를 일부러 괴롭히려는 그녀의 술책으로 되받아 침으로써 반전을 시도한다. 그리고 그는 더 나아가서 그 자신도 죽을 날이 멀지 않으므로 그녀의 앙갚음으

로 인하여 괴로움에 시달릴 날도 얼마 남지 않았음을 암시한다. 그녀에
대한 이러한 그의 질책 내지는 그녀에 대해서 그가 지니고 있는 불만은
상대적으로 그녀의 소중함을 깨닫지 못한 그 자신의 아쉬움과 죄책감을
더한층 고조시킨다는 점에서 매우 역설적이다. 시인의 이러한 역설적인
방법은 그녀에 대해서 느끼는 그의 감정을 진실하게 만든다. 그렇다고
해서 시인의 진실한 감정이 이러한 시적 기교에 전적으로 의존하고 있는
것은 아니다. 오히려 그의 이러한 시적 기교는 그 자신의 진솔한 감정에
서 자연스럽게 나온 것으로 보인다.

「산책」("The Walk")이라는 작품 또한 그의 아내의 죽음이 모티브가 되
고 있는 것으로 감정의 절제에서 비롯되는 시적 밀도에 의하여 간결하면
서도 결코 단순치 않은 시가 되고 있다. 시인은 여기서 그의 아내가 몸
이 쇠약해지고 게다가 다리가 아파서 혼자 산책할 때와 그녀가 죽고 난
다음 혼자서 산책할 때의 느낌의 차이에 대하여 매우 착잡한 경험을 하
고 있음을 보여준다.

> 당신은 요즈음 들어서
> 옛날처럼 나와 함께
> 울타리가 쳐진 길을 따라
> 언덕 꼭대기의 나무까지 걷지 못했소,
> 당신은 몸이 약하고 잘 걷지를 못해
> 나 혼자서 갔지만
> 당신을 뒤에 두고 온 것이
> 조금도 마음이 쓰이지 않았다오.
>
> 나는 바로 옛날처럼 오늘
> 그 곳까지 걸어올라 가서
> 낯익은 풍경을
> 나 혼자서

두루 살펴 보았다오,
그런데 어떤 차이가 있었는지 아시오?
내가 돌아왔을 때 내 방의 모습에 대한 근원적인 감각이
달라진 거라오.

You did not walk with me
Of late to the hill-top tree
By the gated ways,
As in earlier days,
You were weak and lame,
So you never came,
And I went alone, and I did not mind,
Not thinking of you as left behind.

I walked up there to-day
Just in the former way;
Surveyed around
The familiar ground
By myself again:
What difference, then?
Only that underlying sense
Of the look of a room on returning thence.(*P* 372)

즉 시인은 여기서 그의 아내가 몸이 아파서 혼자 산책할 때는 그녀의
존재에 대해서 별로 관심을 기울이지 않았는데 그녀가 죽고 나서부터는
산보하고 돌아올 때마다 방에 대한 느낌이 예전과 달랐음을 고백하고 있
다. 이 고백은 진실한 느낌의 표현이라는 점에서 그것대로 가치를 지니
는 것이지만 보다 중요한 것은 솔직함 못지 않은 감정의 깊이를 지니고
있는 점이다. 즉 우리는 그것에서 그녀가 죽은 후에서야 그녀의 소중함

을 깨닫게 된 점에 대한 안타까움과 그녀에게 냉담했던 점에 대한 죄책
감이 한 데 어우러진 착잡한 그의 정서를 읽을 수 있다. 이 작품은 이처
럼 지극히 시인의 개인적인 체험을 바탕으로 쓰여진 것이지만, 그의 기
억을 통한 원근법적인 조명에 의하여 개인적인 체험의 차원을 넘어선다.
언뜻 보기에 이 시는 단지 죽은 아내에 대한 그의 사사로운 슬픔과 죄책
감의 표현처럼 보이지만 그것은 늘 같이 생활하는 사람들의 소중함을 미
처 깨닫지 못하다가 그들이 없어지거나 존재하지 않을 때서야 그들의 가
치와 소중함을 깨닫게 되는, 그리하여 언제나 죄책감과 회환에 젖어 살
수밖에 없는 대다수의 인간들의 보편적인 입장을 대변하는 것으로 볼 수
있다.

　「비니 클리프」("Beeny Cliff")에서도 과거에 있었던 즐거운 일에 대한
기억이 현재의 시인의 상실감을 날카롭게 부각시킨다. 메린 윌리암즈에
의하면 이 작품은 시인이 그의 아내인 에마와 함께 비니 크리프에 처음
갔을 때와 그 후 40년 뒤 혼자서 다시 거기에 갔을 때의 대조적인 느낌
을 묘사하고 있다(153). 첫 3연까지는 그의 기억 속에 생생하게 남아 있
는 그 곳의 풍경이 묘사되어 있다. 햇빛이 눈부시게 비치는 봄날의 그곳
의 풍경과 머리카락을 휘날리며 말을 타던 에마의 모습과 구름이 갑자기
몰려오고 무지개를 동반한 비가 흩뿌리다가 다시 태양이 반짝 솟아 나는
모습 등 그 때의 광경이 조금도 퇴색하지 않은 채 그의 기억을 통해서
재생된다.

1

오! 배회하는 서쪽 바다의 오팔과 사파이어여,
빛나는 머리를 나부끼며 말을 타던 여인이여,
나는 그녀를 사랑했고 그녀 또한 나만을 사랑했다.

2

햇빛이 쟁쟁한 3월, 우리들은 즐거운 마음으로 웃고 있을 때
우리들의 발 밑에서는 갈매기들이 푸념하며 날고

파도는 쉴 사이 없이 중얼거리며 저 하늘 멀리 사라져가곤 했다.

3

그 때 약간의 구름이 우리를 감쌌고 무지개를 피우며 비가 내렸지,

그 때 바다의 표면은 침침한 반점으로 얼룩얼룩 했고

드디어 태양이 다시 터져 나왔고 들판은 자주색으로 물들었었지.

i

O the opal and the sapphire of that wandering western sea

And the woman riding high above with bright hair flapping free-

The woman whom I love so, and who royally loved me.

ii

The pale mew plained below us, and the waves seemed far away

In a nether sky, engrossed in saying their ceaseless babbling say

As we laughed light-heartedly aloft on that clear-sunned March day

iii

A little cloud then cloaked us, and there flew an irised rain

And the Atlantic dyed its levels with a dull misfeatured stain

And then the sun burst out again, and purples prinked the main.

(*P* 382)

여기서 묘사되어 있는 바다 풍경들은 말할 것도 없이 행복감에 도취해 있는 젊은 여인들의 마음을 매우 선명하게 드러내 준다. 밀려왔다 밀려가는 바다 — 어떻게 보면 쓸쓸해 보이는 바다도 여기서는 전혀 다른 느낌을 준다. 마치 바다는 시인이 사랑하는, 보석과 같은 여인을 못 잊어 그녀의 근처를 배회하고 있는 것처럼 보인다. 그리고 끊임없이 중얼거리며 하늘 끝으로 멀리 사라져 가는 파도와 그들 밑에서(위에서 밑으로 내려본 광경) 푸념인 듯한 소리를 내며 날고 있는 어슴푸레한 갈매기들, 갑자기 몰려오는 구름과 무지개를 만들며 오는 비 그리고 다시 터져 나오

는 햇빛에 의하여 자주색으로 물든 대지 등의 모습은 젊음과 행복으로 가득 찬 그들의 마음과 일치하는 것임에 틀림없다.

그러나 그가 40년이 지나 혼자서 다시 그곳에 갔을 때는 그곳의 풍경이 아무런 의미를 갖지 못한다. 그는 4연과 5연에서 그 곳의 풍경은 여전히 아름답지만, 같이 갔었던 동반자가 이 세상에 존재하지 않는 지금에는 그 아름다움이 그에게 아무런 즐거움을 주지 못한다고 말한다. 그는 혼자서 아름다운 풍경을 즐긴다는 것에 일종의 죄책감 같은 것을 느끼는 것처럼 보인다. 여기서 주목되는 것은 이러한 그의 죄책감이 절제된 표현을 통해서 은밀하게 드러남으로써 더욱 진솔한 느낌을 주고 있는 점이다. 우리는 그가 비니를 첫 번째 방문했을 때는 그곳 풍경이 매우 구체적으로 묘사되어 있는 반면 두 번째 방문했을 때는 그것이 대충 원경으로 묘사되어 있음을 알 수 있다. 그가 두 번째 방문했을 때의 풍경은 여전히 절벽의 아름다움을 지니고 있지만 거친 해안선만이 어렴풋이 드러나 있는 것으로만 묘사되어 있다. 이러한 묘사의 차이는 그 아름다움을 더 이상 보지 못하는 자신의 아내에 대한 죄책감을 반영하는 것으로 읽혀질 수 있다.

그의 풍경 묘사는 이처럼 있는 그대로를 그리고 있는 것처럼 보이지만 그것은 동시에 그의 내면 의식의 반영이라는 점에 그 특징이 있다. 이 점을 보다 구체적으로 살펴보면 처음 그가 방문했을 때의, 파도가 밀려왔다 밀려갔다 하는 풍경은 전적으로 아름다운 모습만은 아니다. 그 속에는 삶에 대한 진실이 내포되어 있다. 파도는 밀려왔다 밀려가면서 그 곳의 해안을 더욱 아름답게 만드는 반면 그들이 서 있던 곳을 침식함으로써 그들을 위태롭게 하는 또 다른 일면을 지니고 있기도 하다. 파도의 이러한 양면성은 자연의 영원함에 대비되는 인간 존재의 무상함에 대한 그의 인식을 반영하는 것으로 보인다.

그가 이처럼 나이가 들면서 기억 속에 파묻히고 있는 것은 점점 미래보다 되돌아보는 시간이 더 많아지기 때문에 생기는 자연스러운 결과로 볼 수 있다. 그러나 그는 기억으로의 여행을 통해서 위안을 얻으려 하지 않는다. 그는 현재의 경험 속에서 과거의 기억의 울림을 듣지만 결코 현실을 외면하지 않는다. 그의 기억은 현실을 망각하거나 초월하기 위한 수단이 아니라 현재의 경험에 원근법을 부여하는 역할을 한다. 이 원근법은 현재의 경험에 대한 그의 솔직한 개인적인 반응에 보편성을 부여함으로써 시의 진실을 확보하는데 효과적으로 작용하는 것으로 보인다.

Ⅴ. 맺는 말

지금까지 고찰한 바와 같이 하디의 시는 갈등의 현실에서 더 이상 나아가지 못하고 있다. 우리가 시를 읽는 것이 어떤 점에서는 현실을 초월하기 위한 것이라 할 수 있다면 하디가 초월적인 비전을 제시하지 않고 있음은 뚜렷한 결점으로 지적될 수 있을지 모른다. 그러나 그의 시가 단지 그 사실 하나만으로 평가 절하되는 것은 옳지 못하다.

우리는 현실을 망각하기 위해서나 그것으로부터 도피하기 위해서 시를 읽는 것도 아니다. 현실이 아무리 고통스럽다 할지라도 우리는 그러한 고통을 감수하면서 살아가야만 하는 것이다. 따라서 우리가 시에서 기대하는 초월은 현실의 고통을 여과한 초월이지 현실을 단숨에 뛰어넘는 환상적인 초월이 아님은 더 말할 필요가 없다. 빅토리아 조의 시가 낭만주의 시의 상상의 세계로부터 현실로 내려온 것은 그러므로 당연한 것이라 하겠다. 인간이 현실을 살아가야만 하는 한 언제까지나 현실이 외면 당할 수만은 없다. 물론 빅토리아 조의 시가 단지 현실로 내려왔다는 그 사실만으로 가치를 갖는 것은 아니다. 빅토리아 조의 시인들은 현실 세계로 내려온 것은 사실이지만 이미 시효가 지난 낭만주의 시적 습관을 그대로 답습함으로써 상대적으로 낭만주의 시에서 찾아 볼 수 있는 신선미와 활력을 크게 상실할 수밖에 없었다.

하디의 시는 바로 이러한 상황에 비추어 판단할 때만이 제대로 평가
될 수 있다. 즉 하디의 시는 낭만주의의 쇠잔한 전통(시효가 지남으로써
그것에 연연하는 것은 도리어 시에 부정적인 결과만을 낳을 수밖에 없
는)에 과감히 사형선고를 내림으로써 현대시의 발판을 구축했다는 점에
서 의의가 있다. 현대 시인들이 꿈을 꾸되 고통스러운 현실을 망각하지
않는 것은 이러한 점에서 퍽 시사적이라고 볼 수 있다.

하디가 전 시대의 전통과 단절할 수 있었던 것은 낭만주의 시인들이
나 빅토리아 조의 시인들의 경우와 달리 고통스러운 일인 줄 알면서도
현실을 직시하려는 그의 정직성 때문이라고 볼 수 있다. 물론 그들도 현
실을 전혀 무시한 것은 아니지만 그들은 갈등과 모순에 찬 현실을 종교
적인 믿음이나 상상력에 대한 믿음에 의하여 현실적으로는 불가능한 화
해의 비전으로 구현했던 것이다. 하디가 이러한 시효가 지난 종교적인
믿음이나 상상력에 대한 믿음에 안주할 수 없었던 것은 무엇보다도 그가
그들과 달리 서민 태생으로서 이상보다는 현실을 보다 중시하는 삶에 대
한 그의 기본적인 태도와 무관하지 않는 것으로 보인다. 그가 제시하는
시의 진실이 일상적인 경험과 소박한 느낌에 바탕을 두고 있는 것으로서
추상적인 지적 사고를 통해서 도달하는 고답적인 것과 뚜렷이 구별되는
것도 이러한 맥락에서 이해될 수 있다.

보편적인 진리의 근원인 신의 존재가 불확실하거나 믿을 수 없는 것
이라면 개별적인 경험에서 보편성을 추구하는 도리밖에는 없다. 이러한
점에서 전 시대의 원대한 상상의 세계로부터 사소한 세계로의 그의 이행
은 불가피했던 것으로 보인다. 우리는 앞에서 시인이 자신의 개인적인
체험을 정직하게 기록함으로써 보편성을 얻고 있음을 살펴 본 바 있다.
이것은 곧 보편적인 진리라는 것이 결국은 개인적인 체험의 진실로 이루
어지는 것임을 입증한다. 이러한 관점에서 그의 정직성은 그에게 숨은
시적 기율이 되고 있다고 말할 수 있다. 그러나 그것이 단지 그 이유만
으로 가치가 보장되는 것은 아니다. 참으로 그것을 가치 있게 만들어 주

는 것은 그것이 단순한 시적 제스처에 불과한 것이 아니라 그의 정직한
삶 자체로부터 우러나오는 것이라는 점일 것이다.

　하디의 시작품들은 앞에서 살펴보았듯이 현대시의 대가의 작품들에
비하여 사고의 폭도 좁고 단순한데다가 표현에서도 열정을 결핍하고 있
는 등의 취약점을 지니고 있는 것이 사실이지만 우리는 시인으로서의 그
의 자질을 조금도 의심할 수 없다. 지극히 평범한 우리들의 일상생활에
서 삶의 진실을 포착하는 그의 예리한 관찰력과 통찰력은 지적 복합성과
강렬성을 엿보여 주는 현대시의 대가들의 그것과 달리 친근한 매력을 준
다. 현대시의 대가들로 알려져 있는 시인들의 작품들은 고도의 지적 훈
련을 받은 독자가 아니고서는 접근이 용이하지 않다는 점에 이견이 있을
수 없고 지적 조작에 따르는 인위성도 일반 독자들의 생리에 맞지 않는
점일 것이다. 하디의 시작품들의 친근성은 현대 영미 시의 대가들의 작
품들에서는 좀처럼 찾아보기 힘든 매우 귀중한 미덕임에 틀림없다. 이
친근성은 하디 자신의 정직성의 산물로서 솔직한 느낌이나 생각의 표현
은 언제나 우리에게 감명을 준다는 사실을 매우 훌륭하게 대변해 주고
있다. 정직성의 가치에 대한 어떤 설명도 그의 작품들만큼 효과적이지
못할 것이다.

■ ■ ■ ■ ■ ■ ■ ■ ■ ■ ■ ■ ■ ■ ■ ■ ■ ■

인 용 문 헌

김우창. 「시의 정직성」, 『법 없는 길』. 민음사, 1993 : 181-95.

Fraser, Hillary. *Beauty and Belief: Aethetics and Religon in Victorian Literature*. London: Cambridge UP, 1986.

Hardy, F. E. *The Life of Thomas Hardy*. London: Macmillan, 1962.

Howe, Irving. "The Lyric Poems." *Thomas Hardy*. London: Macmillan. 1967.

Paulin, Tom. Thomas Hardy: *The Poetry of Perception*. London: Macmillan, 1986.

Perkins, David. A History of Modern Poetry: From the 1890s to the High Modernist Mode. London. Harvard UP, 1976.

Pinion, F. B. A *Commentary on the Poems of Thomas Hady*. London: Macmillan, 1976.

Pinto, Vivian De Sola. *Crisis in English Poetry*. London: Hutchinson UP, 1958.

Schwartz, Delmore. "Poetry and Belief in Thomas Hardy." Hardy: A *Collection of Critical Essays*. Ed. Albert J. Guerard. new Jersey: Prentice Hall, 1963.

Williams, Merryn. *A Preface to Hardy*. London: Longman, 1976.

Wright, David. Ed. *Selected Poems*. New York: Penguin Books, 1978. Abbreviated as *P*.

Zietlow, Paul. "Thomas Hardy—Poet." *The Victorian Experience*. Ed. Richard A. Levine. Ohio: Ohio UP, 1982.

제 2 장 ■■■■■■■■■■■■■■■■■■■
감각적인 시
G. M. Hopkins

Ⅰ. 들어가는 말

낭만주의 시인들의 공통적인 시적 과제는 상상력에 의하여 개인과 자연을 결속시키는 것이었다. 빅토리아조의 시인들 또한 이러한 시적 목표를 계승하기는 했지만 낭만주의 시인들이 지니고 있던 상상력에 대한 확신을 결여하고 있었기 때문에 주체와 대상을 통합하는 일이 그리 간단치 않았다(Miller 14). 상상력에 대한 믿음이 더 이상 존재하지 않은 마당에서 개체와 전체 사이의 현격한 거리를 극복할 수 있는 방법은 오직 찰나적인 경험에 열정적으로 몰입하는 것뿐이다. 이 열정은 모든 만물들이 공유하는 생명력과 동일한 의미를 지니는 것으로서 개인적인 자아를 초월하여 무한자와 화합하려는 강렬한 욕구를 지닌 것이라는 점에서 유미주의자들의 자기 도취적인 열정과는 구분되는 것이다. 바로 이러한 창조물들의 욕구를 시로서 구현하는 것이 홉킨즈의 시의 목적이다. 그는 그의 『설교집』에서 다음과 같이 적고 있다.

인간은 신을 찬미하고 경배하고 받들음으로써 그의 영혼을 구제
하도록 창조되었다. 지구상의 다른 것들은 인간을 위해서, 그가 창
조된 목적을 이행하는 것을 도와주기 위하여 창조되었다. 따라서
인간은 창조물들이 그의 목적을 달성하기 위하여 도와주는 한 그들
을 이용해야 하며 그들이 그의 일을 방해하는 한 그들로부터 물러
서야 한다.(*SD* 122)

즉 모든 창조물들은 신을 찬미하기 위하여 창조된 인간의 목적을 위
한 수단이다. 개체들의 개별성들에 대한 홉킨즈의 관심은 바로 그러한
목적과 관련된다. 이러한 그의 사고는 던스 스코터스(Duns Scotus)의 철
학에 힘입고 있는 것으로 보이는데 이 철학은 창조물들의 개별성들을 통
하여 신을 이해할 수 있다는 기본적인 사고를 핵심으로 한다. 홉킨즈가
인간과 자연에 공통적으로 자리하고 있는 생명 의지를 신에 대한 찬미
행위로 간주하는 것은 바로 이러한 그의 사고와 무관하지 않은 것으로
보인다. 이러한 점에서 창조물들이 그들의 개별성들을 최대한으로 발휘
하는 것은 곧 그것들을 창조한 창조주의 목적에 부응하는 것이 된다.
그러나 영적인 갈등을 집중적으로 다루고 있는 "고통의 소네트들"
("terrible sonnets")에서는 신이 시인 또는 화자로부터 너무 멀리 떨어져
있어 신의 현존을 느끼지 못하는 데 따른 절망감이 기본 모티브가 되고
있다. 그리고 이 작품들은 시인 자신의 내적 갈등을 다루고 있는 만큼
객체로서의 자연이 배제되어 있다. 이 작품들이 자연을 대상으로 하는
작품들과 별도로 읽혀지고 논의되는 까닭이 바로 여기에 있는 것으로 보
인다. 그러나 개별성의 집착에 따른 고통을 신의 은총으로 받아들임으로
써 그것을 끝까지 견디어 내는 시인의 행동 또한 자연시에서의 신에 대
한 찬미 행위와 동일한 맥락을 지니고 있다는 것이 필자의 생각이다.
이 소네트들을 본격적으로 거론하고 있는 올프(Patricia A. Wolfe)는 그
것들을 영적인 충만상태에 도달하려는 시인 또한 화자의 욕망과 인간적

인 것을 포기하지 않으려는 그의 의지 사이의 갈등의 표현으로 보고 있어 주목된다(217). 이 견해는 자아에 대한 시인 또는 화자의 뿌리깊은 집착을 그의 갈등의 궁극적인 원인으로 규정하는 것으로 보인다. 또 그것은 소네트들에서 드러나는 고통이 인간의 세속적인 자아를 포기할 수 없는 그 자신에 대한 종교인으로서의 죄책감에서 유발하는 것임을 암시하는 것으로 볼 수 있다.

이러한 관점은 이 작품들을 순수한 종교적 갈등의 표현으로 간주하고 있다는 점에서 한계가 있는 것으로 보인다. 소네트들에서 드러나는 그의 고통은 그의 전기적인 사실에 비추어 보면, 그의 순수한 종교적 갈등의 표현이라기보다 현실적인 고통에 대한 실존적인 반응에 가까운 것으로 보인다. 사실 이 작품들이 쓰여진 때 그의 건강도 나빴고 여러 가지 격무에 시달려 지칠 대로 지쳐 있었다. 이러한 상황에서 그의 작품 활동이 원만하게 이루어질리 만무하다. 그가 그의 친구에게 "나는 불행히도 시와 같은 사치품도 만들지 못할 뿐만 아니라 나의 직책에 따른 임무도 제대로 수행할 수 없다"(*LB* 270)고 자신의 고충을 털어놓고 있는 것을 보면 그 당시의 그의 입장을 확연히 엿볼 수 있다. 그의 소네트들에서 드러나는 시인 또는 화자의 고통은 바로 이러한 그의 사사로운 현실적인 고통이 그의 자아의 존립을 위협하고 있는 데서 근본적으로 야기되는 것으로 볼 수 있다. 그의 소네트들에서 드러나는 고통이 그의 순수한 영적인 갈등으로 보이는 것은 어디까지나 현실적인 고통을 신이 부여한 것으로 간주함으로써 시적 구도가 고통을 인내하는 시인의 자아와 그것을 부여하는 신의 보편적인 자아 사이의 갈등으로 압축되어 나타나고 있기 때문이다. 그의 현실적인 고통이 고려되고 안되고의 차이에 따라 그의 소네트들에 대한 이해는 상당한 차이가 날 수 있다. 그의 종교적인 갈등이 그의 현실적인 고통에서 기인하는 것으로 간주된다면 그의 소네트들은 종교인만이 아닌 고통을 겪는 모든 사람들의 내적 갈등의 표현으로 폭넓게 이해될 수 있는 반면 우리가 그것을 현실과 무관한 것으로 간주한다

면 그의 소네트들은 종교인만이 느낄 수 있는 내적 갈등의 표현으로 그
것들의 의미를 그만큼 제한하는 결과가 된다. 우리가 그의 소네트들에
공감하는 이유가 그의 종교적인 갈등 속에서 인간이 보편적으로 경험할
수 있는 실존적인 고통을 엿볼 수 있기 때문이라면 그의 소네트들은 당
연히 전자의 관점에서의 검토가 요구된다고 볼 수 있다.

  그의 고통의 주요 원인은 시인으로서의 명성을 얻으려는 그의 욕망과
예수회의 회원으로서 그리스도와 일체가 되려는 그의 욕망 사이의 갈등
이라고 할 수 있다. 전자는 그 자신의 개인적인 자아를 최대한으로 발휘
함으로써 성취될 수 있는 반면 후자는 개인적인 자아를 넘어서지 않으면
실현이 불가능하다. 전자보다 후자를 그의 주된 사명으로 삼고 있는 그
의 입장에서는 개인적인 자아의 극복이야말로 우선적인 과제임에 틀림
없다. 그러나 그의 경우 그의 자아를 극복하는 일이 만만치 않았던 것으
로 보인다. 그것은 그의 고통이 주로 자아를 극복하지 못하는 데서 기인
하는 것이라는 점에서 그러하다. 따라서 그의 고통은 주로 그의 개인적
인 자아와 그것을 복속시키려는 신의 자아 사이의 대결 구도로 표출되어
있다.

  이 대결은 양자가 더욱더 완전한 일체가 되기 위한 몸부림으로서 이
대결을 통해서 그는 그의 고통이 다름 아닌 신의 은총임을 깨닫는다. 그
가 개인적인 자아를 극복하고 보편적인 자아를 획득할 때까지 고통과 투
쟁하지 않으면 안되는 필연성이 바로 여기에 있다. 그의 고통과의 투쟁
은 그러므로 신과의 정겨운 몸싸움이나 다름없다. 그가 개별적인 자아를
벗어나지 못함으로써 고통받는 자신의 자아를 통해서 신을 이해하는 것
은 그가 자연시에서 자연의 개별성을 통해서 신을 간파하는 것과 동일한
맥락을 지닌다. 바로 이점이야말로 자연을 대상으로 하는 작품들과 내적
갈등을 다루고 있는 소네트들을 한자리에 살필 수 있는 근거가 된다.

  인간을 포함하는 자연을 대상으로 하는 작품들과 영적인 갈등을 집중
적으로 다루고 있는 소네트들에서 자연과 인간 그리고 신을 매개하는 것

은 바로 홉킨즈의 지각이다. 그는 그의 독특한 지각을 통하여 인간과 자연에 공통적으로 자리하고 있는 생명 의지를 신과 결부시켜 유기적으로 통합된 우주를 구현하는 데 그 목적을 두고 있는 것으로 보인다. 홉킨즈의 지각 방식은 감각적인 세계의 초월을 통하여 정신적인 세계를 추구하는 낭만주의 시인들의 상상력과 달리 감각적인 세계와 정신적인 세계를 동일시한다. 양자는 이러한 외형적인 차이가 있지만 유기적으로 통합되어 있는 조화적인 세계를 구현하고 있다는 점에서는 근본적인 차이가 없다. 자연을 대상으로 하는 작품들의 세계와 마찬가지로 인간의 근본적인 약점에서 기인하는 신과 인간 사이의 근원적인 갈등이 다루어지고 있는 고통의 소네트들의 세계 또한 신과 인간 사이의 유기적 관계에 기초하고 있다.

　따라서 그의 지각방식을 살피는 작업은 곧 그의 작품의 구조 내지는 본질을 이해하기 위한 관건이 된다. 이 글은 이러한 전제에서, 우선 그의 지각방식의 체계를 설명하고 자연과 인간의 내면세계에 대한 그의 지각이 구체적으로 작품들을 통해서 어떻게 작용하는지를 중점적으로 살피는 데 그 목적을 둔다.

II . 지각 방식

　홉킨즈는 신의 영광으로 충만해 있는 개체들을 통하여 신을 찬미하는 것을 목적으로 삼는다. 개체들이 그들을 창조한 신을 찬미함으로써 그 영광을 신에게 되돌려 주는 것은 그들 본연의 의무이다. 그러나 「신의 영광」("God's Grandeur")에서 시사되어 있듯이 인간의 타락은 그러한 본연의 임무를 어렵게 만든다. 개체들의 표면은 인간의 체취에 의하여 오염되어 있어 더 이상 어떠한 비전도 제시하지 못한다. 타락한 개체들의 표면은 인간의 타락을 증거 하는 것이나 다름없다. 개체들은 어디까지나

최초에 창조된 상태를 계속 유지하고 있을 뿐, 정작 타락한 것은 개체가
아니라 인간 자신이다. 모든 것이 장사와 노역으로 시들고, 흐려지고, 더
럽혀져 있다. 이것은 곧 설로웨이(Allison G. Sulloway)의 말을 빌어 말하
면 신이 부여한 창조물의 에너지가 현대 인간들에 의하여 착취되고 있음
을 뜻한다(85). 상업주의에 의하여 오염된 인간이 자연 속에 깃들여 있는
신의 빛을 간파할 수 없음은 너무나 당연하다. 개체를 통하여 신을 찬미
하기 위해서는 그것들의 개체성을 간파할 수 있는 투명한 지각이 무엇보
다도 절실히 요구된다. 타락한 감각을 회복하는 일은 끊임없이 인습적인
사고나 인식을 거부하는 지속적인 노력에 의해서만이 가능하다. 시인은
다행히도 그가 회원으로 가입한 예수회에서 실시하는 영적 훈련을 통하
여 이러한 지속적인 노력을 기울일 수 있었던 것으로 보인다. 이 훈련은
한마디로 대상의 개체성을 통하여 신을 이해하는 지각의 능력을 배양하
는 실제적인 훈련이다. 이 훈련은 세계를 신의 육화로 간주하는 그의 논
리와 접합되어 강렬성과 내성적인 깊이를 얻는 계기가 되었던 것으로 보
인다. 이러한 점에서 로헴톤에서 사제수업을 하는 동안 잡지에 발표한
다음과 같은 글은 주목할 만하다.

> 블루벨 꽃이 피었던 어느 날 나는 다음과 같은 글을 썼다. 즉 나
> 는 내가 본 블루벨보다 더 아름다운 것은 본적이 없으며 그것에 의
> 하여 주님의 아름다움을 알게 되고 그것의 인스케이프는 물푸레 나
> 무처럼 힘과 아름다움을 동시에 지니고 있었다.(JP 199)

시인은 여기서 마치 라파엘 전파들의 유미주의를 연상시키는 방식으
로 아름다움을 강조하고 있다. 그는 자족적인 유미주의적인 태도를 넘어
자연의 아름다움을 그리스도의 아름다움의 징표로 보고 있는데 이러한
인지 속에는 그의 내성적인 시각과 관찰을 토대로 하는 객관적인 시각이
통합되어 있다. 이러한 통합에 정당성을 부여하는 것이 바로 신의 육화

의 논리인데 이 논리는 스코터스의 철학을 통해서 더욱 확고한 이론적 바탕을 획득하기에 이른다.

스코터스는 당시에 지배적이었던 토마스 아퀴나스의 사고와 다른, 스콜라학파적인 사고의 전통을 계승한 학자로서 특히 주목을 받았다. 그는 일반적인 자연과 사람 그리고 사물의 독특한 개별성 사이의 구분을 중요시하는 개별화의 원리를 주장한 학자로서 유명하다. 그는 이 원리에 따라 개체의 개별성을 헥시어타스(haecceitas)라고 명명하고 이것을 신의 육화로 간주했다(Bergonzi 70). 이 개념에 따르면 인간은 개체에 대한 이해와 직관을 통하여 신을 이해함으로써 그 자신의 본질을 완성하게 된다. 신이 세계를 창조한 것은 인간이 개체의 아름다움을 통하여 보편적인 존재를 이해할 수 있도록 하기 위한 것이다. 이러한 주장은 "신을 찬미하고 숭배하기 위하여 인간이 창조되었다"는 영적 훈련의 기본 원리와 상통한다.

그러나 홉킨즈의 미학에서 가장 기본이 되는 인스케이프(inscape)와 인스트레스(instress)의 개념은 스코터스의 철학으로부터 직접 도입된 것은 아니다. 그것은 그가 도서관에서 그의 책을 발견하기 전부터 그러한 어휘들을 사용하고 있는 것으로 미루어서이다(Pick 35). 그의 철학은 다만 홉킨즈의 미학에 정당성을 부여하는 선에서 영향을 미치고 있는 것으로 보인다. 아무튼 그의 시를 이해하기 위해서는 무엇보다도 이 개념들에 대한 이해가 선행되어야 함은 논란의 여지가 없다.

우선 인스케이프부터 살펴보면 그는 이 말을 여러 번 사용하고 있는데 그것이 정확히 무엇을 뜻하는 것인지 구체적으로 설명하지 않고 있어 그의 단편적인 글을 통하여 추론할 수밖에 없다. 브릿지즈에게 보낸 그의 서한에서는 이 단어가 그림에서의 디자인이나 패턴과 동일한 뜻으로 사용되고 있는가 하면(LB 66) 그의 저널에서는 그것이 눈에 보이지 않는 내적 본질을 지칭하는 말로 사용되고 있는 것으로 보인다. 그는 여기서 "당신은 때때로 맑은 마음을 갖지 않는 한 사물의 인스케이프가 얼마나

깊숙히 자리하고 있는지 짐작조차 할 수 없다"(*JP* 205)고 말함으로써 그
것이 겉으로 드러나지 않는 개체성을 가리키는 것임을 암시한다. 사물의
인스케이프는 사물 자체 내에서 창조되는 것이 아니라 신으로부터 부여
된 것이다. 그가 꽃의 인스케이프를 통하여 신을 이해하고 있는 것은 이
러한 맥락에서이다.

　사물의 개체성은 그것을 지탱하는 에너지가 없이는 존속할 수 없다.
시인은 그 에너지를 인스케이프와 관련하여 인스트레스(instress)라는 말
로 지칭하고 있는 것으로 보이는데 이러한 점에서 다음과 같은 글은 음
미할 가치가 있다.

　　　그러나 오늘처럼 그토록 아름다운 담홍색의 하늘을 나는 이전에
　　느껴본 적이 없다. 하늘은 단순한 인스트레스로 충전되어 더 높은
　　하늘은 진지하고 위엄이 있었고 보다 낮은 하늘은 보다 가볍고 부
　　드러웠다.(*JP* 207)

　우리는 이 언급을 통해서 인스트레스가 사물의 개별성을 활발하게 유
지시켜 주는 역할을 하고 있음을 알 수 있는데 대상의 활발한 개체성은
그것을 지각하는 주체의 강렬한 지각을 전제하지 않고서는 근본적으로
성립할 수 없다. 대상은 오로지 주체의 지각에 의해서만이 드러날 수 있
기 때문이다. 이러한 점에서 손톤(Thornton)의 다음과 같은 지적은 일단
받이들일 만하다.

　　　사물의 패턴은 그것의 인스케이프이며 패턴을 만드는 힘은 그것
　　의 인스트레스이다. 러스킨이 그러했듯이 법칙 혹은 인스케이프가
　　그에게 대단히 심오한 영향을 미친다는 것을 깨달은 그는 바라보는
　　사람에게 지각된 패턴의 영향을 나타내는 말이 필요했다. 그런데
　　그는 그것이 어느 의미에서 형성력의 연장이라고 생각한 나머지 인
　　스트레스라는 똑같은 말을 사용하기로 한 것이다.(21)

여기서는 인스트레스의 의미가 두 가지로 해석되어 있다. 즉 첫 째는 사물의 인스케이프를 형성하는 에너지로 두 번째는 대상의 인스케이프가 주체에게 주는 독특하고 강렬한 느낌으로 이해되어 있다. 이 정의는 그것을 대상이 일방적으로 지각자에게 주는 어떤 영향으로 해석함으로써 주체의 지각을 수동적인 것으로 만들고 있다는 점에서 한계가 있는 것으로 보인다. 대상의 본질은 근본적으로 주체의 지각에 달려 있기 때문에 지각자의 능동적인 관심이 없이는 대상에 대한 어떠한 이해도 불가능한 것이다. 이러한 점에서 대상 속에 존재하는 인스트레스가 동시에 지각자에게도 똑같이 존재해야 한다는 논리가 성립한다. 대상과 주체의 상호 역동적인 관계에 대해서 홉킨즈는 다음과 같이 말한다.

> 당신이 열심히 바라보는 것이 당신을 열심히 바라보는 듯하기 때문에 자연의 진실한 인스트레스와 거짓된 인스트레스가 생긴다. 배가 켬블 엔드(Kemble End)위로 나가던 삼월초 어느 날 너무나 천천히 움직이는, 테이프가 아닌 줄에 매달린 하나의 커다란 테 모양의 형태가(기선에서 내뿜는 연기를 나타냄) 하얀 구름과 더불어 높은 하늘을 가득 메우고 있었다. 나는 숲 혹은 돌더미에서 새싹들이 돋아나듯 섬세한 줄기에서 솟아나는 규칙적인 동그란 테 모양의 연기에서 개별성의 고귀함과 아름다움을 가슴 깊이 느낄 때까지 그것을 바라보았다.(*JP* 204)

대상이 주는 강렬한 느낌은 그것을 보는 주체의 강렬한 시각에 달려 있다. 주체가 대상에 대해서 열정적인 관심을 가지면 대상의 본질 또한 서서히 강렬하고 독특한 느낌으로 주체의 마음 속에 각인된다. 지각의 주체는 이러한 느낌을 포착함으로써 비로소 대상의 느낌을 이해하게 된다. 그의 지각은 대상의 개별성을 약화시키고 있다기보다 오히려 그것을 더욱 뚜렷하게 만든다는 점에서 낭만주의 시인들의 상상력과 다르다. 낭만주의 시인들에 의하여 파악된 개별적인 것들은 오직 보편적인 것에 도달하기 위한 발판에 불과한 것이어서 개별적인 것이 중요시되지 않지만 그는 개별적인 것을 초월해서가 아니라 그것 안에서 보편적인 것을 추구하고 있기 때문에 개별적인 것이 그 자체로서 중요성을 지니게 된다.

개별적인 것은 우리들의 지각에 의하여 간파할 수 있는 것이다. 지각이 강조되면서 개별적인 것이 중요시되는 이유가 바로 거기에 있다. 개별적인 것과 달리 보편적인 것은 우리들의 감각을 초월할 때만이 접할 수 있다. 보편적인 것에 가치를 부여하는 낭만주의 시인들이 상상력을 강조하는 것은 이러한 점에서 지극히 자연스러운 일이다. 물론 낭만주의 시도 개별적인 것을 통해서 보편적인 것을 추구하기 때문에 지각의 중요성이 상상력 못지 않게 중요한 것은 사실이지만 그것은 보편적인 것을 보다 중요시하므로 상상력이 시의 주요 원리가 된다. 우리가 낭만주의 시와 동일한 시적 패턴을 지니고 있는 홉킨즈의 시를 감각적인 시로 규정하는 것은 같은 논리에서 그의 시에서는 개별성이 더 중요시되어 있다는 점에서이다. 물론 그의 시에서도 보편적인 것이 중요시되어 있기는 하지만 그것은 어디까지나 상상력이 아닌 강렬한 감각적인 지각에 의하여 포착되는 것이다. 그의 시에서는 개별적인 것이 곧 보편적인 것이 되기 때문에 대상을 단계적으로 고양시키는 상상력보다는 인간이 지닌 모든 능력을 한 순간에 집중시킴으로써 개별적인 것과 보편적인 것을 한데 통합시키는 지각의 강렬성이 요구된다.

Ⅲ. 외적 세계

홉킨즈의 시학은 근본적으로 개체의 독특한 성향을 존중하면서 전체적인 조화를 꾀하려는 그의 의도의 산물이다. 이러한 그의 의도는 예술을 통해서만이 물질주의와 개인주의로 팽배한 사회의 병폐를 치유할 수 있다는 당시의 지배적인 견해를 반영하는 것으로 볼 수 있다. 인간의 단편화에 대한 하나의 처방으로서 미적 경험을 제일 먼저 내세운 사람은 존 러스킨(John Ruskin)이다. 그는 "인간의 내적 생활의 질이 전적으로 그의 일상생활에서의 미에 대한 경험의 유무에 달려 있다"(Altick 282)고 판단, 예술과 종교의 불가분성을 강력히 주장했다. 물론 이러한 사고는 결코 그만의 전유물은 아니다. 윌리암 모리스도 예술의 "정신적인 미는 외부적인 미를 계속해서 경험함으로써만이 성취될 수 있다"(같은 책 같은 면)고 확신한 바 있다.

홉킨즈의 지각 방식은 특히 과학적 탐구와 열정적인 반응을 결합한 러스킨의 방식과 상당히 유사하다. 자연의 개별성에 대한 홉킨즈의 지각은 달리 말해서 자연의 독특한 아름다움에 기반하는 것으로 볼 수 있다. 앞에서 언급한 바와 같이 홉킨즈의 지각 방식의 핵심이 되고 있는 것은 신 특히 그리스도의 육화라는 논리이다. 이 논리는 프레이저가 말하는 것처럼 그리스도가 그에게는 "창조된 아름다움의 원형"이 되고 있음을 말한다(70). 그가 미에 대한 사랑과 시적 창조를 종교적인 참여의 행동으로 간주하는 것은 바로 이러한 인식에 토대를 두고 있는 것으로 볼 수 있다. 홉킨즈가 초기시에서는 신과 인간 사이의 단절을 보여주다가 예수회의 회원이 되면서부터 자연 속에서 신의 존재를 발견하는 것은 이러한 점에서 주목할 만하다. 그는 이 때부터 세계가 사랑으로 충전되어 있는 것으로 보고 그 충전된 사랑을 표현하는 것을 자신의 의무로 삼는다(*SD* 195).

그의 말대로 사물들이 신에 대한 사랑으로 충전되어 있다면 그것을 방출하는 시인의 행위는 필연적으로 역동적인 것이 될 수밖에 없다. 사물들의 무의식을 역동적으로 만드는 것— 그것은 바로 그가 말하는 인스트레스라는 것으로서 개체의 인스케이프를 에너지로 표출시키는 역할을 한다. 이를테면 "물총새가 불을 포착할 때……"("As kingfishers catch fire…")에서는 사물들의 본성이 그것들 자체가 지니고 있는 에너지에 의하여 다음과 같이 힘차게 드러나 있다.

물총새가 불을 포착하고 잠자리가 불꽃을 빨아들이듯이
던진 돌이 우물에 둥그런 파문을 그리며
힘차게 당긴 현처럼
종들이 각기 그 이름을 널리 알리듯이
사물들은 각기 똑같이 안에 지니고 있는 것을
밖으로 드러내는데
그것들처럼 나 자신도 말을 하고
외친다, 내가 하고 있는 것은 나 자신이다,
그것 때문에 내가 태어난 것이라고.

As kingfishers catch fire, dragonflies draw flame;
As tumbled over rim in roundy wells
Stones ring; like each tucked string tells, each hung bell's

Bow swung finds tongue to fling out broad its name;
Each mortal thing does one thing and the same;
Deals out that being indoors each one dwells;
Selves-goes itself; myself it speaks and spells;
Crying what I do is me; for that I came.(95)

   물총새가 불을 포착하고 잠자리가 화염을 빨아들이고 우물 속에 떨어
진 돌이 둥그런 파문을 그리듯이 사물들은 각기 특성을 능동적으로 드러
낸다. 사물들은 그 자체의 의지가 없다는 점에서 능동적인 것들로 다루
어질 수 없음은 우리들이 익히 알고 있는 상식이다. 그런데 홉킨즈는 여
기서 사물들에 인간과 다름없는 의지를 부여함으로써 자연과 신의 미온
적인 관계를 활성화하고 있다. 시인의 이러한 작업에 의하여 사물들이 지닌
생명력은 자족적인 것이 아니라 신에 대한 적극적인 찬미가 된다. 신에
대한 찬미는, 사물의 개별성이 중요시되어 있는 만큼 세계의 다양성을
통해서 이루어지기도 한다. 「알록달록한 아름다움」("Pied Beauty")에서

시인은 얼룩소처럼 두 가지의 색깔을 지닌 하늘, 장미색깔의 연어, 빨갛게 달은 석탄과 같은 너도밤나무의 낙화, 핀치새들의 날개 등을 통하여 세계의 다양한 색깔의 아름다움을 찬미한 다음 서로 대비되는 사물의 개별성이 만들어내는 아름다움에 주목한다. 그리고 그는 이러한 다양한 아름다움을 창조한 신을 찬미한다.

> 모든 것들은 서로 대조되고, 독특하고, 희귀하고, 기이하다;
> 변하기 쉬운 것은 무엇이나 빠름과 느림, 감미로움과 시금털털함,
> 눈부심과 흐릿함으로 얼룩져 있구나(도대체 왜 그런지 누가 아
>   는가?).
> 그는 변치 않는 아름다움을 만들어내는 자, 그를 찬미하라.

> All things counter, original, spare, strange;
> Whatever is fickle, freckled(who knows how?)
> With swift, slow; sweet, sour; adazzle, dim;
> He fathers-forth whose beauty is past change;
>   Praise him.(70)

사물들의 다양한 색깔, 결, 패턴은 모두가 세계를 지탱하는 에너지 즉 인스트레스를 드러내주는 것으로 볼 수 있다. 그것은 그것들 모두가 근본적으로 에너지로부터 생기는 것이라는 점에서 그러하다. 사물들에 내재하는 에너지는 말할 것 없이 신으로부터 부여된 것이다. 작품에서 신이 흔히 에너지가 풍부한 자로 묘사되어 있는 것은 이러한 점과 관련된다. 「군인」("The Soldier")에서는 신이 어느 군인보다도 더 잘 밧줄을 비끌어 맬 수 있는 자로서 그려져 있는가 하면 「추수 만세」("Hurrahing in Harvest")에서는 신이 산을 어깨로 떠받치고 있는 건장한 말로("a stallion stalwart") 묘사되기도 한다.

사물들의 인스케이프를 통해서 신을 간파하는 그의 시적 방법은 시인

으로서의 그의 입장과 사제로서의 그의 입장을 동시에 만족시킨다는 점
에서 의미를 지닌다. 그의 전기적인 사실을 들먹일 필요없이도 그의 작
품을 읽어보면 그가 대단히 감각적인 시인임을 어렵지 않게 간파할 수
있다. 그러나 그는 또한 사제의 신분이기 때문에 감각적인 것에만 만족
할 수 없다. 그가 끊임없이 금욕적인 자세를 가다듬는 것은 이러한 이유
에서일 것이다. 우리는 작품 「봄」("Spring")의 시적 불균형을 통해서 이
러한 양자의 입장을 동시에 충족시키려는 데서 느끼는 시인의 갈등을 엿
볼 수 있다.

> 봄처럼 아름다운 것은 없다—
> 수레바퀴 속의 잡초가 길게 사랑스럽고 무성하게 자라나고
> 지빠귀의 알이 나즈막한 작은 천국같이 보이고
> 지빠귀가 반향하는 숲을 통해서 귀를 헹궈 주어
> 그의 노래 소리 들으면 천둥소리처럼 들리고
> 거울같이 매끈한 배나무 잎들과 꽃들이
> 내려앉은 하늘을 쓸어 푸르름이 일시에 풍요로워지고
> 경주하는 양들이 힘차기 내닫는 봄처럼
>
> Nothing is so beautiful as spring—
> When weeds in wheels, shoot long and lovely and lush;
> Thrush's eggs look little low heavens, and thrush
> Through the echoing timber does so rinse and wring
> The ear, it strikes like lightening to hear him sing;
> The grassy peatree leaves and blooms, they brush
> The descending blue; that blue is all in a rush
> With richness; the racing lambs too have fair their fling.(67)

시인은 여기서 사물들의 인스케이프를 역동적으로 묘사함으로써 서로

조화를 이루는 가운데 활기에 넘쳐 있는 봄의 풍경을 보여주고 있다. 바퀴 속에 싱싱하게 돋아나고 있는 잡초들, 귀를 맑게 씻어 주는 지빠귀의 노래와 그 노래를 반향하는 숲, 그리고 배나무가 잎을 내고 꽃을 피우는 것을 보기 위하여 내려온 파란 하늘과 그것을 쓸어 더욱 푸른 하늘로 만드는 배나무의 잎과 꽃들, 그리고 힘차게 내닫는 양떼들 모두가 봄의 생동감을 나타내 주는 것들로서 제각각 타고난 본성에 충실하면서 동시에 다른 것들과 조화를 이루고 있다.

자연에 대한 생동감으로 넘쳐 있는 표현들은 단적으로 시인이 자연과 일체감을 이루고 있음을 말한다. 이 일체감은 시인이 잠시 신의 존재를 망각한 채 감각적인 쾌락에 탐닉하고 있는 것이 아닌가 의구심을 갖게 한다. 이 의구심은 독자만의 것이 아니라 시인 자신도 그 점을 의식하고 있는 것이 분명하다. 이 점은 시인이 작품 후반에서 다분히 "교리적인"(Hardy 5) 싯귀를 도입하고 있는 것으로 미루어 짐작할 수 있다. 이것은 오스틴 워렌(Austin Warren)이 말하고 있듯이 시인으로서의 그 자신과 종교인으로서의 그 자신 사이의 긴장에서 비롯하고 하는 것으로 보인다 (14).

> 이 모든 활기와 즐거움은 무엇인가?
> 에덴 동산의 시초에 존재했던 지상의 아름다움의
> 한 가닥 줄기라오, 그것이 망쳐지기 전에,
>
> 그리스도여, 주님이여, 마음이 흐려지고 죄를 지어 상하기 전에
> 오월제를 즐기는 소년 소녀들의 순진한 마음을
> 오! 그리스도여, 그들을 선택하시오, 선택할 가치가 분명히 있오.
>
> What is all this juice and all this joy?
> A strain of the earth's sweet being in the beginning
> In Eden garden,—Have, get, before it cloy,

Before it cloud, Christ, Lord, and sour with sinning,
Innocent mind and Mayday in girl and boy,
Most, O maid's child, thy choice and worthy the winning.

감각적인 즐거움에 탐닉하던 전반부에서의 시인이 여기서 갑자기 자신이 느낀 즐거움에 대하여 의문을 제기하면서 딴청을 떨고 있다. 봄은 아름다운 것임에 틀림없지만 가을이 되면 시들듯이 인간의 순진성도 언젠가는 상실하고 말 것이라는 데 그의 생각이 미치고 있다. 그는 여기서 인간이 타락하는 과정을 자연이 시드는 과정에 비유하고 있는 것이 분명하다. 그러나 우리는 자연이 시드는 것을 타락이라고 말할 수도 없고 인간의 타락이 필연적이라고도 말할 수 없다. 인간이 성장하면서 어린 시절에 지니고 있던 순진성을 상실하게 되는 것은 거의 필연적이라고 말할 수 있을지 모르지만 그 상실을 대가로 보다 원숙한 도덕적인 의식을 획득하게 되지 않는가. 자연이 시드는 과정이나 인간이 순진성을 상실하는 것이나 성장에 따른 자연스러운 현상임에 틀림없다. 그럼에도 불구하고 그가 그 과정을 타락으로 규정한다 것은 곧 감각의 투명성 그 자체를 도덕적인 의식의 척도로 간주하고 있음을 말한다.

「빈지 포플러」("Binsey Popular")에서도 감각이 도덕적인 의식과 밀접하게 관련되어 있다. 이 작품은 각종 모음집에 단골로 삽입되어 있는 만큼 평자들로부터 사랑을 받고 있는 것인데 이것은 무엇보다도 이 작품에서 사용되고 있는 참신한 비유 때문이 아닌가 생각된다. 그러나 이 비유는 일관성을 결여함으로써 전체적인 시적 균형을 깨뜨리는 원인이 되고 있음을 우리는 간과할 수 없다. 시의 전반부에 나타나 있는 포플러는 공중의 둥지로서 작열하는 태양을 꼼짝 못하게 사로잡고 나뭇잎으로 열기를 식혀주어("quelled quelled or quenched in leaves the leaping sun") 그 밑의 인간을 서늘하게 해주는 신의 따스한 사랑을 상징하는 것으로 보인다.

작열하는 태양의 열기를 공중의 둥지로 꼼짝 못하게 사로잡고
나뭇잎으로 열기를 식혀주던 나의 사랑하는 포풀라 나무가
모두가 쓰러지고 쓰러졌구나 모조리 쓰러졌구나.
풀밭과 강과 바람이 서성이는 잡초 무성한 강뚝에서
헤엄치거나 주저앉아 있던 샌들을 신은 그림자를 달래던
이열로 진을 치고 있던 신선한 나무들이
하나도 남김없이.

My aspens dear, whose airy cages quelled,
Quelled or quenched in leaves the leaping sun,
All felled, are all felled;
  Of a fresh and following folded rank
        Not spared, not one
        That dandled a sandalled
      Shadow that swam or sank
On meadow and river and wind-wandering
    weed-winding bank.(78)

더운 때 태양의 열기는 곤혹스러운 것임에 틀림없지만 만물을 성장시
키기 위해서는 반드시 필요하다. 따라서 신이 인간을 위해서 베풀어 줄
수 있는 것은 포플러를 통하여 태양을 가려주는 것뿐이다. "quell"이라는
동사는 포플러들이 태양의 열기를 모조리 격퇴시키던 무적의 용사에 비
유되어 있음을 말하고 "fell"이라는 동사는 그 용사들이 무참히 쓰러졌음
을 시사한다. 이 동사의 반복적인 사용은 아름다움의 파괴보다는 자연
속에서 신의 인스케이프를 간파하지 못하는 현대인들의 안타까운 심정
을 나타내주는 것으로 보인다. 그런데 시의 나머지 부분에서는 시인의
관심이 오로지 포플러의 아름다움에만 집중되어 있다.

오! 우리가 땅을 파고 나무를 자를 때
자라나는 나무들을 괴롭히거나 마구 자를 때
우리가 무슨 짓을 하고 있는지를 알기만 한다면!
시골풍경은 반짝반짝 윤이 나는 눈동자처럼 부드럽고 가냘퍼
바늘로 살짝 찌르기만 해도 앞을 보지 못한다.
우리가 자연을 뜯어고치려고 마음먹으면 자연을 망치게 되며
우리가 캐내고 자를 때 나중에 그곳을 찾는 사람들은
아름다움이 그곳에 있었는지조차도 모를 일이다.

O if we but knew what we do
    When we delve or hew—
Hack and rack the growing green!
    Since country is so tender
To touch, her being so slender,
That, like this sleek and seeing ball
But a prick will make no eye at all,
Where we, even where we mean
    To mend her we end her,
    When we hew or delve:
After-comers cannot guess the beauty been.(79)

　시인은 여기서 자연을 바늘로 살짝 찌르기만 해도 완전히 망가지는
여린 눈에 비유하고 있다. 이 비유는 자연이 그만큼 망가지기 쉽다는 것
을 암시한다. 시인은 여기서 바늘에 찔린 만큼의 상처에 의해서도 자연
은 크게 손상을 입을 수 있다고 생각할 만큼 자연의 개별성에 대하여 섬
세하고 예민한 감각을 지니고 있는 그 자신과 같은 부류와 자연을 실용
적인 목적을 위해서 도끼와 같은 연장을 조금도 거리낌없이 휘두르는,
감각이 무딘 부류의 사람들을 대조하고 있다. 자연의 개별성에 유별난
관심을 지닌 사람은 달리 말해서 미적 감각이 뛰어난 사람이다. 시인 또

한 이 부류에 속하는 사람이어서 포플러가 베어지는 것을 안타까워하는
그의 심정은 전원의 아름다움의 파괴와 직결되어 있는 것임에 틀림없다.
앞서 제시되어 있는 포플러의 인스케이프는 바로 이러한 그의 탐미적인
감각을 중화하는 역할을 하고 있는 것으로 생각된다. 그러니까 포플러의
아름다움과 그것의 인스케이프를 상호 연관시키는 그의 시적 방법은 그
의 탐미적인 성향과 사제로서의 그의 입장을 조화시키는 한 방법이 되고
있는 것이다.

「황조롱이」("The Windhover")는 그의 탐미적인 성향과 그것을 넘어서
려는 욕구가 서로 갈등하면서도 적절히 균형을 유지하는 대표적인 작품
이다. 여기서 우리는 자연의 아름다움에 매력을 느끼면서도 한편으로는
그러한 이끌림에 저항하는 시인의 태도를 엿볼 수 있다. 자연에서든 인
간에서든 미에 대한 그의 사랑은 라파엘 전파나 동시대의 유미주의자들
만큼이나 강렬한 것이지만 한편으로는 그러한 육체적인 아름다움이 지
극히 일시적이라는 것을 잊지 않는다. 이러한 그의 양면성은 황조롱이의
아름다운 비상을 가슴 두근거리며 숨어서 바라보는 그의 태도를 통하여
암시적으로 드러난다.

> 마치 스케이트의 뒤축이 굽이를 매끄럽게 미끄러지듯이
> 강한 바람을 타고 유유히 내닫는다.
> 숨어서 바라보는 나의 가슴은 설레인다,
> 한 마리의 새의 숙련과 성취에.
>
> 야성적인 아름다움과 용기 그리고 몸짓과 위풍, 자존심과 긍지가
>   이윽고 여기서
> 바스러진다! 그 때 그대로부터 터져 나오는 불꽃은
> 억만 배 더 아름답고 더 위험스러웠다.
> 오 나의 기사여!

그것은 당연한 일, 밭을 가는 한낱 노역도
쟁기 날을 빛내고 싸늘히 식은 불씨도,
떨어져 상처를 입으면서 금빛 주홍빛 상처를 터뜨리는 것을.

As a skate's heel sweeps smooth on a bow-bend: the hurl and
     gliding
  Rebuffed the big wind. My heart in hiding
Stirred for a bird,—the achieve of, the mastery of the thing!

Brute beauty and valour and act, oh, air, pride, plume, here
  Buckle! And the fire that breaks from thee then, a billion
Time told lovelier, more dangerous,
                    O my chevalier!

  No wonder of it: sheer plod makes plough down sillion
Shine, and blue-bleak embers, ah my dear,
  Fall, gall themselves, and gash gold-vermilion.(69)

　스케이트의 뒤 굽이 매끄럽게 휘어져 미끄러지듯이 나르는 황조롱이
의 야수적인 아름다움과 용맹성, 자만 등의 특질들은 시인이 보아주기를
기다리는 정적인 것들이 아니다. 그가 파악한 황조롱이의 개별성들은 그
의 시각에 의하여 포착된 것이기도 하지만 동시에 황조롱이가 그의 마음
속에 각인시키는 것이기도 하다. 이러한 활발한 교감은 황조롱이와 시인
이 제 각각 신으로부터 부여받은 개별성들을 최대한으로 드러내는 가운
데 이루어지는 것이라는 점에서 대상의 개별성들을 무시한 채 주체의 일
방적인 시각에 의하여 묘사하는 낭만주의 시인들의 상상력과 뚜렷이 구
분된다.
　그가 황조롱이를 숨어서 바라보고 있다는 것은 곧 그것의 개별성에

일정한 거리를 두고 있음을 말한다. 이것은 힐(Archibald A. Hill)이 말한
바와 같이 그것들에 "함몰될지 모른다는 두려움"(977) 때문으로 보인다.
여기서 우리는 시인으로서의 그 자신과 종교인으로서의 그 자신 사이의
긴장을 느낄 수 있다. 즉 그는 여기서 황조롱이의 비상에서 아름다움을
느끼고 있지만 한편으로는 그것에 자신의 자아를 빼앗기지 않을까 두려
워하는 것처럼 보인다. 황조롱이가 그리스도를 상징하는 것이라면 그의
이러한 갈등은 그리스도와 일체가 되고 싶은 욕망을 지니고 있으면서 그
자신의 세속적인 자아에 대한 집착을 버리지 못하고 있음을 말한다. 물
론 이 갈등은 신에 대한 그의 믿음의 약화에서 기인하는 것이 아니라 인
간이라면 느낄 수 있는 신에 대한 외경감의 표현에 가까운 것으로 보아
야 할 것이다. 인간적인 것에 대한 집착에서 기인하는 이러한 갈등은 오
직 강렬한 지각에 의해서만이 극복될 수 있다. 이러한 점에서 "buckle"이
라는 단어는 주목할 만하다. 데니스 워드(Dennis Ward)는 그것을 황조롱
이의 감각적인 아름다움이 지각자에 의하여 정신적인 아름다움으로 승
화되는 단계를 표현하는 말로 파악하고 있는데(177) 황조롱이의 개별성
자체가 보편적인 의미를 획득한다고 해서 자동적으로 사라지는 것이 아
니라는 점에서 개별성이 보편성 속에 용해된다는 뜻을 내포하는 이러한
해석은 만족스러운 것으로 보이지 않는다. 한편 마리아니(Paul Mariani)는
그것을 황조롱이가 급강하할 때 보여주는 브이 자 모양을 형상화하는 것
으로 보고 그리스도가 십자가에 못박혀 죽으면서 그 자신의 몸무게에 의
하여 늘어진 모습과 동일시한다(112). 스토리(Graham Storey)는 이 견해
에 대해서 황조롱이가 급강하하는 것이 먹이를 사냥하기 위한 것일 뿐
죽음과는 아무런 상관이 없는 것이라는 점에서 납득하기 어렵다고 말한
다(106). 그러나 그것이 상징으로 사용되는 한 반드시 실제에 근거할 필
요는 없다. 황조롱이의 급강하가 실제로는 먹이를 사냥하기 위한 것일지
라도 시인에게는 그것이 달리 보일 수 있는 가능성은 얼마든지 있다. 문
제는 그리스도가 십자가에 못 박혀 죽을 때의 축 늘어진 모습과 황조롱

이가 급강하하면서 보여주는 아름다움을 상호 연관시키기 어렵다는 점에 있다. 필자가 생각하기에 그 단어는 시인의 단순 시각에 비쳐진 황조롱이의 개별성들이 그의 인스트레스에 의하여 강렬하게 한 데 뭉치거나 엉키어 있는 상태를 나타내는 말로 보는 것이 적절한 것으로 보이는데 그것은 이러한 관점에서만이 우리는 비로소 황조롱이가 지닌 인스트레스와 그것의 개별성에서 신의 본성을 파악하는 시인의 인스트레스를 설명할 수 있기 때문이다. 시인은 개별성들이 한 데 엉키어 나타나는 황조롱이의 급강하를 그리스도의 죽음과 연관시키고 있는 것이 분명하다. 양자의 연관성은 황조롱이의 급강하가 인류를 위하여 신성을 버리고 인간으로 다시 태어난 그리스도를 상기시키기 때문이다. 이 점은 마지막 연의 싸늘히 식어 가는 불씨와 주홍빛 상처와 같은 이미지들에 의하여 보다 구체화된다. 식어 가는 불씨가 떨어지면서 그리스도의 죽음을 연상케 하는 장엄한 아름다움을 보여주는 것은 황조롱이가 쏜살같이 내려오면서 아름답게 빛을 발하는 것에 대응하는 것으로 보인다. 그가 황조롱이의 급강하를 위협적으로 느끼는 것은 인류를 위해서 기꺼이 자신의 목숨을 바친 그리스도와 달리 여전히 개인적인 자아에 머물고 있는 그 자신에 대한 자의식적인 반응으로 볼 수 있다. 그의 이러한 반응은 간단히 말해서 황조롱이의 강하가 그에게는 그 자신의 개인적인 자아를 박탈하기 위한 것으로—그 자신의 자아를 보잘 것 없는 것으로 만든다는 점에서—느껴지고 있음을 말한다. 이것은 첫 연에서 그가 황조롱이의 비상을 숨어서 바라보는 것과 같은 맥락에서 이해될 수 있다.

　황조롱이의 아름다움은 그것을 간파할 수 있는 시인의 강렬한 지각이 없이는 표현될 수 없다. 시인이 그것의 야성적인 아름다움을 통해서 신의 본성을 이해할 수 있는 것은 전적으로 그 자신의 강렬한 지각에 힘입고 있는 것이다. 그의 인간에 대한 관심에서도 자연에서와 마찬가지로 개별성이 초점의 대상이 된다. 그 개별성은 인간의 감정이나 사고에서의 독특함을 뜻하는 것이 아니다. 그것은 사고와 감정 이전의 기본적인 구조로서 뛰어난 감각을 지닌 사람에 의해서만이 간파될 수 있는 것이다. 이를테면 「헨리 퍼셀」("Henry Purcell")에서 음악가인 퍼셀의 개별성이 음악을 통해서 드러나는데 음악적인 감각을 지니지 못한 사람은 자연히 그의 개별성을 파악할 수 없으며 따라서 음악의 아름다움도 이해하지 못할 것이 자명하다. 시인은 음악적인 감각을 지니고 있기 때문에 퍼셀의 음악을 통해서 그의 독특한 개별성을 간파할 수 있으며 그것을 동시에 그 자신의 감각에 각인시킬 수 있다. 즉 퍼셀의 음악은 그냥 들려지는 것이 아니라 음악가 자신의 인스케이프를("arch-especial" or "abrupt self")를 앞세우고 시인 귀로 파고든다.

그의 어떤 기분이나 의미나 오만한 정열이나 혹은 비밀스러운
　　두려움이나
혹은 사랑이나 연민이나 모든 아름다움 곡조나 그의 힘을 불러
　　일으키려 애쓰는 법이 없네.
나를 사로잡은 것은 연마된 특징, 귀를 집요하게 파고드는
　　두드러진 그의 자아.

오, 그의 천상의 곡조여! 나의 마음을 드높여 주고 차분하게
　　해다오.
나는 단지 그의 날개 밑의 젖혀진 깃털에 찍혀 있는 기이한 문양,
그의 독특한 개성만을 볼 것이네. 마찬가지로 천둥 구름으로
　　가득한 해변가를 거니는 거대한 새를 보면
비상할 때의 그 의기양양한 하얀 깃털이 흩뿌리는 거대한
　　미소를 바라볼 것이네.
전혀 그 어떤 것도 보여 주려는 기색이 전혀 없는 그의 움직임은
우리 마음을 신비롭게 하네.

Not mood in him nor meaning, proud fire or sacred fear,

Or love or pity or all that sweet notes not his might nursle:
it is the forged feature finds me; it is the rehearsal
Of own, of abrupt self there so thrusts on, so throngs the ear.

Let him oh! with his air of angels then lift me, lay me! only I'll
Have an eye to the sakes of him, quaint moonmarks, to his pelted
          plumage under
Wings: so some great stormfowl, whenever he has walked his while
The thunder-purple seabeach plumed purple-of-thunder,
If a wuthering of his palmy snow-pinions scatter a colossal smile
Off him, but meaning motion fans fresh our wits with wonder.(80)

즉 퍼셀의 음악이 시인에게 제시해 주는 것은 어떤 기분이나 의미나 사랑과 연민 또는 두려움 등이 아니다. 그것이 들려주는 것은 시인에게 역동적으로 작용하는 퍼셀의 독특한 자아이다. 그 자아는 청중에게 의식적으로 드러내려는 의도를 전혀 지니고 있지 않다는 점에서 특이하다. 그것은 새가 비상할 때 드러나는 독특한 문양과 천둥번개 치는 폭풍우가 몰아치는 악천후 속을 비상하는 새의 뒤집혀진 깃털에서 흩어지는 거대한 미소처럼 지극히 자연스럽게 음악을 통하여 드러난다. 새들이 보여주는 독특한 문양이나 거대한 미소는 비상함에 따라 자연스럽게 드러나는 것이지 그것을 보는 사람에게 깊은 인상을 주려는 어떤 의도도 지니고 있지 않다. 그것은 단지 황조롱이처럼 "본능적인 행동의 아름다움과 힘찬 에너지"(Mackenzie 116)를 통해서 보는 사람에게 즐거움과 신비함을 느끼게 할 뿐이다.

새들의 독특한 문양과 힘찬 에너지 그리고 거대한 미소 등은 물론 퍼셀의 음악의 독특한 특질을 드러내 주는 것이기도 하지만 그것은 동시에 시인의 독특한 지각을 드러내 주는 것이기도 하다. 새의 독특한 본질이 일단 바람에 의하여 공중에 떠서 몸을 지탱할 수 있을 때만이 드러나듯이 퍼셀의 음악의 독특한 특질 또한 저절로 드러날 수 있는 것이 아니다. 그것은 그것을 간파할 수 있는 시인 자신의 독특한 지각에 의해서만이 가능하다. 시인 자신과 새 그리고 퍼셀의 음악을 상호 역동적인 관계로 맺어 주는 개별성은 말할 것도 없이 신으로부터 부여된 것들이다. 따라서 퍼셀의 음악에 대한 경험은 제닝즈(Elizabeth Jennings)가 말하고 있듯이 신을 이해하는 첩경(198)이 된다.

시인은 심지어 평범한 인간의 활동까지도 신에 대한 찬미로 본다. 그의 다음과 같은 노트는 이러한 점에서 주목할 만하다.

> 신에게 영광을 돌리는 것은 기도뿐만이 아니다. 일도 그러하다. 모루를 내리치든 톱질을 하든 성실하게 의무를 행하는 한 신을 찬미하는 일들이다. 뜻 있는 종교의식에 가는 것도 신을 찬미하는 것이지만 감사히 그리고 절제 있게 음식을 드는 것도 신을 찬미하는 일이다. 기도하는 것도 신을 찬미하는 일이지만 똥 묻은 쇠스랑을 든 사나이나 구정물통을 든 여인도 신을 찬미하는 것이다.(SD 240-1)

작품 「펠릭스 랜들」("Felix Randall")은 바로 이러한 시인의 사고를 구체화하는 작품으로서 지극히 평범한 대장장이를 통하여 신의 육화의 개념이 탐색되어 있다. 이 작품은 시인에 의하여 영적인 보살핌을 받다가 죽은 대장장이에 대한 비가이다. 시인과 그의 만남은 그가 중병에 걸려 죽음의 기로에 서있을 때 이루어진 것으로 보인다. 그는 병들기 전에는 매우 건장한 잘 생긴 사람이었지만 그 자신의 영혼의 관리에는 소홀히 한 것으로 보인다. 이 점은 그의 육체가 병이 들었을 때 화를 내고 저주하는 일면을 통하여 짐작된다. 그러나 그는 시인의 영적인 보살핌을 받으면서 천사와 같은 마음이 싹트기 시작한다. 그의 영혼이 움직이면서 그는 시인의 설교와 어루만져 주는 손길로부터 위안을 받기 시작한다 ("My tongue had taught thee comfort, touch had quenched thy tears"). 그의

이 변화는 시인에게 깊은 감동을 줌으로써 양자의 관계가 서로 영향을
주고 받는 대등한 관계로 발전하는 계기가 되고 있다는 점에서 의미를
지닌다. 양자의 이 대등한 관계는 시의 마지막 부분에 가서 다음과 같이
동질적인 것이 된다.

> 동료들 가운데서 힘세기로 유명한 당신이
> 어지럽고 어둡고 침침한 대장간에서
> 커다란 회색 짐말에 반짝반짝 빛나는 잘 연마된 샌들을 신겨주던
> 우악스럽던 시절의 그와 얼마나 딴판으로 달라졌는가!

> How far from then forethought of, all thy more boisterous years,
> When thou at random grim forge, powerful amidst peers,
> Didst fettle for the great grey drayhorse his bright and battering
> sandal!(87)

일반적으로 비가의 마지막 부분에서는 죽은 자에 대한 슬픔보다는 시
인 자신의 창조력이 강조되어 있는 것이 관례이다. 홉킨즈는 그 관례를
깨고 죽은 자와 그를 슬퍼하는 시인의 정신적 가치를 동시에 긍정한다.
즉 대장간에서 짐말에 반짝반짝 빛나고 잘 연마된 편자를 박아주는 펠릭
스의 직업이 죽은 자에게 영생을 빌어주는 사제의 일과 동일시되어 있
다. 이 동일시는 난폭했던 그의 모습에 비하면 굉장한 예찬이다. 그는 이
예찬을 통해서 지극히 평범한 것에서 겉으로 드러나지 않는 정신적인 가
치를 간파하는 그의 통찰력을 엿보여 준다. 즉 시인은 펠릭스의 육체적
인 일에서 죽은 자의 영혼을 축복함으로써 영생의 길을 가게 하는 그 자
신의 일과 동일한 정신적인 의미를 간파하고 있는 것이다. 이러한 동일
시는 사제의 일이 단순히 펠릭스의 영생을 비는 것에 그치는 것이 아님
을 시사한다. 그것은 펠릭스가 쇠를 연마하듯이 사제는 난폭한 영혼을
연마해서 영생의 길을 가게 하는, 영혼의 대장장이임을 뜻한다. 쇠를 연

마하는 펠릭스의 행위와 난폭하고 억센 사나이를 연마하는 사제인 시인
의 행위가 공통적으로 내포하는 힘은 바로 그들의 개별성 즉 인스케이프
를 유지시켜 주는 인스트레스이다. 양자의 동일시는 바로 이 인스트레스
가 동일한 근원인 그리스도로부터 비롯되는 것이라는 점에 근거한다. 우
리는 이러한 점에서 그리스도가 이 세상에서 가장 힘센 사나이로 그려졌
던 앞서의 예를 상기할 필요가 있다. 우리는 지극히 평범한 펠릭스의 육
체적인 일에서 정신적인 아름다움을 간파하는 시인을 통해서 그의 특유
의 미적 감각과 그것을 넘어서 그리스도와 일체가 되려는 그의 초월적인
의지를 동시에 엿 볼 수 있다.

Ⅳ. 내적 세계

자연을 대상으로 하는 작품들에서는 개체들의 인스케이프를 드러내는
것이 곧 신을 찬미하는 것이었으나 "고통의 소네트들"은 자아의 감옥에
갇힌 채 모든 것으로부터 소외되어 있는 시인의 절망감이 공통적인 주제
가 되고 있다. 그가 이 소네트들을 쓸 당시 그의 절망감은 극도에 도달
해 있었다. 이 때 그는 아일랜드의 한 대학교의 교수로 재직하면서 많은
수의 학생들을 대상으로 시험을 치르고 채점하는 일에 넌더리가 나 있었
고 기독교도의 한사람으로 다수인 신교도들로부터 소외되어 있었을 뿐
만 아니라 아일랜드의 민족주의에 반감을 지니고 있었던 만큼 그것을 지
지하는 기독교도들과의 사이도 소원한 상태였다. 이러한 그의 현실적인
입장은 그의 미적 감각이나 상상력을 무디게 하기에 충분했을 것으로 보
인다. 스토리의 말에 의하면 그는 이 때 신으로부터 버림받고 그를 구원
해 줄 수 있는 창조적인 힘도 고갈되었다고 확신하고 있었다(54). 픽은
시인의 창조적인 힘의 고갈이 사제로서의 직무에 충실하기 위하여 세속
적인 명성을 포기한 데서 연유하는 것으로 보고 있어 주목된다. 즉 명성

은 시의 영감을 자극하는 주요 동기인 만큼 그것의 포기는 시의 창작에 치명적인 것이 되지 않을 수 없다는 것이 그의 견해이다(123). 여기서 중요한 것은 그의 명성의 포기가 그의 창작에 미친 치명적인 영향이 아니라 포기한 후에도 여전히 그것에 대한 미련이 남아 갈등의 요인으로 작용할 가능성이 없지 않다는 점이다. 이러한 갈등과 주변 현실은 그가 예민한 감각의 소유자였던 만큼 그에게 크나큰 고통을 안겨 주었을 것으로 보인다.

고통 속에서는 누구든지 신을 수용하기 어렵다. 이러한 인간의 일반적인 태도의 이면에는 신이 존재한다면 이 세상에 고통은 없을 것이라는 순진한 믿음이 자리하고 있다. 사실 성인이 아닌 평범한 인간으로서 현실적인 고통을 신의 뜻으로 기꺼이 수용한다는 것은 거의 불가능하다. 물론 홉킨즈의 경우도 예외는 아니다. 그가 신으로부터 버림받고 있다는 느낌을 가지고 있었다는 것은 단적으로 그의 현실적인 고통과 화해할 수 없었음을 말한다. 인간의 고통은 여러 가지 원인에서 야기되지만 그것의 궁극적인 원인은 자아를 계속 견지하려는 자존심이다. 그 자존심이 자리하고 있는 한 어느 누구도 고통에서 벗어날 수 없으며 신과의 합일 또한 불가능하다.

인간의 자존심은 고통과 시련을 통해서만이 극복될 수 있다. 인간은 오직 그것을 통해서 자아의 한계를 자각할 때만이 비로소 자존심과 관련되어 있는 인간적인 자아에 대한 집착에서 벗어날 수 있으며 철저하게 신에게 귀의할 수 있다. 이러한 생각은 자연이든 인간이든 개별성을 최대한으로 드러내는 것이 신이 인간을 창조한 목적에 부합하는 것이라는 그의 기본적인 사고와 일치한다. 신은 오직 인간이 고유하게 지니고 있는 자아의 의지를 통해서만이 인간을 구원할 수 있다. 따라서 고통과 시련에 굴복하는 것은 자아를 창조적으로 발전시킬 수 있는 기회를 스스로 저버리는 결과가 된다. 자연의 인스케이프를 통하여 신을 간파하던 시인의 투명한 지각이 여기서는 이처럼 자칫 비겁하기 쉬운 자아를 감시하는 데로 집중되어 있는 것으로 보인다. 시인이 「썩은 위안」("Carrion Comfort")
에서 위안을 거부하고 고통과 투쟁하는 것은 바로 이러한 관점에서의 이
해가 요구된다.

> 썩은 위안이여 절망이여 나는 너를 달가워하지 않는다.
> 나는 절대로 이 인간의 마지막 밧줄의 매듭들을 풀지 않을 것이다,
> 그것들이 설사 느슨하게 짜여져 있다 할지라도,
> 나는 너무나 지쳐 더 이상 외칠 수도 없다. 그러나 나는 그래도
> 무엇인가 바랄 수 있다, 선택되어지지 않기를.

> Not, I'll not, carrion comfort, despair, not feast on thee;
> Not untwist-slack they may be-these last strands of man
> I me or, most weary, cry I *can no more*. I can;
> Can something, hope, wish day come, not choose not to be.(99)

여기서 "untwist"라는 단어는 인간이 여러 가닥의 실로 꼬아 만든 밧줄
에 비유되고 있음을 시사하는 동시에 개인적인 자아를 고수하려는 강인
한 의지를 함축하고 있다. 이 의지는 말할 것도 없이 신이 부여하는 고
통에 굴복하지 않겠다는 것을 뜻한다. 이러한 의지는 "not choose not to
be"에서 재천명 되고 있다. 그러나 이러한 그의 의지를 비웃기라도 하듯
이 신은 그를 집어삼키려는 난폭한 사자의 이미지로 나타난다. 신의 컴
컴한 탐욕스러운 눈들이 암시하는 무시무시한 힘은 인류를 위하여 자신
을 기꺼이 희생한 그리스도의 인스케이프를 유지하는 인스트레스이다.
신의 난폭한 이미지는 이러한 점에서 자아에 연연하는 자신의 왜소함에
대한 고통스러운 자각의 표현이라고 할 수 있다. 시인의 강렬한 지각은
고통 속에서도 신의 광폭한 힘이 자신을 파멸시키기 위한 것이 아니라
그의 비본질적인 자아를 정화함으로써 그의 자아에 일치시키려는, 시인
의 표현으로 말하면 왕겨를 벗겨 내어 알 곡식으로 만들려는("my chaff

might fly: my grain lie, sheer and clear") 신의 강렬한 사랑의 표현임을 간파한다. 그의 신과의 투쟁은("I wretch lay wrestling with my God") 바로 그의 이러한 통찰력에 근거한다. 그러나 「더 이상의 고통은 없다」("No worst, there is none")에서는 시인의 투쟁의지가 한계에 도달하고 있는 것처럼 보인다. 우리는 이것을 통해서 시인의 절망감이 어느 정도로 극단화되고 있는지 충분히 가늠할 수 있다.

> 오 마음이여! 마음은 산,
> 도저히 가늠되지 않은 소름끼치는 벼랑을 지닌 산.
> 거기에 매달려 본 적이 없는 사람들은 그 산을 하찮게 여길지
>   모른다.
> 낭떠러지에 매어 달릴 수 있는 우리의 인내력은 길지도 않은데.
>   가련한 사람아
> 이쯤해서 회오리바람이 부는데 이불 속으로 기어 들어가는 것이
>   어떨지.
> 모든 삶은 죽음으로 끝나고 하루하루는 잠과 더불어 죽어 가는
>   것이 아닌가.

> O the mind, mind has mountains; cliff of fall
> Frightful, sheer: no man-fathomed. Hold them cheap
> May who ne'er hung there. Nor does long our small
> Durance deal with steep or deep. Here! creep,
> Wretch, under a comfort serves in a whirlwind: all
> Life death does end and each day dies with sleep.(107)

여기서의 가파른 절벽에 매달려 있는 등산객과 그를 밀어 떨어뜨리려는 돌풍은 각각 화자의 자아와 그 자아를 굴복시키려는 신의 의지의 은유로 볼 수 있다. 산을 정복하려는 시인의 자아를 강력히 저지하는 돌풍

은 물론 신이 그의 자아를 그 자신의 의지에 복속시키기 위하여, 인간에게 부여하는 고통과 시련을 나타낸다. 인간은 온갖 시련에도 불구하고 자아를 실현시키려고 노력함으로써만이 그 자신의 세속적인 자아를 불식하고 신의 의지에 부응하는 방향으로 나아갈 수 있다. 시인이 산중턱에서 신의 광포한 저항에 부딪혀 앞으로 나아가지도 못하고 뒤로 물러서지도 못한 채 꼼짝 못하는 것은 그가 자아의 한계에 도달하고 있음을 암시한다. 그는 이 때의 그의 심정을 그의 노트에서 "나의 일은 제대로 되는 것이 없다, 나는 지칠 대로 지쳐있다, 나는 죽고 싶지만 지금 내가 죽으면 나를 극복하지 못하고 불완전한 상태에서 죽고 말 것이다, 그것은 최악의 실패이다"라고 적고 있다(*SD* 262). 시인이 절망감에 빠져있는 자신의 자아에게 고통을 영원히 종식시킬 수 있는 죽음을 권하고 있는 것은 이러한 그의 현실적인 고통을 반영하는 것으로 생각된다. 마리아니는 "comfort"라는 단어의 의미를 동굴 같은 피난처로 생각하고 있으나(229) 그것의 의미는 마지막 행의 의미로 보아 죽음을 상징하고 있는 것으로 보인다. 마지막 행이 뜻하는 것은 하루하루가 잠과 더불어 죽어가듯이 삶이 곧 죽음의 과정이므로 죽음을 두려워할 필요가 없다는 것으로 요약된다. "comfort"는 바로 이러한 의미의 규정을 받아 "이불"이라는 뜻으로 해석되는 것이 가장 적합해 보인다. 이러한 관점에서 마지막 3행은 죽음은 일종의 잠과 같은 것이므로 두려워하지 말고 죽음이 제공하는 안락에 기꺼이 몸을 맡기라는 시인의 무력한 자아에 대한, 다분히 자조적인 권고로 풀이되는데 우리는 이것을 통해서 시인이 완전히 절망하고 있는 것이 아님을 짐작할 수 있다.

시인이 고통에서 벗어나지 못하는 것은 근본적으로 자아를 극복하지 못한 데서 연유한다. 자아를 극복하는 일이 얼마나 지난한 일인지는 위의 작품에서 온갖 고통에도 불구하고 끝까지 자아를 포기하지 않으려는 시인의 태도를 통하여 여실히 드러난다. 인간은 자아에 대한 집착에서 벗어나지 않는 한 고통에서 해방될 수 없다. 작품「나는 깨어 끔찍한 어둠을 느낀다」("I wake and feel the fell of dark")에서 그는 자아의 감옥으로부터 쉽사리 벗어날 수 없는 인간의 운명에 대하여 극단적인 혐오감을 보이고 있다. 그는 자아의 감옥을 어둠으로 보고 그 어둠을 밝혀 줄 신의 은총을 빛으로 표현하는 진부한 이미지를 사용하고 있는데 여기서 중요한 것은 그가 정신적인 어둠을 상상을 통해서가 아니라 온몸으로 느끼고 있다는 점이다.

> 나는 깨어 낮이 아닌 끔찍한 어둠을 느낀다.
> 오! 우리는 얼마나 많은 시간을, 얼마나 어두운 시간을 보냈는가,
> 오늘밤, 너, 심장이여 어떤 눈을 가지고 어디로 가서 무엇을 보
>   았는가!
> 빛이 찾아 들려면 아직 더 기다려야 하는데.

> I wake and feel the fell of dark, not day.
> What hours, O what black hours we have spent
> This night! what sight you, heart, saw: ways you went!
> And more must, in yet longer light's delay.(101)

여기서의 시인은 어둠의 무게에 짓눌려 있는 것처럼 보인다. 그는 과거에도 어둠 속에 살아왔고 앞으로도 언젠가는 틀림없이 오겠지만 빛이 찾아들기까지는 여전히 어둠 속에서 생활하지 않으면 안된다는 것을 자각하고 있다. 그는 어둠 속에서 그의 고통을 호소하지만 그의 호소는 주소불명의 편지("dead letter")에 불과하다. 이것은 곧 신과 시인 사이의 통신이 두절되어 있음을 뜻한다. 시인이 자신을 담즙("gall") 그 자체로 지각하는 것은 이러한 연유에서이다.

> 나는 담즙, 나는 가슴앓이, 신은 아무도 모르게
> 내가 쓰디쓴 맛을 느끼도록 명령을 내렸을 꺼야, 나의 취미는

곧 나,
나의 뼈도 살도 피도 저주로 넘쳐나 있다.

영혼의 누룩이 안으로 작용하면 밀가루 반죽을 시게 만든다.
　　나는 안다
구원을 받지 못한 사람들도 이와 같을 것이라는 것을, 그리고
　　그들은 나처럼
땀을 흘리도록 천벌을 받을 것이라는 것을, 그러나 그들의 벌이
　　더 가혹하다는 것도.

I am gall, I am heartburn. God's most deep decree
Bitter would have me taste; my taste was me:
Bones built in me, flesh filled, blood brimmed the curse.

Selfyeast of spirit a dull dough sours. I see
The lost are like this, and their scourge to be
As I am mine, their sweating selves: but worse.

　담즙이 육체로 스며들어 시인은 마침내 그 자신을 담즙 그 자체로 지
각하고 있다. 이것은 곧 그가 고통에서 벗어나기 위해서는 무엇보다도
육신의 한계를 벗어나지 못하는 자아를 극복하지 않으면 안된다는 것을
시사한다. 시인은 그의 설교집에서 그의 자아가 "맥주나 명반의 맛보다
더 독특하고 호두나무잎이나 박하향기보다 더 독특해서 그 어떤 수단에
의해서도 그것을 다른 사람들에게 전달하는 것이 불가능하다"(123)고 말
한다. 다른 어떤 것보다도 그의 독특한 자아는 바로 그의 자존심의 근원
이다. 그의 고통은 자존심에 의하여 세속적인 자아를 초극하지 못한 데
서 근본적으로 연유하는 것임에 틀림없다. 마지막 연에서의 누룩의 이미
지는 이러한 점에서 주목할 만하다. 이 이미지는 아낙네들이 가루 서 말
에 넣어 전부를 부풀게 한 (마태복음 13:33) 그리스도의 누룩을 연상케

한다. 이 누룩은 바로 영혼의 활동을 나타내는 비유이다. 영혼의 활동이 "신을 향할 때 인간의 육신은 맛있고 싱싱한 빵 덩어리로 부풀지만 그렇지 않고 자아로 향할 때는 필연적으로 부패한다"(Boyle 155). 구원을 받지 못하는 사람들이 식은땀을 흘리는 고통을 겪고 있는 것은 자아에 대한 집착 때문에 육체가 안으로 부패하고 있음을 의미한다. 구원을 받지 못한 사람들은 말하자면 현실적인 고통에 굴복한 사람들이다. 그들은 자아를 포기한 사람들로서 시인의 처지보다 더 나쁘다. 그들처럼 고통에 굴복함으로써 영원히 절망감에서 벗어나지 못하는 것보다는 언젠가 도래할 신의 은총을 기대하며 현재의 고통과 싸워야 할 그의 필연성이 바로 여기에 있다.

실패와 절망을 극복하는데 가장 유용한 덕성은 인내심이다. 시인은 그의 설교집에서 정신적인 실의에 빠져있는 사람에게 필요한 것은 인내심임을 강조한다(SD 204). 인내심은 체념과 다르다. 그것을 얻기 위해서는 혹심한 갈등과 고통을 감수할 수 있는 용기가 필요하다. 「인내는 힘든 것」("Patience, hard thing!")에서 그는 다음과 같이 말한다.

> 인내는 힘든 것! 그것은 기도를 하고 갈구함으로써 얻어지는
>   힘든 것!
> 인내를 얻기 위해서는 전쟁과 상처를 마다하지 않고
> 따분한 시간과 일을 마다하지 않고 자기 자신을 포기할 줄도
>   알아야 하고,
> 운명에 시달리기도 하고 복종도 마다하지 않아야 한다.
>
> 희귀한 인내는 이것들 속에 뿌리를 박고 있다, 이것들을
>   제쳐놓으면
> 어느 곳에서도 뿌리 내릴 곳은 없다.
> 자연스러운 마음의 아이비,
> 인내는 붕괴된 과거의 목적의 잔해들을 가려주고 거기서 그녀는

하루종일 자줏빛 눈들과 바닷물과 같은 나뭇잎들 가운데서 누어
　　있다.

Patience, hard thing! hard thing! the hard thing but to pray,
But bid for, patience is! Patience who asks
Wants war, wants wounds; weary his times, his tasks;
To do without, take tosses, obey.

Rare patience roots in these, and these away,
Nowhere. Natural heart's ivy, Patience masks
Our ruins of wrecked past purpose. There she basks
Purple eyes and seas of liquid leaves all day.(102)

　인내심은 투쟁해서 상처를 받기도 하고 권태로운 시간과 일을 견디고
필요하다면 자기 자신을 포기할 줄도 알아야 하고 운명에 복종할 줄 아
는 사람만이 쟁취할 수 있는 것이다. 그러한 고통을 감수하면서 인내심
을 얻으려는 것은 그것을 일단 획득하고 나면 그 동안에 입었던 상처가
깨끗이 치유될 뿐만 아니라 마음의 평정을 얻을 수 있기 때문이다. 인내
심이 자주색의 꽃들과 나뭇잎들로 우리들의 상처를 감싸고 있는 아이비
덩굴에 비유되어 있음은 곧 그것이 감각적으로 파악되고 있음을 말한다.
그것은 마치 해변가에서 한가롭게 해바라기 하는 육감적인 여인을 다분
히 상기시킨다.

　우리는 이러한 인내심의 효과를 잘 알고 있지만 우리들의 반항적인
의지는 신이라는 절대적인 신을 따르기보다는 우리들의 자아에 집착하
는 뿌리깊은 경향이 있다. 그러니 만큼 신을 따르기로 한 결정은 마음에
깊은 상처를 주게 된다. 그것은 다시 말해서 우리들의 인스케이프가 상
실되고 있음을 의미한다(Casebook 231). 그러나 시인은 그러한 인스케이
프에 대한 집착이 지양되어야 할 대상이고 그 일은 오직 신만이 할 수

있다는 것을 안다. 그리하여 시인은 우리들의 비틀린 자아를 바로 잡아 주기를 신에게 간청한다("Yet the rebellious wills/ Of us we do bid God bend to him even so.").

　마지막 연의 3행에서는 첫 연의 3행의 주제가 되풀이 강조되어 있다. 시인은 인내심을 꿀벌에 비유함으로써 인내심을 지닌 자는 꿀벌이 서서히 감미로운 사랑의 꿀로 가득 채우는 벌집이 된다. "crisp combs"은 인내심을 가지고 고통을 감수하지 않으면 안되는 인간의 인스케이프이다. crisp은 "튼튼한", "확고한"의 뜻을 지니는 것으로서 꿀벌이 벌집에 꿀을 채워 넣기 위해서는 벌집이 튼튼해야 한다는 것을 암시한다. 벌집을 튼튼하게 하는 방법 즉 인내심을 획득하는 방법은 한 마디로 말해서 우리들의 비본질적인 자아를 극복하고 신의 뜻에 따르는 것이다(Mariani 236). 그러자면 무엇보다도 우리들의 능력의 한계에 대한 철저한 인식이 우선되어야 한다. 이러한 인식은 우리들의 인간적인 인스케이프를 최대한으로 발현하는 과정을 통해서 이루어져야 함은 말할 것도 없다. 이 과정을 통해서 철저히 우리 자신의 한계를 깨달을 때만이 신에게 그만큼 철저하게 귀의할 수 있기 때문이다. 요컨대 인내심은 고통과 시련을 감수하면서 자아를 확대하려는 적극적인 노력의 대가로 지불되는 "신이 베푸는 선물"이다(같은 책 같은 면).

　인내심은 적극적으로 추구할 수 있지만 위안은 적극적으로 추구할 수 없다. 인내심을 일단 성취한 사람이 위안을 얻으려면 수동적인 태도를 취해야 한다. 작품 「나로 하여금 나의 마음에 연민을 갖게 해다오」("My own heart let me more have pity on")는 바로 이러한 사고를 핵심으로 한다. 그는 여기서 위안을 찾기 위하여 그의 자아를 더 이상 괴롭히지 않겠다는 의지를 천명한다.

　　　제발 나로 하여금 나의 마음에 연민을 갖게 해다오
　　　제발 이후부터는 인정많고

친절한 나의 불쌍한 자아에 맞추어 살도록 해다오.
여전히 고통스러운 정신을 지닌 이 고통스러운 정신 속에
헤어나도록 해다오.

My own heart let me more have pity on; let
Me live to my self hereafter kind,
Charitable; not live this tormented mind
With this tormented mind tormenting yet.(103)

첫 행의 "me"는 어떠한 대가를 치르더라도 "신과 일체가 되기를 원하는 자유의지"를 나타내 주는 반면 "my own heart"는 그 자체의 관심에 머물러 있는 "개인적 자아"를 가리킨다(Mariani 237). 시인에 의하면 이 두 의지 사이의 불화는 인간의 궁극적인 한계를 깨달음으로써만이 해소될 수 있다. 그는 우리가 절망에 빠지는 원인으로 세 가지를 들고 있는데 인간의 궁극적인 한계에 대한 인식이 세 번째의 원인으로서 지적되어 있다. 그러나 더욱 안타까운 것은 이러한 한계에 대한 절망감을 스스로 해소할 수 없다는 점이다. 우리에게는 헌신을 하고 열렬히 사랑하고 눈물을 흘릴 수는 있지만 정신적인 위안을 얻을 수 있는 능력은 없다. 우리는 단지 그 모든 것이 신의 은총으로 주어지는 것이라는 것을 감지할 수 있는 진정한 지식과 오성을 지니고 있을 뿐이라는 것이 시인의 견해이다(*SD* 205). 이것은 제 2연의 주제이기도 하다.

나는 위안을 샅샅이 찾았으나, 위안이 없는 곳을 뒤지다 보니
먼 눈이 어둠 속에서 빛을 찾을 수 없고 갈증도 해소할 수 없듯이
나는 위안을 얻을 수 없다,
천지가 물인데도 갈증만 느끼는구나

I cast for comfort I can no more get

By groping round my comfortless, than blind
Eyes in the dark can day or thirst can find
Thirst's all-in all in all a world of wet.(102)

여기서 시인은 열심히 위안을 찾으나 그의 노력은 마치 시력을 잃은
눈이 내부의 어둠 속에서 바깥의 태양을 찾는 것이나 갈증을 해소할 물
을 바깥이 아니라 마음 안에서 찾는 것과 마찬가지이다(Boyle 147). 따라
서 시인은 그 자신에게 그의 마음의 어두운 곳을 더 이상 탐색하지 말도
록 충고한다. 그의 자아는 그러한 탐색에 의하여 너무 오랫동안 시달린
나머지 갈가리 찢겨진 상태에 있다. 따라서 그에게 남은 일은 위안이 더
이상 존재하지 않는 곳에서 그것을 찾으려는 부질 없는 일을 그만두고
위안이 스스로 뿌리를 내릴 수 있도록 하는 것이다. 그것은 억지로 찾아
질 수 있는 것이 아니다. 그것은 오직 신만이 아는 때와 장소에서만이
발견될 수 있을 뿐이다.

신만이 알고 있는 때 신만이 알고 있는 것에 미소를 보낸다,
그의 미소는 보다시피 억지로 짜내지는 것이 아니다. 예기치
    않은 때
두 산 사이의 하늘처럼 사랑스러운 미소를 멀리 비춘다.

At God know to God know what: whose smile
's not wrung, see you: unforseen times rather—as skies
Betweenpie mountains—lights a lovely mile.(103)

신의 위안 즉 "smile"은 두 산 사이에 마치 쐐기모양처럼 구름을 뚫고
갑자기 출현한 알록달록한 하늘처럼 예기치 않게 온다. 아주 멀리까지
아름답게 비추는 신의 미소는 신의 불가사이한 힘을 나타내 주는 이미지
로서 자연의 인스케이프에 대한 시인의 관심을 드러내 준다. 신의 위안

이 우리들의 마음을 환하게 비추어 주는 미소에 비유되어 있음은 정신적
인 특질을 감각적으로 파악하려는 시인의 기본 입장을 반영하는 것으로
볼 수 있다. 자연의 인스케이프는 알록달록한 하늘의 아름다움이 구름
때문에 존재하듯이(하늘이 구름에 가려 있다가 보일 때 그것은 햇빛과
구름의 조화에 의하여 알록달록한 하늘이 된다.) 신의 위안은 온갖 고통
과 시련을 참을성 있게 인내할 때만이 획득할 수 있음을 암시하는 것일
것이다. 바로 이 점은 이 시의 기본 주제라고 할 수 있는데 이 주제는 시
인의 다음과 같은 설교와 밀접하게 관련되어 있는 것으로 보인다.

> 당신이 위안을 별로 느끼지 못한다면, 동포여, 그것은 우리의 잘
> 못이요 믿음이 부족하기 때문입니다. 따라서 우리는 절망하지 말고
> 위안을 발견할 수 있는 곳에서 위안을 찾지 않으면 안됩니다. 무엇
> 보다도 신이 우리를 사랑한다는 것은 위안입니다. 현재의 고통이
> 장차 우리에게 계시될 영광에 비하면 아무 것도 아니라는 것은 분
> 명 위안입니다.(SD 47-8)

Ⅴ. 맺는 말

홉킨즈의 지각의 시는 상상력에 대한 믿음이 약화되어 사실적인 관찰
이 중요시되고 개체의 세부에 대한 시인들의 관심이 고조되었던 시대의
산물이다. 개별적인 것들에 대한 시인들의 관심은 본래 순간순간만이 의
미를 지니는 세계에서만이 생겨날 수 있다. 모든 것이 시시각각으로 변
하는 유동적인 상태에서는 개별적인 것들이 조화를 이루는 영원한 순간
을 창조하는 것이 시인의 주된 관심이 되기 마련이다.
홉킨즈가 개체에 대한 순간적인 경험을 강렬하게 부각시킴으로써 영
원한 순간을 창조하고 있다는 것은 개체와 전체 다시 말하면 인간과 자

연, 신과 인간 사이가 단절되어 있음을 반증하는 것으로 볼 수 있다. 신을 믿으면서도 한편으로는 신에 적대감을 느끼는 것은 현대인의 공통적인 성향이다. 핀토(V. De. Sola Pinto)가 그의 저서에서 현대인의 자아분열을 영시의 위기의 증상으로 진단하고 정신적인 경험과 감각적인 경험을 통합함으로써 그 위기를 극복한 시인으로 홉킨즈를 들고 있는 것은 이러한 점에서 주목할 만하다(79).

자연과 인간을 대상으로 하는 작품들이나 영적 갈등을 소재로 다루고 있는 소네트들에서 한결같이 강조되어 있는 것은 개체들이 고유하게 지니고 있는 개별성이다. 시인은 전자에서는 자연의 개별성 즉 자연의 인스케이프를 통해서 보편적인 존재인 신을 이해하고 있는 반면 후자에서는 자아의 독특한 개별성을 통해서 신을 이해하고 있다. 따라서 자연의 개별성을 통해서 신을 간파하던 자연시에서의 그의 투명한 지각이 여기서는 자아탐구에 집중되어 있다.

시인이 고통의 소네트들에서 경험하는 고통과 시련은 한마디로 그의 세속적인 자아를 포기할 수 없는 인간 본연의 자존심에서 기인한다. 그 자존심은 인간의 독특한 개별성에서 연유한다. 인간의 자존심을 살려주면서 동시에 그것을 다스릴 수 있는 방법은 그러므로 그에게 개인적인 자아의 실현을 위한 기회를 최대한으로 허용함으로써 그 스스로 자신의 궁극적인 한계를 자각하게 하는 것이다. 홉킨즈가 그의 고통과 절망을 자신의 세속적인 자아를 보편적인 자아로 끌어올리려는 신의 기획의 일부로 파악하는 것은 바로 이러한 관점에서이다. 그가 이처럼 고통을 신의 은총으로 간주하는 것은 감각적인 것과 정신적인 것을 동일하게 파악하는 그의 일관된 입장을 반영한다. 그가 이 작품들에서 특히 지각동사들을 빈번하게 사용하고 있는 것은 바로 그 고통과 시련을 온몸으로 끌어안으려는 몸부림으로 해석된다. 고통과 시련이 신에 의하여 주어지는 것이라면 그의 이 몸부림은 신을 정신적이 아닌 감각적으로 체감하려는 그의 치열한 열망의 소산으로 볼 수 있을 것이다.

■ ■

인 용 문 헌

1. Gerard Manley Hopkins의 작품

The Journals and Papers of Gerard Manley Hopkins. Eds. Humprey House
and Graham Storey. London: Oxford UP, 1959. Abbreviated as *JP.*

The Sermons and Devotional Writings of Gerard Manley Hopkins. Ed.
Christopher Delvin. London: Oxford UP, 1959. Abbreviated as *SD.*

The Poems of Gerard Manley Hopkins. Eds. W. H. Gardner and Mackenzie.
London: Oxford UP, 1967.

The Letters of Gerard Manley Hopkins to Robert Bridges. Ed. Claude Clleer
Abbott. London: Oxford UP. 2nd edition, 1955. Abbreviated as *LB.*

2. Gerard Manley Hopkins에 관한 문헌

Altick, Richard D. *Victorian People and Ideas.* New York: Norton, 1973.

Bergonzi, Bernard. *Gerard Manley Hopkins.* New York: Macmillan Publishing
Co., 1977.

Bottrall, Magaret. Ed. *Gerard Manley Hopkins: A Casebook.* London and
Basingstoke: The Macmillan Press, 1975. Abbreviated as *Casebook.*

Fraser, Hilary. *Beauty and Belief: Aethetics and Religion in Victorian
Literature.* Cambridge: Cambridge UP, 1986.

Boyle, Robert S. J. *Metaphor in Hopkins.* Chapel Hill: Northcarolina UP,
1961.

Jennings, Elisabeth. "The Unity of Incarnation." *Casebook:* 186-201.

Hardy, Barbara. *Forms and Feelings in the Sonnets of Gerard Manley*

Hopkins. London: Hopkins Society, 1970.

Hill, Achibald, A. "An Analysis of 'The Windhover': An Experiment in Structural Method." *PMLA*, 60, Dec., 1955: 968-78.

Mackenzie, Norman H. A *Reader's Guide to Gerard Manley* Hopkins. London: Thames and Hudson, 1981.

Mariani, Paul. *A Commentary on the Complete Poems of Gerard Manley Hopkins.* Ithaca: Cornell UP, 1970.

Miller, Hillis J. "Gerard Manley Hopkins." *Disappearance of God: Five Nineteenth-Century Writers.* Cambridge: Havard UP, 1963.

Pick, John. *Gerard Manley Hopkins: Priest and Poet.* London: Oxford UP, 1942.

Pinto, Vivian De Solar. *Crisis in English Poetry.* London: Hutchison, 1958.

Storey, Graham. *A Preface to Hopkins.* New York: Longman, 1981.

Sulloway, Allison G. *Gerard Manley Hopkins and the Victorian Temper.* London: Loutledge and Kegan Paul, 1972.

Thornton, R. K. R. *Gerard Manley Hopkins: The Poems.* London: The Camelot Press, 1973.

Ward, Dennis. "The Windhover." *Casebook:* 168-80.

Warren, Austin. "Gerard Manley Hopkins", *Gerard Manley Hopkins.* Ed. The Kenyon Critics. Norfork: New Directions, 1945.

Wolfe, Patricia A. "Hopkins's Spiritual Conflict in the 'Terrible' Sonnets." *Casebook*: 218-34.

제 3 장 ■■■■■■■■■■■■■■■■■■■■■
라킨의 시와 역설
Philip Larkin

I . 들어가는 말

필립 라킨(Philip Larkin)의 시는 정확하고 명쾌하다는 평이 지배적이다. 이러한 평은 그의 시가 일상적인 것들을 시의 소재로 다루고 있고 또 형이상학적인 요소가 존재하지 않는다는 점과 무관하지 않은 것으로 보인다. 흔히 라킨의 시의 평범함은 인간성을 담보하는 것으로 이해되고 있으나 인간성의 척도는 소재가 아니라 그것을 다루는 방법에 달려 있다고 보아야 할 것이다. 그의 시의 일상성은 낭만주의 시인들이 평범한 사람들을 소재로 다루게 된 동기를 공유하고 있는 것으로 보인다. 낭만주의 시인들이 평범한 사람들을 즐겨 소재로 다루고 찬미했지만 그들과 자신들을 구분한 것처럼 라킨도 그의 시에 등장하는 평범한 사람들과 진정한 교감을 나눈 것으로 보이지 않는다. 어느 의미에서 라킨이 평범한 사람들을 즐겨 다룬 것은 낭만주의 시인들의 경우와 마찬가지로 독자에게 가까이 다가가기 위한 하나의 방법이 아니었나 생각된다. 이처럼 그의 시의 일상성은 독자에게 친근감을 줄 수 있는 요인이 되기도 하지만 다른 한편으로는 "에피퍼니도 없고 진리나 아름다운 사랑과 같은 격조 높은 주제들이 없다"(Falck 410)는 점에서 비판을 받기도 한다. 이러한 그의 시의 성격은 베디언트가 말하는 바와 같이 이상과 로망스의 가능성이 고갈된 전후 시대의 사고들을 반영하는 것으로 이해될 수 있다(Bedient 70-1). 그러나 라킨의 시가 이러한 사회적인 의미를 지니고 있다면 그것은 어디까지나 그 자신의 개인적인 경험과 시대적인 상황이 일치한 결과에 지나지 않는 것으로 보인다.

라킨은 한 인터뷰에서 젊은 시인이 좋은 시를 쓰기 위해서는 시를 쓸 당시나 2주정도 지났을 때도 자신을 즐겁게 하는 것을 써야하며 그것을 잡지사에 보내어 그것이 다른 사람들을 즐겁게 하는지를 알아보아야 한다고 말한 적이 있다(RW 68). 이 충고는 결국 "시는 본질적으로 다른 예술과 마찬가지로 즐거움을 주는 것과 밀접하게 연관되며 시인이 즐거움을 추구하는 독자를 잃어버리면 가치 있는 유일한 독자를 잃어버리는 것이 된다"(RW 81-2)는 그의 또 다른 말과 상통한다. 그러나 그의 시적 목적은 시인으로서의 독자적인 즐거움을 추구하는 것이라고 말할 수 있다. 그는 모든 예술의 밑바닥에는 보존하고 싶은 충동이 자리하고 있다고 생각했는데 그가 보존하고 싶은 것은 바로 아름다움이었다(RW 68). 롱글리(Edna Longley)가 라킨을 "세기말의 데까당스적인 유미주의"(36)에 속하는 것으로 자리 매김한 것은 이러한 점에서 주목할 만하다. 라킨의 시가 평범한 일상을 다루고 있다고 믿는 독자들은 이러한 주장에 공감하기 어려울 것으로 보인다 그러나 그의 시에서 일상적인 어떤 것도 사회적인 혹은 정치적인 문제로 제기되어 그의 지속적인 관심의 대상이 되는 일이 별로 없으며 그의 시 세계에는 가능한 한 갈등이나 고통이 배제되어 있거나 용이하게 해소되어 있음을 우리는 간과할 수 없다. 이러한 그의 시적 경향은 그가 삶을 성과 죽음 그리고 예술로 이루어진 것으로 본 것과 일치한다(SL 125). 이러한 그의 삶에 대한 관점은 유미주의자로서의 그의 성향의 일단을 엿보여 주는 것으로 볼 수 있다.

　유미주의와 쾌락주의는 동떨어진 개념이 아니다. 세기말의 유미주의가 흔히 "심미주의적인 쾌락주의"(하우저 187)로 불리어진 것만 보아도 양자 사이의 친근성을 쉽사리 가늠할 수 있다. 이러한 사실이 아니더라도 아름다움의 추구가 쾌락을 추구하는 한 방법이 될 수 있다는 생각은 누구나 수긍할 수 있는 것임에 틀림없다. 라킨을 "세계에 직면해서 끊임없이 뒤로 물러서는 나르시시스트"(Longley 37)로 정의하는 롱글리의 판단은 그의 심미주의적인 쾌락주의의 일면을 지적한 것으로 볼 수 있다. 그는 일상적인 세계에 지속적인 관심을 보이고 있지만 기회가 있을 때마다 그 자신만의 미적 세계로 빠져 들어가는 것이 사실이다.

　일상적인 세계에 대한 그의 관심과 그 자신의 초월적인 충동 사이의 갈등은 그 자신과 일반 대중 사이의 거리에서 근본적으로 연유하는 것으로 보인다. 이러한 갈등은 시인의 주관적인 정서나 사고가 시의 주된 표현이 되면서 표면화되기 시작한 것으로 낭만주의 시인들과 현대 시인들의 작품을 통해서 우리가 흔히 발견할 수 있는 것이다. 가령 우리는 콜리지의 「쿠블라칸」("Kubla Khan")에서도 이러한 갈등을 엿볼 수 있다. 여기서 콜리지는 상상력을 통하여 얼음 동굴이 있는 햇빛 바른 궁전을 창조하고서도 그러한 자신의 능력을 부정한다. 그가 이처럼 자신의 상상력을 부정하는 것은 곧 그 자신이 일반 대중과 다름없는 평범한 사람임을 강조하기 위한 제스처로 보인다. 라킨이 자신의 초월적인 충동을 부정하는 것도 이러한 맥락에서 이해될 수 있다는 것이 필자의 생각이다. 설사 우리가 그의 초월적인 충동에 대한 부정을 이상과 로맹스가 고갈된 현대 세계에 대한 그 나름의 반응으로 본다고 해서 달라지는 것은 없다. 그러한 관점 또한 시인과 일반 대중들 사이의 거리를 도외시하고는 이해하기 어려운 것임에 틀림없기 때문이다. 그의 표현 양식을 그 자신만의 독특한 개성의 산물로 간주하는 것은 사회적 상상력을 결핍한 시각일 것이다. 대중들에 대한 그의 강렬한 관심과 예술을 아름다움의 표현으로 보는 그의 기본 입장으로 미루어서도 시인과 일반 대중 사이의 관계를 떠나서는 그의 시를 제대로 이해할 수 없을 것이라는 생각이 지배적이다. 이 글은 바로 이러한 기본적인 인식에 바탕을 두고 있다.

II. 사랑

우리는 사랑에 관한 라킨의 시에서 사랑의 자기 희생적인 미덕이나 남녀 사이의 구체적인 사랑이 배제되어 있음을 볼 수 있다. 이러한 양상은 언뜻 정신적인 가치를 상실한 현대 사회와 관련되어 있는 것으로 보이지만 사실은 심미적인 쾌감에 가치를 부여하는 라킨의 태도와 직결되어 있다고 보는 것이 보다 적절한 것으로 생각된다.「침실에서의 대화」("Talking in Bed")에서 화자가 잠자리를 같이 한 여인을 통하여 진정한 대화의 불가능성을 기정사실화 하는 것도 같은 맥락에서 이해할 수 있다. 이 작품도 겉으로 보기에 현대 사회의 타락한 남녀 관계를 상징적으로 나타내 주는 것으로 보이지만 여기서의 남녀 사이의 보이지 않는 불화 관계는 화자의 심미적인 태도와 밀접하게 관련되어 있는 것으로 보인다. 우리는 이러한 점에서 화자가 잠자리를 같이 하는 것을 마치 서로의 진실성을 보장하는 징표로 간주하고 다음과 같이 말하는 대목에 주목할 필요가 있다.

>그러나 점점 더 많은 시간이 침묵 속에서 지나간다.
>바깥에서 부는 불안한 바람은
>하늘 위에 구름을 만들었다가 흩어지게 하고
>
>어두운 도시들은 지평선 위로 쌓여간다.
>모두가 우리에게 무관심하기만 하다. 어떤 것도
>고립과는 먼 특정한 사이에서

진실하고 친절한 말들
혹은 참되지 않거나 불친절하지 않은
말들을 찾기가 더욱 더 어려워지는 이유를 말해 주지 않는구나.

Yet more and more time passes silently.
Outside, the wind's incomplete unrest
Builds and disperses clouds about the sky,

And dark towns heap up on the horizon.
None of this cares for us. Nothing shows why
At this unique distance from isolation

It becomes still more difficult to find
Words at once true and kind,
Or not untrue and not unkind.(*CP* 129)

킹(P. R. King)은 여기서의 자연의 모습을 통하여 "친밀하고 정직한 관계를 유지할 수 없는"(25) 남녀 사이의 관계를 파악하고 있는 반면 로센(Janice Rossen)은 자연 풍경에 대한 화자의 관심 자체가 두 사람 사이의 소원한 관계를 암시하는 것으로 본다(31). 그러나 이러한 견해들은 자연 풍경에 심취되어 있는 화자의 모습을 간과하고 있는 점에서 한계가 있는 것으로 보인다. 정직한 인간 관계를 이룰 수 없는 상황에 대해서 자연이 무관심하다는 그의 말은 곧 자연 풍경이 진실하지 못한 남녀 관계에 대한 어떤 설명도 제공하지 않고 있음을 말한다. 그의 말처럼 여기서의 자연 풍경에 대한 묘사는 이질적이라는 느낌이 다분하다. 여기서 우리는 화자가 이 작품의 주제와 관련이 없는 자연 묘사를 끼어 넣은 이유가 무엇인지를 생각해 보아야 한다. 우리는 이러한 점에서 서로 무관심하고 정체되어 있는 남녀의 모습과는 대조적으로 생동감 있게 움직이며 서로

희롱하는 듯한 구름과 바람 그리고 지평선과 도시의 조화로운 모습에 주
목할 필요가 있다. 우리는 이러한 묘사를 통하여 그가 자연 풍경에 매료
되어 있음을 짐작하기 어렵지 않다. 그가 자연 풍경을 그것과 상관이 없
는 남녀 사이의 관계와 연계시키는 것은 바로 이러한 자신의 쾌감을 부
정하려는 수작에 지나지 않는 것으로 보인다. 그가 자신의 쾌감을 표 나
게 강조하지 못하는 것은 자연과 담쌓고 있는 대다수의 사람들을 외면할
수 없기 때문일 것이다.

그의 심미적인 쾌락에 대한 갈망은 「드라이-포인트」("Dry-Point")에서
보다 분명하게 드러난다. 여기서 주목되는 것은 화자가 차원 높은 관능
적인 쾌락을 갈망하면서 그 갈망의 주체가 되는 것을 스스로 포기하고
있는 점이다. 여기서는 인간의 성욕이 기포에 비유됨으로써 인간이 그
기포 안에 갇혀 그곳을 빠져 나오려고 발버둥치는 짐승으로 간주되어 있
다. 기포는 성적인 기대감으로 찬란하게 부풀지만 그 기대감이 무너지면
남는 것은 우울함뿐이다. 따라서 그는 기포처럼 슬픔이나 우울함의 앙금
이 생기지 않는 쾌감을 동경한다.

> 그리고 그러한 텅 비어 있고 햇빛으로 닦인 방,
> 우리가 정의할 수도 없고 증명할 수도 없는
> 당신이나 우리들이 꿈은 꾸지만 들어갈 수는 없는
> 밀폐된 빛의 방과 얼마나 다른가.

> And how remote that bare and sunscrubbed room,
> Intensely far, that padlocked cube of light
> We neither define nor prove,
> Where you, we dream, obtain no right of entry.(*CP* 37)

밀폐되어 있는 빛의 방은 앞에서 제시된 기포의 대안으로 제시된 것
이 분명하다. 기포는 마치 바닷물이 빠지면서 "소금에 절어 쪼그라든 호

수들을"(CP 37) 남기듯이 앙금을 남기지만 밀폐된 빛의 방은 그러한 앙
금을 남기지 않는다. 그리고 그 방은 밀폐되어 있어 공기와 같은 성적인
환상이 끼어 들 수도 없다. 이러한 점에서 밀폐된 빛의 방은 성적 욕망
으로부터 벗어난 청정한 공간으로 일단 정리될 수 있지만 화자의 궁극적
인 욕망이 "무욕"(Swarbrick 55)이라는 견해는 논란의 여지가 있다. 화자
가 갈구하는 것은 무욕과 같은 절대적인 정신이 아니라 심미적인 쾌감이
기 때문이다. 우리는 여기서 밀폐된 빛의 방이 다분히 보석을 연상시킨
다는 점을 염두에 둘 필요가 있다. 물론 성적인 쾌감으로 만족하는 대다
수의 사람들은 이러한 그의 갈망을 이해하기 어려울 것이 자명하다. 그
럼에도 화자는 일인칭 복수 "we"를 사용해서 그러한 자신의 갈망을 보
편적 것으로 만들고 있다. 여기서 우리가 주목할 것은 그가 밀폐된 빛의
방을 아무도 들어갈 수도 없고 정의할 수도 없는 신비스러운 곳으로 묘
사하고 있는 점이다. 부스(James Booth)가 그것을 "피할 수 없는 현실로
부터 도피하고 싶은 가망성 없는 갈망"(106)의 산물로 보는 것은 이러한
연유에서 일 것이다. 그러나 우리는 여기서 화자가 자기 모순에 빠져 있
음을 주시할 필요가 있다. 그의 말대로 밀폐된 빛의 방을 정의할 수도
증명할 수도 없고 들어갈 수도 없다면 성적인 쾌감과 그것이 주는 쾌감
이 다르다는 것을 그가 어떻게 알 수 있는지 우리는 궁금하지 않을 수
없다. 그는 그것을 정의할 수는 없다 할지라도 적어도 상상을 통해서 경
험하지 않고서는 그러한 차이를 말할 수 없다. 그럼에도 그가 그것을 정
의할 수도 그 속으로 들어갈 수도 없는 것으로 규정하는 것은 곧 그 자
신의 심미적인 쾌감을 부정하는 것이 된다. 이러한 그의 부정은 그러한
쾌감을 이해할 수 없는 대다수의 사람들을 의식한 제스처로 보인다.

　이처럼 그가 심미적인 쾌감을 동경하면서도 동시에 그것을 부정하는
것은 그러한 자신의 꿈을 실현하기에는 너무나 세속화되어 있는 현대 사
회와 무관하지 않을 것으로 보이지만 성적인 것에 대한 그의 심리적인
왜곡도 한 몫을 하고 있는 것으로 생각된다. 우리는 이점을 「드라이-포

인트」보다 약 16년 뒤에 나온 「높은 창문」("High Windows")을 통해서
구체화할 수 있다. 양자는 상당한 시간적 차이를 지니고 있지만 작품 구
조는 별로 다르지 않은 것으로 판단된다. 다만 전자에서 보였던 성에 대
한 그의 극단적인 반응이 후자에서는 성적 자유를 누리고 있는 젊은이들
에게로 향하고 있는 점이 다르다. 여기서 그는 젊은이들이 자유롭게 성
을 즐기고 있는 것을 보고 한심하다는 생각을 하면서도 한편으로는 그들
을 부러워하고 있는 것이 역력해 보인다. 젊은이들이 누리는 성적 자유
는 나이든 사람들이 평생 동안 꿈꿔왔던 것이라고 그는 말한다. 젊은이
들은 형식적인 예절이나 지켜야 할 사항들을 한쪽으로 밀쳐두고 행복을
향한 미끄럼틀을 타기에 여념이 없다. 그는 불만 섞인 투로 40년 전 누
군가는 신앙심이 부족한 그 자신을 보고 "그의 운명은 꽤나 자유로운 새
처럼 미끄럼틀을 타겠지"(CP 165)라고 말했을 것이라고 생각한다. 이러
한 그의 생각은 그 자신도 젊었을 때는 젊은이들 못지 않게 자유를 누렸
지만 그러한 즐거움이 행복이 아니라 불행 내지는 타락으로 이어졌음을
내비침으로써 은근히 그들의 철없음을 조소하고 있는 것으로 보인다. 그
러나 이러한 그의 조소는 다분히 젊은이들의 성적 자유에 대한 그의 시
기심에서 기인하는 것으로 보인다. 성적인 것에 대한 그의 이러한 심리
적인 왜곡은 그의 초월적인 욕구에 탄력을 부여하지 못하는 것으로 판단
된다.

      …… 곧바로

      말보다는 높은 창들에 대한 생각이 떠오른다:
      햇빛을 담고 있는 유리와
      그 너머에 있는 짙푸른 하늘, 그것은
      아무 것도 보여주지 않고 어느 곳도 아니고 무한하기만 하다.

…… And immediately

Rather than words comes the thought of high windows:
The sun-comprehending glass,
And beyond it, the deep blue air, that shows
Nothing, and is nowhere, and is endless.(*CP* 165)

　높은 창문을 통해서 보이는 푸른 창공은 흔히 니힐리즘적인 관점에서 "순수한 자유"(Swarbrick 136) 혹은 "무아지경(ecstatic nullity)"(Regan 1997, 99)을 나타내 주는 것으로 이해된다. 전자는 젊은이들의 행동에서 특히 자유에 주목하고 있는 반면 후자는 그들의 쾌락에 역점을 두고 있는 것으로 볼 수 있다. 미끄럼틀을 타는 재미는 타고 내려올 때뿐, 내리는 순간 그 즐거움이 순식간에 사라지는 속성을 지니고 있다. 여기서 화자는 젊은이들이 즐기는 성적 쾌감이 바로 그러한 미끄럼틀의 속성을 지니고 있다는 것을 말하고 싶은 것으로 보인다. 높은 창문을 통해서 보이는 푸른 창공은 「드라이-포인트」에서의 밀폐된 빛의 방의 이미지와 크게 다르지 않은 것으로 보이는데 그것은 미끄럼틀이 주는 성의 찰나적인 쾌감과 다른, 관능적인 것이면서 동시에 마음을 고양시켜 주는 영속적인 쾌감의 상징으로 보인다. 그러나 화자는 아이러닉하게도 그러한 쾌감에 이끌리는 그 자신의 입장을 부정한다. 그가 푸른 하늘이 그에게 아무 것도 보여주지도 않고 아무런 느낌도 주지 않는 것처럼 말하는 것은 그 자신의 갈망을 부정하는 것밖에 되지 않는다. 그가 그것을 부정할 수밖에 없는 것은 그 푸른 하늘의 이미지가 다른 사람들이 아닌 그의 대안에 지나지 않기 때문일 것이다. 대다수의 일반 사람들은 미끄럼틀이 주는 쾌감에 만족한다고 그는 보고 있음에 틀림없다.

Ⅲ. 일

라킨은 우리가 일상적으로 하는 일을 시의 주제로 다루기도 하는데 그것 또한 사랑과 마찬가지로 형이상학적인 고려들이 배제되어 있다. 이 작품들에서도 갈등의 조짐이 보이는 요소들이 제시되어 있지만 그것들이 심각한 문제로 발전하는 일은 별로 없다. 「두꺼비들」("Toads")의 화자는 일이 두꺼비처럼 자신의 삶을 압박하고 있는 것을 참고 견디는 이유가 무엇인지 그리고 위트(wit)를 쇠스랑처럼 사용해서 그 동물을 떼어낼 수 없는지를 자문한다. 일에 대해서 불만을 지니고 있는 그의 입장에서는 일을 못하는 사람들 즉 말더듬이(lispers), 미천한 사람들(losels), 얼간이들(louts)이 부럽기만 하다. 화자가 특히 주목하고 있는 것은 그들이 자신들의 위트에 의하여 거지로 전락하지 않고 그런 대로 즐겁게 살고 있는 점이다. 그는 이들의 삶을 통하여 일상적인 생활로부터 해방될 수 있는 가능성을 엿보고 있는 것으로 보인다.

우리는 여기서 위트가 두 가지 의미로 사용되어 있음에 주목할 필요가 있다. 화자의 그것은 겉으로 보기에 다른 것들을 서로 연관시키는 시적 능력을 뜻하는 반면 일로부터 소외된 사람들의 그것은 재치나 임기응변과 같은 의미를 지니는 것으로 볼 수 있다. 그러니까 그는 일로부터 소외된 사람들처럼 일상적인 일로부터 벗어나 시나 쓰면서 즐겁게 살고 싶은 것이다. 그러나 그는 그 다음 스탠저에서 일을 그만둘 수 있는 용기가 부족하다고 고백한다.

> 두꺼비와 같은 무엇인가가
> 또한 내 속에 웅크리고 있고,
> 그것의(두꺼비) 엉덩이는 가혹한 운명처럼 무겁고
> 눈처럼 차니
> 그것이 나로 하여금

한꺼번에 명예와 여자와 돈을
얻는 방법을
감언이설로 그만두게 하지 않을 것이기에.

For something sufficiently toad-like
    Squats in me, too;
Its hunkers are heavy as hard luck,
    And cold as snow,
And will never allow me to blarney
    My way to getting
The fame and the girl and the money
    All at one sitting.(*CP* 89)

두꺼비처럼 일이 화자를 가혹한 운명처럼 무겁게, 눈처럼 냉혹하게 압박한다는 것은 그가 그러한 억압으로부터 영영 벗어날 수 없음을 시사한다. 우리들의 운명이 가혹하다고 해서 피할 수 있는 것도 아니고 눈은 본래 찬 것이니 그것 또한 어쩌지 못하는 것이 아닌가. 게다가 일은 명성과 여자와 돈과 같은 세속적인 행복을 미끼로 삼아 화자를 더욱 꼼짝 못하게 만든다. 이것은 마치 독재자에게 길들여진 사람이 그로부터 쉽사리 벗어나지 못하는 것과 다름없어 보인다.

여기서 화자는 일이 그에게 어떤 이유로 부담이 되며 어떤 의미를 지니는지에 대하여 전혀 관심을 보이지 않고 있다. 그가 일의 가치나 의미의 문제에 관심을 보이지 않는 것은 심미주의자인 그의 입장으로 미루어 볼 때 지극히 자연스러운 반응임에 틀림없다. 그가 이처럼 일에 대한 어떤 구체적인 신념을 결여하고 있기 때문에 시의 결론 부분은 지극히 애매한 상태로 끝나고 만다.

나는 말하지 않는다, 한 쪽이 다른 쪽의

정신적인 진리를 구현한다고;

다만 당신이 둘 다 가지고 있을 때
그 모두를 포기하기는 어렵다는 말이다.

I don't say, one bodies the other
    One's spiritual truth;
But I do say it's hard to lose either,
    When you have both.(*CP* 89)

이 작품의 전체적인 문맥으로 미루어 첫 두 행에서 언급되어 있는 "one"과 "the other one"은 일을 선택한 경우와 일을 하지 않는 경우를 각각 지시하는 것으로 보인다. 이러한 관점에서 화자가 여기서 말하려는 것은 그 어느 쪽도 다른 쪽의 대안이 되지 못한다는 점에서 어느 쪽을 선택해도 선택하지 않은 것 때문에 아쉬움이 남을 수 있다는 것으로 요약될 수 있다. 다분히 선문답처럼 들리는 다음 두 행도 이러한 관점에서의 이해가 가능한 것으로 생각된다. 그러니까 "both"는 일을 하는 쪽과 일을 하지 않는 쪽을 모두 포함하는 것으로 양쪽을 다 가지고 있다는 것은 일을 선택할 때를 염두에 두고 있는 것으로 보인다. 그것은 일을 할 경우 일이 주는 안정성을 즐기는 동시에 일상적인 일에 대해 불만이 있을 경우 그만둘 수 있는 전망을 즐길 수 있다는 점에서 그러하다(Swarbrick 1986, 33). 그러나 일을 그만둘 수 있는 가능성을 꿈꿀 수 있는 사람은 화자뿐이다. 대다수의 사람들은 앞에서 이야기한 바와 같이 일하는 것을 운명처럼 생각하고 있는 것이다. 따라서 화자는 일을 선택하는 동시에 일을 그만둘 수 있는 가능성을 열어 두고 있는 것으로 보인다.

「또다시 두꺼비들」("Toads Revisitied")에서는 화자가 일을 그만두지 못하는 이유가 앞서의 경우와 달리 비교적 구체적으로 제시되어 있다. 스

와브릭(Swarbrick)은 화자가 무책임한 사람이 되지 않기 위하여 일을 그
만두지 못한다는 점에서 도덕적인 의미를 부여하지만(1986, 48) 이러한
주장은 그가 일을 하지 않는 사람들로 잘 걷지 못하는 사람들이나 중풍
에 걸린 여자들이나 신경과민 때문에 눈이 충혈된 사무원들을 예로 들고
있어 설득력을 얻지 못하는 것으로 보인다. 이들은 무책임하게 일을 하
지 않는 사람들로 여겨질 수 없으며 따라서 그들은 어리석고 연약한 사
람들로 분류되는 것도 바람직하지 못하다. 그가 그러한 사람들로 분류되
기를 꺼려하는 진정한 이유는 그들처럼 텅 빈 의자 이외는 친구들도 없
고 집안에서만 지내야 하기 때문이다.

> 그들과 같은 사람이 된다고 생각해 보라
>
> 로벨리아 꽃밭 옆에서
> 그들의 실패들을 반추하면서
> 빈 의자밖에는 그들을 반겨줄 친구도 없고
> 집안 이외에는 갈곳도 없는
>
> 절대로 그럴 수는 없지, 나에게 미결함을 갖다주게나
> 나의 빵떡과 같은 머리를 한 비서 양반,
> 방문객을 안내하는 양반아:
> 내가 달리 답변할 말이 있겠나,
>
> 또다시 한 해의 끝머리
> 4시에 불들이 켜질 때 말일세?
> 정다운 친구 두꺼비여 나를 도와주게나;
> 무덤까지 나를 이끌어주게나.
>
> Think of being them,

Turning over their failures
By some bed of lobelias,
Nowhere to go but indoor,
No friends but empty chairs…

No, give me my in-tray
My loaf-haired secretary,
My shall-I-keep-the call-in-Sir:
What else can I answer,

When the lights come on at four
At the end of another year?
Give me your arm, old toad;
Help me down Cemetery Road.(*CP* 148)

　그러나 이러한 주장은 호수와 햇빛과 누울 수 있는 풀밭이 있는 공원
을 산책하는 것이 일하는 것보다 더 낫다는 그의 말과 상치된다. 여기서
그가 일로부터 소외된 사람들이 갈 곳이 없다고 말하는 것은 곧 공원을
산책하면서 자연을 즐기고 싶어하는 그 자신의 입장을 부정하는 것이 될
수 있다. 이 부정은 또한 공원을 산책하는 즐거움이 일로부터 소외된 사
람들의 몫이 아니라 시인 자신의 몫임을 시사하는 것이나 다름없다. 실
로 그의 진정한 바램은 일로부터 해방되어 자유롭게 공원을 산책하면서
즐기고 싶은 것임에 틀림없다. 일이 단지 죽을 때까지 가능한 한 즐겁게
살기 위한 수단에 지나지 않는다는 화자의 결론은 일을 천직으로 알고
있는 대다수의 현실적인 욕구와 햇빛을 즐기며 공원을 산책하고 싶은 그
자신의 욕구를 동시에 반영하는 것으로 보인다.
　이러한 화자의 갈등은 독자들을 구성하는 대중들의 삶을 외면하는 시
는 그들로부터 따돌림을 받을 수 있다는 그의 기본적인 입장에서 연유하

는 것으로 보인다. 이점은 틀에 박힌 삶과 모험적인 삶이 대비되어 있는
「떠남의 시」("Poetry of Departures")를 통해서 살펴볼 수 있다. 전자는 현
실적인 논리를 중시하는 대중들의 삶을 그리고 후자는 그러한 현실적인
논리를 초월하고 싶어하는 화자의 삶을 대변하는 것으로 간주된다. 화자
는 좋은 책과 침대를 갖추는 등의 세속적인 행복을 추구해왔지만 그것이
망상에 불과한 것임을 깨닫게 됨으로써 누군가가 일반대중을 무시하고
떠났다는 말을 들으면 마치 에로 소설이나 폭력적인 소설에서 느낄 수
있는 흥분을 느낀다. 그러나 그는 그러한 모험적인 삶을 책이나 예술 혹
은 완벽한 삶을 창조하는 것과 마찬가지로 도피적인 것으로 규정한다.

> 그러나 나는 떠날 것이오
>
> 아무렴요, 기꺼이 너도밤나무 열매들이 흩어져 있는 길로 떠나
> 구레나룻처럼 행복이 무성한 수부들의 방에 웅크리고 앉아 있을
> > 것이오,
> 그것이 책들이나 도자기나
> 쓸데없이 완벽한 삶과 같은
> 대상을 창조하기 위하여
> 뒷걸음치는 것처럼
> 인위적인 것이 아니라면.

> But I'd go today
>
> Yes, swagger the nut-strewn roads,
> Crouch in the fo'c'sle
> Stubbly with goodness, if
> It weren't so artificial,
> Such a deliberate step backwards
> To create an object:

Books; china; a life

Reprehensibly perfect.(*CP* 85)

우리는 여기서 화자의 모험적인 삶이 생동감 있고 시적으로 표현되어 있는 점에 주목할 필요가 있다. 이 부분은 그가 아닌 다른 사람의 모험적인 삶의 선택에 대해서 "대담하고 마음을 산뜻하게 해주는 자연스러운 행동('audacious, purifying elemental move')"으로 묘사함으로써 원론적인 정의에 머물고 있는 것과 대조를 이룬다. 우리는 이러한 묘사의 차이에서 모험적인 삶에 대한 그의 강렬한 갈망을 엿볼 수 있다. 이러한 그의 갈망은 누군가가 "모든 군중을 등지고 떠났다"라는 말을 들으면 그의 가슴이 설레는 것으로 미루어서도 짐작될 수 있다. 리간(Regan)이 이 시를 "그 자체의 모반적인 충동을 억제하고 있는 정적주의적인 시"(1992, 92)로 정의하는 것은 이러한 그의 갈망 때문일 것이다. 화자가 그만의 모험적인 삶을 즐기고 싶어하면서도 그러한 삶을 망상으로 규정하는 것은 바로 대중 즉 독자들의 현실을 외면할 수 없기 때문일 것이다.

Ⅳ. "떠남"의 시

화자의 심미적인 쾌락에 대한 갈망은 「풀밭에서」("At Grass"), 「부재」("Absences") 그리고 「여기」("Here")라는 작품들을 통해서 구체화될 수 있다. 그러나 그의 갈망은 그 자신을 망각하고 싶은 욕구와 확연히 구분되지 않는 것으로 보인다. 이 시들에서 화자가 가능한 한 배제되어 있는 것은 이러한 연유에서라고 볼 수 있다. 이러한 현상은 또한 그가 느낀 심미적인 쾌감을 은폐하려는 그의 의도와도 무관하지 않은 것으로 보인다.

모리슨(Black Morrison)은 「풀밭에서」라는 작품에 등장하는 말이 힘의 상실을 상징적으로 보여 주는 매개물로서 과거의 영국의 영광에 대한 향수를 불러일으키고 있다고 주장한다(82). 그러나 이 작품에서는 말이 우승한 순간에 대해서 상세하게 이야기하고 있지만 우승의 기쁨보다는 우승하기 위한 숨가쁜 경쟁뿐만 아니라 우승했던 과거의 기억으로부터 해방되어 마음껏 뛰어 놀면서 풀을 뜯는 말들의 모습이 더 강조되어 있어 그러한 견해는 별로 설득력이 없는 것으로 생각된다. 이 작품을 자유의 우화로 읽는 리간의 관점도 이러한 점에서 동의하기 어렵다. 리간은 이 작품에서 언급되어 있는 자유가 이상적인 것이 아니라 복지 국가 안에서 통용되는 것이라고 말한다(1992, 83). 그러니까 말을 구속하는 유일한 고삐는 복지국가의 혜택을 누리기 위하여 치르는 최소한의 구속이 된다는 것이다. 리간은 여기서 극심한 경쟁을 하지 않고 먹을 것을 마음대로 먹는 복지국가를 떠올리는 것으로 보이지만 복지국가라고 해서 경쟁이 없는 것도 아니고 또 말이 해방된 것은 경쟁뿐만 아니라 과거에 대한 기억으로부터라는 점을 우리는 간과하기 어렵다. 이 점은 다음과 같은 구절에 의하여 뒷받침된다.

> 기억들이 파리처럼 그의 귀를 성가시게 구는가?
> 그것들이 머리를 흔든다. 황혼이 그늘을 가득 채우는구나.
> 여름이 가고 또 가는 사이 모든 것이 사라졌구나,
> 출발문과 군중과 외침들이—
> 성가시게 굴지 않는 풀밭들을 제외한 모든 것들이.
> 그것들의 이름은 연감에 기록되어 살아 있지만……

> Do memories plague their ears like flies?
> They shake their heads. Dusk brims the shadows.
> Summer by summer all stole away,
> The starting-gates, the crowds and cries—
> All but the unmolesting meadows.

Almanacked, their names live…(*CP* 29)

여기서 우리는 "unmolesting meadows"는 표현에 주목할 필요가 있다. 이 표현은 과거에 대한 기억에 시달리지 않는 평온한 말의 모습이 풀밭에 투사되어 있음을 뜻한다. 말이 "망원경"이나 "스톱워치" 등을 전혀 의식하지 않은 채 마음 편히 뛰놀 수 있는 것은 인간과 달리 경쟁이라는 것을 의식하지 않으며 과거의 영광을 그리며 현재의 초라함을 슬퍼하지 않을 수 있기 때문이다.

이처럼 이 작품을 자유 혹은 제국주의 이후의 영국의 알레고리로 읽으려는 노력은 설득력이 별로 없는 것으로 보인다. 따라서 여기서의 말들을 어떤 것의 알레고리로 읽는 것에 반대하는 부스의 입장은 주목할 만하다. 그러한 읽기는 말들을 인간적인 관점에서 이해하는 잘못을 저지르고 있다는 것이 그의 주장이다(84). 이 주장은 곧 말들이 그 자체들로서 다루어지고 있음을 시사하는 것으로 볼 수 있다. 그러나 우리들은 그것들이 작품에서 지속적으로 인간과 대비되어 묘사되어 있음을 간과할 수 없다. 우리는 우선 말들이 과거에 우승했던 기억들과 익명의 상태로 돌아간 현재의 그것들의 상태 사이에서 괴로워하는 듯 머리를 흔들고 있다는 묘사를 통해서 이 점을 확인할 수 있다. 부스에 의하면 이 부분은 "그러한 제스처가 말들에게는 무의미하다는 독자의 지각을 제고하는데 이바지할 뿐"(81)이라고 말하지만, 바로 이 지적은 이 작품이 순전히 말에 대한 묘사에 그치는 것이 아님을 역설적으로 증명하는 것이 될 수 있다. 과거에 우승했던 기억들이 말들에게는 아무런 의미가 없음을 독자들에게 일깨워 준다는 것은 말들이 그렇지 못한 인간과 대비되어 있음을 말하는 것이기 때문이다. 그렇지 않다면 화자는 단순히 파리를 쫓기 위한 말들의 동작에서 과거의 기억에 시달리는 인간의 모습을 상상해야 할 이유가 없지 않은가. 그리고 풀밭에서 그것들의 명성을 벗어버리고 편안하게 서 있거나 즐겁게 뛰어 다니는 말들의 묘사 또한 명성에 대한 집착을 쉽게 버리지 못하는 인간의 본질을 염두에 두고 있는 것이 분명하다. 명성과 관계없이 마음 편하게 서 있을 수 있고 경쟁이 아니라 재미로 달리기도 하는 말들은 분명 화자의 이상적인 모델임에 틀림없다.

그러나 그는 여기서 말과의 일체감을 추구하고 있지 않다. 그는 말을 심미적으로 관찰함으로써 가능한 한 그 자신을 말로부터 멀리 떼어놓고 있다. 그는 여기서 말이 우승했던 순간들을 상세하게 기록하고 있지만 이러한 기록들은 단지 말을 바라보는 그 자신의 심미적인 즐거움을 수식하는 것들에 지나지 않는다. 우리는 이 작품의 첫 스탠저를 통해서 그가 얼마나 자신의 그러한 즐거움을 억제하고 있는지를 분명하게 엿볼 수 있다.

> 그것들이 싸늘한 그늘에 들어가 있어
> 바람이 그것들의 꼬리와 갈기를 괴롭힐 때까지는
> 그것들을 볼 수 없다.
> 한 마리는 풀을 뜯으면서 돌아다니고
> 다른 한 마리는 무엇인가를 바라보고 있는 듯
> 그러다가 다시 눈에 띄지 않게 서 있다.

> The eye can hardly pick them out
> From the cold shade they shelter in,
> Till wind distresses tail and mane;
> Then one crops grass, and moves about
> —The other seeming to look on—
> And stands anonymous again.(*CP* 29)

우리는 여기서 말과 거리를 유지하고 있는 화자의 입장을 어렵지 않게 파악할 수 있지만 이 작품의 다른 부분을 통해서 그가 명예나 물질로부터 초연한 채 유유자적하는 말의 모습에 얼마나 심취되어 있는지를 역

력하게 느낄 수 있다. 이것은 곧 그가 말과의 거리를 유지함으로써 그
자신의 즐거움을 억압하고 있다는 추측을 가능케 한다. 물론 말을 관찰
하는 그의 심미적인 즐거움은 명예나 물질을 중요시하는 일상으로부터
벗어나 말처럼 무엇인가를 바라보는 것으로 만족하고 싶은 그의 바램과
일치하는 것일 것이다. 「부재」와 「여기」에서는 이러한 그의 시적 방법
이 보다 극적으로 제시되어 있다.

「부재」의 화자는 파도가 높게 일고 있는 바다 풍경에 압도되어 자기
망각 상태에 빠져 있으면서도 바다풍경으로부터 그 자신을 지움으로써
그러한 즐거움을 부정하는 것으로 보인다. 우리는 시의 첫 부분에 묘사
되어 있는 파도가 거세게 이는 바다풍경을 통해서 화자가 그 광경에 도
취되어 있음을 짐작하기 어렵지 않다.

> 비가 바람소리와 함께 비스듬히 바다 위로 쏟아진다.
> 빠르게 달리는 물마루들은 바위들에 부딪쳐 부서지더니
> 갑자기 치솟아 물보라를 만든다. 그러더니 반대로
> 파도가 벽처럼 무너지고 또 다른 파도가 일어나
> 무너지고 기어오르는 일을 쉴 사이 없이 되풀이하는데
> 거기에는 배도 없고 여울도 없다.

> Rain patters on a sea that tilts and sighs.
> Fast-running floors, collapsing into hollows,
> Tower suddenly, spray-haired. Contrariwise,
> A wave drops like a wall: another follows,
> Wilting and scrambling, tirelessly at play
> Where there are no ships and no shallows.(*CP* 49)

화자는 여기서 현재분사를 사용해서 쉴 사이 없이 파도가 이는 바다
풍경을 효과적으로 묘사하고 있다. 역동적인 바다풍경에 대한 그의 묘사

는 동시에 그것에 도취되어 있는 그의 모습을 보여준다. 바다 풍경에 대한 그의 정열적인 묘사는 순수한 아름다움을 지향한다(Booth 162). 그것은 그 자신의 정서적인 부담이나 개인적인 불만으로부터 벗어난 순수한 쾌감의 표현으로 보인다. 이 때의 그의 황홀한 느낌은 「나이팅게일에 부친 노래」에서 나이팅게일의 노래 소리를 듣고 그것의 아름다움에 도취된 나머지 죽음을 동경하는 키츠와 다르지 않은 것으로 생각된다. 그런데 화자는 그러한 황홀한 느낌을 "내가 부재한 다락방"으로 묘사하고 있어 주목된다. 다락방은 누구나 자유롭게 꿈꿀 수 있는 즐거운 공간임에 틀림없는데 화자는 그곳에서의 자신의 알리바이를 지우고 있는 것이다. 그 결과 그가 부재한 상태에서 바다 풍경만이 존재한다. 다락방은 또한 외부 세계와 단절된 공간이며 바로 그러한 점에서 즐거움을 더해 주는 곳이다. 따라서 화자가 바다 풍경을 그 자신이 부재한 다락방으로 표현하고 있음은 그의 즐거움이 외부 세계로부터 격리되어 있다는 점과 무관하지 않을 것이라는 추측을 가능하게 한다. 이러한 추측은 「여기」에서 보다 구체화된다.

이 작품은 그가 정착한 후 그곳에서 내내 살았던 헐(Hull)을 배경으로 하고 있다. 그의 말에 의하면 그가 그곳을 떠나지 않은 것은 단지 그곳이 영국의 변두리 지역에 위치한 결과 외부 사람들의 방해를 받지 않는 곳이기 때문이다.

> 나는 미국인들이 킹스크로스의 역에서 기차를 타고 와서 나를 성가시게 하려다가 환승해야 할 노선들을 보고 뉴캐슬로 가서 배질 번팅(Basil Bunting)이나 괴롭히기로 마음먹을 것이라는 생각을 즐긴다.(*RW* 54)

그의 작품 「여기」에서도 이러한 헐의 지리적인 특성이 암시되어 있다.

풍요로운 산업적인 그늘로부터 동쪽으로 벗어나
밤새 북쪽으로 달리다가
초원이라기에는 너무나 협착하고 엉겅퀴가 우거진 들판을 벗어나
가끔 새벽녘의 노동자들이 추위를 피하는
이상한 이름을 가진 정거장을 거쳐
하늘과 허수아비, 건초더미들, 토끼들과 꿩들의 고독으로 향한
       다.……

Swerving east, from rich industrial shadows
And traffic all night north; swerving through fields
Too thin and thistled to be called meadows,
And now and then a harsh-named halt, that shields
Workmen at dawn; swerving to solitude
Of skies and scarecrows, haystacks, hares and pheasants…(CP 136)

헐이라는 곳은 산업도시들과 초원 지대를 벗어나 보이는 것은 하늘과
허수아비와 조류들과 산짐승들 뿐인 곳으로 들어가야만 도달할 수 있는
곳이다. "swerving"이라는 단어가 여러 번 사용되면서 숨가쁜 템포로 진
행되는 화자의 여행은 도시를 벗어나 한적한 바닷가로 달려가고 싶어하
는 간절한 화자의 갈망을 전달한다. 값싼 물건들이 거래되는 헐의 중심
가를 약간 벗어나면 하늘과 바다만이 보이는 고독의 세계가 전개된다.
시의 숨가쁜 리듬은 여기서 비로소 여유를 갖는데 그의 여유는 자연에
대한 그의 관심을 통해서 드러난다. 그는 눈에 띄지 않던 나무들과 잡풀
꽃들과 외면되었던 흐르는 물과 해맑은 공기를 새롭게 느낀다. 육지는
온갖 형상의 조약돌들이 널려 있는 해변 너머에서 끝나고 텅 빈 바다와
태양이 떠 있는 하늘만이 무한하게 펼쳐져 있다. 여기서 화자는 "울타리
없는 삶"에 대한 비전을 갖는다.

······Here is unfenced existence:
Facing the sun, untalkative, out of reach.(*CP* 137)

울타리 없는 삶은 어느 의미에서 무한한 자유가 허용되는 삶을 뜻하는 것이 될 수 있다. 리간이 여기서의 화자의 여행을 상상적인 "자유의 공간으로의 여행"(1992, 105)으로 보는 것은 이러한 점에서라고 볼 수 있는데 화자의 자유를 향한 여행은 결국 자유의 실현이 불가능하다는 깨달음으로 귀착한다는 것이 그의 주장이다. 이러한 주장은 화자의 말로 표현할 수 없는 어떤 쾌감을 간과하고 있다는 점에서 한계가 있는 것으로 보인다. 그의 여행을 물질적인 삶에서 고독한 삶으로의 여행으로서 혼자 있고 싶고, 망각하고 싶은 인간의 욕구를 대변하는 것으로 보는 스와브릭의 견해도(1986, 41) 이러한 점에서는 마찬가지이다. 화자가 말하는 울타리가 없는 삶이란 어떤 이상적인 형태의 삶을 지칭하는 것이 아니라 "untalkative"나 "out of reach"라는 단어들로 미루어 볼 때 자아의 울타리로부터 해방되었을 때의 말로 표현하기 힘든 쾌감을 표현하고 있는 것에 지나지 않는다. 부스는 여기서 화자가 "말로 형언할 수 없는" 또는 "우리 손에 미치지 못하는" 등과 같은 부정적인 수사로부터 고양된 느낌을 획득하고 있다는 점에서 이러한 쾌감을 부정적인 고양된 느낌으로 표현한다(168). 그러나 부스가 말한 부정적인 수사는 화자의 고양된 느낌을 나타내 주는 것이라기보다는 그러한 느낌을 부정하려는 수작에 더 가까워 보인다. 화자는 여기서 바다 풍경으로부터 고양된 느낌을 갖게 되고 그러한 느낌을 표현하고 있음에도 불구하고 바다 풍경을 그 자신으로서는 범접할 수도, 표현할 수도 없다고 발뺌하고 있는 것이다. 그의 이러한 발뺌으로 바다는 그에게 말할 수 없는 황홀감을 주었던 대상이 아니라 말로 표현할 수 없고 우리 손에 미치지 못하는 어떤 대상으로 객관화되어 있음을 우리는 느낄 수 있다.

V. 도덕적인 관점에 대한 반성

많은 평자들이 도덕적인 관점에서 이해하는 두 작품 「교회방문」 ("Church Going")과 「성령강림제의 결혼식」("The Whitsun Weddings")에서 도 우리는 라킨의 심미적인 성향을 읽을 수 있다. 평자들이 이 점을 놓 치고 있는 것은 그들이 화자의 도덕주의자의 마스크를 그의 진정한 자아 로 보기 때문이 아닌가 생각된다. 이 작품들이 주는 묘미는 제목이 암시 하는 것과 다른 의미를 지니고 있다는 점에 있음을 우리는 간과해서는 안된다.

모션(Andrew Motion)은 「교회방문」에서 인간과 개인적인 잠재성에 대 한 지울 수 없는 화자의 믿음을 엿본다(60). 그러나 그러한 믿음은 극히 일부 사람들의 것이고 그것이 전체로 확산되어 갈 가능성이 보이지 않는 다는 점에서 모션의 견해는 일부의 견해를 보편적인 것으로 확대 해석하 고 있다는 비난을 면하기 어려운 것으로 보인다. 모션의 견해는 다른 사 람들과 함께 교회 의식에 참여하는 화자의 모습이 제시될 때만이 정당화 될 수 있다. 뿐만 아니라 화자의 생각의 대부분이 교회가 쓸모 없게 되 면 어떻게 될 것인지에 집중되어 있다. 그는 교회가 무용지물이 되면 건 물을 감식하는 사람이거나 옛날의 것에 미친 자이거나 성직복이나 오르 간 연주나 몰약 냄새를 그리워하는 크리스마스 광이나 결혼과 탄생 그리 고 죽음의 의식 속에서만이 느낄 수 있는 엄숙한 분위기 때문에 교회를 찾는 자신과 같은 사람들만이 그 곳을 찾을 것이라고 생각한다. 우리는 여기서 교회가 쓸모 없게 되면 방문할 것이라고 그가 상상하는 사람들이 그 자신을 포함해서 하나 같이 심미적인 즐거움을 추구하는 사람들임에 주목할 필요가 있다. 우리는 이러한 그의 상상을 통해서 그가 교회를 방 문한 것이 그곳의 엄숙한 분위기 때문임을 짐작할 수 있다. 그가 자전거 의 크리프를 풀고 어색하지만 경건한 태도로 독경대에 올라가서 성경의 몇 구절을 읽고 "이만 여기서 끝납니다"라고 자신이 의도했던 것보다 더

큰 소리로 말하고 자신의 말의 메아리가 그에게 낄낄대는 웃음으로 들리
는 그가 교회를 방문한 것이 종교적인 믿음과는 전혀 관련이 없는 것임
을 암시한다. 따라서 그는 관습대로 방문록에 사인하고 아일랜드 화 6펜
스를 기부하면서도 그는 이곳이 걸음을 멈출만한 가치가 없다고 생각한
다. 그럼에도 그가 교회를 방문한 것은 "침묵 속에 서 있는 것이 즐겁기
때문이다"(CP 98)라고 말한다. 이러한 점에서 그가 묘사하는 교회 안의
풍경은 매우 시사적이다.

> 제단 위의 놋쇠로 된 어떤 물건;
> 자그맣고 깔끔한 오르간;
> 그리고 얼마나 오랜 동안 숙성되었는지 알 수 없는
> 긴장된, 곰팡내 나는 그대로 지나칠 수 없는 침묵.

> ……Some brass and stuff
> Up at the holy end; the small neat organ;
> And a tense, musty, unignorable silence,
> Brewed God knows how long.(CP 97)

우리는 여기서 교회 안의 모든 물건과 분위기가 감각적으로 파악되어
있으며 화자가 즐기는 교회의 침묵은 단순한 "화학 작용"(Almond 184)의
산물에 불과한 것임을 알 수 있다. 교회의 엄숙한 분위기는 바로 이러한
침묵으로부터 나온 것이다. 화자는 바로 그러한 분위기에서 심미적인 즐
거움을 맛보고 있는 것으로 보인다. 이러한 그의 쾌감은 그만의 독특한
감각을 지니지 않고서는 즐길 수 없는 것임에 틀림없다. 그럼에도 그는
시의 결론 부분에서 이러한 쾌감을 누구나 맛볼 수 있는 것처럼 말하고
있어 주목된다.

> 그것은 엄숙한 땅의 엄숙한 집이다,

여러 냄새들이 혼합되어 있는 곳에서 우리들의 충동들이 만나
이해되고 숙명이라는 옷을 입는다.
누군가는 그 자신 속에서 보다 진지해지고 싶은 욕망을
영원히 느끼고 그것에 이끌려 이 땅으로 올 것이기에
그토록 많은 것이 쓸모 없게 되지는 않을 것이다……

A serious house on serious earth it is,
In whose blent air all our compulsions meet,
Are recognized, and robed as destinies.
And that much never will be obsolete
Since someone will for ever be surprising
A hunger in himself to be more serious,
And gravitating with it to this ground…(*CP* 98)

　화자는 여기서 자신이 교회를 방문한 것이 엄숙해지고 싶은 욕망 때
문이라고 말하고 있지만 엄숙해지고 싶은 그의 욕구와 순수한 미적 쾌감
에 대한 욕구는 별개의 것이다. 그가 바라는 엄숙성은 충동들이 정화됨
으로써 비롯되는 것으로 보인다. 여기서 교회가 우리들의 충동들을 순화
시켜 주는 유용한 공간으로 정의되어 있는 것은 이러한 관점에서가 아닌
가 생각된다. 그러나 그가 교회에서 경험한 즐거움은 순수한 미적 쾌감
에 속하는 것으로서 윤리적인 충동이나 유용성과는 거리가 먼 것이 분명
하다. 그가 여기서 교회를 윤리적인 유용한 공간으로 여기는 것은 그 자
신이 느낀 심미적인 쾌감을 부정하는 것이며 이러한 그의 부정은 도덕성
이나 실용성을 유일한 가치로 생각하는 대다수의 사람들의 입장을 고려
한 것으로 보인다.
　한편 「성령강림제의 결혼식」은 많은 비평가들에 의하여 라킨의 주요
작품으로 지적되고 있으나 그것에 대한 그들의 이해는 공감하기 어려운
점들이 있는 것으로 판단된다. 홀브룩(David Holbrook)은 이 작품의 마지

막 스탠저로 보아 화자는 일반 사람들과 구별되는 교육받은 사람일뿐만 아니라 그의 지각이나 호기심 그리고 시작(making poetry)이 창조적일 수 없고 변화된 것이 줄 수 있는 힘을 발견할 수도 전달할 수도 없는 사람 임을 보여준다고 주장한다(174). 리간은 이러한 주장에 어느 정도의 타당 성을 인정하지만 홀브룩은 이러한 차별을 계급이나 문화적인 관점에서 이해하지 않고 전혀 독특한 개인적인 행동으로 판단하고 있다는 점에서 한계가 있음을 지적한다. 리간은 이 작품에 나타난 화자의 계급적인 차 별 의식을 제한된 지식과 비전을 가진 동시대 사람의 그것을 대표하는 것으로 본다(1992, 32). 그러나 그는 그렇게 간주되기에는 너무나 감수성 이 풍부하다. 그는 홀브룩의 말대로 다른 사람들과 뚜렷이 구분되는 교 육받은 사람임에 틀림없다. 그러한 사람이 기차여행을 통해서 어떻게 변 하는지가 이 작품의 주요 관심사로 보인다.

　처음의 화자는 책을 읽는데 골몰한 나머지 창 밖에서 거행되는 결혼 식에 대하여 관심을 갖지 않는다. 그러던 그가 시간이 지나면서 호기심 을 갖고 하객들의 이모저모를 꼼꼼히 관찰하기 시작한다. 그는 넓은 벨 트를 맨 이마에 주름이 있는 아버지들과 떠들썩하고 뚱뚱한 어머니들, 나일론 장갑을 끼고 모조 보석들로 장식한 소녀들, 음탕한 말을 지껄이 는 어떤 삼촌 등에 대해서 묘사한다. 이 관찰을 통해서 그가 다른 사람 들과 통합됨으로써 주어가 "I"에서 "we"로 바뀐다. 그러나 다른 사람들 은 그들 자신 이외의 어떤 사람들에 대해서도 생각하지도 않으며 바로 이 시간이 그들의 삶에 어떻게 반영될 지에 대해서도 관심이 없다. 그들 은 나란히 앉아서 스쳐 지나가는 바깥 풍경을 내다본다. 그들은 오데온 극장과 냉각탑 그리고 크리켓 경기를 하러 가는 사람을 구경한다. 이러 한 바깥 풍경들은 무표정하고 단편적인 그들의 시각을 엿보여 주는 것으 로 보인다. 이러한 그들의 시각은 우편구역으로 나뉘어진 런던을 밀밭으 로 보는 화자의 시각과 대조를 이룬다. 이러한 그의 시각은 심미적인 감 각에 의하여 고양된 그의 마음을 암시하는 것으로 생각된다. 매우 착잡

하고 애매한 이 작품의 결론 부분은 바로 이러한 관점에서의 이해가 가
능한 것으로 보인다.

> 거기가 우리의 표적이었다. 그리고 우리가
> 서있는 풀맨 특별열차를 지나
> 빛나는 엉킨 철로들을 가로질러 달렸을 때, 시커먼 이끼가 끼어
>   있는 축대들이
> 가까이 다가왔다, 그리하여 이러한 실낱같은 우연한 여행이
> 거의 끝났다; 그리고 그 여행이 지니고 있었던 것이
> 변화시킬 수 있는 모든 힘과 더불어 소진될
> 태세를 갖추고 있었다. 우리는 다시 속도를 늦추었다,
> 그리고 브레이크가 제동을 걸 때, 부풀어올랐다,
> 하강의 느낌이, 마치 시야 밖으로 쏘아져서, 어디선가에 비가 되어
> 내리는 화살 소나기 같은.

> There we were aimed. And as we raced across
> Bright knots of rail
> Past standing Pullmans, walls of blackened moss
> Came close, and it was nearly done, this frail
> Travelling coincidence; and what it held
> Stood ready to be loosed with all the power
> That being changed can give. We slowed again,
> And as the tightened brakes took hold, there swelled
> A sense of falling, like an arrow-shower
> Sent out of sight, somewhere becoming rain.(*CP* 116)

  여기서 우리가 특히 주목해야 할 것은 우연한 여행이 끝나면서 변화
시킬 수 있는 힘과 함께 "loose" 될 태세를 갖추고 있었다는 표현이다.
여기서 말하는 변화시킬 수 있는 힘은 여행을 통해서 다른 사람들과 하

나가 되었던 고양된 느낌을 두고 말하는 것으로 보인다. 따라서 화살소나기도 이러한 그의 느낌에 비추어 이해되는 것이 당연한 것으로 생각된다. 모션은 갈등의 화살이 메마른 밀밭을 적셔주는 사랑의 비로 변한 것에 주목하는데(78) 이러한 관점은 화자의 변화에 중점을 두고 있다는 점에서 결혼한 부부들에 주목하는 다른 평자들의 관점과 구된다. 화살 소나기(arrow-shower)를 "물보라 같은 집단 가능성"(Almond 186)으로 보는 앨몬드의 관점이나, 그것을 "예기치 않은 그러나 비옥한 가능성"(Regan 1992, 78)으로 보는 대빗 롯지의 관점이나, 그것을 신혼 부부들의 이미지로서 구획된 추상적인 도시를 유기적인 비옥함으로 가득 채우는 인간 가치를 암시하는 것으로 보는 도널드 대비(Donald Davie)의 관점이나(66), 또는 화살이 소나기로 변한 그 자체를 "변화의 힘"(Swarbrick 1995, 107)으로 파악하는 스와브릭의 관점 모두가 후자에 속하는 것으로 파악된다. 이러한 관점들은 결혼이 "행복한 장례식"(CP 115)으로 표현되어 있는 점으로 미루어서도 설득력이 없는 것으로 보이지만 무엇보다도 이 작품은 화자가 여행을 통해서 보고 경험한 것을 바탕으로 하고 있기 때문에 변화의 대상은 화자가 되어야 마땅한 것으로 생각된다. 화살소나기는 기차가 멈추면서 관성에 의하여 몸이 앞으로 쏠릴 때의 찰나적인 느낌이 모티브가 되고 있는 것으로 보인다. 로센은 이러한 관성에 주목함으로써 화살 소나기를 이상적인 여행의 연장으로 보고 있지만(58) 화살의 상승 에너지 못지 않게 하강의 느낌이 팽배해 있음을 간과할 수 없다. 소나기는 메마른 땅을 비옥하게 만드는 역할을 하는 것이 아니라 화살의 상승 에너지를 견제하는 역할을 하는 것으로 보인다. 이러한 점에서 "loose"라는 말이 「앰뷸런스」에서 죽음의 뜻으로 사용되어 있는 것처럼 여기서도 "해체"를 뜻하는 것이 될 수 있다는 한 평자의 주장은 매우 시사적이다 (Ingelbien 140). 우리는 이러한 시사를 통하여 loose라는 단어가 화살소나기와 마찬가지로 상승과 하강의 에너지를 공유하는 것임을 추정할 수 있다. 즉 그것은 화살이 시위를 벗어날 때의 에너지와 그 화살이 떨어질 때의 에너지를 공유하는 것으로 간주될 수 있는 것이다. 이러한 추정이 엉뚱한 것이 아님은 또 다른 표현 즉 "하강하는 느낌이 부풀어 올랐다"라는 표현에서도 "swell"과 "falling"의 상승과 하강의 에너지가 공존하는 것으로 미루어 짐작될 수 있다. 시적 논리에 의하면 이 부분에서 화자의 변화된 힘이 어떤 형태로든 표출되어야 마땅함에도 이처럼 애매한 표현으로 끝나기 때문에 홀브룩이 비난하는 것은 어느 면에서 지극히 당연한 것으로 보인다. 애매한 만큼 이 부분에 대한 평자들의 이해가 분분하다.

우리는 우선 여기서 화자가 낭만주의 시인들의 모순어법을 사용하고 있음에 주목할 필요가 있다. 이 모순어법은 낭만주의 시인들이 서로 다른 것을 융합하기 위하여 즐겨 사용한 수사법이다. 문제는 상승과 하강이 각각 무엇을 나타내는 것인지를 밝혀내는 것이다. 이 작품의 시적 논리를 존중하면 상승은 화자의 고양된 느낌을 나타내 주는 것이 된다. 그런데 이러한 그의 느낌은 다른 승객들과 유리된 화자 자신만의 것에 불과한 것이다. 우리는 이러한 점에서 바로 앞 스탠저에서 제시되어 있는 화자와 다른 승객들 사이의 대조된 시각을 상기할 필요가 있다. 전자는 고양된 느낌으로 충만해 있는 반면 후자는 차창을 스쳐 지나가는 단편적인 광경을 시무룩하게 내다보고 있을 뿐이었다. 그러니까 화살 소나기의 모순어법은 바로 이 양자를 포용하는 수사법임에 틀림없다. 물론 화자가 여기서 느끼는 즐거움 또한 정신적인 것이 아니라 심미적인 것이다. 이 점은 화살의 이미지에 의하여 암시되어 있다. 화살이 활시위를 떠나 하늘로 날아갈 때 느끼는 쾌감은 화자가 「높은 창문」에서 햇빛이 가득한 창문을 통해서 푸른 창공을 볼 때의 그것과 다르지 않은 것으로 보인다.

VI. 맺는 말

이상의 고찰을 통하여 우리는 라킨이 일상적인 소재들을 지극히 주관적인 방식으로 다루고 있음을 알 수 있다. 그는 사랑과 일을 주제로 다루면서 그것들의 정신적인 가치들을 전혀 문제 삼고 있지 않다. 이러한 현상은 그러한 가치들이 더 이상 어떤 효력도 가질 수 없는 현대 사회와 무관하지 않을 것으로 생각된다. 그가 감각을 통해서 초월을 꿈꾸는 것은 이러한 이유에서 일 것이다. 그러나 그의 자기 중심적인 태도는 이러한 그의 시의 보편적인 의미를 약화시키는 요인으로 작용하고 있음을 우리는 간과하기 어렵다.

우리는 「이기적인 남성」("Self's the Man")에서 결혼이 성적 욕구를 충족시키기 위한 이기적인 행위로 간주되어 있고 「침실의 대화」에서는 남녀가 잠자리를 같이 하는 것이 사랑의 전부인 것처럼 제시되어 있음을 살펴보았다. 그가 남녀 사이의 관계를 이처럼 성적인 것으로만 파악하고 있다는 것은 결혼에 대한 그의 회의적인 시각을 반영해 주는 것으로 이해될 수 있다. 「젊은 시절의 방탕」에서 화자가 두 여성 가운데서 쉽게 그의 손에 닿을 수 있는 한 여성과 사귀면서 성적 관계를 맺어오다가 그녀와 결별한 후, 그의 손에 닿을 수 없는 다른 여성의 사진을 지니고 다니는 것은 그가 성적인 관계에 그다지 만족하지 못하고 있음을 시사하는 것이 될 수 있다. 그러나 우리는 「높은 창문」에서 화자가 성적 자유를 누리는 젊은이들을 은근히 부러워하고 있음을 간과할 수 없다. 이 사실은 성적인 쾌감이 아닌 다른 쾌감에 대한 그의 갈망이 실은 성적인 만족을 느끼지 못했기 때문이 아닌가 하는 의구심을 갖게 한다. 그가 갈망하는, 햇빛이 가득한 높은 창문을 통해 보이는 푸른 창공의 이미지는 이러한 점에서 「젊은 시절의 방탕」에서의 화자의 손이 미칠 수 없는 곳에 있는 여성의 이미지와 흡사한 것으로 볼 수 있다.

아이러닉한 것은 그가 차원 높은 쾌감을 갈망하면서 그러한 자신의 갈망을 부정하는 점이다. 「젊은 시절의 방탕」("Wild Oats")에서 화자의 손에 미치지 않는 여성이 "가슴이 풍만한 영국의 장미"로 사물화 되어 있듯이 「높은 창문」에서의 푸른 창공도 아무 것도 보여주지 않고 아무런 느낌을 주지 않는 대상으로 멀리 떨어져 존재한다. 이처럼 그가 자신의 초월적인 갈망을 부정하는 것은 바로 그 갈망의 대상이 현실로부터 너무나 동떨어져 있는 것이기 때문임에 틀림없다.

그가 일로부터 벗어나고 싶어하면서도 그렇게 하지 못하는 것도 그것이 현실적으로 불가능하기 때문이라고 볼 수 있다. 그는 일로부터 소외된 사람들을 통하여 일을 하지 않고서도 즐겁게 지낼 수 있는 가능성을 엿보지만 끝내는 일을 선택한다. 그가 일을 선택하는 동시에 그것을 그만둘 수 있는 가능성을 열어 두고 있는 것은 일로부터 벗어나는 일이 현실적으로 불가능한 상태에서 그가 취할 수 있는 최선의 선택으로 보인다. 「떠남의 시」에서 그가 대중을 외면한 모험적인 삶을 망상으로 규정하는 것도 같은 맥락에서 이해될 수 있다. 그 또한 대중을 등지고 그 자신만의 모험적인 삶을 살고 싶지만, 그는 관습적인 삶의 질서를 존중하면서 살고 있는 대다수의 사람들을 외면할 수 없었던 것으로 보인다.

그가 「풀밭에서」와 「부재」 그리고 「여기」에서 대중들로부터 벗어나 자연 속으로 도피하고 싶은 갈망을 표현하고 있으면서 동시에 그러한 그의 욕구를 부정할 수밖에 없는 것도 이러한 그의 기본 입장에 따른 것임은 말할 것 없다. 그가 대중들로부터 벗어나려 하는 것은 그들이 한마디로 속물들이기 때문이다. 우리는 이러한 점에서 그가 도피하려는 곳이 자연이나 텅 빈 교회 아니면 높은 창문을 통해서 본 푸른 하늘 아니면 밀폐된 빛의 방과 같은 맑고 순수한 공간들임을 염두에 둘 필요가 있다.

우리는 「성령강림제의 결혼」에서 화자와 대중은 결코 융합될 수 없는 사이라는 것을 확인할 수 있었다. 화자는 여기서 처음에는 다른 사람들에 대하여 무관심하다가 차츰차츰 그의 관심이 고조되고 고양되어 가는 반면 다른 사람들은 처음에 흥분하다가 침울해지는 것으로 제시되어 있다. 여기서 우리가 특히 주목할 것은 그들이 요란하고 시끄럽게 떠들고 음담패설을 늘어놓고 모조 보석을 착용하고 있는 점이다. 이러한 그들의 행동과 모습들은 그들이 속된 문화에 젖어 있음을 시사하는 것으로 볼 수 있다. 그런데 화자는 아이러닉하게도 그들을 자신과는 별개의 존재로 간주하면서 동시에 그들을 포용하려 한다. 화살 소나기와 같은 모순어법은 현실적으로 통합될 수 없는 화자 자신과 타자들을 하나로 묶어주는 수사법임은 앞에서 살펴본 바와 같다. 이러한 점에서 라킨이 시각을 낮추고 일상적인 소재들을 사용하는 것은 대중인 독자들을 위한 배려라기보다는 그 자신의 아이덴티티를 정립하기 위한 고육책이라는 생각이 더 많이 든다. 그러나 라킨의 경우처럼 일상적인 소재들을 평범한 방식으로 다루면서도 일정한 품격을 갖춘 시를 쓰는 일이 아무나 가능한 일이 아님은 말할 것 없다.

■■■■■■■■■■■■■■■■■■■■■

인 용 문 헌

하우저, A. 문학과 예술의 사회사 - 현대편. 백낙청, 염무웅 공역. 창작과
　　비평사, 1978.

Almond, Ian. "Larkin and the Mundane: Mystic without a Mystery." *New
　　Larkins for Old.*: Critical Essays. Ed. James Booth. Houndmills:
　　Macmillan, 2000: 182-9.

Bedient, Calvin, *Eight Contemporary Poets.* London: Oxford UP, 1971.

Booth, James. *Philip Larkin: Writer.* New York: Martin, 1992.

Davie, Donald. *Thomas Hardy and British Poetry.* London: Routledge, 1973.

Falck, Colin. "Philip Larkin." *Twentieth Century Poetry: Critical Essays and
　　Documents.* Eds. Graham Martin & P. N. Furbank. London: Open
　　UP, 1975: 403-11.

Holbrook, David. *Lost Bearings in English Poetry.* London: Vision, 1977.

Ingelbien, Raphaël. "The Uses of Symbolism: Larkin and Eliot." *New Larkins
　　for Old*: 130-42.

King, P. R. *Nine Contemporary Poets.* New York: Methuen, 1979.

Larkin, Philip. *Collected Poems.* Ed. Anthony Thwaite. London: The Marvell
　　Press, 1988. Abbreviated as *CP.*

　　＿＿＿＿＿＿. *Required Writing. Miscellaneous Pieces 1955-1992.* London:
　　Faber, 1983. Abbreviated as *RW.*

　　＿＿＿＿＿＿. *Selected Letters.* Ed. Anthony Thwaite. London: Faber, 1992.
　　Abbreviated as *SL.*

Longley, Edna. "Larkin, Decadence and the Lyric Poem." *New Larkins For*

Old: 29-50.

Motion, Andrew. *Philip Larkin.* London: Methuen, 1982.

Morrison, Black. *The Movement: English Poetry and Fiction of the 1950s.* Oxford: Oxford UP, 1980.

Regan, Stephen. *Philip Larkin.* Houndmills: Macmillan, 1992.

_____. Ed. *Philip Larkin: Contemporary Critical Essays.* Bashingstoke: Macmillan, 1997.

Rossen, Janice. *Philip Larkin: His Life's Work.* Iowa: U of Iowa P, 1989.

Swarbrick, Andrew. *Out of Reach: The Poetry of Philip Larkin.* Bashingstoke: Macmillan, 1995.

_____. *The Whitsun Weddings and The Less Deceived.* Houndmills: Macmillan, 1986.

제 4 장 ■■■■■■■■■■■■■■■■■■■■■

남성적인 시

Ted Huges

Ⅰ. 들어가는 말

테드 휴즈는 홉킨즈(G. M. Hopkins)와 로렌스(D. H. Lawrence) 그리고 딜란 토마스(Dylan Thomas)의 맥을 잇는 60년대의 대표적인 시인이다. 우리가 휴즈를 이러한 맥락에서 파악할 때 빼놓을 수 없는 것은 그가 그레이브즈(Robert Graves)의 『폐위된 여신』(*The White Goddess*)에 남다른 관심을 가지고 있었다는 점이다. 우리가 이 사실에 특히 주목하려는 것은 그 관심이 단순한 호기심에서가 아니라 그의 시적 목적과 관련되는 보다 근본적인 것이라는 점에서이다.

그레이브즈는 그의 저서에서 전설과 신화를 추적하고 그것들 사이의 상관관계에 주목하므로 써 모든 신화와 전설에서의 최초의 신은 공통적으로 강력한 에너지를 지닌 여신이었으며 이러한 여신의 권위가 문명과 더불어 남자 신에 의하여 박탈되었음을 밝히고 있다. 휴즈는 이 저서를 통하여 기독교 국가들이 마리아(Mary)의 존재 속에 간신히 보존했던 원시시대의 여신이 완전히 망각되고 있다는 사실을 깨닫고 지적 문명에 의하여 축출된 본능적인 에너지를 드러내는 데 시적 목적을 두었다. 이 목적은 앞선 세대인 로렌스와 딜란 토마스가 공유한 것이기도 하다. 이 시인들 또한 인간의 내부와 외부 세계에 존재하는 원초적인 에너지에 깊은 관심을 지니고 있었으며 그 관심도 다분히 문명 비판적인 것이었다.

역사적으로 인간이 본능적으로 지니고 있는 원초적인 욕망이나 거기에서 연유하는 다양한 정서들은 여성적인 것에 속하는 반면 그것을 통제하고 억압하는 의식은 남성적인 것으로 자리잡아 왔다. 휴즈의 시적 목적에 비추어 볼 때 "남성적인 의식에 대한 비평가이며 여신의 숭배자"(Gifford and Roberts 25)로 인식되고 있는 것은 너무도 당연한 것처럼 보이는데 사실은 그렇지 않다는 점에 문제가 있다. 그는 본능적인 에너지의 가치를 높이 평가하면서 한편으로는 그것의 분출을 엄격하게 통제하고 있어 그의 시는 궁극적으로 정서가 아닌 이성에 지배되어 있다는 느낌이 짙다. 이러한 점에서 그가 화아스(Egbert Faas)와의 인터뷰에서 "당신이 만일 에너지를 거부하면 당신은 일종의 죽음을 살고 있는 것이고 만일 당신이 에너지를 수용하면 그것이 당신을 파멸시킬 것"(200-1)이라고 말한 것은 주목할 만하다.

원초적인 에너지를 존중하면서도 그것의 과도한 분출을 경계하는 그의 이중적인 태도는 근본적으로 여성적인 원리를 받아들이지 않으려는 남성의 에고에서 연유하는 것으로 보인다. 이러한 그의 성향은 영감이나 자연스럽게 넘쳐 나는 정서를 시의 원리로 삼았던 낭만주의 시가 알고 보면 시인 자신들의 상상력 즉 남성적인 원리에 지배되어 있는 것과 같은 맥락에서 이해될 수 있다(Mellor 1993, 20). 강렬한 느낌의 자연스러운 흘러 넘침이라는 워즈워스(William Wordsworth)의 시적 정의는 정서를 통괄하는 여성의 권한을 남성의 것으로 바꿔치기 한 것이나 다름없는 것이었다. 이 점은 리차아드슨(Alan Richardson)의 연구에 의해서도 밝혀진 바 있다. 그의 연구에 의하면 감성의 시대 즉 낭만주의 시대의 남성 시인들은 그들의 어머니와 동일시되는 기억과 환상을 그려냈는데 여기서 그들은 자신들을 "여성적인 부드러움을 지닌 자, 어머니의 젓과 지혜로 가득 차 있는 자, 그리고 아이들을 헌신적으로 돌보는 자"로 제시했던 것이다(Mellor 1988, 13-25). 삶의 지배적인 원리로서 여성적인 원리를 제시하면서 그것의 주체로 여성이 아닌 남성을 내세우는 이들의 태도는 곧 여성적인 원리를 긍정적으로 받아들이면서도 그것에 예속되기를 거부하는 남성적 에고를 반영하는 것임에 틀림없다

그러나 휴즈의 작품은 여성적인 것이 남성적인 것으로 전환되는 질적인 변화 때문에 낭만주의 시인들의 작품과는 전혀 다른 성격을 지니게 된다. 낭만주의 시인들의 경우는 단지 남성 화자가 여성의 역할을 대신하는 것에 만족하고 있기 때문에 여성적인 요소들이 그대로 유지되어 있는 반면 여성적인 것이 남성적인 것으로 전환되어 있는 휴즈의 작품은 자연히 남성적인 특질을 띠게 된다.

휴즈가 시에서 구현하는 남성적인 특질은 과묵함과 야성적인 힘으로 요약된다. 동물처럼 본능적인 에너지로 충만해 있으면서도 그것을 적절하게 통제함으로써 여간해서 감정을 드러내지 않는 그러한 남성 주인공이야말로 남성 중심적인 작가들이 특히 선호하는 인물들이다. 이를테면 우리는 가장 남성적인 작가의 한 사람으로 꼽히는 헤밍웨이(Ernest Hemingway)의 단편, 「인디안 캠프」("Indian Camp")에 등장하는 주인공의 아버지를 들 수 있다. 그는 마취도 하지 않은 상태에서 잭나이프만으로 제왕절개 수술을 할 수 있을 만큼 냉혹한 의사이다. 작가는 아내의 고통을 더 이상 참지 못하고 자신의 목을 면도칼로 베어 자살하는 산모의 남편과 사사로운 감정을 초월한 의사를 대조함으로써 감정 같은 것을 전혀 무시하는 지극히 이성적인 사람만이 살아남을 수 있다는 것을 암시한다. 원초적인 에너지의 과도한 표출을 경계하는 휴즈의 태도는 바로 정서의 억압을 남성적인 특질로 파악하는 이러한 전통에 이어져 있는 것이다.

이 글은 휴즈의 작품 속에 교묘히 감추어진 남성 중심적인 의식을 들추어내는 데 초점을 두고 있다. 이미 홀브룩(David Holbrook)에 의하여

휴즈가 "남성적"(161)인 제스처를 구사하고 있다는 사실이 지적된 바 있고 또 설리(Geoffrey Thurley)도 이와 유사한 취지의 발언을 한 바 있다 (175). 그러나 그러한 언급들은 한 두 작품을 대상으로 하는 단편적인 것에 그치고 있다. 따라서 여기서는 그러한 단편적인 발언들을 그의 여러 작품을 통해서 검증하려는 데 의미를 두려 한다.

여기서 다루게 될 작품들은 초기 시에 속하는 『빗속의 매』(The Hawk in the Rain)와 『루퍼컬』(Lupercal) 그리고 『까마귀』(Crow)에 실려 있는 것들이다. 『빗속의 매』(The Hawk in the Rain)와 『루퍼컬』(Lupercal)에 실려 있는 초기의 작품들에서는 시인의 정신적, 문체상의 어떤 변화도 엿보이지 않고 있어 편의상 연대기적 고찰 대신에 주제별로 고찰되고 『까마귀』에 실려 있는 작품들만 별도의 장에서 독립적으로 다루어질 것이다.*

Ⅱ. 『빗속의 매』와 『루퍼컬』

휴즈의 초기 작품들 가운데서 주제에 있어서나 작품의 경향에 있어서 시인의 특질이 가장 뚜렷하게 나타나 있는 작품은 아마도 「표범」("The Jaguar")일 것이다. 시인은 표범의 모습을 묘사하기 전에 주변 동물들을 간단히 스케치하여 우리들에게 보여준다. 원숭이들은 하품을 하면서 벼룩을 잡아먹고, 앵무새는 불 속에 들어간 것처럼 날카로운 비명을 지르거나 구경꾼들로부터 호두나 밤을 얻기 위하여 매춘부처럼 활보하기도 하는 반면 게으름을 피우는 사자와 호랑이는 태양처럼 가만히 앉아 있다. 한편 쏘는 듯한 눈매를 지닌 표범은 성이 나서 철책 안을 어슬렁거린다. 물론 그의 어슬렁거림은 지루하거나 갑갑해서가 아니다.

---

* 편의상 시 인용은 다음과 같은 약호를 사용한다. 『빗 속의 매』는 H로, 『루퍼컬』은 L로, 그리고 『까마귀』는 C로 약기함.

그러나 그에게는 우리가 없다.

몽상가에게 암자가 따로 없듯이,

그의 발걸음은 광폭한 자유,

　　세계는 힘차게 내지르는 그의 뒷발에 채어 굴러간다.

　　지평선이 우리 안으로 뻗어 온다.

　　　　　　　...but there's no cage to him

More than to the visionary his cell:

His stride is wildnesses of freedom:

The world rolls under the long thrust of his heel.

Over the cage floor the horizons come.(*H* 12)

　동물들은 오직 본능적인 에너지에 따라 움직이기 때문에 감옥이라는 개념을 이해하지 못한다. 감옥은 모든 것을 구분하고 구획하는 문명적인 인식의 산물이다. 본능에 의존하고 있는 표범은 그러므로 우리 안에 갇혀 있으면서도 무한한 자유와 생명력을 누릴 수 있다. 땅을 박차고 내닫는 그것의 모습은 에너지로 충만해 있고 우리 안으로 뻗어 있는 지평선은 무한한 그것의 자유를 상징한다. 그러나 우리에 갇혀 있는 표범의 생명력은 글자 그대로 통제되어 있는 에너지에 지나지 않는다. 통제되어 있는 에너지는 타자와 교감할 수 있는 정서의 바탕이 되지 못한다는 점에서 비소통적이다. 이러한 점에서 표범을 가두고 있는 우리는 매우 상징적인데 그것은 곧 표범과 그것을 바라보는 시인 사이의 거리를 뜻한다. 시인이 표범에 대해서 일정한 거리를 두고 있는 것은 다시 말해서 그가 그것과의 교감을 단절한 채 단지 소외된 그 자신의 의식을 통해서 그것을 바라본다는 것을 의미한다. 표범의 내적 에너지가 남성적으로 표출되어 있는 것은 바로 이러한 맥락에서 이해될 수 있다.

　표범의 통제된 내적 에너지는 남성이 여성을 지배하는 가부장적인 질

서를 반영하는 것으로 보인다. 그것은 본능적인 에너지가 여성의 원리에
속하는 반면 그것을 규정하는 의식은 남성적인 것에 속하는 것이라는 점
에서 그러하다. 그의 남성중심적인 의식은 작품 「상상의 여우」("The
Thought-Fox")를 통해서 비교적 분명하게 드러난다. 이 작품은 상상력이
라는 그물로 여우를 나포하는 이야기를 골자로 하고 있는데 여기서의 여
우 사냥은 곧 영감의 사냥을 의미한다. 시인의 영감이 강렬한 생명력을
지닌 여우와 동일시되고 있는 것은 영감을 강렬한 정서의 자연스러운 흘
러 넘침으로 정의했던 낭만주의 시인들의 전통을 이어받고 있는 것임에
틀림없다.

> 개간지를 가로질러
> 점점 더 커지고 깊어져 가는 초록색의 한 눈이,
> 눈부시게, 과감하게
> 자신의 임무를 완성하러 오고 있다,
> 마침내 돌연히 여우의 강한 체취를 풍기며
> 머리 속 어둠의 공동 속으로 들어온다.

> Across clearings, an eye,
> A widening deepening greenness,
> Brilliantly, concentratedly,
> Coming about its own business
> Till, with a sudden sharp hot stink of fox
> It enters the dark hole of the head.(*H* 14)

영감은 여성의 원리이다. 그러나 눈에 불을 켜고 다가오는 여우의 동
작은 유연하다기보다는 위압적인 느낌을 준다. 이것은 여성의 원리인 영
감이 남성인 시인의 상상력에 의하여 지배되어 있음을 말한다. 따라서
여우의 위압적인 행보는 상상력의 근원인 시인의 머리 속으로 귀착될 수

밖에 없다. 이러한 점에서 시인이 『시작 방법』(*Poetry in the Making*)에서
시작을 동물 사냥에 비유하고 있는 것은 이러한 점에서 주목할 만하다
(17). 영감이 시인의 상상력에 의하여 유도되어 있다는 것은 곧 시를 만
드는 것이 영감이 아니라 시인의 상상력임을 뜻한다. 상상력은 한마디로
영감의 자연스러운 흐름을 차단하는 남성 중심적인 지배력 그 자체이다.

  이러한 시인의 남성 중심적인 시각은 그가 묘사하는 거의 모든 동물
들에 작용한다. 그의 동물들이 막대한 에너지를 지닌 과묵한 남성을 상
기시키는 것은 그러한 시각의 자연스러운 결과로 볼 수 있다. 힘이 센
과묵한 남성은 바로 그의 시의 모델 그 자체이다. 작품의 힘이 "에너지의
발산보다는 그것의 봉쇄"를 통하여 드러나는 일반적인 경향은 이점을 단적
으로 뒷받침한다(Thurley 187). 작품 「횃대에 앉은 매」("Hawk Roosting")
와 「지빠귀」("Thrnsh") 그리고 「돼지에 관한 고찰」("View of a Pig")에서
는 이러한 통제된 에너지가 활발성과 불활발성의 대비를 통하여 제시되
어 있어 주목된다.

  「횃대에 앉은 매」에서 묘사되어 있는 매는 오로지 파괴적인 본능으로
만 가득 차 있는 독재자를 다분히 연상시킨다. 그것은 어디까지나 본능
에 의해서 움직일 뿐, 인간적인 사고를 전혀 지니고 있지 않다. 그것은
나무 가지 위에서 눈을 감고 가만히 앉아 있을 때도 그것의 구부러진 머
리와 날카롭게 구부러진 발톱 사이에는 "허황된 꿈"("falsifying dream")이
비집고 들어설 빈틈이 없다. 그것의 나태한 모습은 어디까지나 먹이를
사냥하기 위한 동물 특유의 전략적 몸짓일 뿐이다. 겉으로 보기에는 대
단히 나태하게 보이지만 그의 몸체는 먹이가 눈에 띄는 즉시 가차없이
공격할 수 있는 강렬한 공격적인 에너지로 충전되어 있는 것이다.

  이 매는 활발성과 불활발성이 서로 연계되어 있다는 점에서 지빠귀와
유사하다. 시인은 「지빠귀」에서 지빠귀가 타고난 순발력에 의하여 꿈틀
거리는 것은 무엇이나 놓치지 않고 잡아내는 냉혹한 모습을 다음과 같이
포착하고 있다.

두려워라, 잔디밭의 지빠귀
안으로 잔뜩 움켜 있는 그의 모습은
차라리 살아 있는 생물이라기보다는
용수철에 더 가까워 보이는데
올곧고 검은 매서운 눈과 섬세한 다리들은
움직이는 것만 보면 순식간에 발동하여
팔짝 뛰어 낚아챈다, 추호의 방심도, 추호의 게으름한 응시도
추호의 한숨도 머뭇거림도 없다.
오직 잽싸게 뛰어 낚아채어 게걸스럽게 먹어 치우는 것 이외는.

Terrifying are the attent sleek thrushes on the lawn,
More coiled steel than living- a poised
Dark deadly eye, those delicate legs
Triggered to stirrings beyond sense- with a start,
 a bounce, a stab
Overtake the instant and drag out some writhing thing
No indolent procrastinations and no yawning stares,
No sighs or head-scratchings. Nothing but bounce and stab
And a ravening second.(*L* 52)

여기서는 활발성과 불활발성을 공유하고 있는 새의 양면성이 용수철
에 비유되어 있는데 용수철은 가만히 있을 때는 부동의 상태로 있지만
한편 약간의 힘을 가해도 대단히 민감하게 반응하는 속성을 지니고 있어
이 비유는 매우 적절해 보인다. 「돼지에 대한 한 관찰」에서도 돼지가 활
발성과 불활발성의 대비에 의하여 묘사되어 있는데 여기서는 앞에서 살
펴 본 작품들에 나타나 있는 양상과는 달리 활발성과 불활발성이 연계되
어 있는 것이 아니라 확연히 단절된 상태로 나타나 있다. 시인은 여기서
죽기 전의 강렬한 생명력을 지니고 있었던 돼지와 죽어서 금속처럼 차디
차게 굳어 버린 돼지의 대조를 다음과 같이 포착한다.

돼지들은 가마솥과 같은 뜨거운 피를 지니고 있고
그들의 이빨은 말의 것보다 더 지독하여
한 번 물으면 반달 모양으로 살점이 떨어져 나간다.
그들은 뜬 숯도, 죽은 고양이도 먹는다.

이러한 놀랄 만한 특징들은
이미 사라진지 오래다.
나는 오랫동안 그것을 쳐다본다.
그들은 그것을 더운물에 집어넣어 삶은 다음
박박 문지를 참이었다, 현관의 계단처럼.

Pigs must have hot blood, they feel oven
Their bite is worse than a horse's-
They chop a half-moon clean out.
They eat cinders, dead cats.

Distinctions and admirations such
As this one was long finished with.
I stare at it a long time. They were going to scald it,
Scald it and scour it like a doorstep.(L 40)

알렌(Bold Allen)은 이 작품을 단지 "도살된 돼지에 대한 비가"(64)로 보고 있으며 킹(P. R. King)은 "돼지의 타자성"(116)에 주목하고 있다. 이러한 관점은 그 나름의 타당성을 지니고 있지만 작품의 의미를 충분히 살리지 못하는 한계를 지니고 있는 것으로 보인다. 물론 돼지의 죽기 전과 죽은 후의 모습이 나타내 주는 엄청난 단절을 통하여 그것의 타자성과 비극성이 시사되어 있는 것은 사실이다. 그러나 그 자체가 이 시의 핵심이라고는 할 수 없다. 그 보다는 돼지의 극단적인 양상을 통하여 제시되는 활발성과 불활발성의 뚜렷한 대비를 통하여 드러나는 돼지의 강렬한 생명력 그 자체에 이 시의 핵심이 있다고 보는 것이 보다 적절할 것이다. 말하자면 돼지의 양극단의 모습은 용수철에 비유되어 있는 지빠귀의 그것과 동일한 맥락에서 파악될 수 있다. 다른 점이 있다면 전자는 후자와 달리 죽음으로 인하여 활발성과 불활발성이 확연히 단절되어 있는 점이다. 후자의 경우는 살아 있기 때문에 양자가 단절되어 있지 않고 공존하고 있을 뿐, 죽으면 돼지와 똑같은 상태로 변하게 될 것이다. 이러한 점에서 죽은 돼지가 현관의 계단에 비유되어 있음은 의미심장하다. 살아 있는 지빠귀의 비유인 용수철은 정적 상태에서도 여전히 반동력이라는 잠재적인 힘을 지니고 있는 반면 현관의 계단은 그러한 활발성이 정지되어 있음을 뜻한다.

이 작품들에서 드러나는 동물들의 활발성과 불활발성에 대한 시인의 관심은 동물들의 에너지를 남성적으로 구현하려는 그의 기본적인 의도와 상관된다. 동물들이 공유하는 활발성과 불활발성이, 강력한 에너지를 적절히 통제하고 있는 과묵한 남성을 상기시키는 것은 그러므로 결코 우연이라고 볼 수 없다. 이러한 점에서 지빠귀의 생명력이 용수철에, 죽은 돼지가 금속에, 그리고 표범의 눈이 송곳에(「표범」), 억수같이 쏟아지는 비가 구멍을 뚫는 드릴에(「11월달」) 각각 비유되어 있는 것도 주목할 만하다. 이처럼 동물들의 생명력이 기계의 이미지로 표현되어 있는 것은 래리씨(Edward Larissy)가 지적하고 있듯이 "여성적인 섬세한 감정을 거부하는 비인간적인 냉혹함을 나타내 주는 것"(126)으로 남성적인 시 쓰기와 밀접하게 상관되는 것으로 보인다.

시인의 남성적인 시 쓰기의 전략은 또한 작품의 등장 인물까지도 규정하여 여성이 작품 속에 등장하는 경우가 지극히 드물고 게다가 등장하더라도 부정적으로 묘사되기 일쑤이다. 특히 우리들의 관심을 끄는 것은 여성의 원리를 구현해야 될 여성이 내적 에너지로부터 소외되어 있는 인간의 전범으로서 제시되어 있는 점이다. 예를 들어 「비서」("Secretary")에서는 삶으로부터 단절된 여자가 관심의 대상이 되어 있는데 그녀는 많은

사람들 가운데서 움직이고 있지만 그들과의 접촉을 기피하고 어쩌다가
몸의 일부분이 닿기만 해도 괴성을 질러 대는 타입의 여자이다. 그리하
여 일이 끝나면 그녀는 생쥐처럼 욕망의 유혹을 피하여 정확하게 집으로
돌아오고 집에 돌아온 그녀는 아버지나 동생을 위하여 떨어진 양말을 깁
는다. 이 모든 그녀의 행동은 한마디로 그녀의 육체적인 욕망에 대한 극
단적인 두려움을 시사한다.

생쥐처럼 사람의 눈을 피하여 직장과 집을 왔다갔다하는 그녀의 행동
은 앞에서 우리가 살펴본 동물들의 당당한 자족적인 태도와 심히 대조를
이룬다. 이 점은 「마코 앵무새와 꼬마 숙녀」("Macaw and Little Miss")를
통하여 더욱 극명하게 드러난다. 여기서는 동물과 인간이 대조적으로 묘
사되어 있는데 이 대조 속에는 본능적인 감정을 감추고 억제하는 꼬마
숙녀에 대한 시인의 은밀한 비판이 담겨 있다. 특히 그녀의 육체가 유리
로 만들어졌다는 것은 이러한 점에서 상징적인 의미를 내포한다.

억압된 욕망의 에너지는 필연적으로 난폭한 행동으로 표출되기 마련
이다. 앵무새에게 투사한 사랑의 감정이 거부되자, 꼬마 숙녀는 안달이
나서 새장을 두드리기도 하고 흔들기도 한다. 그러자 성이 잔뜩 난 앵무
새가 발악적으로 지저거려 집안을 발칵 뒤집어 놓는다. 어느 의미에서
앵무새의 난폭한 에너지는 그녀의 내부에 갇힌 내적 욕망을 반영하는 것
으로 간주될 수 있다. 내적 에너지와 조화를 이루는 앵무새는 하루종일
난로만을 바라보며 지내면서도 전혀 안달하지 않고 평정한 상태를 유지
할 수 있다는 점에서 꼬마 숙녀와 대조를 이룬다.

> 그는 하루종일 핏발 선 눈으로
> 굴뚝을 응시하다가도
> 그녀가 다가서면 눈을 감는다.
> "폴리야, 예쁘지 폴"
> 그녀는 달콤하게 속삭이며 가만히 흔든다.

그녀가 키스를 하고 애무를 해도
그의 푸른 눈꺼풀은 여전히 닫혀 있다.
안달이 난 그녀는 새장을 두들기고 내동댕이친다.
순간, 부리와 날개와 발톱으로
새장은 아수라장이 되고, 집은 온통 그의 비명 소리로
일렁거린다.

All day he stares at his furnace
With eyes red-raw, but when she comes they close.
"Polly. Pretty Poll", She cajoles, and rocks him gently.
She caresses, whisper kisses. The blue lids stay shut.
She strikes the cage in a tantrum and swirls out:
Instantly beak, wings, talons crash
The bars in conflagration and frenzy,
And his shriek shakes the house.(*H* 13)

하루종일 핏발선 눈으로 난로만을 쳐다보는 앵무새의 긴장된 모습은
내적 에너지가 적절히 통제되어 있음을 나타내 준다. 앵무새의 난폭한
에너지는 본능에서 자연스럽게 발산되는 것이 아니라 어디까지나 꼬마
숙녀에 의하여 촉발된 것이다. 이러한 점에서 앵무새의 난폭한 에너지는
그것의 본능적인 에너지가 아니라 그것을 통제하는 남성적인 에너지의
강도를 나타내 주는 것으로 볼 수 있다. 즉 앵무새의 난폭한 에너지는
그것의 본능 속에 자리하고 있는 부드러운 여성적인 에너지를 대치한 남
성적인 통제력, 바로 그것이다.
동물들이 남성으로 제시되어 있고 또 그것들이 통제된 내적 에너지를
구현하는 주체가 되어 있음은 어느 의미에서 남성의 통제력이 문명적인
의식에 의하여 부여된 것이 아니라 생래적인 것임을 시사하는 것으로 볼
수 있다 강한 힘을 지닌 우직하고 반문명적인 인물들이 본능적인 에너지

를 구현하는 주체가 되어 있는 것은 이러한 관점에서 이해될 수 있다. 가령 「퇴역 대령」("The Retired Colonel")에서는 황소 같은 퇴역 장교가 관심의 대상이 되어 있는데 그는 아내도 딸도 없이 혼자서 지낸다. 그는 자손들의 옷이 산더미같이 쌓여도 항상 한 벌의 옷만을 고집한다. 그는 대단한 술꾼이고 또 오늘날에는 찾아보기 힘든 용기를 지닌 사람으로서 "인간을 잡아먹을 수 있는, 마지막 남은 영국의 사자"이다. 「딕 스트레이트업」("Dick Straightup")에서도 군인은 아니지만 황소처럼 힘이 세고 소박한 인물이 주된 관심의 대상이 되어 있다. 그는 나무줄기만큼 강한 배와 우람한 등판을 지닌 건장한 체격의 소유자이다. 그는 주변의 삶에 대해서 냉정할 정도로 무관심한 황소처럼 자질구레한 일에는 신경을 쓰지 않는다. 고기 장수가 돈을 저축하고, 나약한 서기가 한밤중에 아기를 돌볼 때 그는 밤새껏 술을 퍼마시고 한뎃잠을 자기 일쑤이다. 그는 진눈깨비가 내리는 추운 날씨에도 따뜻한 체온을 유지한 채 곤하게 잠잘 수 있는 전설적인 인물로 젊은이들의 영웅으로 남아 있다.

딕과 퇴역 장교는 본능에 따라 행동하는 동물에 가까운 사람들이다. 동물들이 그러하듯이 이 두 사람의 본능적인 에너지 또한 적절히 통제되어 있다. 시인이 이들을 남성다운 남성의 전범으로 제시하는 것은 정감의 과도한 표출을 남성답지 않은 것으로 보는 그의 기본 입장을 반영하는 것으로 보인다. 무뚝뚝한 그들은 「마코 앵무새와 꼬마 숙녀」에서의, 신경질적인 꼬마 숙녀와 뚜렷한 대조를 이룬다. 그런데 앞에서 살펴 본 바와 같이 그녀의 과도한 감정 표출은 지나친 본능의 억압에서 야기된 것이었다. 이처럼 여성이 본능을 통제하면 억압이 되어 부작용을 낳고 남성이 통제하면 남성다운 것으로 간주되는 것은 다분히 남성 중심적인 발상이 아닐 수 없다. 사랑이라는 주제가 남성에 의하여 제시되는 것도 남성만이 본능을 통제할 수 있다는 전제에 바탕을 두고 있는 것으로 보인다. 우리는 「비둘기 사육사」("Dove Breeder")에서 사랑의 감정을 적절히 통제하는 사육사와 만나게 된다.

사랑은 그의 삶 속으로 비집고 들어왔다,
마치 비둘기장에 침입한 매처럼
그 비명 소리라니!
모든 온순한 비둘기는 미친 듯이
요란한 소리를 내며 비둘기장을 난무했다.
비둘기 사육사 또한 그 침입자를 향해
절망적인 고함을 질러 댔다.

Love struck into his life
Like a hawk into a dovecote.
What a cry went up!
Every gentle pedigree dove
Blindly clattered and beat,
And the mild-mannered dove-breeder
Shrieked at that raider.(*H* 23)

사랑이 비둘기 집에 침입한 매에 비유되어 있음은 그것이 난폭한 에
너지를 내포하고 있는 것임을 시사한다. 그러니 만큼 사랑은 사육사에게
어느 정도 두려움의 대상이 되고 있는 것이 분명하다. 침입한 매를 향해
날카로운 목소리로 저주하는 그의 태도는 본능을 두려워하는 문명인의
그것을 대변한다. 여기서 주목되는 것은 그가 「마코 앵무새와 꼬마 숙녀」
에서의 꼬마 숙녀와는 달리 절망에서 벗어나 매를 길들여 그것과 화해하
고 있다는 점이다. "이제 그는 아침 안개 속을 달린다/ 그의 손가락에 눈
이 큰 매를 얹고"로 끝나는 시의 귀결 부분은 그가 그 자신에게 엄습한
사랑의 욕망과 화해하고 있음을 상징한다. 사육사의 손가락에 얹혀 있는
매가 마치 조련사에게 길들여진 것처럼 보이듯이, 이 화해는 난폭한 사
랑의 욕망을 적절하게 통제함으로써 이루어진 것이다. 사랑이 맹금을 조
련하는 기술과 동일시되어 있는 것은 곧 그것이 감정의 산물이 아니라

남성적인 원리인 지적 통제에 의하여 가능한 것임을 뜻한다.

Ⅲ . 『까마귀』

시집 『까마귀』의 표지에 그려진 까마귀의 우람한 근육과 턱수염 등은 여기에 실려 있는 작품들이 남성 지향적인 것들임을 시사한다. 새들 가운데서도 가장 비음악적인 소리를 지닌 까마귀가 화자로 등장하는 것으로 보아도 이 작품들이 아름다움과는 거리가 먼 것들임을 짐작하기 어렵지 않다. 이 점은 이 시집의 근본 의도가 "반드시 해야 할 말을 제외하고는 일체의 모든 것을 배제하는 소박하고 추한 언어로써 전혀 음악적인 고려 없이 노래하는 것"(*London Magazine* 20)이라는 시인의 말에 의하여 강력히 뒷받침된다.

이 시집에 실려 있는 작품들은 까마귀의 우화를 바탕으로 하고 있다. 이 우화에서는 태초에 말 대신 비명 소리가 존재하며 이것이 만물을 주도한다. 만물이 비명 소리를 내며 태어난다는 것은 세계 자체가 적대적이며 고통스러운 곳임을 암시한다. 이러한 세계에서 살아남기 위해서는 강렬한 생명력이 필연적으로 요청된다고 볼 수 있는데 까마귀의 생명력은 사랑보다, 삶보다, 죽음보다도 강하다(「자궁 문에서 치른 시험」). 까마귀는 신이 망치로 때리면 황금으로 부활하고 신이 그를 태양열에 그을릴 때는 다이아몬드로 되살아나고 신이 짓밟히면 알코올로 부활한다(「까마귀의 자신의 노래」). 그리고 그것은 우주를 불태우는 대화재 속에서도 살아남을 만큼 강인한 생명력을 지니고 있다(「까마귀의 마지막 저항」). 까마귀가 드러내 주는 생명력이 어딘가 모르게 그악스러운 것은 이제까지 앞에서 살펴본 다른 동물들의 경우와 마찬가지로 생명력을 남성적으로 표출하려는 시인의 기본 전략에서 벗어난 것이 아니다.

그러나 『까마귀』에 실려 있는 작품들은 남성이 일반적으로 지니는 지적 의식이 다루어지고 있다는 점에서 이제까지 살펴본 작품들과 구분된다. 이것은 까마귀가 문명인의 의식을 대변하고 있음을 암시하는데 이를테면 「까마귀 타이래노사우루스」("Crow Tyrannosaurus")에서는 죄의식이 크게 부각되어 있다. 까마귀는 그의 주변의 새들과 동물들이 살기 위해서 먹이를 잡아먹어야 하는 그들의 운명에 대해서 하나같이 죄책감을 느끼고 있다. 칼새들이 잡아먹은 곤충들 때문에 고뇌를 안고 날아가는가 하면 고양이는 앞으로 잡아먹을 것들에 대한 연민에 젖어 있으며 인간도 아무 죄 없는 사람들의 비명 소리를 합리화시키면서 그들의 도살장으로 걸어간다. 까마귀는 이러한 광경을 목격하고 마음속으로 다시는 먹이를 잡아먹지 말자고 다짐하지만 한 마리의 유충이 눈에 띄자 자신도 모르는 사이에 그의 부리가 덫처럼 민첩하게 그것을 낚아챈다.

> 그러나 그의 눈은 한 마리의 유충을 보자 그의 머리는
> 덫처럼 잽싸게 움직인다.
> 그리고 귀를 기울인다
> 그리고 들었다, 유충들의 흐느끼는 소리를
> 그는 쪼아대고 또 쪼아댄다
> 벌레들이 울고 있구나,
> 벌레들이 울고 있어,
> 울고 있어, 그는 걸으면서 먹이들을 쪼아먹는다
> 그리하여 그의 눈은 동그랗게 되고
> 그의 귀는 들리지 않게 되었다.

> But his eye saw a grub. And his head, trapsprung, stabbed,
> And he listened
> And he heard
> Weeping
>
> Grubs He stabbed he stabbed

Weeping

Weeping

Weeping he walked and stabbed

Thus came the eye's

        roundness

           the ear's

              deafness.(*C* 24)

언뜻 보기에 까마귀는 그것이 지니고 있는 죄의식으로 인해서 보다 인간적으로 보이는 것이 사실이다. 어떤 평자들은 이 점을 들어 시인이 생존 본능만을 강조하고 있다는 비판을 정면으로 부정하고 있기도 하다 (Gifford and Roberts 136-37). 그러나 본능에 따라 행동하는 까마귀의 관점에서 본다면 그러한 의식은 한낱 장애물에 지나지 않는다. 까마귀가 먹이들의 울음소리를 듣지 않기 위해서 귀머거리가 된 것은 바로 의식에 의한 왜곡된 삶을 나타내 주는 것이다. 까마귀의 의식에 대한 긍정적인 평가는 아마도 죄책감 없이 먹이를 잡아먹는 것보다는 죄책감을 느끼면서 잡아먹는 쪽이 더 인간적이라는 생각에 바탕을 두고 있는 것으로 보인다. 이것은 까마귀가 아닌 인간의 관점에서 나온 것임에 틀림없다. 까마귀가 귀머거리가 된 것은 단적으로 삶의 본능이 의식에 앞서는 것임을 뜻한다. 먹이가 눈에 뜨일 때마다 까마귀의 본능이 의식을 누르고 전면으로 부상하는 것은 그러므로 지극히 자연스러운 것이다. 까마귀의 본능적인 에너지가 덫과 같은 기계의 이미지로 표현되어 있는 것은 먹이를 잡아먹는 까마귀의 동작이 기계적인 것임을 강조하는 것으로 볼 수 있다. 이러한 기계적인 힘은 앞에서 언급한 것처럼 여성적인 정감의 교류를 차단하는 남성의 냉혹한 지배력 그 자체를 형상화하는 것이다.

여기서 주목되는 것은 까마귀의 의식이 정면으로 비판되어 있지 않다는 점이다. 그것은 문명적인 의식이라는 점에서 비서나 꼬마 숙녀의 그것과 전혀 다름이 없는 것임에도 불구하고 여성의 경우처럼 본능을 억압하는 역기능으로 작용하지 않는 것은 분명한 차별이다. 이러한 차별은 「까마귀와 새들」("Crow and the Birds")에서 보다 분명하게 드러난다. 시인은 여기서 다른 새들과 까마귀를 다음과 같이 대조적으로 묘사한다.

> 독수리가 새벽녘의 에메랄드빛으로 짙게 물든 하늘을 높이 날 때
> 마도요가 포도주 잔을 부딪치며 황혼 녘에 낚시질 할 때
> 제비가 동굴에서 들려 오는 어떤 여인의 노래를 가로채고 칼새
>   가 보랏빛 숨결 속을 스치며 날 때……
>
> 까마귀는 해변가 쓰레기통에 머리를 처박고 떨어진 아이스크림
>   을 빨아먹고 있었다.

> When the eagle soared clear through a dawn distilling of emerald
> When the curlew trawled in seadusk through a chime of wineglasses
> When the swallow swooped through a women's song in a cavern
> And the swift flicked through the breath of a violet……
>
> Crow spraddled head-down in the beach-garbage, guzzling a dropped
>   ice-cream.

까마귀를 제외한 모든 새들이 낭만적인 색채로 묘사되어 있어 전자는 겉으로 보기에 후자에 비하여 매우 천박하게 느껴진다. 그러나 이러한 느낌은 피상적인 것으로서 다른 새들의 낭만적인 행태들은 알고 보면 일종의 가면들에 지나지 않는다. 그것들은 미적 만족을 위해서가 아니라 단지 먹이를 사냥하기 위한 전략적인 것들이라는 점에서 쓰레기통에 머리 박고 아이스크림을 빨고 있는 까마귀의 행태는 추하다는 느낌보다는 오히려 매우 진솔하다는 느낌이 더 강하다. 낭만적인 정서를 도외시하는

까마귀의 성향은 본능적인 에너지를 억압하고 현실을 중시하는 남성의 일반적인 특성을 대변하는 것임에 틀림없다.

이러한 남성 중심적인 시인의 편향된 시각은 흔히 여성에 대한 남성의 지배적인 행위로 나타나기도 한다. 광포한 까마귀는 「까마귀와 마마」 ("Crow and Mama")에서 여러 가지 형태로 그의 어머니를 괴롭힌다. 그가 소리치면 그의 어머니의 귀는 그을린 그루터기처럼 되고 그가 웃을 때면 그의 어머니는 온몸이 피투성이가 된다. 그가 한 발짝 한 발짝 다가설 때마다 그의 어머니의 얼굴에는 영원히 씻을 수 없는 상처가 남고 그가 성을 내면 그녀는 뒤로 넘어져 상처를 입고 비명을 지른다. 또 그가 차에 올라타면 그녀가 차에 밧줄로 그녀의 목을 매고 있어 내려야 만하고 비행기에 타면 그녀의 육체가 엔진에 끼어 운행이 정지되는가 하면 심지어 로케트를 타고 달나라 여행할 때도 그는 그녀의 가슴을 통과하는 궤도를 달려야만 한다. 그러나 달나라에 착륙하여 드디어 그녀로부터 해방되었다고 생각했는데 알고 보니 그곳은 그녀의 엉덩이 밑이었다.

우리가 이처럼 온갖 수난을 당하면서까지 까마귀와 더불어 존재하는 어머니를, 본능적인 세계를 포함하는 자연의 메타포로 본다면 까마귀는 지식과 기술에 의하여 자연을 착취하는 문명인의 전형으로 볼 수 있다. 까마귀가 어머니의 테두리를 끝내 벗어나지 못하는 것은 자동차와 비행기 및 로켓 등이 암시하는 지식과 기술의 발달로 인하여 자연으로부터 멀어지게 된다 할지라도 결국은 그곳으로 돌아올 수밖에 없는 인간의 운명을 함축하는 것으로 보인다. 이것은 인간과 자연, 본능과 의식, 더 나아가서는 여성과 남성의 불가분의 관계를 암시하는 것으로 볼 수 있다. 이러한 보편적인 주제가 남성에 의한 여성의 지배를 통하여 제시되어 있는 것은 단적으로 시인의 남성 중심적인 사고를 엿보여 주는 것이다.

이 점은 또한 프로이드의 오이디푸스 콤플렉스에 비추어 이해될 수도 있다. 즉 까마귀가 어머니를 학대하거나, 차와 비행기를 타고 그녀로부터 도망가는 것은 아버지의 거세 위협 때문에 어머니에 대한 근친상간적인 욕구를 포기하고 남성적인 원리인 현실 원리에 적응하려는 단계적인 행위로 간주될 수 있다. 이 도식에 따르면 까마귀가 정작 증오해야 할 대상은 어머니가 아니라 아버지가 되어야 한다. 그럼에도 불구하고 어머니가 까마귀의 증오의 대상이 되고 있는 것은 시인의 남성 중심적인 사고를 염두에 두지 않고서는 이해될 수 없는 것임에 틀림없다. 사실 프로이드의 도식 자체가 남성 원리인 현실적인 의식이 여성의 원리인 인간 본연의 욕구를 지배하는 남성 지배적인 질서에 바탕을 두고 있는 것이다.

까마귀에 대한 이러한 정신적인 분석은 그레이브의 남성적인 종교 특히 유태인의 기독교에 대한 분석과 일치한다. 이 종교는 여성적인 것에 대한 두려움에서 우주의 어머니인 마그나 메이터(Magna Mater)에 대한 숭배를 억압했던 것으로 알려져 있다. 남성 중심적인 종교에 의하여 고취된 정신 상태는 자연의 신성함을 모독하는 행동에서 발견된다(Larissy 131). 바로 이점은 「복수의 이야기」("Revenge Fable")를 이해하는 데 도움을 준다.

> 그의 어머니를 죽이고 싶어도 죽일 수 없는
> 사람이 있었다
> 그가 그녀의 끝가지인 것처럼.
> 그래서 그는 그녀를 때리고 난도질했다
> 그가 발견한, 진리라고 불렀던
> 숫자와 등식과 법률로써.
> 금지하고 소리지르고 저주하고 칼을 들고 그녀를 공격하고
> 혐오감과 심문과 단근질과 총과 위스키, 그리고 피곤한 잠으로
> 그녀를 말살하면서
> 그는 톨스토이처럼 그녀를 심문하고 비난하고 형을 부과했다.
>
> 그녀는 아이들을 팔에 꼭 껴 앉고 흐느끼며

죽었다.

그의 머리는 나뭇잎처럼 떨어졌다.

There was a person
Could not get rid of his mother
As if he were her topmost twig.
So he pounded and hacked at her
With numbers and equations and laws
Which he invented and called truth.
He investigated, incriminated
And penalized her, like Tolstoy,
Forbidding, screaming and condemning,
Going for her with knife,
Obliterating her with disgusts
Requisitions and central heating
Rifles and whisky and bored sleep.

　　　With all her babes in her arms, in ghostly weepings,
　　　She died.

　　　His head fell off like a leaf.(C 70)

　여기서의 까마귀와 그것의 어머니의 관계는 문명사회의 인간과 자연의 관계를 유추한 것으로서 까마귀의 어머니에 대한 학대는 어느 의미에서 그들 자신이 만든 인위적인 법칙들에 의하여 자연을 규정함으로써 그것의 생명력을 고갈시키는 문명인들의 행동을 상징하는 것으로 보인다. 문명인들의 자연에 대한 학대는 곧 그들이 자연에 대한 신비감을 상실하고 있음을 말해 주는 단적인 증거이다. 시인의 정서적 반응이 철저히 배제되어 있는 고갈된 시의 형태는 바로 그러한 현대인의 실상을 그대로 보여 주는 것으로 볼 수 있다. 신비적인 느낌이 여성적인 정서에 속하는 반면 그것을 축출하는 문명적인 지식은 남성적인 원리에 속하는 것이라는 점에서, 우리는 이 작품이 철저히 남성 지배적인 질서에 바탕을 두고 있는 것임을 알 수 있다.

그러나 시인의 남성 중심적인 태도는 이처럼 항상 남성의 여성에 대한 지배적인 행위를 통해서 가시화되는 것은 아니다.「까마귀의 후렴」("Crow's Undersong")은 이러한 점에서 주목할 만한 작품이다. 이 작품에서는 3인칭인 "그녀"가 주인공으로 등장하는데 그녀가 누구인지는 정확하게 정의할 수는 없다. 우리는 다만 문맥으로 미루어 우리는 그녀가 인간에게 희망을 줄 수 있는 그레이브의 여신과 같은 존재라는 것만을 짐작할 수 있을 뿐이다. 그러나 그녀는 여신과 같이 전지전능하지는 않다. 그녀는 보통 여성들처럼 결점들을 지니고 있지만 적어도 인간 생활을 자연 세계와 유기적으로 연관시킬 수 있는 희귀한 능력을 소유하고 있는 것만은 분명하다.

> 그녀는 말을 다룰 수 없어 말없이 온다.
> 그녀는 감미로운 꿀이 들어 있는 꽃잎과 비단에 싸여 있는 과일
>   들을 지니고,
> 그녀는 한 벌의 깃털 외투와 동물 무지개를 지니고,
> 그녀는 그녀가 좋아하는 모피 코트를 지니고,
> 이 모든 것들은 바로 그녀의 말들이다.
>
> 그녀는 사랑을 품고 온다, 그것이 그녀가 오는 목적이다
> 희망이 없다면 그녀는 오지 않았을 것이며
> 도시에는 더 이상 고함소리도 들리지 않을 것이다.
>
> She comes dumb she cannot manage words

She brings petals in their nectar fruits in their plush
She brings a cloak of feathers an animal rainbow
She brings her favorite furs and these are her speeches

She comes amorous it is all she has come for
If there had been no hope she would not have come
And there would have been no crying in the city.(*C* 56)

우리는 여기서 그녀가, 말을 다룰 수 있는 지적인 능력은 결여하고 있지만 그녀가 지니고 온, 꿀을 함유한 꽃잎이나 비단에 싸여 있는 과일, 깃털 외투, 모피 코트 등으로 미루어 인간 생활을 자연 생활과 결속시키는 메신저 역할을 하고 있음을 짐작하기 어렵지 않다. "비단에 싸여 있는 과일"은 비단(플러시 천)이 누에 꼬치로부터 만들어진다는 점에서, 그리고 "동물 무지개"는 여러 종류의 동물들의 떼를 뜻한다는 점에서, 이것들은 깃털 외투나 모피 코트와 더불어 인간의 삶을 풍요롭게 하는 자연을 암시하는 것으로 풀이된다. 그녀의 방문 목적은 사랑과 희망을 주기 위한 것으로 추정된다. "희망이 없다면 그녀는 오지 않았을 것이다"라는 화자의 말은 삶이 존속하는 한 희망이 있다는 것을 암시하는 것으로 이해될 수도 있다. 그녀의 방문은 그러니까 화자인 까마귀가 문명적인 지식에 의하여 생명력을 상실하고는 있지만 그의 가슴속에는 여전히 사랑과 희망이 잔존해 있음을 시사하는 것으로 보인다. 이러한 점에서 우리는 언더쏭이라는 말이 후렴 또는 숨은 의미라는 뜻을 지니는 것이라는 점에 주목할 필요가 있다. 이것은 사가(Keith Sagar)의 말처럼 황량한 까마귀의 노래 밑에는 이러한 희망과 사랑의 노래가 흐르고 있음을 시사하는 것으로 보인다(130). 그러나 사랑과 희망을 노래할 수 있는 그의 정감은 그 자신의 남성적인 에고에 의하여 엄격히 통제되어 있는 것으로 보인다. "그녀가 없었더라면 인간도("crying"은 인간의 탄생을 상징하는 것이기도 하다) 도시도 존재하지 않을 것"이라고 말하고 있는 것처럼, 그는 그녀의 존재에 신적인 본질을 부여하고 있음에도 불구하고 그녀가 지극히 평범한 존재로 부각되어 있다든지 시적이고 풍요로워야 할 그녀의 행동이나 모습이 산문적으로 묘사되어 있는 것은 단적으로 이점을 뒷받침한다. 구두점이 없이 한 문장에서 다른 문장으로 빠르게 전환한다든지, 단순한 사실들만 무미건조하게 나열되어 있는 시의 형식은 처음부터 독자들에게 서정적인 느낌을 허용하지 않으려는 의도를 분명히 하고 있다.

Ⅳ. 맺는 말

이제까지 살펴본 작품들에서 드러나는 동물들과 인간들의 본능적인 에너지에 대한 시인의 관심은 문명적인 의식에 대한 그의 반감과 밀접하게 상관되는 것임은 말할 것 없다. 그의 시에서 정신적인 특질이나 삶의 문제가 전혀 거론되어 있지 않은 것은 바로 그 때문이다. 그러나 그의 시는 분명 감정의 질서에 바탕을 두고 있지 않다. 그것은 시집『까마귀』에서 노골화되어 있듯이, 정감의 표현보다 오히려 그것의 억압을 바탕으로 하는 남성 중심적인 시이다. 동물들이 보여주는 내적 에너지는 어디까지나 그것을 통제하는 힘의 강도를 부각시키기 위한 수단에 지나지 않는다. 냉혹하게 표출되어 위압감을 주는 동물들의 내적 에너지는 바로 남성의 지배력을 형상화하는 것이다. 남성의 지배력은 타자와의 교감을 꺼린다. 내적 에너지를 통제하고 있는 동물들이나 남성들이 다같이 주변의 삶에 무관심한 태도를 보이는 것은 바로 이러한 맥락에서 이해될 수 있다.

타자에 대한 무관심은 곧 소외된 의식의 표현이다. 그의 시는 한마디로 동물들을 우리에 가두어 놓고 멀리서 바라보는 것과 같은 성격을 지닌 관찰의 시이다. 관찰은 대상과의 교감을 전제로 하는 것이 아니다. 따라서 관찰의 대상은 그것을 관찰하는 의식에 지배되기 마련이다. 그의 시에 제시되어 있는 동물들과 남성들의 행동이 거의 비슷한 양상으로 묘사되어 있는 것은 단적으로 그것이 시인의 의식에 의하여 조종되어 있는 것임을 말한다. 아무런 교감 없이 일방적으로 세계를 자신의 의식에 비치는 대로 묘사하는 시인의 의식은 바로 소외된 현대인의 의식의 전형이다.

소외감의 극복은 현대시인의 공통적인 과제의 하나이다. 그가 주장하는 여신의 복권 또한 소외감을 극복할 수 있는 하나의 처방임에 틀림없다. 여신의 복권은 본능 내지 정감의 부활을 뜻한다. 시인이 동물들과 남성들의 내적 에너지에 주된 관심을 보이는 것은 바로 그러한 처방에 따른 것임은 두 말할 나위 없다. 그러나 그것은 앞에서 말했듯이, 의사소통적인 것이 아니라 통제적인 힘 즉 남성의 지배적인 힘으로 가득 차 있는 것이었다. 이처럼 처방이 엉뚱한 결과로 나타나 있는 것은 대상을 바라보는 시인의 의식이 전적으로 남성 중심적이기 때문일 것이다. 시인의 지배적인 의식을 형상화하는 통제된 에너지는 말할 것 없이 가부장적인 질서를 반영하는 것이다. 바로 이 가부장적인 질서가 너무나 완강하게 자리하고 있는 현실로 미루어 볼 때 여신의 복권에 대한 그의 꿈의 좌절은 필연적일 수밖에 없는 것으로 보인다.

■ ■ ■ ■ ■ ■ ■ ■ ■ ■ ■ ■ ■ ■ ■ ■ ■ ■ ■

인 용 문 헌

The Hawk in the Rain. London: Faber and Faber, 1957.

Lupercal, London: Faber and Faber, 1960.

Crow, London: Faber and Faber, 1970.

"Ted Hughes and Crow", an interview with Egbert Faas. *London Magazine*, vol.10 no.10, Jan. 1970: 5-20.

Allen, Bold. *Ted Gunn*. New York: Harper and Row, 1970.

Faas, Egbert. *Ted Hughes: the Unaccomodated Universe*. Santa Babara: Black Sparrow Press, 1980.

Gifford, Terry and Robert, Neil. *Ted Hughes:A Critical Study*. London, Faber and Faber, 1981.

Graves, Robert. *The White Goddess*, London: Faber and Faber, 1961.

Holbrook, David, "From 'Vitalism' to a Dead Crow." *Lost Bearings in English Poetry*. London: Vision Press, 1988.

King, P. R. "Ted Hughes." *Nine Contemporary Poets*. New York: Methuen, 1979.

Larissy, Edward. *Reading Twentieth-Century Poetry*. Cambridge: Basil Blackwell, 1990.

Mellor, Anne K. *Romanticism and Feminism*. Bloomington: Indiana University Press, 1988.

_____. *Romanticism and Gender*. New York: Routeledge, 1993.

Sagar, Keith, *The Art of Ted Hughes*. Cambridge: Cambridge Univ. Press, 1978.

Thurley, Geoffrey. "Beyond Positive Value: Ted Hughes." *The Ironic Harvest: English Poetry in the Twentieth Century*. London: Edward Arnold, 1974.

제 5 장 ■■■■■■■■■■■■■■■■■■■
고고학적 상상력 - 민족주의와 시
Seamus Heaney

Ⅰ. 들어가는 말

　히니에 대한 한국 독자들의 관심은 언제나 그러하듯이 그에 대한 영미 독자들의 그것을 반향하고 있는 듯 하다. 그에 대한 대부분의 독자들은 그가 예이츠 이후 가장 훌륭한 아일랜드 시인이라는 점에 대체로 공감하고 있는 듯하다. 아마도 그의 시에 대한 독자들의 호감은 엘머 앤드류(Almer Andrew)가 말하고 있듯이 그것의 "친근성"(1)에 힘입고 있는 것이 아닌가 생각한다. 그의 시의 친근성은 특히 낭만주의 시와의 유사성에서 비롯되는 것으로 볼 수 있는데 그의 시의 통합적인 구조는 일상 경험과 미적 경험이 동일시되어 있는 낭만주의 시의 그것과 일치한다. 우리는 여기서 낭만주의 시의 가치와 유용성을 규명하고 뒷받침한 것은 바로 실제비평을 주도한 I. A. 리챠즈와 그의 뒤를 이은 신비평가들이었다는 점에 주목할 필요가 있다. 그것은 히니의 시에 대한 연구들이 거의 이러한 신비평적인 접근에 의존하는 것들이라는 점에서 그러하다. 이 사실은 그의 시에 대한 독자들의 호평이 이러한 비평 방법과 무관하지 않다는 것을 암시하는 것으로 볼 수 있다.

그는 자신의 산문에서 "신탁으로서의 시, 자아의 계시로서의 시, 문화 회복으로서의 시, 땅 속에 묻혀 있는 파편들이 파묻힌 도시에 의하여 망각되지 않는 고고학적인 발견의 권위와 분위기를 지니는 계속성의 요소로서의 시(P 41)를 제시함으로써 자신의 시 쓰기를 고고학에 비유하고 있다. 과거의 역사 발굴은 그 자체가 문화 회복을 뜻한다. 물론 그 문화는 그의 조상들의 삶의 터전이 되었던 땅의 문화이다. 과거의 역사의 발굴은 동시에 자아의 드러냄이기도 하다. 자아는 항상 땅과 역사와 한데 엉기어 어두운 늪과 같은 깊이와 앙금과 지층으로 형성되어 있기 때문이다. 이러한 점에서 그의 시의 개념은 개인적인 자아와 그것을 포괄하는 민족문화 사이의 조화에 기초하는 것으로 볼 수 있다. 따라서 로버트 웰크(Robert Welch)는 이 점을 융의 무의식 이론을 빌려 "자아에 대한 감각과 보다 넓은 문화의 원형에 대한 느낌이 균형을 이루고 있는 것"(155)으로 히니의 시를 평가한다. 웰크의 관점은 히니의 시를 사회적, 정치적인 맥락으로부터 분리된 자아 탐구로 간주하는 독자들의 그것을 대변한다. 그러나 우리가 간과할 수 없는 것은 그가 발굴하려는 땅은 비록 아일랜드이지만 발굴 수단은 영어이며 영시의 전통이라는 사실이다. 이것은 곧 그의 시가 아일랜드의 땅의 문화와 영국의 이성적인 문화를 결합하는 촉매자의 역할을 떠맡고 있음을 뜻하는 것으로 볼 수 있다. 이러한 시 쓰기는 아일랜드의 토박이들과 영국계 이주민들 사이에 끊임없이 발생하는 갈등에 골머리를 앓고 있던 영국 제국주의자들에게는 반가운 현상이 아닐 수 없다. 이 점은 그의 시에 대한 영국 독자들의 호평이 정치적인 이데올로기에 바탕을 둔 제도적인 비평에 힘입고 있는 것이 아닌가 하는 의구심을 불러일으킨다. 한림원에서 발표한 그의 노벨 문학상 선정 이유로 아일랜드와 앵글로색슨의 목가적인 세계와 근대적인 사실주의의 세계가 혼용되어 있는 점이 지적되고 있음은 이러한 우리들의 의구심이 단순히 의구심으로 그치는 것이 아님을 말해 준다. 우리는 이러한 점에서 그가 가장 믿을 만한 아일랜드의 시인이라면 똑같은 이유에서 최근의 시인 가운데서 가장 제도화된 시인이라고 말하는 로이드(David Lloyd)의 견해를 (111) 귀담아 들을 필요가 있다.

그가 왕성하게 시를 쓰기 시작할 때의 북 아일랜드에서는 아일랜드계인 카톨릭 민족주의자들과 영국 계인 프로테스탄트들로 구성되어 있는 통일당 정부 사이의 첨예한 대립으로 이웃이라도 터놓고 말할 수 없는 상황이었다. 섣불리 말하다가는 다른 계파들의 미움을 사거나 보복의 대상이 되기 쉬웠던 것이다. 그들의 대화는 자연히 기후라든가 농사일에 관한 안전한 주제들에 국한되었고 그 밖의 다른 견해에 대해서는 침묵을 지키는 것이 예사였다(Foster 1-2). 히니는 북 아일랜드의 소수에 속하는 카톨릭 민족주의 계열에 속하면서 동시에 중립적인 입장을 취한 것으로 알려져 있다. 원래 카톨릭 민족주의자들은 아일랜드 태생으로서 영국에 적극적으로 대항하는 입장이지만 히니는 비록 아일랜드 태생이기는 하지만 영국적인 교육을 받고 성장한 지식인이어서 다른 민족주의자들처럼 영국을 드러내 놓고 배척할 수 있는 입장이 아니다. 즉 그는 아일랜드에 대해서 본능적인 애착심을 지니고 있는 것은 사실이지만 다른 민족주의자들처럼 맹목적으로 모국을 사랑하는 것에는 별로 마음 내키지 않는 입장으로 볼 수 있다. 그가 시의 과정을 "남성적인 의지 내지는 지적 능력과 여성적인 이미지 내지는 정서의 몽상적인 만남"(P 34)으로 규정하는 것도 본능과 이성을 중요시하는 그의 입장을 반영하는 것임에 틀림없다. 이러한 그의 시론은 또한 궁극적으로 아일랜드와 영국의 융합을 지향한다는 점에서 주목된다. 우리는 여기서 "나의 여성적인 요소는 아일랜드의 문제와 연관되고 남성적인 기질은 영국 문학과의 관련에서 나온다"(같은 책 같은 면)라는 그의 말을 상기할 필요가 있다. 이 말은 곧 아일랜드는 그의 정감의 근원이 되는 반면 영국 문학의 영향은 정감에 대응하는 이성의 토대가 되었음을 시사한다. 이것은 다시 말해서 그의 시가 궁극적으로는 아일랜드와 영국의 화합관계에 이바지하는 것임을 뜻하는 것으로 볼 수 있다. 우리는 이러한 점에서 그가 자신의 산문 첫 머리에서 예이츠가 자신의 글에서 인용하고 있는 코벤트리 팻모어 (Coventry Patmore)의 "예술의 목적은 평화이다"라는 말을 재인용하고 있는 것에 주목할 필요가 있다. 이것은 곧 평화가 그의 시의 궁극적인 목적임을 시사하는 것이나 다름없다. 이러한 그의 시의 목적은 아일랜드 계인 민족주의자들과 영국 계인 프로테스탄트들이 서로 대립하고 있는 마당에서 어느 편에도 적극 가담할 수 없는 자신의 입장에 그럴듯한 명분 내지는 알리바이를 제공하고 있는 것으로 보인다.

그러나 일부 독자들은 이러한 그의 알리바이에 대해서 대단히 회의적인 반응을 보인다. 펜넬(Desmond Fennell)은 자신의 국민을 위해서 발언하지도 못하고 국민들의 의식을 계발해야 하는 시인의 사회적 책무도 게을리 했다고 비판하는가 하면(38) 카손(Ciaran Carson)은 계파적인 갈등을 성과 죽음처럼 필연적인 것으로 신비화하고 있다고 시인을 비판하기도 한다(184-5). 그러나 우리는 시를 정치적인 계몽이나 선전을 위한 도구로 삼아서도 안된다는 점을 기억할 필요가 있다. 시가 어떤 이념에 종속될 때 그것이 전투적인 구호로 전락하는 것은 거의 필연적이다. 히니가 민족주의자이면서 그것에 적극 참여하지 않는 것은 바로 이러한 점을 염두에 둔 때문일 것이다. 그는 자신의 민족에게 동질감을 느끼는 것은 사실이지만 그의 개인적인 자아를 희생할 정도로 극렬한 민족주의자는 아니다. 그 자신이 몸담고 있는 카톨릭 민족주의와 시인으로서의 그 자신의 개별성에 똑같이 충실하고 싶은 것이 그의 진정한 바램이다. 이 점은 그의 민족주의가 카톨릭 민족주의자들의 그것과 달리 영국 계의 프로테스탄트들까지 포함하는 범민족주의에 해당하는 것임을 시사한다. 서로 대립해 있는 양자를 융합하는 문제가 그의 지속적인 시적 관심사가 되어 있는 것은 바로 이러한 맥락에서 이해되어야 한다.

히니의 정체감에 주목하고 있는 로이드는 시인이 그 자신의 개별성을 포기하고 민족 정신과의 일체감을 통해서 정체감을 느끼는 것으로 간주

함으로써 개별성에 대한 시인의 주장을 간과하는 아쉬움을 남기고 있다
(Lloyd 87-113). 히니의 민족주의는 그가 선택한 것이 아니라 주어진 것
이라는 점에서 그것에 열광적으로 빠져들기에는 근본적인 한계가 있다.
그의 민족주의는 어디까지나 시적 실천이지 행동적인 것이 아니다. 그러
니 만큼 그가 시인으로서의 개별성을 포기한다는 것은 생각하기 어렵다.
그리고 서로 대치하고 있는 계파 가운데 어느 집단도 그들의 이념을 포
기하고 다른 집단에 합류할 가능성이 전혀 희박한 상태에서(지금은 상황
이 달라졌을지 모르지만 시인이 시를 쓰기 시작할 때는 그러했다) 그가
개별성을 무시한 통합 방법을 제시할 수 있다고 보는 것은 대단히 비현
실적인 시각이 아닐 수 없다.

이 글에서는 시인으로서의 그의 개별성과 민족주의 이념이 시에서 어
떻게 융합되어 나타나 있는지를 검토함으로써 어느 쪽에도 치우치지 않
으려는 그의 중립적인 태도가 사실은 대단히 고도의 정략적 산물임을 밝
히는 데 역점을 두려한다. 히니는 시인으로서의 개별성을 고수하고 있는
점에서 낭만주의 시인들과 동일하다. 낭만주의 시인들이 개체에서 보편
적인 것을 추구하는 공통적인 성향을 지니고 있음은 이미 널리 알려진
사실이다. 그러나 그들은 보편적인 것보다 개체를 보편적인 것으로 만드
는 그들의 상상력을 보다 중요시했다는 점에서 히니와 구분된다. 히니는
시인으로서의 개별성과 보편적인 것을 동시에 중요시한다는 점에서 G.
M. 홉킨즈와 매우 유사하다. 홉킨즈는 사제이면서 동시에 시인이기도 했
다. 따라서 서로 다른 개별성을 지닌 양자의 신분을 융합하는 문제는 그
의 지속적인 관심사의 하나였는데 그는 던 스코터스(Dun Scotus)의 철학
을 바탕으로 이 문제를 해결할 수 있었다. 스코터스는 개별화의 원리를
주장함으로써 일반적인 자연과 사람, 그리고 사물의 독특한 개별성 사이
의 구분을 중요시했다. 그는 이 원리에 따라 개체의 개별성을 헥시어타
스(haecceitas)라고 명명하고 이것을 신의 육화로 간주했다(Bergonzi 70).
요컨대 인간은 개체에 대한 이해와 직관을 통하여 신을 이해함으로써 그

자신의 본질을 완성할 수 있게 된다는 것이 그의 개별화의 원리의 핵심
이다.

히니의 민족주의와 시인이라는 그의 신분도 사제와 시인만큼이나 거
리가 있다. 그가 속해 있는 카톨릭 민족주의는 그로 하여금 민족을 위해
서 보다 적극적인 발언을 요구하는 반면 그가 받은 영문학 교육은 그러
한 이념으로부터의 자유를 요구하고 있다는 점에서 그러하다. 그는 이
거리를 홉킨즈의 그것과 유사한 방법으로 극복하고 있는 것으로 생각된
다. 즉 그는 시인으로서의 그의 개별성 속에서 민족과의 동질감을 확인
하는 방법으로 양자를 결합하고 있는 것으로 보인다. 시인의 개별성은
과거의 역사적인 의미를 발굴하는 것이며 이 일은 곧 아일랜드의 민족정
신과 합일하는 방법이 된다. 요컨대 이 민족정신은 민족주의자로서의 그
의 역할과 시인으로서의 그것을 통합하는 매개자이다. 여기서 우리가 주
목해야 할 것은 시인으로서의 그의 개별성이 민족적인 집단적 자아에 통
합된다고 해서 자동적으로 사라지는 것이 아니라는 점이다. 그의 민족
정신과의 합일이 그 자신의 개별적인 자아를 통해서 이루어지는 것인 만
큼 그것은 통합된 후에도 독자적인 가치를 지닌다. 이것은 곧 개체와 전
체를 융합하는 그의 방법이 개체의 독자성을 바탕으로 하는 것임을 나타
내 주는 결정적인 단서가 된다.

II . 고고학적 상상력

초기 작품들에서 시인의 고고학적인 상상력의 본질을 전형적으로 보
여주는 작품은 「땅 일구기」("Digging")이다. 시인은 여기서 자신의 손에
펜을 총처럼 쥐고 창문을 통해 바깥을 바라보면서 밭을 일구던 아버지의
모습을 떠올린다. 시인이 펜을 총으로 생각하는 것은 시도 적극적인 행
동의 수단이 될 수 있음을 암시하는 것으로 볼 수 있다. 그러나 시인은

땅을 파는 그의 아버지를 통해서 어떤 사람들보다도 토탄을 많이 캐냈던 할아버지를 회상하는 것으로 만족한다. 그의 이러한 회상 과정을 통해서 맨 처음 총에 비유되었던 그의 펜은 순식간에 삽의 은유로 바뀐다. 그의 아버지가 땅을 일구거나 할아버지가 토탄을 캐는 일은 보편적인 진리를 발굴하는 시인의 일과는 뚜렷이 구분된다. 시인은 여기서 땅을 일구는 아버지의 모습을 통하여 땅을 삶의 터전으로 삼았던 그의 조상들과의 동질감을 회복하고 있다. 이러한 차이에 대한 그의 지각에서 민족의 공통 인자를 발견하는 것이 바로 그의 고고학적인 상상력이다. 그것은 달리 말해서 차이라는 지류를 거슬러 올라가 차이가 없는 본류에 합류할 수 있는 그의 수단이다.

그는 펜이 삽보다는 총을 연상케 하는 시대에 살고 있다. 이것은 그가 평화로운 시대가 아닌 폭력의 시대에 살고 있음을 시사하는 것에 다름 아니다. 이러한 엄연한 현실에도 불구하고 시인은 이미 지나간 과거 속으로 파고 들어가 그 속에서 펜을 삽으로 연상하는 문화와 하나가 되어 있다. 그러나 시인은 펜이 삽이 될 수 없음을 분명히 알고 있다. 그는 다만 무엇인가를 캐내는 수단이라는 점에서 양자의 유사성만을 인정하고 있을 뿐이다. 그는 이 유사성을 토대로 좀더 안으로 파고 들어가 그의 조상들이 공유하는 문화와 합류한다.

그의 작품에서 민족주의자로서의 그의 개별성과 시인으로서의 그것이 무리 없이 한데 융합되어 나타나 있는 것은 바로 이러한 그의 고고학적인 상상력에 힘입고 있는 것임에 틀림없다. 시집 『겨울 보내기』(*Wintering out*)에 실려 있는 작품들에서부터 표면화되기 시작하는 양자 사이의 긴장도 그의 실제적인 갈등의 정도를 나타내는 것이기보다는 작품의 미학에 이바지하는 것에 지나지 않는다. 우리는 「하인」("*Servant Boy*")에서 식민지 지배자들에 대한 피지배자들의 적대감을 읽을 수 있다. 하인은 주인인 귀족이 시키는 대로 고분고분 말을 듣지만 마음 속으로는 전혀 거리낌 없이 귀족에게 불평한다. 물론 하인의 적대감이 이 작품의 주제

가 되는 것은 아니다. 시인은 같은 피지배자라는 점에서 하인에게 동질
감을 느끼지만 그 자신은 어느 누구에게도 얽매어 있지도 않다는 점에서
그와 구별된다. 양자 사이의 공통점은 하인이 어린 귀족에게 갖다 바치
는 달걀에 의하여 상징적으로 제시되어 있는 것으로 보인다. 즉 그것은
불만이 있어도 다른 사람들에게 이야기하지 않고 안으로 삭임으로써 계
층간, 계파간의 평화로운 관계를 유지하려는 시인과 하인의 따스한 마음
을 상징하는 것으로 볼 수 있다. 하인과 시인을 한 데 묶어 주는 것은 아
일랜드 사람의 공통적인 특성인 과묵성이다. 과묵성은 카톨릭 신도들이
나 프로테스탄트 신도들의 공통적인 특징이다(Parker 2). 여기서 히니가
시인의 특성으로 과묵성을 들고 있는 것은 정치적 현실에 대한 그의 침
묵이 사실은 나라의 평화를 위한 것임을 시사하는 것으로 볼 수 있다.
즉 그는 당시의 정치적인 현실에 불만을 갖고 있지만 그 불만의 토로는
사회적 불안을 야기시킬 수 있으므로 서로 대치하고 있는 상대방 계파들
을 자극하는 발언을 되도록 자제하는 것이 바람직하다고 생각한 것으로
보인다. 물론 여기서 드러나 있는 민족주의자로서의 그의 입장과 시인으
로서의 입장 사이의 긴장은 그대로 시적 긴장으로 작용한다.

　모리슨(Black Morison)은 시집 『겨울 보내기』 실려 있는 작품들에서
프로테스탄트들과 카톨릭 신도들 사이의 적대감을 읽고 있으나(39) 이러
한 그의 읽기는 히니의 평화적인 제스처로 미루어 공감하기 어려운 것으
로 보인다. 이러한 점에서 우리는 모리슨이 잃어버린 영토의 상상적인
재탈환(42)을 주제로 하고 있다고 보는 작품 「새로운 노래」("A New
Song")는 살펴볼 만한 가치가 있다.

　이 작품은 데리가브(Derrygarve)에서 온 소녀와 시인의 만남으로 시작
된다. 시인의 고고학적인 상상력은 바로 그 지명에서 시작된다. 시인은
데리가브라는 지명 속으로 파고 들어가 그곳에 아직도 서려 있는 고향의
서정을 다시금 느낀다. 그는 황혼 녘에 물총새가 물고기를 잡는 모습과
여울을 건너기 위해 놓은 어금니와 같은 디딤돌들을 상기하면서 사향 내

음이나 사라진 음악 또는 석양 무렵의 강 내지는 즐거운 술이 주는 것과 같은 느낌에 젖는다. 고향에 대한 그의 향수는 아일랜드의 땅에 대한 본능적인 정서를 대변하는 것으로 볼 수 있다. 그런데 양대 진영의 화합의 필요성을 역설하는 부분에서는 지금까지의 부드러운 음조가 다음과 같이 단호한 어조로 바뀐다.

> 그러나 우리의 강의 말들은 이제
> 그들만의 영역에서 머물지 말고
> 모음의 포옹으로
> 홍수가 되어 자음의 영역으로 넘쳐흘러야 한다.

> But now our river tongues must rise
> From licking deep in native haunts
> To flood, with vowelling embrace,
> Demesnes staked out in consonants.(*S* 70)

시인의 이러한 단호한 어조는 그의 모국인 아일랜드의 땅에 대한 짙은 향수에 빠져들어 가는 자신의 민족적인 정서를 추스르기 위한 시적 장치로 보인다. 이러한 점에서 그의 평화적인 시적 제스처는 이성적인 산물로 여겨질 수 있다. 여기서 시인이 주장하는 것은 모음과 자음의 결합이다. 문제는 그 결합이 모리슨이 말하는 것처럼 잃어버린 영토의 상상적인 재탈환인지 아니면 평화적인 화합인지를 가려내는 일일 것이다. 우리가 일단 'embrace'라는 동사에 주목하면 그 결합은 강압적이 아니라 평화적인 화합을 뜻하는 것에 동의하게 되지만 'flood'라는 동사는 'must'라는 조동사와 결합하여 그 화합이 강제적인 것임을 암시한다. 모리슨이 이 점을 걸고 나오는 것은 지극히 당연하다. 모리슨이 그 점을 이해하지 못하는 것은 그가 여기서의 강압적인 동사의 사용을 잃어버린 땅을 강제로 되찾자는 행동의 요구로 보기 때문이 아닌가 생각된다. 그러나 그것은 또한 아일랜드 사람들의 적극적인 포용력의 필요성을 강조하는 것일 수 있다. 이 강조는 작품 「늪지대」("Bogland")에서 시사되어 있듯이 아일랜드 사람들의 배타적인 민족성을 염두에 두고 있는 것으로 생각된다. 위에서 언급한 시인의 단호한 어조도 이러한 점과 무관하지 않을 것이다. 데리가브의 강은 그것을 기억하는 모든 사람들을 하나로 결집시키는 민족 정신의 매개자이다. 영어를 쓰는 시인의 가슴 속으로, 또는 영어를 쓰는 사람이 살고 있는 지역으로 흘러 넘치는 그 강은 모음의 전통과 자음의 전통을 하나로 묶어 주는 역할을 한다.

지명에 관한 또 하나의 작품인 「애나호리쉬」("Anahorish")에서도 시인의 언어에 대한 고고학적인 탐구에 의하여 그의 조상들과의 유대감과 그들과의 차이점이 부각되어 있다. 애나호리쉬는 깨끗한 물이 흐르는 곳이라는 뜻을 가지는 게일어이다. 우리는 시인의 고향인 이곳의 풍경이 자음의 부드러운 경사("soft gradient of consonant")와 모음의 초원("vowel meadow")로 이루어져 있는 곳으로 묘사되어 있는 점에 주목할 필요가 있다. 그에게 있어서 자음은 영어의 전통을, 모음은 게일어의 전통을 상징하는 하나의 기호가 된다. 이것은 곧 그의 언어학적인 풍경 속에서는 영국과 아일랜드의 전통이 한데 어울려 있음을 말한다. 이 풍경은 세이머스 딘(Seamus Dean)의 히니와의 대담에서 밝혀지고 있듯이 카톨릭 신자들과 프로테스탄트 신자들이 이웃에 살며 사이 좋게 지냈던(*Review* 2) 히니의 실제 고향을 모델로 하고 있는 것으로 보인다. 특히 겨울 저녁이면 마당을 오가던 등불이 그의 기억에 깊은 인상을 남겼던 것으로 보인다. 그리하여 그의 고향은 마치 등불의 잔상("after-image of lamp")처럼 그의 기억에 어른거린다. 작품 「땅 일구기」에서 땅을 가는 아버지를 바라보다가 바로 할아버지를 상기하듯 여기서도 시인은 먼저 개간된 땅에서 농사를 지었던 사람들을 떠올린 다음 더 시간을 거슬러 올라가 산 속에서 살던 그의 먼 조상들을("mound-dwellers") 떠올린다. 이러한 시간적인 변화는 등불의 잔상처럼 눈앞에 어른거리는 기억 상태에서 그 잔상마저 없어진 더욱 희미한 기억 상태로의 전이를 통해 이루어진다.

> 양동이 혹은 손수레를 끌고
>
> 그 산 사람들은
> 허리까지 차 오르는 안개 속을 오가며
> 살얼음을 깨어
> 샘물을 긷고 두엄을 퍼 나르는 것을.
>
> With pail and barrows
>
> those mound-dwellers
> go waist-deep in mist
> to break the light ice
> at wells and dunghills.(S 58)

　개간된 땅에서 농사를 지었던 사람들이 아직도 시인의 기억 속에 생생하게 남아 있다는 것은 그들에 대한 민족적 동질감 때문이라고 볼 수 있다. 그러나 그는 평화적인 비전을 제시해야 하는 그 자신의 임무 때문에 고향의 정서에 언제까지나 빠져 있을 수 없는 입장이다. 그가 산에서 살던 먼 조상들을 떠올리는 것은 이러한 맥락에서 이해될 수 있다. 그들은 아일랜드가 지배자와 피지배자, 혹은 카톨릭 계와 프로테스탄트 계로 양분되기 전의, 자연과 일체를 이룬 평화스러운 삶을 영위했다는 점에서 피지배자로서 항상 지배자들에 대해서 적대감을 품고 살았던 농부들과 구분된다. 땅에 전적으로 의존하고 있는 농부들의 모국에 대한 사랑은 본능적이며 맹목적이다. 이러한 사랑은 양 계파 사이의 불화를 심화시키는 근본적인 요인임에 틀림없다. 이러한 점에서 그가 고고학적인 상상력을 통하여 그 자신과 조상들 사이의 유사점과 차이점에 주목하는 것은 평화를 중요시하는 그의 일면을 반영하는 것으로 생각될 수 있다. 얼음을 깨고 그 밑에서 물과 농산물의 자양분인 거름을 퍼내는 조상들의 행위는 지명이 내포하는 의미를 캐내는 그의 행위와 크게 다르지 않다. 그러나 산사람이 파내는 것은 오로지 모음인데 반하여 그가 파내는 것은 모음과 자음의 조화이다. 민족혼의 은유인 애나호리쉬라는 지명 속에는 이처럼 게일어를 사용하는 아일랜드 토속인과 영어를 사용하는 시인이 한 데 결합되어 있는 것이다.

Ⅲ. 시와 폭력

시인이 이러한 지명에 관한 작품을 쓰고 있는 것은 바로 그의 모국과 그를 길러 준 양부인 영국 어느 쪽에도 충실하지 못하는 그 자신에 대한 죄책감을 해소한 것으로 보인다. 이점은 세이머스 딘과 가진 인터뷰에서의 다음과 같은 그의 말에 의하여 뒷받침된다.

나는 그것들을(장소에 관한 작품들) 쓸 때 해방감과 악마적인 즐거움을 느꼈는데 그것은 영어에도 충실할 수 있고[……] 그리고 비영어권의 고향 즉 나의 입장에서는 데리 지방에도 충실할 수 있다는 것을 확신했기 때문이다.(*Interview* 65)

이러한 히니의 중도적인 입장은 현실문제를 다루는 마당에서도 그대로 유지되어 있다. 그는 현실 문제를 회피해 왔으나 70년대를 기점으로 과격해지기 시작한 계파간의 갈등은 그로 하여금 그것에 대하여 어떤 식으로든 말하지 않으면 안된다는 사명감을 갖게 한 것으로 보인다. 그러나 사태를 바라보는 그의 시각은 여전히 비역사적이고 심미적이다. 그의 관점의 비역사성은 무엇보다도 현실적인 폭력을 계파간의 갈등에서 비

롯된 것이 아니라 아일랜드 사람의 기본적인 심성에서 야기되는 것으로
본다는 점에서 드러난다. 그는 아일랜드의 현실적인 폭력이 아일랜드 사
람의 기본 심성에서 야기되는 것으로 본다. 이러한 그의 관점은 현실적
인 문제보다 현실을 초월하는 영원한 진리만을 중요시하는 매튜 아놀드
(Matthew Arnold)의 교양주의의 그것을 반영하는 것임에 틀림없다. 1969
년도에 출판된 글로브 교수의『늪의 사람들』이라는 책은 현실적인 갈등
을 배제한 상태에서 동시대인들의 관심사인 폭력의 문제를 다루려는 시
인의 의도를 충족시키기에 안성맞춤이었던 것으로 보인다. 이 책은 덴마
크의 늪에서 발견된 철기시대의 의식의 희생자로 간주되는 남녀의 보존
된 시신들에 대한 기록인데 히니가 이 책에 관심을 갖게 된 이유는 양국
사이의 연관성이 비교적 뚜렷하기 때문이 아닌가 생각된다. 우선 양국들
의 늪에서 똑같이 시체와 유품들이 발견되었고 양국 모두 바이킹의 문화
와 연관되어 있으며 양국의 고대 종교가 인간 제물을 요구하고 그 대가
로 농작물의 비옥함을 보장하는 땅의 여신에 대한 숭앙심에 바탕을 두고
있다. 히니가 특히 관심을 갖고 있었던 것은 땅의 여신이었는데 아마도
그는 그 여신에서 오늘날의 아일랜드 사람들의 난폭한 심성의 원형을 발
견하고 있는 것으로 보인다. 우리는 이점을 아일랜드의 고대 사회와 현
대 사회에 대한 그의 고고학적인 분석을 통해서 살펴볼 수 있다.

　　사람을 제물로 바치는 철기시대의 사회가 있었는가 하면 간통했
　다는 이유로 소녀의 머리를 깎는 사회가 있고 대지의 여신을 섬기
　고 제물을 바치는 종교가 있다. 여러 점에서 오늘날의 아일랜드 공
　화주의는 이와 같은 종교와 연관되어 있어 여신들이 다양한 가면을
　쓰고 나타났다. 그녀는 캐슬린 니 훌리안(Cathleen Ni Houlian)으로
　예이츠의 연극에 나타나고 있으며 그녀는 또한 머더 아일랜드(Mother
　Ireland)로 나타나기도 한다. 나는 아일랜드 공화국의 에토스가 어떤
　점에서 여성주의적 종교의 일종이라고 생각한다. 이러한 종교 및
　시대와 우리 시대 사이에는 놀랄 만한 유사성이 있는 것처럼 보인

다.(*The Listener* 790)

여기서 특히 주목되는 것은 철기 시대와 현대 아일랜드 사회가 여성주의적인 종교를 공통적으로 지니고 있다는 점이다. 여신이 지배하는 고대 사회에서 살아 있는 인간이 제물로 희생된다든지 오늘날 정치적, 종교적인 이유로 이웃이 살해되는 것은 곧 여성적인 원리가 비이성적인 제도나 관습과 관련되는 것임을 암시한다. 이러한 양자 사이의 동질성에 대한 그의 추구는 곧 시인이 지연과 혈연 및 관습을 중요시하는 비이성적인 성향을 아일랜드 사람들의 기본 정신으로 파악하고 있음을 말한다. 시인이 「톨룬드 사람」("The Tollund Man")에서 고대 의식에 의하여 희생된 사람들과 종파적인 갈등에 의하여 살해된 사람들을 동일시하는 것은 바로 이러한 맥락에서라고 볼 수 있다. 시인이 종파적인 갈등에 의하여 살해된 비인간적인 죽음을 신화에 의하여 정당화하고 있다는 비난을 받는 것은 바로 이러한 동일시 때문이다. 그러나 우리는 이 점에 대해서 관점을 달리할 수 있다. 즉 시인은 여기서 동일시를 통해서 폭력에 희생된 사람들의 죽음을 정당화하려는 것이 아니라 오늘날 발생하고 있는 아일랜드의 분쟁의 궁극적인 원인을 고고학적으로 분석하고 있는 것으로 이해될 수 있다. 교파 전체의 공동의 이익을 위하여 잔인한 형벌을 가하는 관습이나 종족의 공동의 이익을 위하여 멀쩡한 생사람의 희생을 요구하는 고대 의식은 근본적으로 종족적인 유대감이 없이는 성립할 수 없다. 아일랜드에서 흔히 발생하는 교파간의 복수전은 그러니까 아직도 아일랜드가 이성보다 감정을, 개인보다 전체를 보다 중요시하는 철기시대의 야만적인 여성주의를 벗어나지 못하고 있음을 뜻하는 것이 될 수 있다. 이것은 곧 교파 사이의 폭력을 종식시키기 위해서는 무엇보다도 이성이 필요하다는 것을 시사하는 것이 될 수 있다.

아일랜드 사람은 이처럼 종족적인 유대감을 지니고 있는 한 폭력을 숙명처럼 껴안고 살아가지 않으면 안된다. 히니는 이러한 상황에서 폭력

의 종교적인 강렬성에 "진정성과 복잡성"(*P* 56-7)을 부여해야만 하는 딜
레마에 봉착한다. 세이머스 딘의 말을 빌려 말하면 아일랜드에서는 시와
폭력이 똑같은 땅에 뿌리를 내리고 있어 폭력에 어떤 종류의 의미를 부
여하지 않고서는 시를 쓸 수 없기 때문이다(180-1). 휴머니즘의 뿌리가
내리지 않은 땅에서 폭력을 비난하는 것은 매우 위험한 모험일 수 있다.
작품집 『북쪽』(*North*)에 실려 있는 작품 「처벌」("Punishment")과 「그로벌
사람」("The Grauballe Man")은 이러한 시인의 미묘한 입장을 반영하는 예
라고 볼 수 있다.

　작품 「처벌」에서는 간통한 두 여성이 관심의 대상이 되어 있다. 한 여
인은 『늪의 사람들』이라는 책에 실려 있는 사진의 주인공이고 다른 하
나는 카톨릭 신자로서 영국 군인과 사랑을 나눔으로써 종족의 불문율을
어긴 여인이다. 시인은 우선 상상력을 통하여 첫 번째 주인공이 처벌될
때의 상황을 그대로 추체험한다. 그녀의 목에 밧줄이 감길 때의 느낌과
그녀의 몸을 스치는 바람의 촉감까지도 그대로 체험하려고 한다. 그러나
시인은 동시에 그녀의 경험으로부터 객관적인 거리를 두어 그녀의 유두
가 스치는 바람의 풍화작용에 의하여 구슬이 되었다고 생각한다. 그 다
음 연에서도 시인은 돌을 매달아 물 속에 잠수된 그녀의 육체를 상상하
지만 또 그 다음 연에서는 자연과 하나가 된 그녀의 육체를 나무에 비유
한다. 처음 그녀는 어린 나무에 불과했지만 지금은 큰 나무통의 판자가
될 만큼 거목이 되어 있다. 그리고 시인은 그녀의 비인간적인 현재의 모
습을 넘어서 그녀의 과거의 실제를 보기도 한다. 그녀의 깍은 머리가 지
금은 검은 옥수수같이 생겼지만 시인은 그녀의 머리가 과거에는 삼단 같
은 머리였고 타르 칠한 그녀의 얼굴은 아름다웠다고 생각한다. 우리는
여기서 시인이 자신을 그녀와 동일시하므로써 일체감을 느끼기도 하고
그녀에 대해서 일정한 거리를 두기도 하고 있음을 알 수 있다. 이러한
태도에 따라 시인은 그녀를 속죄양으로 보고 그녀에 대해서 연민을 느끼
기도 하고 그녀의 간통을 죄로 간주하기도 한다. 이러한 모순적인 태도

는 영국 군인과 사귀면서 정보를 제공한 아일랜드의 카톨릭 신자인 여인에 대해서도 똑같이 나타난다.

> 너희들의 배반한 누이동생들이
> 타르를 바른 채
> 난간 옆에서 울고 있을 때
> 마냥 묵묵히 서 있었던 나는
>
> 문명인으로서의 분노 속에서
> (그녀의 죄를)묵인하고 싶었지만
> 예외 없이 따르는 낯익은 종족 사이의 복수를
> 한편으로는 이해하고 싶었지.
>
> I who have stood dumb
> when your betrayed sisters,
> cauled in tar
> wept by the railings,
>
> who would connive
> in civilized outrage
> yet understand the exact
> and tribal, intimate revenge.(*S* 117)

이 부분에 대한 독자들의 시선은 무척 따갑다. 가장 가혹한 비평가의 한사람인 카손은 시인이 계파간의 잔혹성을 성과 죽음과 같은 필연성의 영역에 속해 있는 것으로 간주함으로써 정당화하고 있다고 주장한다(184-85). 이 주장은 현재의 공포가 과거의 잔혹성과 연계되어 미적인 대상이 되고 있다는 모리스 하몬(Maurice Harmon)의 견해와 상통한다(81). 모리슨은 북 아일랜드에서 일어나는 계파간의 살해 행위에 일간신문에

서도 용납되지도 않는 역사적인 존엄성을 부여하고 있다고 히니를 비난
한다(68). 이들의 견해를 요약하자면 히니는 현재에도 끊임없이 일어나
는 계파간의 잔혹한 행위들을 역사적인 지평으로 들어올림으로써 그러
한 행위를 정당화하려 한다는 것이다. 즉 계파간의 살해 행위는 결코 과
거에도 저질러졌다는 역사적인 필연성에 의하여 정당화될 수 없다는 것
이 그들의 한결같은 주장이다. 한편 포스터(Foster)는 여기서의 시인은 어
느 한편만을 두둔하고 있지 않다고 주장함으로써 그들의 견해를 일축한
다(55). 이러한 포스터의 견해는 매우 적절한 지적으로 여겨질 수 있지만
이것이 이 작품의 모든 것을 설명해 주는 것은 아니다. 여기서 중요한
것은 여성의 부정에 대한 종족의 복수를 비인간적으로 규정하는 그의 시
적 자아와 종족의 복수를 이해하는 그의 민족주의자로서의 자아가 감정
의 논리에 의존하는 아일랜드 사람의 기본 심성을 바탕으로 한 데 통합
되어 있는 점이다. 우리는 이러한 점에서 여성의 부정을 징치하는 집단
의 행위에 대해서 분노를 터뜨리는 그의 개별적인 자아나 집단의 복수를
이해하는 그의 민족주의자로서의 자아 모두가 감정에 의존하는 것들임
을 주목할 필요가 있다. 여성의 부정을 처벌하는 종족에 대한 시인의 분
노는 문명적인 교육을 받은 자아에 의한 반응임에 틀림없지만 그것이 감
정적인 것이라는 것도 분명한 사실이다. 그리고 종족의 복수에 대한 그
의 이해도 이성이 아니라 감정에 의존하는 것임은 의심할 여지가 없다.

　이처럼 종족의 잔인한 처벌에 대하여 분노를 느끼지만 그 분노가 곧
이해로 해소되어 있는 것은 시인이 문명적인 교육을 받은 사람이기 때문
에 가능한 것으로 볼 수 있다. 이 점은 폭력이 정치적, 사회적으로 해결
되어야 할 문제가 아니라 그것을 수용하는 개인의 태도에 따라 해결될
수 있다는 인상을 줄 가능성이 없지 않다. 이러한 점에서 시인은 폭력을
심성의 문제로 접근함으로써 정치적, 사회적인 노력의 필요성을 배제하
고 있다는 비난을 피하기 어렵다. 물론 그렇다고 해서 시인의 견해가 납
득이 가지 않는 것은 아니다. 즉 그의 방식대로 폭력을 너그럽게 받아들

일 수 있다면 되풀이되는 복수극을 어느 정도 막을 수 있을지 모른다. 그러나 폭력의 원인에 따라서 초당적인 입장에서 이해할 수 있는 것이 있고 없는 것이 있기 때문에 그것의 현실적인 원인을 밝히지 않는 시인의 태도는 그 원인이 무엇이든 간에 모든 폭력은 개인적인 이해로 해결될 수 있다는 생각을 갖게 할 공산이 매우 크다. 그리고 그는 아일랜드 사람들이 자신처럼 이성적인 지식인이 아니라는 점을 도외시하고 있다는 점도 반드시 지적되어야 할 것이다.

작품 「그로벌 사람」에서도 먼 과거와 현대가 난폭한 인간의 생활상을 통하여 서로 연관되어 있다. 시인은 첫머리에서 주인공이 죽어서 주변 환경과 하나가 되어 있음을 세부적인 묘사를 통하여 제시한다. 그의 손목은 늪의 참나무와 같고 그의 뒤꿈치는 현무암으로 된 알과 같고 그의 발등은 백조의 발가락처럼, 축축한 늪의 뿌리처럼 오그라들어 있었다. 그리고 그의 엉덩이는 홍합의 두 주머니처럼 보이고 그의 척추는 반짝반짝 빛나는 진흙 속에 사로잡혀 있는 뱀장어와 같다. 머리를 들어올리니 턱은 베어져 무두질한 가죽처럼 탄탄해진 목구멍의 바람구멍 위에 올려져 있는 가리개와 같다. 치유된 상처는 안쪽을 통해서 검은 딱총 나무로 열려 있다(아마도 이 말은 그의 유해가 딱총 나무 밑에서 발견되었음을 암시하는 것으로서 양자가 하나가 되어 있음을 뜻하는 것으로 보인다). 우리는 시인의 이러한 묘사를 통해서 그가 목이 잘린 채 살해되었음을 짐작하기 어렵지 않다. 그의 얼굴이 일그러져 있는("his twist face") 것은 그가 죽을 때의 두려움을 시사하는 것으로 볼 수 있다. 지금까지 시인이 묘사하고 있는 유해의 아름다운 모습과 끔찍한 모습은 사진을 통해 보았을 때의 그의 느낌을 표현하는 것이다. 그가 본 이러한 모습은 그대로 그의 기억 속에 다음과 같이 나타난다.

　　　　그러나 지금 그는 나의 기억에 생생하게 누어 있다
　　　　아름다움과 잔인함으로

똑같이 배분된 채 걸려 있는
그의 피로 물든 손톱과 발톱까지도

그의 방패를 가득 채운 죽어 가는 가울인의 조각과
두건으로 눈을 가린 채
목이 베어 던져진 희생자의
실제적인 무게와 더불어.

But now he lies
perfected in my memory,
down to the red horn
of his nails,

hung in the scales
with beauty and atrocity:
with the Dying Gaul
too strictly compassed

on his shield,
with the actual weight
of each hooded victim,
slashed and dumped.(*N* 115)

그로벌 사람의 손톱과 발톱을 뜻하는 "nail"은 그리스도의 손과 발에
박힌 못을 상기시킨다는 점에서 그가 인류를 위해서 희생한 그리스도에
비유되어 있음을 짐작할 수 있다. 이 비유는 또한 그가 모든 사람들의
풍요로운 삶을 위하여 여신에게 바쳐진 제물로서 순교자의 전형이 되어
있음을 말한다. 시인은 민족주의 정신에 심취함으로써 순교자의 마스크
를 쓰고 있을 때는 희생자의 모습이 아름답게 보이지만 그 마스크를 벗

고 볼 때는 그의 모습이 처참한 상태로 비치는 것이다. 순교자의 마스크를 썼을 때의 그의 관점은 카톨릭 민족주의를 대변하는 것이며 그것을 벗었을 때의 그의 관점은 폭력을 비인간적으로 보는 문명적인 교육을 받은 시인의 그것을 대변하는 것으로 생각될 수 있다. 희생자에 대한 시인의 상반된 반응인 "아름다움과 잔혹함"은 아일랜드 사람들의 난폭한 심성이 지니는 양면성을 제시해 주는 것으로 보인다. 즉 그들은 종족을 위해서 기꺼이 희생할 수 있는 아름다운 정신을 지니고 있지만 또한 종족을 배반하는 사람들에 대해서는 가혹하기 이를 데 없는 잔혹한 면을 지니고 있기도 하다. 희생자를 아름답게도 보고 참혹한 모습으로도 보는 시인의 상반적인 관점은 바로 이러한 아일랜드 사람 특유의 기본 심성과 일치하는 것으로 보인다. 그의 이러한 상반적인 관점 속에는 주인공을 아름답게만 보는 민족주의자들의 관점과 참혹한 모습으로만 보는 프로테스탄트들의 관점이 통합되어 있는 것으로 간주된다.

"아름다움과 잔혹함"처럼 서로 상반된 관점의 병치는 영국의 19세기 낭만주의 시에서 자주 만나게 되는 모순어법의 전형이다. 시인은 이 모순어법을 통해서 서로 다른 계파의 관점을 똑같은 비중으로 수용하고 있음을 보여주고 있다. 따라서 프로테스탄트 계열의 시인인 제임스 시몬 (James Simmon)은 폭력에 대해서 보다 단호한 입장을 밝히지 않는 이러한 그의 태도를 심히 못마땅하게 여긴다(56-7). 이러한 시몬의 반응은 희생자에 대한 히니의 개인적인 반응이 정치적, 사회적인 현실과 무관하지 않다는 것을 단적으로 말해 준다. 어떤 독자들은 히니가 정치와는 상관없는 순수 문인이라는 점을 들어 이러한 관점을 지나친 비약으로 간주할는지 모른다. 그러나 히니가 카톨릭 민족주의자인 한 정치와 무관할 수 없다. 그는 영문학의 교육을 통해서 시인이 될 수 있었고 영국이 후원하는 대학에서 교편을 잡을 수 있었다. 과연 그가 열렬한 민족주의자였더라도 대학 강단에 설 수 있었을까? 우리가 이 점을 생각하면 현실에 개입하지 않으려는 그의 태도의 정치적 성격을 충분히 가늠할 수 있을 것이다.

그가 폭력을 심미적인 관점에서 이해하는 것도 이러한 맥락에서 살펴볼 수 있다. 상식적인 관점에서 볼 때 그가 현실에 개입하기를 원치 않는다면 처음부터 폭력의 문제를 다루지 말았어야 옳다고 본다. 그런데 그는 폭력이라는 현실적인 문제를 주제로 다루면서 민족주의자로서의 그의 개별성과 평화를 사랑하는 시인으로서의 개별성을 똑같이 중요시함으로써 폭력의 문제에 대한 그의 접근은 자연히 절충적인 것이 될 수밖에 없다. 윌리암 베드포드(William Bedford)는 예술이 진지한 것이라면 무질서에서 질서를 창조하려는 시도는 가치 있는 것이라고 말함으로써 (17) 현실적인 폭력을 심미적으로 이해하는 시인의 태도를 정당한 것으로 받아들인다. 그러나 이 견해는 사태의 진실이 어떠하든 무조건 질서를 창조하기만 하면 가치 있는 시가 될 수 있다는 오해의 소지가 다분하다. 우리는 이와 관련하여 주목해야 할 것은 시인의 폭력의 제시 방법이다. 우리는 특히 시인이 원근법에 의하여 오늘의 폭력을 의식적인(ritual) 폭력과 동일시하기 위하여 폭력의 구체적인 실상을 의도적으로 외면하고 있다는 사실에 주목할 필요가 있다. 만일 오늘날의 폭력이 구체적으로 제시되었다면 이것과 의식적인 폭력을 동일시하려는 시인의 의도는 과연 설득력을 얻을 수 있을까? 계파 사이에 일어나는 폭력이 어떻게 의식적인 폭력과 동일하다고 믿을 수 있는가? 시인이 이러한 동일시를 위해서 폭력의 실상에 대한 보고를 생략하고 있는 것은 어느 의미에서 사태의 진실을 외면하고 있는 것이나 다름없다. 이러한 점에서 이 작품을 윤리적인 욕구보다 시를 잘 만들기 위한 미적인 욕구를 더 앞세우는 그의 기본적인 태도에서 나온 결과로 보는 로이드의 견해는 매우 적절한 지적이 아닐 수 없다(Lloyd 106). 평화라는 그의 시의 목적도 결국은 그 자신의 미적 욕구에 이바지하는 것이라고 할 수 있다. 이 점은 서로 다른 계파들이 한치의 양보도 없이 대치하고 있는 마당에서 어느 편으로부터도 감정을 사지 않으려면 사회적, 정치적인 발언은 필연적으로 예술적

인 세련화의 과정을 거치지 않으면 안된다는 점에서 그러하다. 그럼에도
그가 일부 독자들로부터 폭력을 정당화하고 있다는 비난을 받고 있는 것
은 자신의 민족에게 마음이 이끌린 나머지 표현의 균형을 제대로 살리지
못하고 있기 때문으로 보인다. 가령 작품 「처벌」에서 영국인과 사귀는
카톨릭 여신도에 대한 비인간적인 처벌에 대하여 시인은 화를 내지만 그
의 분노는 기껏해야 작품 「하인」에서의 귀족에 대한 하인의 불만에 지
나지 않는 반면 처벌에 대한 종족에 대한 이해는 보다 적극적인 느낌을
주고 있는 것이 사실이다. 아마도 이러한 느낌이 그러한 오해를 불러일
으킨 것으로 보인다. 이러한 현상은 그의 민족주의가 평화를 지향하는
그의 시적 목적에 부담으로 작용하고 있는 것이 아닌가 하는 의구심을
갖게 한다.

Ⅳ. 시적 자유와 민족주의

예술적 자유에 대한 히니의 탐구는 작품집 『현장 답사』(Field Work)에
서도 계속 이어지는데 시의 패턴은 이전의 시의 그것과 크게 다르지 않
은 것으로 생각된다. 다른 점이 있다면 그의 자유에 대한 갈망과 민족에
대한 그의 사명감 사이의 긴장이 이전의 어느 작품에서보다 더 노골화되
어 있는 점일 것이다. 그의 작품 「굴」("Oysters")과 「사고」("Casualty")는
이러한 점에서 살펴볼 만한 가치를 지닌다. 우선 「굴」부터 살펴보기로
한다.

시인은 여기서 「고백」("Exposure")에서와 달리 땅에 대한 본능적인 감
정이 주는 심리적인 부담감에 노골적인 불만을 터뜨린다. 시인은 시점을
현재와 과거로 번갈아 이동하면서 현재의 생활 속으로 파고드는 민족주
의적인 감정을 부각시킨다. 제 1연에서는 시인이 굴을 까먹는 모양이 우
주 공간으로 확대되어 그의 혀는 물이 가득한 내포에, 그의 입천장은 별

빛으로 환한 창공에, 그가 먹는 굴은 묘성(Pleiades)에 각각 비유되어 있다. 시인은 여기서 굴을 까먹는 가운데 우주와 일체가 되는 감각적인 즐거움을 만끽하고 있는 것이다. 그런데 둘째 연은 다음과 같이 시작된다.

> 살아 있는 상태에서 폭행을 당한 채
> 그들은 얼음 침대에 누어 있다:
> 쌍각류의 굴들: 반으로 쪼개진 구근
> 그리고 그들을 따라붙는 바다의 한숨 소리.
> 수백만 개가 쪼개지고 벗겨지고 버려진다.

> Alive and violated,
> They lay on their beds of ice:
> Bivalves: the split bulb
> And philandering sigh of ocean.
> Millions of them ripped and shucked and scattered.(*FW* 11)

굴을 까는 행위는 삽으로 땅을 파는 것과 동일한 의미를 지니는 것으로 역사적인 의미를 발굴하는 시인의 작업과 유사하다. 시인은 굴의 껍데기를 벗기는 작업에서 침입자들에 의하여 여자들이 폭행 당하는 가슴 아픈 역사적인 사건을 캐낸다. 굴 껍데기들이 벗겨지는 것을 보고 한숨 짓는 바다는 여자들의 겁탈이 외국의 침입에서 이루어진 것임을 암시하는 것으로 보인다. 시인이 이처럼 굴욕의 역사를 떠올리고 있는 것은 1연에서 고조되었던 그의 감각적인 즐거움을 견제하기 위한 것으로 볼 수 있다. 이것은 곧 굴을 먹는 지극히 평범한 행위에서조차 죄책감을 느껴야만 할 정도로 현실이 고통스럽다는 것을 반증하는 것일 것이다. 시인의 시선은 여기서 다시 친구들과 즐겁게 술잔을 기울이며 놀던 일로 이동해서 잠깐 머문 다음 다시 먼 과거로 돌아가서 굴의 운명에 대한 원근법을 제시한다.

풀과 눈으로 뒤덮인 알프스 산을 넘어
로마 사람들은 그들의 굴을 로마로 가져갔다:
나는 보았다, 권력에 신물이 나고
짠 소금에 자극을 받아 해초가 엉겨 붙은
축축한 바구니가 토해 내는 것을

그리고 바다로부터 밀려오는 시와 자유처럼
화창한 날씨에도 나의 의무감 때문에
마음이 편하지 못한 것에 나는 화가 치밀었다.
나는 일부러 하루종일 먹었다, 그 독특한 맛이 동사 그것도 순수
　　　한 동사로
나를 촉발시켜 주기를 바라면서

Over the Alps, packed deep in hay and snow,
The Romans hauled their oysters south to Rome:
I saw damp panniers disgorge
The frond-lipped, brine-stung
Glut of privilege
And was angry that my trust could not repose
In the clear light, like poetry or freedom
Leaning in from sea. I ate the day
Deliberately, that its tang
Might quicken me all into verb, pure verb.

　　우리는 여기서 굴이 온갖 권력에 휘둘린 아일랜드의 국민들을 상징하
고 있음을 어렵지 않게 간파할 수 있다. 시인의 굴에 대한 고고학적인
관심은 과거의 사건을 들추는 것으로 만족할 뿐 그것이 현재와 어떤 연
관을 지니고 있는지에 대해서는 전혀 흥미가 없는 것으로 보인다. 이것
은 역사적인 사건에 대한 시인의 관심이 대단히 표피적인 것임을 말한

다. 그는 단지 굴 요리를 들며 친구들과 어울려 즐거운 한 때를 보내는 지극히 일상적인 행동에서조차 과거의 아픈 상처들을 떠올려야만 하는 그의 고질적인 사고 습관에 분노를 터뜨리고 있을 뿐이다. 그의 분노는 민족에 대한 정서가 그다지 강한 것도 아니면서 그것에서 벗어나지 못하는 자신에 대한 증오심에서 연유하는 것이 분명하다. 그는 단지 "화창한 날씨"("clear light")와 같은 자유와 시를 꿈꾸고 오직 굴의 독특한 맛에 이끌려 오로지 먹는 것에 열중할 수 있는, 어떤 수식어에 의해서도 제한을 받지 않은 "순수한 동사"로 자유롭게 행동하고 싶을 뿐이다. 시 쓰기는 역사적인 의미를 캐낸다는 점에서 굴을 까는 행위와 유사하지만 전자는 유용성을 목표로 하는 행위가 아니라는 점에서 후자와 구별된다. 그러나 굴을 까먹는 가운데 민족이 공유하는 슬픈 역사를 상기함으로써 이러한 차이를 극복하려는 그의 전략은 너무나 안이한 것으로 느껴진다.

작품 「사고」("Casualty")에서는 시 쓰기가 주인공 어부의 고기잡이에 비유되어 있다. 아마도 시인은 여기서 시의 창조를 "동물 사냥"(Hughes 17)에 비유하는 휴즈의 시의 개념을 그대로 빌려 오고 있는 것으로 보인다. 작품의 주인공 또한 휴즈의 작품 「딕 스트레이트업」("Dick Straightup")의 주인공과 매우 유사하다. 딕은 나무 둥치만큼 강한 배와 우람한 등판을 지닌 건장한 체격의 소유자이다. 그는 주변의 삶에 대해서 냉정할 정도로 무관심한 동물들처럼 자질구레한 일에는 신경을 쓰지 않는다. 고기장수가 돈을 저축하고 나약한 서기가 한밤중에 아기를 돌볼 때 그는 밤새껏 술을 퍼마시고 한뎃잠을 자기 일쑤이다. 그는 진눈깨비가 내리는 추운 날씨에도 따뜻한 체온을 유지한 채 곤하게 잠잘 수 있는 전설적인 인물로 젊은이들의 영웅으로 남아 있다. 딕과 마찬가지로 「사고」의 주인공 또한 주변 환경으로부터 독자적인 입장을 취하는 인물로서 바로 그러한 자신의 태도 때문에 목숨을 잃고 만다. 그는 영국 군에 의하여 살해된 13명의 카톨릭 교도들을 추모하기 위하여 실시한 야간 통행 금지를 어기고 술집에서 술을 먹다가 카톨릭 교도의 급진파인 IRA당원이 몰래

장치한 폭탄에 산산조각이 나고 만 것이다. 그 익명의 희생자는 시인의
장인이 경영하는 술집에 자주 드나들던 사람으로서 그와는 특별한 친분
을 지니고 있었기 때문에 그의 죽음은 시인에게 슬픔을 안겨 주었을 것
으로 보인다. 이 작품에서도 시인은 「처벌」에서처럼 희생자에 대해서 애
매한 태도를 보인다. 그는 「처벌」에서는 희생자의 행동의 적법성 여부보
다는 그녀에 대한 종족의 복수의 정당성을 강조하여 폭력을 정당화하고
있다는 비난을 받기까지 했음은 이미 앞에서 살펴본 바와 같다. 그러나
이 작품에서는 반대로 희생자의 행동의 정당성이 적극 옹호되어 있는 반
면 그에 대한 종족적인 응징에 대한 평가는 상대적으로 불명확하게 처리
되어 있다. 시인은 살해된 13명의 카톨릭 교도들의 죽음으로 더욱 강화
된 종족적인 유대감이 주인공의 희생을 야기한 근본적인 요인임을 다음
과 같이 시사한다.

> 평범한 장례 행렬은
> 그것의 포대기를 펼쳐
> 둘러싸고 탄탄하게 조여
> 한 고리 안에 들어 있는 형제들처럼
> 우리들은 단단하게 결속되었다.

> The common funeral
> Unrolled its swaddling band
> Lapping, tightening
> Till we were braced and bound
> Like brothers in a ring.(*FW* 22)

여기서 장례 행렬이 아기 포대기의 이미지로 표현되어 있음은 단적으
로 그 행렬에 참석하고 있는 사람들의 순진성을 암시한다. 모리슨은 이
이미지에서 공동체 의식과 압박감을 간파함으로써 그의 날카로운 통찰

력을 보여준다(79). 그가 제시하고 있듯이 우리는 "brace"와 "bound"라는 단어에서 공동체의 일체감과 압박감에 대한 암시가 공존하고 있음을 느낄 수 있다. 공동체적인 질서가 구성원들 사이의 유대감을 강화시키기도 하지만 동시에 자칫 도를 지나치면 억압으로도 작용할 수 있음은 누구나 공감할 수 있는 것이다. 그러나 장례식에 참석한 사람들을 룸펜("Lumpen-proletariat")으로 간주하는 모리슨의 관점은 받아들이기 어렵다. 우리는 파커(Parker)가 이야기하고 있듯이 공동체의 몇몇 사람들이 지나친 행동을 했다고 해서 그들 모두를 시인이 싸잡아 비난하고 있다고 생각할 수 없다(164). 그렇다고 해서 공동체 내에서의 억압성에 대한 모리슨의 통찰력까지 부정하자는 것은 아니다. 그러한 억압성을 부정하는 파커의 견해는 민족주의에 대한 시인의 양면적인 감정을 제대로 이해하지 못하고 있다는 점에서 한계를 드러내 주는 것으로 보인다. 파커는 13명의 살해에 대한 종족의 집단적 공포가 그들을 하나로 결합시키는 요인임을 간파하고는 있지만 집단 내에서의 억압적인 요소를 인정하지 않고 있다(같은 책 같은 면). 그러나 우리가 이러한 집단의 억압적인 요소를 인정하지 않는다면 주인공의 죽음을 해명하기 어렵다. 그의 죽음은 궁극적으로 개인의 자유를 허용하지 않는 집단의 억압적인 구조에 의하여 야기된 것으로 볼 수 있기 때문이다. 뿐만 아니라 그러한 억압 구조의 부정적인 요소를 감안하지 않는다면 종족에서 이탈한 주인공을 흠모하는 시인의 태도 또한 이해하기 어렵다. 만일 종족 내부에 그러한 억압적인 요소가 없다면 주인공의 독자적인 행동은 아무런 의미를 지니지 못할 것이기 때문이다. 그의 행동의 정당성에 대한 시인의 변호는 다음과 같은 시구를 통하여 암시되어 있다.

그는 물고기처럼 술을 마셨기에
몇 마일을 걸어갔다
밤마다, 자연스럽게

따뜻한 불이 환하게 밝혀진 곳으로
자신도 모르게 헤엄쳐 갔다.……

He had gone miles away
For he drank like a fish
Nightly, naturally
Swimming towards the lure
Of warm lit-up places…(*FW* 23)

  즉 주인공이 야간 통행 금지라는 종족적인 묵계를 깨뜨리고 술집에
가서 술을 마신 것은 마치 물고기가 불빛이 환한 곳으로 몰려드는 것처
럼 지극히 자연스러운 행동이라는 것이 시인의 생각이다. 이것은 다시
말해서 물고기가 그 자체의 리듬에 복종하듯이 주인공 또한 그 자체의
독자적인 삶의 패턴을 지닌 개별적인 존재임을 주장하는 것이다(Morrison
78). 그는 고독한 사람으로써 본래부터 무리를 지어 살아가는("shoaling"
FW 23) 타입이 아니다. 그런데 시인은 누구나 독자적인 삶을 누릴 권리
를 인정하지만 민족적인 감정을 이반하는 것은 죄가 된다는 것을 시사하
는 것으로 보인다. 주인공이 폭사하는 순간, 시인이 그의 얼굴에서 두려
움과 죄책감을 상상하는 것은("I see him as he turned/ In that bombed
offending place/ Remorse fused with terror") 바로 이러한 점을 시사하는
것으로 볼 수 있다. 그것은 곧 종족과의 약속을 깨뜨리고 술을 마신 주
인공의 행동이 잘못된 것임을 시사하는 것이나 다름없다. 그럼에도 시인
은 종족의 묵계를 깬 주인공의 행동이 그토록 죄가 되는 것인지 강력하
게 의문을 제기함으로써 종족의 복수에 대해서 회의적인 반응을 보인다.
시의 마지막 부분에서 시인은 다음과 같이 어부인 주인공과 자신을 동일
시한다.

  일찍 나서서 천천히

바닥을 훑어 잡힌 고기에
툴툴대며 미소 짓는다
당신이 저쪽 너머 어딘가 있는
당신의 고유한 영역으로
시가 한 마일 한 마일 천천히
당신에게 작용하고 있는 것을 느끼듯이

To get out early, haul
Steadily off the bottom,
Dispraise the catch, and smile,
As you find a rhythm
Working you, slow mile by mile,
Into your proper haunt
Somewhere, well out, beyond.⋯(*FW* 24)

　　대다수의 평자들은 이 부분을 예술의 독자성에 대한 시인의 주장으로
이해하고 있으나 이러한 이해는 지극히 피상적인 것으로 생각된다. 이
부분은 앞에서 제시되어 있는 내용 즉 민족에 대한 본능적인 이끌림과
자유에 대한 갈망을 공유하고 있는 시인의 입장을 단지 되풀이 강조하고
있을 뿐이다. 시인은 작품 「땅 일구기」에서 삽과 펜을 동일시하듯이 여
기서는 펜과 그물을 동일시하고 있다. 어부인 주인공이 강의 바닥을 훑
어 고기를 잡는 것은 보이지 않는 것을 드러내는 시인의 작업과 외적인
유사성을 지닌다. 그물은 이러한 점에서 땅을 파는 삽과 똑같다. 시인이
「땅 일구기」에서 삽과 펜을 동일시함으로써 그 자신과 조상들 사이의
결속감을 드러내고 있듯이 여기서도 그는 펜으로 사건을 계기로 더욱 결
속되는 민족정신을 캐내고 있다. 우리는 이러한 점에서 펜의 등가물인
그물이 민족의 단단한 결속감을 나타내 주는 포대기의 이미지를 반영하
고 있는 점에 주목할 필요가 있다. 그물은 삽과 마찬가지로 민족적인 동

질감을 매개하는 수단이다. 시를 전혀 모르는 어부와 고기를 잡을 줄 모르는 시인을 하나로 통합시켜 주는 것은 바로 이러한 그물로 상징되는 민족적 동질감이다.

Ⅴ. 맺는 말

우리는 지금까지의 고찰을 통하여 히니의 시가 개인의 자유와 전체를 융합하는 문제에 지속적인 관심을 보이고 있음을 살펴보았다. 개인과 전체를 융합하는 그의 방법은 아일랜드 태생으로서 민족주의 진영에 속해 있으면서 그것으로부터 벗어나려는 그의 모순된 감정을 양립시키려는 의도의 소산이라고 할 수 있다. 그의 민족과 그 자신 사이의 차이점을 부각시키고 양자를 전체적으로 통합하는 그의 시의 실제는 바로 이러한 그의 기본적인 전제에 따른 것임은 물론이다. 개체들의 독자성을 전체적으로 통합해 주는 것은 그가 그 자신의 고고학적인 상상력에 의하여 과거 속에서 발굴해 낸 아일랜드 사람의 정신적 특질이다. 그런데 흥미로운 것은 시인의 통합 방안이 소수파인 카톨릭 신도들의 의견을 수렴함으로써 사회적 혼란을 수습하려는 영국의 식민지 정책과 잘 맞아떨어진다는 점이다. 아일랜드의 정치적 현실로 미루어 이러한 방법적인 일치는 필연적인 것으로 보인다. 양 계파들을 완전히 통합한다는 것이 현실적으로 불가능한 이상 각 계파들의 독자성을 인정하는 가운데 전체적인 질서를 추구하는 것이 누구나 공감할 수 있는 최선의 방책이 될 수 있기 때문이다.

그의 방안은 어느 의미에서 정치나 사회에 대한 관심에서보다는 그의 개인적인 필요성에서 나오는 것이라는 생각이 든다. 이렇게 생각되는 것은 만일 시인이 그가 속한 민족주의 사회에 적극적으로 가담한다면 그의 시는 필연적으로 전투적이거나 구호적인 것이 되어 버릴 가능성이 매우 높고 시를 쓰는 그의 입장에서 영국 문화의 전통과 단절한다는 것은 거의 치명적일 수 있기 때문이다. 그가 만일 민족주의 시만을 고집했더라면 그는 아일랜드의 민족주의자들로부터 존경받는 시인이 되었을지 모르지만 노벨상은 거머쥐지 못했을 것이 분명하다.

히니는 예이츠 이후 가장 훌륭한 아일랜드의 시인으로 평가되고 선전되고 있다. 그에 대해서 말할 때 따라 붙는 '예이츠 이후'라는 수식어는 자칫 오해의 소지가 될 수 있다. 예이츠는 물론 아일랜드 태생이므로 아일랜드의 시인임에 틀림없지만 일반적으로 영국 시인으로 널리 알려져 있다. 그럼에도 일부 독자들이 굳이 예이츠를 아일랜드 태생의 시인임을 강조함으로써 히니와 연관지으려는 것은 시인으로서의 히니의 명성을 돋보이게 하기 위한 것이라는 혐의가 짙다. 물론 그의 탁월한 시적 능력을 부정하기 어렵지만 문제를 해결하는 자세가 너무 안이하고 고식적이어서 대가들의 작품에서 발견할 수 있는 원대한 사고나 문제를 해결하려는 치열한 의식과 열정을 결여하고 있는 것도 부정할 수 없는 사실이다. 시인의 이러한 약점은 그가 현실에 적극적으로 개입하지 않는 한 극복되기 어려운 것으로 전망된다. 각 계파 소속의 구성원들이 다같이 어느 한 편에도 개입하지 않는다면 갈등은 표면화되지 않을 수 있지만 갈등이 없는 사회는 발전을 기대할 수 없다는 점도 아울러 기억할 필요가 있다. 갈등이 없는 그의 화합의 시는 자생력을 지니고 주어진 환경에 적응하면서 싱싱하게 자라나는 들꽃보다 환경이 적절하게 인위적으로 조종된 온실의 꽃에 더 가깝다.

그는 어느 의미에서 마치 그레암 그린의 『조용한 미국인』(The Quite American)이라는 작품의 화자인 토마스 파울러(Thomas Fowler)을 다분히 연상시킨다. 그는 프랑스의 점령 하에 있는 인도지나에 파견된 리포터로서 중립적인 태도를 취한다. 그의 중립적인 태도는 어느 의미에서 공정한 보도를 위한 조건이 될 수는 있지만 그것 외에도 그가 현실에 개입하지 않으려는 이유가 있었다. 즉 그는 아내와의 관계에서 서로에 대한 지나친 간섭이 상대방에게 상처를 준다는 것을 깨달았던 것이다. 그가 모든 일에 중립적인 태도를 취하는 것은 바로 이러한 경험과 연관된다. 히니는 어려서부터 할말이 있어도 함부로 말하지 않는 것을 미덕으로 알고 자라 왔다. 과묵을 미덕으로 알고 있는 사람들은 남의 일에 끼여드는 것을 싫어하는 공통점을 지니고 있다. 이러한 점에서 히니의 중립적인 태도는 오랜 관습의 유산으로 간주되어도 무방하리라 생각한다. 바로 이 점이 히니와 파울러의 차이점이다. 파울러는 소외된 삶의 방식에 익숙해 있지 않기 때문에 그러한 생활에서 오는 무료함이나 권태감은 참기 어려운 것이 된다. 따라서 그는 푸옹(Phuong)이라는 인도지나에서 만난 여인과의 부담 없는 관계와 그녀가 건네주는 아편과 같은 것으로 무료함과 권태감을 일시적으로 해소한다. 그러나 히니의 경우 그의 중립적인 태도는 관습적인 산물이어서 그는 파울러와 전혀 무료함이나 권태감 같은 것을 느끼지 않는 것으로 보인다. 그리고 그에게는 영문학이 있기 때문에 아편과 같은 별도의 자극이 필요 없는 것으로 보인다. 영문학은 그에게 모든 갈등을 스스로 정화할 수 있는 최상의 자아를 그에게 공급해 주는 원천이었을 것이다.

■■■■■■■■■■■■■■■■■■■■■■

인 용 문 헌

A. 하우저. 『문학과 예술의 사회-근세편』. 염무웅, 반성완 공역. 서울: 창
    작과 비평사, 1971.

Andrews, Almer. "Introduction." *Seamus Heaney: A Collection of Critical
    Essays.* Ed. Almer Andrews Hampshire: Macmillan, 1993. Abbreviated
    as *CCE.*

_____. "The Spirit's Protest." *CCE*: 208-32.

Bedford, William. "To Set the Darkness Echoing." *Seamus Heaney: Modern
    Critical View.* Ed. Harold Bloom. New York: Chelsea House. 1986.
    Abbreviated as *MCV.*

Bergonzi, Bernard. *Gerard Manley Hopkins.* New York: Macmillan Publishing
    Co., 1977.

Carson, Ciaran. "Escape from the Massacre?" *The Honest Ulsterman*, 50
    winter 1975: 183-6.

Dean, Seamus. "Seamus Heaney: The Timorous and the Bold." *Celtic
    Revivals.* London: Faber and Faber, 1985: 174-86.

_____. "Unhappy and at Home" *The Crane Bag*, 1, no. 1, 1977: 61-7.
    Abbreviated as *Interview.*

_____. "Talk with Seamus Heaney." *New York Times Review*, Vol.
    84, No. 48, 1979: 79-81. Abbreviated as *Review.*

Fennell, Desmond. *Whatever You Say, Say Nothing: Why Seamus Heaney is
    No.1.* Dublin: ELO Publications, 1991.

Forster, T. C. *Seamus Heaney.* Dublin: O'Brien Press, 1989.

Harmon, Maurice. "'We pine for ceremony': Ritual and Reality in the Poetry of Seamus Heaney." *CCE*: 67-85.

Heaney, Seamus. "Mother Ireland." *The Listener.* 7 December 1972: 792.

_____. *Preoccupations: Selected Prose 1968-1978.* London: Faber and Faber, 1980. Abbreviated as *P*.

_____. *Selected Poems 1965-1975.* London: Faber and Faber, 1980. Abbreviated as *S*.

_____. *Field Work.* London: Faber and Faber, 1979. Abbreviated as *FW*.

Joyce, James. *Portrait of the Artist as a Young Man.* St Albans: Granada, 1977.

Hughes, Ted. *Poetry in the Making.* London: Faber and Faber, 1967.

Lloyd, David. "'Pap for the dispossessed': Seamus Heaney and the Poetics of Identity." *CCE*: 87-113.

Morrison, Black. *Seamus Heaney.* London: Methuen, 1982.

Parker, Michael, *Seamus Heaney: The Making of the Poet.* London: Macmillan, 1994.

Simmon, James. "The Trouble with Seamus." *CCE*: 39-65.

Welch, Robert. "'A rich young man leaving everything he had: Poetic Freedom in Seamus Heaney." *CCE*: 67-85.

제 2 부
산문과 소설

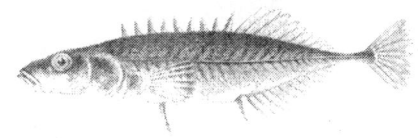

제 1 장 ■■■■■■■■■■■■■■■■■■■■
문학 강독의 실용성 - 『주홍글자』
Nathaniel Hawthorne

I. 들어가는 말

작품에 대한 현대 비평적인 연구에 대해서 느끼는 것은 작품과의 거리감이다. 이러한 느낌은 비평이 현대에서는 또 하나의 창작이라는, 널리 퍼져있는 통념과 무관하지 않을 것이다. 신비평가들이 작품 이해의 전제조건으로 내세웠던 "꼼꼼하게 읽기"는 이제 더 이상 의미가 없는 것처럼 보인다. 이제 그러한 읽기는 작품이 아닌 비평으로 옮겨간 것처럼 보인다. 여기서 새삼스럽게 현대비평의 문제점을 논의하려는 것이 아니라 점점 더 심화되어 가는 듯한, 학자들의 연구추세와 학생들 사이의 괴리감을 환기하고 싶을 따름이다. 외국문학을 전공하는 학생들의 경우 해당 언어에 대한 이해가 서툴기 때문에 작품을 이해하기 위해서는 전문연구가들의 연구서를 참고할 수밖에 없는데 고도의 아카데미즘을 추구하는 오늘날의 영문학자들의 글은 이해를 돕기보다는 오히려 혼란을 주기 쉬울 것이라는 것이 필자의 생각이다. 가령 영문학의 입문자들에게는 무엇보다도 문맥의 흐름을 정확히 집어내는 훈련이 필요하다. 그렇다면 작

품에 대한 연구서는 이러한 학생들의 필요성에 부응하는 것이어야 마땅
하다. 요즈음의 영문과 학생들 가운데는 영문학을 학문적으로 연구하는
사람은 극소수인 반면 취업을 위한 실용영어를 배우는 것으로 만족하는
학생들이 대부분이다. 실용주의를 표방하는 학생들에게 친근하게 다가갈
수 있는 비평은, 그것이 어떤 형태의 비평이든, 꼼꼼한 독서에 의존하는
것이라고 볼 수 있다.

　영문학을 전공하는 학생들의 대부분은 영어를 배우기 위하여 소설 강
좌를 듣는다. 그들이 원하는 것은 글자 그대로 영어 공부이다. 그런데 소
설 강독은 그들이 생각하는 영어 공부가 아니다. 그들이 원하는 것은 토
플식의 단순한 반복적인 학습에 의하여 이루어지는 것을 뜻한다. 독서량
도 현격히 부족하고 시청각 매체에 길들어져 있어 상상력도 크게 저하되
어 있는 요즘의 학생들에게 있어 소설은 읽고 즐길 수 있는 대상이 아니
라 뜨거운 감자에 지나지 않는다. 많은 수강생들은 시간이 흐를수록 소
설에 흥미를 잃고 수강 신청을 잘못했다는 자괴감에 빠지는 학생들이 생
겨난다. 어떤 학생들의 경우 소설은 여우의 신포도가 되어 그들이 원하
는 영어 공부에 전혀 도움을 주지 못하는 천덕꾸러기가 되거나 그들의
구미에 맞지 않은 것으로 딱지를 맞기도 한다. 소설 강독은 시사 영어
강독과 같을 수 없다. 시사 영어 강독은 사전적인 의미만으로 이해가 가
능하기 때문에 사고능력을 결핍하고 있는 학생들에게는 안성맞춤의 영
어 공부가 된다. 이처럼 영문과에 입학한 학생들이 시사 영어나 회화 수
준의 영어 공부를 하고 졸업한다는 것은 생각만 해도 끔찍한 일이다. 그
러한 교육은 사설 학원을 통해서도 얼마든지 이루어질 수 있기 때문에
그러한 식의 공부를 위해서 대학에 다닌다는 것은 엄청난 시간과 금전의
낭비가 아닐 수 없기 때문이다. 영문과에 입학해서 도구 과목에 주력하
는 실속파 학생들은 단지 토플이나 토익의 높은 점수만으로 좋은 회사에
취직이 되어서 나가지만 그들의 사고 수준은 대학 입학 당시의 수준에
머물러 있는 경우가 허다하다. 그들은 고등학교 대부터 단순한 암기 위

주의 교육을 받아 왔기 때문에 그들의 사고 능력을 배양할 기회를 얻지 못한 것이다.

　대학을 제대로 다닌 학생인지 아닌지는 해당 전공 과목에 대한 지식보다는 사고하고 판단할 수 있는 능력의 유무에 달려 있다고 말해도 지나친 말이 아닐 것이다. 따라서 문학 교육은 당연히 이러한 방향으로 이루어져야 한다는 것이 필자의 생각이다. 흔히 문학 교육은 정서 교육의 일환으로 인식되고 있는 것이 일반적인 경향이지만 그것은 근본적으로 사고능력이 전제되지 않고서는 이루어질 수 없는 것이다. 문학의 정서적인 기능을 살리기 위해서는 그러므로 작품의 행간의 의미를 짚어내는 능력부터 배양하는 것이 우선적으로 요구된다. 문학이 인간의 상호 관계와 인간의 행동에 깊이 관여하고 있다는 점을 고려한다면 심리학적인 통찰력을 바탕에 깔고 있는 호손의 『주홍글자』는 학생들의 삶에 대한 성찰에 깊이를 더해줄 수 있는 매우 유용한 도구가 될 수 있다. 더욱이 이 텍스트는 언어의 구조가 흔히 겉으로 드러난 의미와 속뜻이 다른 경우가 많아 문맥의 흐름을 제대로 파악하지 못하면 엉뚱한 해석으로 치달을 수 있다는 점에서 학생들의 피상적인 사고와 의식을 심화하는데 더 없이 훌륭한 교재가 될 수 있다고 생각된다.

　이 글에서 꼼꼼하게 읽어보려는 『주홍글자』는 낭만주의 시처럼 이미지와 상징이 장면과 인물에 유기적으로 연관되어 있어 신비평가들의 구미에 딱 들어맞는 텍스트에 속한다. 아마도 이 작품이 고전으로서의 명성의 고지를 확보하게 된 데에는 그들의 지원사격이 주효했던 것으로 볼 수 있다. 이 작품의 위대성을 입증하는 글들이 대부분 신비평가들의 평가기준에 의존하고 있는 점만 보아도 이 점은 분명해진다. 특히 이 작품을 언급할 때 단골로 들어지는 단어들은 다양성과 애매성이다. 이 단어들을 화두로 삼고 있는 논의들은 주로 헤스터의 주홍글자와 칠링워스의 가슴 표식에 대한 다양한 관점에 주된 관심을 기울이고 있으나 사실 이러한 다양한 시각은 어디까지나 자신의 원리나 믿음을 유일한 것으로 제시하는 청교도들의 편협한 시각을 부각시키기 위한 미학적 장치에 지나지 않는다. 우리가 호손의 다양성을 논할 때의 그것은 선과 악, 사랑과 증오와 같은 대립적인 것을 포용하는 정신적인 태도를 두고 말하는 것임은 말할 것 없다. 그런데 한국의 독자가 주로 관심을 갖고 있는 것은 기교로서의 다양성과 애매성에 그치고 있어 아쉬움을 느끼게 한다(박익두 174-203). 다양성과 애매성이 의미를 설득력 있게 드러내는 수단에 불과한 것이라면 그것이 그 자체로서 가치를 지니는 것이 아님은 자명하다. "서사구조를 불확정적으로 모호하게 열어놓고 계속해서 독자를 끌어들임으로써 비평의 지평을 확대하여 이 소설을 불후의 명작으로 남겨놓았다"(김지원 153-54)는 한국의 한 독자의 말에 얼른 공감이 가지 않는 것도 이러한 점에서이다. 이 독자의 말은 자칫 작품의 서사를 불확실하게 만들면 자동적으로 불후의 명작이 될 수 있다는 오해를 사기 쉽다. 다양성과 애매성이 가치를 지니기 위해서는 고도의 예술적인 창조성이 요구됨은 말할 것 없다. 그러나 작품의 모호한 구조가 독자의 창조적인 참여를 유도하고 있다는 점에서는 이의가 있을 수 없다.

신비평가들은 남성중심적인 사고의 소유자들로서 이 작품에 대한 연구는 대체로 딤즈데일을 중심으로 이루어지는데 반하여 현대비평에 영향을 받고 있는 연구들은 그것들의 관심의 축을 딤즈데일에서 헤스터로 옮겨가고 있음을 발견할 수 있다. 특히 페미니스트 비평가들은 헤스터를 이 작품의 주인공으로 내세우는데 주저하지 않는다. 한국의 한 여성 연구자는 이 작품에 제시되어 있는 헤스터의 변모과정을 추적함으로써 화자의 남성중심적인 사고를 적발하고 있다(원유경 24-42). 여기서 저자는 헤스터의 여성 해방의 메시지가 화자의 "가부장적인 가치관에 의하여 교묘하게 왜곡되어 오히려 여성은 딸/아내/어머니로서의 여성 본연의 역할을 따름으로써 구원된다는 가부장적 가치관으로 되돌아가고 있다"고 말한다(원유경 28). 그러나 우리는 헤스터를 사회적인 억압에도 불구하고 개별성을 사수하는 수호자로 제시하는 니나 베임의 지적에 귀를 기울일 필요가 있다(Baym 60). 헤스터는 원한다면 언제든지 보스턴을 떠날 수 있다는 사실을 우리는 간과해서는 안된다. 그녀가 보스턴에 남기로 작정한 것은 어디까지나 딤즈데일에 대한 사랑 때문이므로 결코 가부장적인 제도에 대한 승인을 뜻하는 것으로 볼 수 없다. 그리고 그녀는 결코 모반자나 혁명가가 아니다. 그녀가 원하는 것은 사랑이지 사회 개혁이 아니다. 그럼에도 적지 않은 독자들이 그녀를 모반자로 규정하고 있다. 이러한 독자들의 시각은 남성과 여성의 불평등한 사회구조에 대한 그녀의 불만과 밀접하게 관련되어 있는 것처럼 보이는데 그녀의 불만은 처음부터 사고의 영역에 머물러 있는 것에 불과한 것이었다. 그녀의 그러한 생각만으로 그녀를 모반자로 규정한다면 모반자가 아닌 사람은 거의 없을 것이다. 모범적인 행동을 하는 사람들이라고 해서 생각도 반드시 모범적인 것은 아니기 때문이다. 우리는 이러한 점에서 호손이 그의 여주인공에서 인정하는 것은 그녀의 모반적인 성향이 아니라 그러한 모반성을 극복하고 가정적인 여성의 특질을 습득하는 것이라고 말하는 벨의 견해에 주목할 필요가 있다(Bell 89-90). 헤스터의 모반적인 사고는 어디까지나 소박한 가정의 단란한 행복에 대한 그녀의 꿈의 좌절에서 비롯되는 것이다. 그러므로 그녀의 모반적인 사고는 처음부터 그녀에게는 극복의 대상이었다고 보아야 할 것이다. 이러한 점에서 작가의 이데올로기에 의하여 헤스터가 모반자의 위치에서 가정적인 여인으로 귀착한 것으로 보는 견해는 재고의 여지가 있는 것으로 보인다. 이러한 논지대로 헤스터의 절실한 문제가 여성 해방이라면 그녀는 진작에 보스턴을 떠났어야 마땅하다고 본다.

한편 이 작품을 신역사주의적인 관점에서 검토하는 버코비치는 헤스터가 달고 있는 A자의 상징적인 의미에 주목한다. 그는 헤스터의 변모과정을 통해서 A자의 정치적 임무는 모반자를 개인과 사회를 매개하는 인물로 만드는 것이며 그것의 도덕적인 의무는 하나의 진리만을 고집하는 태도에서 가능한 한 많은 진리들을 포용하는 비전으로 이끄는 것이라고 말한다(Bercovitch 13). 이러한 견해는 헤스터의 행동을 토대로 한 것이 분명한데 그녀가 개인과 사회를 연결하는 고리가 되고 있다는 생각은 얼른 납득이 가지 않는다. 청교도 사회는 근본적으로 개인과 사회가 유리되어 있다기보다는 단일한 믿음으로 결속된 단체가 아닌가? 잡다한 문제를 가지고 헤스터를 찾아오는 사람들을 사회로부터 소외된 존재들로 본다는 것은 너무 단순한 시각이 아닐 수 없다. 그리고 헤스터가 보스턴에 다시 돌아온 것이 그녀 자신의 신념의 변화와 관련되어 있다는 주장 또한 공감하기 어려운 부분이다. 그녀가 다시 돌아온 것은 사고의 변화에 의해서가 아니라 화자가 말하고 있는 대로 보스턴에 뿌리 박고 그곳의 정신적, 물리적인 풍토를 동화함으로써 다른 고장에서의 삶은 "오래 전에 벗어 놓은 옷"(107)처럼 낯설기 때문이라고 보는 것이 타당할 것으로 보인다. 그것은 또한 일단 죄를 지으면 그것의 영향으로부터 벗어나기 힘들다는 작가의 사고를 반영하는 것으로 역사적 논리로서는 근본적으로 이해하기 어려운 것으로 보인다. 그녀가 보스턴으로 다시 돌아와 A자를 자신의 의지로 다는 것은 사회와의 화합을 뜻하는 것이라기 보다는 자신의 죄에 대한 진정한 뉘우침의 표현으로 보는 것이 더 타당할 것으로 보인다. 이러한 점에서 그녀의 화해의 대상은 사회가 아니라 그녀 자신이 되어야 마땅하다고 생각된다.

이처럼 현대 비평 방법에 의한 읽기는 해당 비평 이론에 대한 지식을 텍스트에 강요하는 수가 많다. 심리학적인 이론에 바탕을 두고 있는 읽기도 이러한 유혹에서 자유롭지 않다. 이 작품에 대한 심리학적인 고찰 가운데서 크루스의 것만큼 예리한 통찰력을 보여 주는 글은(Crews 581-91) 찾아보기 힘들다. 그의 글이 이 작품에 대한 비평 모음집에 거의 수록되어 있는 것만 보더라도 그것의 중요성을 짐작하기 어렵지 않다. 그러나 이 글은 성적 욕망만을 주요 주제로 다루고 있어 그 밖의 다른 요소 즉 개인적인 야심과 자존심과 같은 요소들이 등장 인물들의 심리에 미치는 영향에 대해서는 별로 관심을 보이고 있지 않다. 그리고 그의 연구에서는 딤즈데일을 제외한 다른 인물들이 대단히 피상적으로 다루어지고 있는 점도 지적되어야 할 사항이다. 대체로 이 글은 작품의 이해보다는 프로이드 심리학의 이론을 입증하는 자료로서 이 작품을 이용하고 있다는 느낌이 지배적이다. 이러한 느낌은 그의 논지가 작품의 내용에 충실하고 있지 않기 때문에 생기는 것으로 보인다. 이러한 점은 특정한 심리학을 바탕으로 작품을 이해하는 글들의 공통적인 문제점임에 틀림없다.

이 글 또한 심리학적인 읽기에 의존하고 있는데 이것은 작가가 등장인물들의 심리분석에 주된 관심을 보이고 있어 불가피한 것으로 생각된다. 여기서의 심리학적인 읽기는 작품을 이해하기 위한 방편이지 그것이 목적은 아니다. 언어에 대한 감각이 아무리 뛰어나더라도 심리학적인 지식이 전혀 없는 독자라면 작품을 제대로 이해하기 어렵다. 그렇다고 전문적인 이론이 필요한 것은 아니다. 상식에 가까운 지식만으로 충분하다. 심리학적인 용어 가운데 전치(displacement)라는 말이 있는데 그것은 이 작품에 등장하는 주요인물들의 심리를 이해하는데 길잡이로서 매우 유용한 것으로 생각된다. "좌절된 욕망은 억압되지 않고 전치될 수 있다"는 것은 심리학적인 상식에 속한다(Adcock 254). 예를 들면 부모의 부정적인 태도 때문에 아이들의 욕구는 수없이 좌절을 경험하게 되고 분노를 느끼게 되는데 그 분노는 억압되면서 동시에 그들의 무의식을 통하여 여전히 작용할 수 있다는 것이다. 따라서 전쟁에서 적에게 느끼는 증오심은 바로 이러한 종류의 전치로 간주될 수 있다는 것이 이 이론의 요지이다.

특히 이 텍스트에서는 화자가 제시하는 암시들을 통하여 등장인물들의 성격을 제대로 파악하는 것이 무엇보다 중요하다. 여기저기 널려 있는 암시들은 대부분 심리학적인 것들이어서 등장인물들을 심층적으로 이해할 수 있는 계기를 독자들에게 제공한다. 단편적인 지식들의 집적은 그 자체들로서 가치를 지니지 못한다. 그것들을 체계적으로 이해할 수 있는 독자적인 안목이 없다면 그것들은 무가치한 것들이 될 수밖에 없

다. 특히 이 작품에서의 등장인물들의 성격을 파악하는 일은 적어도 단
편적인 정보들을 체계적으로 이해하는 것의 중요성을 독자들에게 일깨
울 수 있다는 점에서 매우 의미 있는 작업이라고 생각된다. 이 작품에서
는 등장 인물들의 성격을 파악하는 일이 곧 작품을 이해하는 방법이 된
다고 말할 수 있다. 한 인물에 대한 정보는 그의 사적인 생활과 공적인
생활 전반에서 이루어지고 있어 그에 대한 이해는 작품의 결말에서나 완
성된다. 앞서 주어진 정보들과 뒤늦게 주어지는 정보들을 유기적으로 연
결시켜 이해하려는 지속적인 노력이 없이는 어떤 인물도 제대로 파악될
수 없다는 것이 필자의 생각이다. 여기서는 딤즈데일(Dimmesdale)과 헤
스터(Hester) 그리고 칠링워스(Chilling worth)가 분석의 대상이 된다.

Ⅱ. 딤즈데일

  딤즈데일은 젊은 나이에 자신의 지식을 전파하려는 야심을 가지고 미
국에 건너온 사람이다. 그의 종교에 대한 관심은 거의 열정에 가까운 것
으로 보인다. 그가 결혼해서는 안된다는 금지 조항도 없는데도 굳이 독
신을 고집하는 것만 보아도 그의 종교에 대한 열정을 충분히 읽을 수 있
다. 그의 종교에 대한 열정은 어느 의미에서 그 자신의 성적 에너지에
대한 두려움과 관련되는 것으로 보인다. 즉 그는 그 자신의 성적 에너지
를 억압하기 위하여 종교에 몰두하고 있다고 볼 수도 있는데 이점은 다
음과 같은 화자의 언급을 통해서 충분히 짐작할 수 있다.

    그는 웅변과 종교적인 열정에 의하여 종교계에서 이미 두각을
  나타내고 있었다. 그는 하얀 훤칠한 이마와 커다란 갈색의 슬픈 듯
  한 눈을 지닌 수려한 얼굴을 지니고 있었다. 그의 입은 굳게 다물
  려고 할 때를 제외하고는 항상 떨리곤 했는데 그것은 그의 신경질

적인 감각과 엄청난 자제력을 나타내 주었다.(92)

우리는 여기서 그가 젊은 나이에 일찍 두각을 나타내게 된 것이 전적으로 그의 엄청난 자제력에 힘입고 있는 것임을 알 수 있다. 그의 신경질적인 감각은 어느 의미에서 억압된 성에서 비롯된 것으로도 볼 수 있다. 그의 슬픈 눈은 인간 존재의 길을 잃고 방황하고 있음을 나타내는 것으로서(92) 종교에 대한 회의 내지는 그것으로부터 과도한 중압감을 느끼고 있음을 시사한다. 그가 마음의 평화를 느끼는 것은 자기만의 세계에 있을 때 만이다. 그는 자신의 일이 허락하는 한 그늘진 숲길을 산책하면서 "순박하고 어린애처럼 천진한 마음"을 유지함으로써 "그윽한 향기와 이슬처럼 맑은 사상"을 지닐 수 있었기 때문에 "천사와 같은 말로써 많은 사람들을 감동시킬 수 있었다"(같은 면)는 화자의 말은 그의 종교에 대한 열정이 육체적인 욕망의 과도한 억압에서 비롯된 것임을 시사하는 상징적인 진술로 보인다. 이 말은 곧 사람들을 감동시키는 그의 설교가 어린이와 같은 천진한 마음을 유지함으로써, 다시 말하면 육체적인 욕망을 초월함으로써 얻은 맑은 사상에 의하여 가능한 것임을 시사하는 것일 수 있다는 것이다.

딤즈데일의 억압된 심리에 대한 크루스의 관점은 매우 깊은 통찰력을 담고 있지만 다른 한편으로는 논리적 비약이 심하다는 비난을 면키 어려운 것으로 보인다. 크루스의 견해에 따르면 딤즈데일이 7년 동안 속죄를 했지만 아무런 보답이 없었던 것은 그의 자아를 뚫고 들어오는 동물적인 욕망 때문이다. 딤즈데일은 단식과 밤샘 그리고 신체학대를 통하여 자신의 육체를 처벌한다는 조건으로 그 욕망과 타협함으로써 진정한 참회에 이르지 못하고 있다는 것이 크루스의 판단이다(584). 그러나 딤즈데일의 자기학대는 성적 충동보다는 그 자신에 대한 증오심과 연관되는 것으로 생각된다. 그는 자신의 죄를 고백하기는커녕 자신의 죄에 따른 고통이 오히려 자신에 대한 신자들의 존경심을 높여 준다는 것을 알고 그것을 악용하는 그 자신의 뻔뻔스러운 자기기만에 혐오감을 느낀 것이다. 그는 누구보다도 진리를 사랑하고 거짓을 증오하는 사람이기 때문에(181) 그러한 느낌은 극심한 것으로 추정된다. 그의 자기기만은 분명히 자신의 정신적인 태도와 관련되는 것임에도 그가 자신의 육체를 학대하는 것으로 만족하는 것은 단적으로 육체에 대한 그의 증오심을 반영하는 것으로 볼 수 있다. 화자는 그의 단식이나 밤샘기도 그리고 신체 학대 등을 그러한 자기기만에서 벗어나지 못하는 자신에 대한 증오심의 표현으로 보고 있지만 더 정확하게 말하면 그의 증오심은 죄를 야기한 그의 육체를 겨냥하고 있다고 보는 것이 보다 적절한 판단일 것이다. 크루스는 헤스터의 불륜이 공론화된 후에도 딤즈데일이 지속적으로 성적 욕구를 느끼는 것으로 보고 있으나 헤스터와 불륜의 관계를 맺고 난 후 엄청난 죄책감에 시달리고 있는 그의 입장으로 미루어 볼 때 그러한 시각은 공감하기 어려운 것으로 보인다. 크루스의 이러한 판단의 실마리가 되고 있는 것은 "무너진 성벽"이라는 메타포이다.

> 죄악이 인간의 영혼 속에다 파놓은 틈새는 인간인 한 메워지지 않으리라는 엄숙하고도 슬픈 진리를 우리는 마땅히 밝혀야 한다. 인간의 영혼은 적이 침입하지 못하도록 단단히 문단속을 할지 모르지만 다음 번 공격 때는 그가 이전에 성공했던 길이 아닌 다른 길을 선택할 수도 있다. 그러나 거기에는 여전히 무너진 성벽이 있고 그 근처에는 또다시 승리를 쟁취하게 될 적의 은밀한 발자국이 나 있다.(248)

크루스는 여기서 제시되어 있는 적을 두 가지로 보고 있는데 딤즈데일의 도덕적인 적으로서 금지된 욕망을, 그의 심리학적인 적으로서는 죄책감을 들고 있다. 그러나 이 양자 사이에는 실제적인 차이가 없다는 것이 그의 관점이다(582). 딤즈데일의 경우 욕망의 용인은 곧 죄책감을 야기하는 원인이 되기 때문에 이러한 관점은 매우 설득력이 있는 것처럼

보인다. 위의 인용문만을 놓고 볼 때도 이러한 관점은 충분히 받아들일
만하다. 그러나 이러한 관점은 크루스의 과도한 읽어 넣기에 해당되는
것으로 보인다. 인용문의 정확한 의미는 그 부분이 어떤 문맥 속에 위치
해 있는지를 이해하지 않고서는 제대로 밝혀질 수 없다. 위의 인용문은
딤즈데일이 헤스터와의 간통으로 고통을 겪고 있으면서 또다시 헤스터
와 함께 보스턴을 떠날 결심을 하고 있는 단계에서 나온 것이다. 우리가
이 점에 주목한다면 인용문에서 언급되어 있는 적은 금지된 욕망이나 죄
책감이 아니라 죄 그 자체를 뜻하는 것에 더 가깝다는 것을 알 수 있다.
이 점은 한 번 저지른 죄는 언제나 또다시 되풀이 될 수 있다는 작가의
기본입장을 고려한다면 보다 분명한 것이 된다. 우리는 이러한 점에서
딤즈데일은 헤스터와 불륜의 관계를 맺은 후 그의 감정과 사고를 철저하
게 검색하고 헤스터는 그녀대로 열정을 억압하기 위하여 노력하지만 그
들은 또다시 전과 똑같은 죄악에 빠져들고 있음에 주목할 필요가 있다.
적을 욕망의 메타포로 보는 크루스의 관점은 작품을 프로이드의 심리학
에 짜 맞추어 이해하고 있다는 비난을 면하기 어렵다.

　딤즈데일을 최악의 상태로 몰아 간 것은 말할 것 없이 그의 투철한 양
심이지만 그것 못지 않게 부정적인 영향을 미치는 것은 바로 그의 야심
이다. 그는 존슨이 지적하고 있듯이 사랑보다 야심을 위해서 모든 것을
희생한 사람에 속한다. 그녀의 지적에 따르면 딤즈데일은 청교도 사회에
서 존경받는 목사가 되고 싶은 욕망 때문에 이기적인 존재가 되어 버린
것이다(Johnson 134). 그가 젊은 나이에 청교도 사회에서 신망을 얻은 것
은 그러한 야심을 고려하지 않고서는 이해하기 어려운 것임에 틀림없다.
우리는 이와 관련하여 19장에서의 헤스터와 딤즈데일의 대화의 한 토막
에 귀를 기울일 필요가 있다. 헤스터가 펄의 이마를 보고 "저 애의 이마
가 누구의 이마인지 전 알고 있어요"라고 말하자, 딤즈데일은 펄이 자신
을 닮아서 세상 사람들이 눈치를 챌 것 같아 두렵다고 말한다(254). 우리
는 이 대화를 통해서 그가 자식에 대한 사랑보다 자신의 명예를 더 소중

히 하는 이기적인 사람임을 알 수 있다. 그의 헤스터와의 불륜의 관계도 그녀에 대한 사랑 때문이 아니라 단지 자신의 성적 욕망에 대한 통제력을 상실한 데서 야기된 것임을 우리는 알아야 한다. 그는 단적으로 다른 사람을 사랑하기에는 너무나 이기적인 사람이다. 그가 자신의 죄를 고백하지 못하고 그 자신의 육체를 학대하게 된 데에는 출세하고 싶은 그의 야심이 깊이 개입되어 있음은 말할 것 없다.

그런데 이러한 그의 야심은 사명감으로 위장 반입되어 있어 쉽게 파악되지 않는다. 그의 위장된 야심은 칠링워스에게 말한 그의 다음과 같은 말을 통하여 충분히 짐작될 수 있다. 그는 칠링워스에게 "간혹 죄를 고백하지 못하는 사람들이 있는데 그것은 그들이 일단 고백한 후에는 어떤 선도 베풀 수 없기 때문이다"라고 말한다(167). 이러한 그의 말은 그의 입장에 비추어 보면 목사의 임무를 계속 수행하기 위하여 자신의 죄를 고백하지 못하고 있다는 이야기가 된다. 그러나 우리는 이 말 속에 모든 인류를 감동시킬 수 있는 "불의 혀"(178)의 명성을 얻으려는 그의 야심이 교묘하게 숨겨져 있음을 놓쳐서는 안된다. 그의 설교는 목사로서의 존재 이유이며 동시에 그의 고통에 대한 유일한 보상이기도 하다. 그의 고통이 그의 설교를 더욱더 감동적인 것으로 만드는 것은 그가 고통을 통해서 수많은 죄인들과 교감할 수 있기 때문이다. 그러나 그가 설교를 통하여 얻는 신도들의 존경심은 오직 죄책감만을 가중시킬 뿐이다. 그는 한낱 죄인이요 명예에 대한 집착 때문에 고백하지 못하는 고통을 자기 학대를 통하여 무마하려는 위선자가 아닌가. 그는 그러한 자신의 자기기만에 대하여 말할 수 없는 고통을 겪지만 자신의 진실을 밝히는 데까지는 나가지 못한다. 그가 7년 동안 속죄를 했어도 아무런 보람이 없는 것은 설교와 자기학대를 통하여 자신의 고통과 제휴했기 때문으로 생각된다.

그가 헤스터와 구라파로 떠나기로 약속함으로써 죄를 야기한 열정에 다시 사로잡히게 되는 것도 이처럼 진정한 참회에 도달하지 못했다는 점과 연관된다. 그가 숲 속에서 헤스터와 만나고 돌아오는 도중에 일어나는 내면의식의 변화는 그러한 그의 열정을 반영한다. 그는 전에 없이 의도적으로 혹은 무의식적으로 어떤 이상하고 난폭하고 사악한 행동을 하고 싶은 충동을 느낀다(267). 그는 읍내로 돌아오는 도중에 만난 그의 교구의 나이 많은 집사에게 만찬에 관한 이설을 이야기하고 싶은 충동을 느끼는가 하면 신앙심이 깊고 모범적인 부인을 만났을 때는 인간의 영혼 불멸에 반대되는 이야기를 하고 싶어하고 새로 갓 들어온 젊은 여신도를 만났을 때는 아는 체를 하지 않고 그냥 그녀의 곁을 지나치기도 한다. 이러한 그의 충동은 청교도에 대해서 적대감을 지니고 있는 헤스터의 반항적인 열정을 그대로 반영하는 것처럼 보인다.

이것은 곧 그가 느끼는 열정이 전적으로 헤스터로부터 공급되는 것임을 암시하는 것으로 보인다. 물론 이 열정 속에는 불의 혀의 명예를 얻으려는 욕망이 자리하고 있는 것으로 보이는데 그것은 그의 흥분된 에너지의 상당 부분이 그가 보스톤을 떠나기 전에 목사로서의 최고의 명예인 총독 취임 설교를 할 수 있다는 사실에서 연유하는 것으로 보이기 때문이다. 이점은 그가 그 사실을 알자마자 갑작스러운 힘이 샘솟아 험난한 산길을 빠른 걸음으로 내닫는 모습을 통하여 짐작될 수 있다. 그러나 설교를 위한 원고를 작성할 때의 그의 모습이 날개 돋친 말을 타고 달리는 것에 비유되어 있음은(276) 그의 성적인 에너지가 글쓰기 내지는 설교를 통하여 발산되고 있음을 암시하는 것으로 보인다. 이러한 점에서 그의 마지막 설교에 대한 화자의 다음과 같은 표현은 그것이 목사로서의 최고의 명예를 거머쥐고 싶은 욕망과 헤스터에 의하여 일깨워진 그의 성적 에너지의 합작품임을 시사하는 것으로 볼 수 있다.

그는 발작적으로 목사복의 폭넓은 타이를 앞가슴에서 떼어냈다. 이윽고 표적이 나타났다. 그것을 여기서 묘사한다는 것은 불경스러운 일이다. 그 순간 공포에 질린 군중들의 시선은 끔찍한 기적으로

쏠렸다. 그 동안 목사는 극심한 고통의 절정에서 승리를 쟁취한 사
람처럼 그의 얼굴에는 득의만면한 홍조를 띠고 있었다. 그러더니
그는 이내 교수대 위에 힘없이 쓰러졌다.(310)

극심한 고통의 절정에서 승리감에 도취해 있다가 쓰러지는 그의 모습
은 마치 혼신의 힘을 기울여 상대방을 때려눕힌 뒤 자신도 기진해서 쓰
러진 권투선수를 다분히 상기시키는 동시에 그것은 또한 마치 성적인 쾌
감의 절정에서 사정을 끝낸 사람의 그것을 다분히 연상시키기도 한다.
그러나 그의 설교와 고백은 억압된 욕망을 배설하는 수음에 지나지 않는
것으로 보인다. 그의 설교와 고백이 다분히 자기 도취 상태에서 이루어
지고 있다는 점에서 그러하다. 많은 독자들은 그의 고백과 계시를 그의
구원으로 생각하고 있으나 그것은 마치 수음에 의하여 그의 욕망이 극복
되었다고 말하는 것과 다름없다. 따라서 그의 성적인 에너지가 열정적인
설교로 승화되어 영원히 추방되었다는 크루스의 지적은(Crews 587) 논란
의 여지가 있다고 본다. 그의 지적대로 그의 성적인 에너지가 승화되었
다면 그는 이기적인 욕망으로부터 벗어나야 마땅한데 그의 설교의 내용
은 그가 아직도 그 자신의 아집에서 벗어나지 못하고 있음을 보여주고
있다. 그의 계시에서 칠링워스가, 신이 그를 구원하기 위하여 보낸 지옥
의 사자로 인식되고 있다든지 영생의 삶을 함께 보낼 수 있는지를 묻는
헤스터의 질문에 대해서 자신만이 구원되었으므로 자신과 그녀는 영원
히 만날 수 없다고 자랑스럽게 말하는 그의 태도는(312) 아직도 자기중
심적인 태도로부터 벗어나지 못하고 있는 그 자신의 입장을 단적으로 나
타내 준다. 그는 헤스터도 주홍글자를 가슴에 달고 다니면서 엄청난 고
통을 겪고 있는데도 불구하고 자신만이 구원을 받았다고 자랑한다. 그는
구원을 받지 못한 헤스터에 대해서는 전혀 관심을 두지 않은 채 자신만
을 구원해준 신을 자비롭다고 말한다. 이러한 그의 시각은 한 밤중에 헤
스터와 펄과 함께 서 있을 때 마침 떨어지는 유성이 자기 이름을 표시했

다고 보는 것과 무엇이 다른가. 그는 육체적인 욕망을 억압함으로써 존경받는 목사가 되기를 원했지만 결국 그는 억압의 대상으로만 생각했던 육체적인 욕망에 의하여 발목을 잡힌 셈이다. 그는 결국 육체적인 욕망에 굴복하고 그것에서 비롯된 죄의식은 그를 죽음으로 몰아간 동시에 자기 구원의 문제에 병적일 정도로 집착하게 만들었던 것이다.

Ⅲ. 헤스터

이처럼 딤즈데일의 성격은 화자의 명시적인 진술보다는 행간의 의미에 의하여 구성된다. 화자의 진술 가운데 어느 것도 명확한 것은 없다. 따라서 독자들은 화자의 암시적인 표현들을 상호 연관시켜 의미를 고정시키지 않으면 안된다. 이러한 의미화의 작업은 체계적인 사고력의 뒷받침이 없이는 불가능하다. 이러한 사고 능력을 결여하고 있는 독자들은 결코 딤즈데일의 위선과 가식을 꿰뚫어 볼 수 없다. 그들은 그의 웅변에 도취되어 있는 마을 사람들처럼 드러나 있는 모습만을 볼 수 있을 뿐이다. 거짓과 진실을 파악할 수 있는 능력이 삶을 살아가는데 절대적으로 필요한 것이라면 체계적인 사고 능력을 함양하는 독서야말로 현실적인 가치를 지니는 것임에 틀림없다.

마을 사람처럼 겉으로 드러나 있는 것밖에 볼 수 없는 사람들에게 비친 헤스터의 모습은 천사나 여성운동가의 이미지이다. 적지 않은 독자들은 이러한 상반된 이미지들을 어떻게 이해해야 할지 난감해 하기 쉽다. 그러나 우리가 좀더 문맥을 중시하고 표현 하나 하나를 꼼꼼하게 따져 나가면 그러한 이미지들이 사실과 다르다는 것을 알게 된다.

그녀는 딤즈데일과의 사랑을 죄악이라고 생각하지도 않고 딤즈데일처럼 영혼과 육체를 구분하여 죄악의 원인을 후자에 떠넘기지도 않는다. 그녀는 딤즈데일과 마찬가지로 열정을 지니고 있지만 성격적인 차이에 의하여 그것이 발산되는 방향에 차이를 보인다. 딤즈데일은 성격이 내향적이고 감정의 억압을 강조하는 청교도 목사이므로 그의 열정이 내부로 집중되어 육체에 대한 학대로 이어지는 반면 헤스터의 성격은 외향적이어서 그녀의 열정은 외부세계로 발산되는 현상을 보인다. 그러나 이러한 그녀의 에너지는 근본적으로 증오심에서 연유하는 것이어서 외부로 향한 그녀의 증오심은 필연적으로 그녀 자신을 파괴하는 쪽으로 작용하지 않을 수 없다.

그녀의 열정은 그녀의 사랑을 가로막는 것에 대한 증오심에 의하여 이미 왜곡된 형태로 분출된다. 이러한 그녀의 열정은 그녀가 맨 처음 교수대 위에서 묵묵히 자신을 응시하는 군중들에 대한 그의 반응을 통해서 적나라하게 드러난다.

> 그녀 자신의 천성은 격정적이고 열정적이어서 모질게 마음을 가다듬고 군중들의 갖은 모욕을 달게 받아들일 준비가 되어 있었다. 군중들의 엄숙한 기분은 그보다도 더욱 무서운 무엇을 풍기고 있었으므로 그 엄숙한 얼굴들이 차라리 자신을 업신여기는 비웃음으로 일그러지기를 원했다.…… 헤스터는 군중들의 납덩이처럼 무거운 침묵 아래에서 허파가 터지도록 고함을 지르고 싶고 교수대 아래로 자신의 몸뚱이를 내동댕이치고 싶은, 그렇지 않으면 당장 미쳐버릴 것 같은 충동을 가끔씩 느끼고 있었다.(182)

이러한 그녀의 격정은 그녀가 청교도들을 증오하면서도 그들을 위하여 희생하고 봉사하는 이유를 설명해 준다. 그들에 대한 그녀의 증오심은 그들을 모두 용서하고 싶지만 그들을 위한 기도를 삼간 이유를 설명해 준다. 즉 그녀는 자신의 증오심에 의하여 기도하는 가운데서 축복의 말이 저주의 말로 변하지 않을까 두려웠기 때문이었다(113). 그녀의 헌신적인 활동이 이처럼 증오심에 뿌리를 두고 있는 것이라면 그것은 많은 독자들이 생각하는 것과는 달리 속죄를 위한 것도 자신의 영혼을 정화하기 위한 것도 될 수 없음은 자명하다. 그녀의 헌신적인 활동이 주홍글자에 대한 사람들의 지각을 변화시키려는 양심에서 나온 전략의 일부로 보는 해리스의 견해는(Harris 64) 이러한 점에서 주목할 만하다. 문제는 그녀의 그러한 복수가 당사자들에게는 복수로 여겨지지 않는다는 점이다. 그리고 그녀가 경멸하고 증오하는 사람들의 인식의 변화가 그녀에게 어떤 의미를 지닐 것인지도 지극히 의심스럽다. 그녀가 경멸하고 증오하는 사람들을 위한 그녀의 헌신적인 활동은 아무래도 그녀의 비틀린 반항적인 열정을 고려하지 않고서는 이해하기 어려운 것으로 보인다. 적지 않은 학생들은 화자가 묘사하는 그녀의 헌신적인 생활을 아무런 의심 없이 받아들임으로써 그것을 속죄 행위로 인식하는 것이 보통이었다. 학생들은 그녀의 헌신적인 생활이 왜 그녀를 "시들게 하고 애정을 결핍한 냉정한 여인"(203)으로 만들고 있는지에 대하여 아무런 의문을 가지지 않는다. 그녀의 헌신적인 생활이 그들의 생각대로 속죄 행위로서 도덕적인 의미를 지니는 것이라면 그녀는 오히려 정감 있는 풍요로운 여인으로 묘사되어야 한다는 점을 그들은 놓치기 일쑤이다.

그런데 화자는 그녀를 아무리 인정을 베풀어도 마르지 않은 "인정의 샘"(200)으로 묘사하는가 하면 그녀의 가슴은 그것을 필요로 하는 머리를 받혀주는 보다 부드러운 베개에 지나지 않는다고 말하고 있어 독자들을 어리둥절하게 만든다. 여기서 독자들은 어느 말을 믿어야 할지 잠시 혼란을 경험하게 되지만 좀 더 차분하게 생각한다면 이 이미지들은 어디까지나 마을 사람들의 눈에 비친 허상들에 지나지 않는 것임을 알 수 있다. 그들이 말하는 것처럼 정말로 그녀의 헌신적인 생활이 인정에 뿌리박고 있는 것이라면 위의 인용문에서처럼 그녀가 그토록 피폐한 상태로 변하지는 않았을 것이기 때문이다.

그녀의 적대적인 사상모험 또한 오해의 소지가 많은 부분이다. 많은 독자들이 그녀의 이러한 사상 모험을 통해서 급진주의자로서의 그녀의 모습을 떠올리는데 이러한 그들의 시각은 이 부분에 대한 오해에서 빚어

지는 것으로 판단된다. 그녀의 급진적인 사고는 벨이 지적한 바와 같이
"변덕스러운 공상"(Bell 179)의 산물에 지나지 않는 것으로 보인다. 이 점
을 구체화하기 위해서는 무엇보다도 다음과 같은 화자의 말에 주목할 필
요가 있다.

> 그녀는 당시 대서양 건너 쪽에서는 일상적인 사상의 자유에 물
> 들었다. 그러나 우리들의 조상들이 만약 사상의 자유를 알게 되었
> 더라면 주홍글자를 다는 치욕적인 일보다 더욱 끔찍한 죄라고 생각
> 했을 것이다. 뉴잉글랜드 바다의, 다른 집이라면 감히 들어가지도
> 못할 사상이 바닷가에 외로이 자리한 헤스터의 집으로 찾아들었다.
> 그림자와 같은 손님들이 헤스터의 집의 문을 두드리는 것을 볼 수
> 있었다면 그들을 맞아들여야 할 사람은 그들을 마귀처럼 위험한 것
> 이라고 생각했을 것이다.(204)

우리는 여기서 급진적인 사상을 받아들이는 헤스터의 행동이 정체불
명의 인간을 집안으로 불러들이는 것에 비유되고 있는 점에 주목할 필요
가 있다. 이 비유는 그녀에게 있어서 급진적인 사상의 교류가 간음에 비
유되어 있음을 암시하는 것으로서 딤즈데일에 대한 억압된 열정이 사색
의 열정으로 전치되어 있음을 뜻하는 것일 수 있다. 그녀의 사상이 그녀
가 달고 있는 주홍글자보다도 더 끔찍한 범죄에 해당된다는 화자의 언급
은(204) 이러한 점에서 뜻깊은 시사로 보인다. 그녀의 사색이 구체적인
실천을 목적으로 하는 것이 아니라는 점에서 그것은 한낱 유희에 지나지
않는 것처럼 보인다. 이 점은 그녀의 사색의 내용을 검토함으로써 구체
화될 수 있다. 특히 여성이 제아무리 사색을 해도 남녀평등의 문제를 해
결하기 어려울 것이지만 만일 여성의 감정이 가장 우세한 자리를 차지하
면 모든 문제는 자취를 감출 것이며 그녀가 아무런 실마리 없이 사색의
미로를 헤매고 다니는 것은 그녀의 가슴이 정상적으로 기능하지 못했기
때문이라는(206) 화자의 말에 주목할 필요가 있다. 이 말은 다시 말해서

제대로 소통되지 못한 딤즈데일에 대한 그녀의 열정이 그러한 위험한 사상으로 전이되고 있음을 암시하는 것이나 다름없다.

그녀의 사상의 모험은 달리 말해서 감정의 억압 상태에서 돌출한 것으로 감정이 억압되면 사회를 위협할 수 있는 극단적인 사상에 유혹될 수 있음을 암시하는 것으로 볼 수 있다. 그녀가 정서와 열정에 기반하는 생활에서 사색의 생활로 전환하게 된 것은 감정의 억압에 따른 자연스러운 변화라고 볼 수 있다. 그녀에게 있어 감정이나 열정의 억압은 생존과 관련되는 것으로 보인다. 즉 감정의 억압은 그녀에게 있어 수치감과 굴욕감을 견디기 위해 가장 필요한 요건의 하나로 보인다. 감정이 풍부한 사람일수록 그러한 부정적인 감정으로부터 받는 상처가 그만큼 더 클 것이 자명하기 때문이다. 헤스터가 살아 남기 위해서는 부드러움은 사라지거나 아니면 가슴속으로 깊이 쫓겨서 다시는 얼씬도 못하게 만들어야 했다는 화자의 말은(158) 이러한 맥락에서 이해되어야 할 것이다. 그녀는 기절하여 고통을 회피하는 타입이 아니기 때문에 상처를 덜 받기 위해서는 "돌같이 단단한 무감각의 껍질 밑으로" 피신할 수밖에 없었다(95)는 화자의 말은 이러한 점에서 주목할 만하다. 그녀가 희생과 봉사를 아끼지 않은 결과 죄인이 아닌 능력이 있는 사람 혹은 천사로 불리게 된 것도 감정의 억압에 의해서만이 가능한 것이었다. 그녀의 헌신적인 활동이 아무런 감정의 매개 없이 이루어지는 것은 이러한 연유에서라고 볼 수 있다. 그녀가 수치심과 절망과 고독에 의하여 강하게 되었다는 것은 다른 말로 말해서 그녀의 감정이 극단적으로 억압되어 있음을 뜻하는 것이나 다름없다.

그녀의 이러한 심리적인 메카니즘을 가장 잘 표현해 주는 것은 "대리석"의 이미지이다(204, 275, 279). 대리석 하면 우리는 우선 맨 먼저 차가움과 단단한 특질을 떠올린다. 이 이미지는 한마디로 그녀의 감정이 극단적으로 억압되어 있음을 암시한다. 그녀의 단단함과 싸늘함은 감정의 억압의 강도를 말해 주는 것으로서 그녀의 열정을 상대적으로 부각시켜 주는 것으로 여겨진다. 이것은 그녀가 열정을 지닌 여성이므로 그 열정을 억압하기 위해서는 그만큼 강도 높은 차거움이 요구될 것이라는 점에서 그러하다.

그러나 이러한 그녀의 이미지를 위태롭게 하는 요소가 있어 주목된다. 화자는 그녀가 펄 때문에 급진적인 사회운동가가 되지 않았다고 말하고 있으나 "어머니의 사고의 열정은 아이의 교육 속에 기울일 대상을 발견했다"(205)는 화자의 말은 단적으로 그녀가 열정을 여전히 지니고 있음을 말해 주기 때문이다. 그럼에도 헤스터가 열정을 모두 상실했다고 보는 화자의 의도는 어디에 있는 것일까? 화자는 헤스터의 사고의 열정을 정서적인 열정과 구분하고 있는 것일까? 설사 그렇다고 하더라도 그녀는 펄을 오로지 생각만으로 양육했다고 보지 않는다. 그녀가 적어도 펄을 사랑했다면 주홍글자로 인하여 사랑의 감정과 애정을 상실했다는 화자의 언급은 분명 공감하기 어려운 부분이다. 그러나 그녀의 궁극적인 소망이 사회운동가가 되는 것이거나 펄을 잘 교육시키는 것이 아니라 딤즈데일과의 결합이라면 이해가 가능하다. 화자가 전달하는 헤스터의 다음과 같은 말을 통하여 우리는 펄이 딤즈데일에 대한 그녀의 열정을 대신할 수 없음을 알 수 있다.

> 만일 펄이 이 지상의 어린이가 아닌 영혼의 사자로서 믿음과 신의를 지니고 있다면 어미 가슴속의 싸늘하게 파묻혀서 그 속을 무덤처럼 만들어버린 슬픔을 위로해 주고 또한 한 때 불길 같았으나 지금은 죽지도 잠들지도 않은 무덤 같은 어미의 가슴속에 갇혀 있는 열정을 극복하도록 어미를 돕는 것이 그녀의 할 일이 아니었을까?(223)

우리는 여기서 헤스터가 갖은 노력에도 불구하고 딤즈데일에 대한 열정을 극복하지 못하고 있음을 알 수 있다. 딤즈데일에 대한 그녀의 정열은 그와 교수대에서 만난 이후로 다시 불타오르기 시작한 것으로 보이는

데 그것은 그녀가 이 만남 후 그의 고통을 덜어주기 위하여 자신의 모든 노력과 희생을 바치기로 결심하는 것으로 미루어서이다. 그녀는 목사의 고통이 칠링워스에 의하여 가중된다고 보고 그를 만나 목사를 더 이상 괴롭히지 말 것을 종용하려 한다. 그녀는 남편에게 그의 정체를 밝히지 않기로 한 약속이 오히려 딤즈데일의 고통을 가중시키는 계기가 되었다는 점에서 상당한 책임감을 느끼고 있는 것처럼 보이지만 이 책임감은 딤즈데일에 대한 사랑을 위장하고 있는 것임에 틀림없다.

우리는 여기서 헤스터와 딤즈데일이 그들의 사랑에 대하여 서로 다른 태도를 지니고 있음을 간과할 수 없다. 그녀 자신은 그들의 사랑을 신성한 것으로 여기는 반면 딤즈데일은 그녀와의 관계를 열정에 의한 죄로 간주하고 있는 점이 바로 그것이다. 즉 딤즈데일을 괴롭히는 것은 성적 욕망이지 헤스터에 대한 사랑이라고 단정지을 수 없는 반면에 딤즈데일에 대한 헤스터의 사랑은 매우 진지하고 심각한 것으로 보인다. 다시 말하면 그녀의 욕망을 만족시켜줄 사람은 딤즈데일 밖에 없는 것처럼 보인다. 이 작품을 사랑의 이야기로 풀어 나가려는 독자들은 이러한 사실을 전혀 고려하지 않고 있는 것으로 보인다. 그들이 그래도 이 작품을 사랑의 이야기로 우긴다면 고작해야 짝사랑의 이야기에 지나지 않는다고 말할 수 있을 것이다.

딤즈데일의 실체에 대한 그녀의 무지는 열정에 사로잡힌 자연스러운 결과로 생각할 수 있다. 이 점은 동시에 그녀의 사랑이 타자에게로 확대되지 못하는 이유를 설명해 준다. 물론 딤즈데일에 대한 그녀의 열정이 그녀의 고립을 다 설명해 줄 수 있는 것은 아니다. 그녀의 자만심을 고려하지 않고서는 그것을 이해하기 어렵다는 것이 필자의 생각이다. 그녀의 자만심에 대하여 문제의식을 가진 독자는 그렇게 많지 않은 것으로 보인다. 딤즈데일의 야심이 그에게 고통을 가중시키는 요인으로 작용하고 있는 것처럼 그녀에게 있어서의 자만심은 사회로부터의 고립을 자초함으로써 고통을 야기하는 원인이 되고 있다.

그녀가 보스턴을 떠나지 않고 고통을 견디기로 작정한 가장 큰 이유
는 딤즈데일에 대한 사랑 때문이지만 고통에 굴복할 수 없다는 자만심도
한편으로 동시에 작용하고 있는 것으로 보인다. 그녀의 자만심은 그녀가
감옥에서 나올 때의 모습에 대한 화자의 스케치에 의하여 암시되어 있
다. 그녀는 "간수가 어깨를 떼밀자 타고난 듯한 위엄 있는 자세와 도도
한 표정으로 그 손을 뿌리치고 자신의 자유의사인 듯 바깥으로 나와서는
오만한 미소를 띄운 채 조금도 부끄러워하는 기색 없이 거리에 모여 있
는 사람들을 휘둘러보았다"(76-7)는 화자의 진술은 그녀의 오만한 모습
을 선명하게 부각시켜 준다. 이러한 그녀의 자만심에 비추어 보면 그녀
가 바닷가의 한적한 곳에 주거지를 정한 것이 한낱 부끄러움 때문만은
아님을 짐작할 수 있다. 그것은 그녀 자신이 다른 사람들과는 다른 부류
의 인간임을 선언하는 것이나 다름없는 것으로 보인다. 이러한 점에서
그녀가 자신을 예언자로 생각했다는 사실은 주목할 만하다. 그녀는 헌신
적인 생활을 통하여 사람들로부터 겸손한 여인으로 인식되기에 이르고
있으나 그들의 시각은 대단히 표피적이고 단순해서 신뢰할 만한 것으로
볼 수 없다. 화자는 이러한 그들의 시각에 대하여 매우 아이러닉한 태도
를 취하고 있어 이러한 태도를 간파하지 못한 독자는 그의 말을 오해하
기 쉽다. 그녀가 자신으로부터 은혜를 입은 사람들의 감사의 인사도 거
절하고 거리에서 그들을 만났을 때는 고개를 들어 그들의 인사를 받으려
고 하지도 않는 그녀의 태도에 대해서 화자는 그것이 자만심의 표현이었
을지 모르지만 그 모습이 너무나 겸손해서 사람들은 그것을 겸손의 표현
으로 여겼다고 전한다(201). 화자의 이 말은 그녀의 오만한 행동이 다른
사람들에게 겸손으로 받아들여지고 있음을 암시한다. 그러니까 그의 말
은 어디까지나 대중들의 단순한 시각을 은밀하게 조롱하고 있는 것이지
그녀의 진실을 이야기하고 있는 것이 아니다. 그녀가 자신이 달고 있는
주홍글자에 대한 사람들의 시선에 익숙해지지 않고 여전히 고통을 느끼
는 것도(114) 그녀의 자만심 때문이라고 볼 수 있다.

이러한 점에서 그녀의 소외는 속죄를 위한 것이 아니라 자신의 자만심에 의한 자기추방에 가까운 것으로 보인다. 그녀가 자신을 더 이상 죄인으로 생각하지 않을 만큼 대중들의 시각이 달라졌을 때도 그들과 소원한 상태를 계속 유지하는 그녀의 행동은 자만심을 고려하지 않고서는 이해하기 어려운 것임에 틀림없다. 이러한 그녀의 오만한 태도는 한 마디로 말해서 사회의 기율보다도 자신의 가슴으로 느낀 것을 중요시하는 그녀의 극단적인 개인주의의 관점에서 이해되어야 할 것으로 생각한다. 그녀의 오만한 태도는 숲 속에서 딤즈데일에게 이제부터는 뒤를 돌아보지 않기로 하자면서 자신이 달고 있는 주홍글씨를 떼어내어 던져 버리는 그녀의 행동에서 정점에 도달하고 있는 것으로 보인다.

이처럼 그녀의 고립과 그것으로부터 연유하는 고통이 근본적으로 자만심에서 비롯되는 것이라면 그녀의 불행을 전적으로 사회적 책임으로 돌리는 일체의 논의는 설득력을 상실할 수 밖에 없다. 딤즈데일과 헤스터의 성격적, 환경적인 차이에 대한 화자의 언급은 또한 전자에 대한 후자의 사랑이 맞게 될 불행을 예고하는 것으로 볼 수 있다. 양자 사이의 가장 큰 차이는 딤즈데일의 경우, 종교 혹은 명예가 전부인 반면 헤스터에게는 사랑이 절실한 문제가 되고 있다는 점일 것이다. 그들은 사랑을 통해서 도덕적, 정신적으로 성숙해져서 그것이 없었더라면 도달할 수 없는 비극적인 주인공이 되었다는 샌딘의 견해는(Sandeen 112) 이러한 점에서 공허하게만 들린다.

헤스터가 딤즈데일이 죽은 후 유럽에 갔다가 다시 보스턴으로 돌아와 딤즈데일의 무덤 옆에 묻히는 것을 보면 딤즈데일에 대한 그녀의 사랑이 얼마나 질긴 것인지를 짐작하기 어렵지 않다. 딤즈데일이 죽은 후 헤스터는 보스턴을 떠났지만 그곳에서의 생활은 별로 의미가 없었던 것으로 보인다. 그녀는 부유한 귀족과 결혼한 것으로 보이는 펄로부터 서신과 선물을 받았지만 그 물건에 손을 대지 않은 것으로 보아 펄의 애정도 딤즈데일에 대한 사랑에 미치지 못하고 있음을 다시 확인할 수 있다. 딤즈데일이 죽은 후의 그녀의 열정은 다시 바느질과 사회 봉사활동으로 투사된다. 그녀는 사랑하는 마음이 치솟을 때마다 여러 가지 장식품과 기념품을 만들었다(318). 그녀가 최대한의 상상력을 발휘하여 수놓은 아기 옷을 어떤 아기가 입고 나타났더라면 사회에 물의를 일으켰을 것이라는 화자의 말로 미루어 볼 때 우리는 그녀의 열정이 아직도 시들지 않았음을 짐작할 수 있다.

색번 버코비치에 따르면 그녀가 귀환해서 자발적으로 다시 주홍글자를 다는 것은 곧 작품의 시작으로 되돌아 간다는 것을 뜻한다(Bercovitch 113). 모든 사건은 종국을 향해 나아가고 있는데 유독 헤스터 만이 맨 처음으로 돌아가고 있다는 것이 그의 생각이다. 그는 이 작품을 개인과 사회의 문제로 확정해 놓고 작품이 그 자신의 생각에 부합되지 않는다고 비난한다. 뿐만 아니라 그녀가 다시 주홍글자를 다는 것이 이전의 그녀 자신으로 되돌아가는 것을 뜻한다고 보는 견해 또한 문제가 있다. 언뜻 보기에 그녀가 주홍글자를 자신의 의지에 의하여 달고 있음은 그녀를 떼미는 간수의 손을 뿌리치고 자신의 의지에 따라 행동한다는 듯이 감옥 문을 나설 때의 그녀의 모습을 다분히 상기시킨다. 그러나 두 행동은 동일한 것으로 간주되기에는 결코 간과할 수 없는 차이를 지닌다. 감옥 문을 나설 때의 조금도 기죽지 않고 자만심으로 가득찬 미소를 지으며 군중을 둘러보는 그녀의 모습은(77) 자신이 예언자로 태어났다는 자만심으로 가득 차 있었지만 그녀가 귀환해서 다시 주홍글자를 달 때는 자신이 예언자로 태어났다는 생각이 헛된 것이며 자신과 같은 죄인은 그러한 신성한 의무를 맡을 수 없다는 것을 자각하고 있다(319). 우리는 여기서 비로소 그녀가 자신을 죄인으로 인정하고 있음을 볼 수 있다. 한국의 어떤 연구자는 그녀가 "딤즈데일의 죽음을 계기로 모든 아집과 본능의 집념에서 벗어나 참다운 지혜와 가치를 발견했다"(박영의 66)고 말하고 있으나 그녀가 발견했다는 지혜와 가치는 물론 그녀가 본능으로부터 벗어났다는 주장의 근거도 불확실하다. 한편 이러한 그녀의 변화가 종교적인 믿음에서가 아니라 소진된 그녀의 열정에 의하여 비롯된다고 보는 크루스의 견해는 (Crews 590) 위에서 이야기한 바와 같이 그렇지 않다는 점에서 재고의 여지가 있다. 요컨대 그녀의 변화는 그녀의 열정을 만족시켜 줄 수 있는 딤즈데일이 죽었기 때문에 야기된 것으로 보는 것이 가장 적절한 판단으로 보인다. 그녀의 자만심이 한 풀 꺾이고 그녀가 우호적인 입장에서 다른 사람들과 교류하게 된 것은 순전히 딤즈데일이 죽음으로써 그에게 집중되었던 그녀의 열정이 비로소 다른 사람들에게 전이될 수 있었기 때문에 가능한 것으로 볼 수 있다. 이것은 그녀의 모든 변화가 그녀 자신의 도덕적인 결단이 아니라 다분히 우발적인 사건에 의하여 이루어지는 것임을 암시하는 것이 될 수 있다. 따라서 그녀의 변화가 그녀 자신의 정신적인 구원으로 여겨지는 것은 결코 바람직한 판단으로 보이지 않는다. 그러한 판단은 그녀가 첫발을 잘못 내딛는 순간부터 모든 일이 "암울한 필연"(216) 속에 진행되는 것으로 보는 작가의 기본입장과도 상치된다.

Ⅳ. 칠링워스

칠링워스에 대한 정보들은 다른 두 인물들에 비하여 상대적으로 빈약하고 게다가 단절이 심해서 그의 성격을 제대로 파악하는 일이 결코 용이하지 않다. 그의 특질들을 파악하는 데는 논리적인 사고뿐만 아니라 시적 상상력이 요구된다. 칠링워스는 흔히 독자들에 의하여 감정이 없는 냉혹한 인간으로 인식되고 있다. 이러한 시각은 지극히 표피적이고 단순하다는 비난을 모면하기 어렵다. 그는 이러한 일반적인 시각과는 달리 대단히 열정적인 사람이다. 다만 그 열정이 지식 탐구에 지나치게 편중되어 있을 뿐이다. 불균형 상태의 그의 어깨는 이러한 그의 성향을 상징해 주는 것으로 볼 수 있다. 불구자로 태어난 그는 일찍부터 자신의 육

체에 대한 증오심을 키웠으리라 생각되는데 이러한 그의 증오심은 육체
적인 것, 다시 말해서 감정 혹은 욕망의 억압으로 이어졌을 것이며 그
억압이 지식 탐구에 대한 열정을 강화시켰을 것으로 생각된다.

　흔히 그는 "용서받지 못할 죄"를 나타내 주는 알레고리로 인식되기도
한다(Levine 52). 이것은 달리 말해서 그가 "사실적인 인물로서 심리학적
인 밀도"를 결여하고 있다는 판단에 기초하고 있는 것으로 보인다
(Brodhead 61). 그가 인간이 아닌 악마의 전형으로 다루어지는 것도 그러
한 판단에 따른 것임은 물론이다. 그러나 작가는 화자를 통하여 칠링워
스의 악마성이 어떻게 그의 육체적인 불구와 그의 열등감, 그리고 성적
인 무능력과 성적인 질투심에서 발전되고 있는지를 암시하고 있어 그를
악마의 화신으로 추상화하는 것은 바람직한 것으로 보이지 않는다. 이러
한 점에서 그를 악의 화신이 아니라 왜곡된 선의 상징으로 보는 아벨의
견해가 훨씬 설득력이 있어 보인다(Abel 211).

　칠링워스가 보스턴을 떠나지 않는 것은, 그의 말에 의하면 헤스터와의
인연 때문이라고 하나, 사실은 그녀의 연인을 찾아 복수하기 위해서임은
말할 것 없다. 그가 정작 복수 해야할 헤스터에 대해서 관대한 태도를
보이는 것은 그녀에게 그녀의 죄에 상응하는 죄를 범했기 때문으로 보인
다. 그는 늙은 데다가 불구자라는 자신의 입장을 전혀 고려하지 않고 오
로지 자신의 마음의 평화를 위해서 아직 철도 나지 않은 헤스터를 꼬여
결혼한 죄를 범한 것이다. 그가 헤스터에게 "당신과 나 사이에는 저울대
가 서로 맞먹는 셈이요"(101)라고 말하는 것은 이러한 맥락에서 이해될
수 있다. 여기서 독자들은 이러한 그의 생각이 정말 진정한 것인지 아닌
지에 대하여 진지하게 생각할 필요가 있다. 칠링워스처럼 그의 심성이
비틀려 있는 경우에는 생각과 감정은 서로 일치하는 경우보다는 그렇지
않은 경우가 더 많기 때문이다. 자신과 헤스터 사이에는 이제 서로에게
빚진 것이 없다는 그의 말은 어디까지나 지적인 탐구에 종사해 온 그의
입장에서 나온 원론적인 것에 불과할 뿐 그녀의 부정한 행위를 진정으로

용서하고 있는 것은 아니다. 이 점은 그가 헤스터의 부정을 용서하고 있다면 그녀의 연인에 대해서도 관대한 태도를 보이는 것이 마땅한데 그렇지 않은 것으로 미루어 짐작될 수 있다.

우리는 우선 그가 헤스터의 연인을 찾는 일을 복수로 생각하지 않고 그것을 "책 속에서 진리를 찾는 일"에, 그리고 "연금술에 의하여 금을 찾는 일"(102)로 보는 것에 주목할 필요가 있다. 이것은 단적으로 그의 지적 탐구가 증오심으로 대표되는 감정을 억압하기 위한 수단으로 이루어지고 있음을 반증한다. "오직 진리만을 탐구하는 판사의 엄격하고 공정한 태도로, 마치 그 문제가 (헤스터의 연인을 찾는 일) 인간의 감정이나 그에게 가한 잘못과는 상관없는 단지 기하학적인 선과 도형의 문제인 것처럼 탐구했다"는 화자의 언급은(163) 이러한 그의 심리학적인 메커니즘을 시사하는 것으로 간주될 수 있다. 그러나 그의 탐구가 진행되면서 그의 개인적인 감정이 노골적으로 개입하기 시작함으로써 그러한 그의 의식이 자기기만에 지나지 않는 것임이 드러난다.

그가 처음 딤즈데일의 영혼의 비밀을 캐기 시작할 때만 해도 그것은 순전히 그의 육체의 질병을 치료하기 위한 절차에 지나지 않는 것이었다. 그는 정신과 육체의 질병 사이에는 필연적인 상관관계가 있다고 믿고 있었던 것이다. 이처럼 그는 처음에는 캄캄한 동굴에서 보물을 찾듯이 딤즈데일의 영혼을 지적인 호기심에서 탐색했다. 그가 딤즈데일의 가슴에서 그가 원하는 표적을 목격했을 때의 그의 희열은 마치 어둠 속에서 광맥을 발견한 사람의 그것과 흡사하다.

> 그 순간 의사의 얼굴에는 놀라움과 기쁨과 두려움의 빛이 어렸다. 눈뜨고는 볼 수 없을 정도로 미칠 듯 기뻐하는 표정이었다. 이를테면 너무나 기쁜 나머지 눈과 얼굴만으로는 그 기분을 충분히 나타낼 수 없다는 듯 볼품없는 그의 몸뚱이에서 기쁨이 터져 나왔다. 그리고 미친 듯이 천장을 향해 두 팔을 뻗치고 방바닥을 발로

쿵쿵 구르며 요란스럽게 기쁨을 나타내는 것이었다. 이처럼 기뻐서
어쩔줄 몰라하는 로저 칠링워스 노인을 본 사람이 있었다면 귀중한
인간의 영혼이 타락해서 그의 왕궁으로 떨어졌을 때 사탄이 얼마나
기뻐했는지를 물을 필요가 없을 것이다.(174)

그러나 그가 사탄에 비유되어 있는 것으로 미루어 우리는 그의 기쁨
이 다분히 악마적인 것임을 간파할 수 있다. 이제까지 억압되어 왔던 그
의 악마성이 드디어 그의 자아의 벽을 뚫고 분출하기 시작한 것으로 볼
수 있다. 딤즈데일이 그가 찾고 있던 문제의 인물이라는 것을 아는 순간
그는 지적인 통제력을 상실한 채 악마적인 즐거움에 굴복하고 있다. 이
때부터 객관적이고 공정한 탐구라고 생각했던 그의 지적인 탐구는 복수
심으로 물들기 시작한 것으로 보인다. 7년 후 헤스터가 만난 그의 모습
은 "예전의 조용한 학구적인 외모는 사라지고 그 대신 무엇인가 찾고야
말겠다는 어딘지 흉악하고 그러면서도 무엇인가 숨기는 듯한 표정을 띠
고 있었다"(210). 그의 복수는 아이러닉하게도 딤즈데일에게는 숨긴 죄를
고백하게 만들음으로써 창조적으로 기능하는 반면 그 자신에게는 파괴
적으로 작용한다. 그는 결국 육체에 대한 억압된 증오심에 함몰되고 만
것이다. 그가 거울 속에 비친 자신의 모습을 악마로 의식하는 것은(213)
이러한 점에서 주목할 만하다. 즉 그것은 그의 육체에 대한 그의 증오심
의 구체적인 결과를 상징적으로 보여주는 것으로 보인다.

칠링워스의 악마적인 모습은 인간의 비밀을 캐는 것이야말로 가장 큰
죄악이라는 작가의 사고를 반영하는 것으로 보인다. 우리는 이러한 작가
의 사고에 동조하기 어려운데 칠링워스는 의사로서 인간의 정신을 과학
적으로 탐구하기 시작한 것은 인간의 육체와 정신이 밀접한 관계가 있다
는 믿음에 따라 순전히 그의 육체의 질병을 치료하기 위해서였다. 따라
서 인간의 영혼을 탐구하는 그 자체를 비인간적으로 몰아세우는 것은 문
제의 핵심을 벗어난 진술로밖에는 생각되지 않는다. 문제의 핵심은 그의

탐구 자체가 잘못된 것이 아니라 그것이 그의 사적인 증오심과 복수심으로 물들게 되었다는 점일 것이다.

칠링워스에게 있어 복수는 곧 정신적인 쾌락을 의미한다. 그가 헤스터와 결혼한 것도 결국 그 자신의 정신적인 쾌락을 위한 것으로 볼 수 있다. 그는 결혼을 통해서 지식 탐구에 의하여 싸늘해진 그의 가슴에 불을 지피기를 원했던 것이다. 그는 이 결혼으로 말미암아 육체에 대한 열등감을 잊고 지적 탐구에 몰두함으로써 온후하고 친절하고 성실한 노인으로 살 수 있었다. 결국 그의 헤스터와의 결혼은 그로 하여금 육체에 대한 열등감을 잊게 함으로써 지적 쾌락을 누리게 한 것으로 보인다. 그런데 그는 또다시 자신의 정신적인 쾌락을 위하여 딤즈데일의 영혼을 악용하고 있는 것이다.

여기서 체계적인 사고 능력을 지닌 독자라면 칠링워스의 이러한 태도가 일단 죄를 저지르면 그 죄에서 벗어나기 힘들다는 딤즈데일과 헤스터의 주제와 일치한다는 것을 간파할 수 있다. 이처럼 작품의 이해는 부분적인 것에서 전체에 도달하려는 끊임없는 노력에 의해서만이 가능한 것이다. 이러한 노력이야말로 올바른 판단에 이르는 유일한 길이다. 칠링워스의 정신적인 쾌락이 육체적인 열등감 내지는 증오심에 대한 반작용이라는 앞서의 논의를 상기할 수 있는 독자라면 그것이 성적 쾌감의 전도된 형태임을 짐작할 수 있다. 그리고 그들은 이러한 점에서 딤즈데일의 영혼의 비밀을 탐색하는 칠링워스의 행위가 어느 의미에서 성적 폭행에 해당된다는 점을 추정하는 데까지 나갈 수 있다. 딤즈데일이 자신과 헤스터의 불륜의 관계보다 자신의 영혼을 탐색하는 칠링워스의 행위가 더 흉악한 범죄라고 말하는 것은 이러한 맥락에서 이해될 수 있다. 즉 전자는 합의에 의한 것인 반면 후자는 다분히 강제성을 띠고 있다는 점에서 후자가 전자보다 더 흉악하다고 볼 수 있다. 이와 같은 관점에서 본다면 칠링워스의 죄악도 억압된 정서나 성적 욕망으로부터 기인한다는 점에서 딤즈데일과 헤스터의 경우와 크게 다르지 않다고 볼 수 있다.

꼼꼼하게 읽는다는 것은 또한 비판적인 사고력을 기르는 방법이 될 수 있다. 가령 적지 않은 독자들은 칠링워스가 죽으면서 펄에게 자신의 유산을 상속하는 것을 화해의 표현으로 간주하고 있으나 좀 더 작품을 꼼꼼하게 읽는다면 그러한 생각에 의문을 갖게 될 것이다. 사랑과 증오심이 극도에 도달하면 극진한 친밀감과 마음의 이해가 생겨 사랑과 정신적인 양식을 서로에게 의존하게 된다는 화자의 말은 (316) 칠링워스의 유산 상속을 화해의 표현으로 암시하고 있는 것처럼 보인다. 그러나 그의 증오심은 앞에서 이야기한 바와 같이 그 자신의 육체에 대한 열등감에서 연유하는 것이므로 딤즈데일과의 진정한 화해가 이루어지기 위해서는 무엇보다도 그 열등감의 극복이 전제되어야 할 것으로 생각된다. 그런데 문제는 그 극복이 도덕적인 성찰에 의해서가 아니라 전적으로 죽음에 의하여 이루어지고 있는 점이다. 이 점은 칠링워스의 유산상속이 화해의 표현으로보다는 그의 열등감이 죽을 때까지 극복되기 어려운 것임을 암시하는 표현으로서의 의미가 더 크다는 것을 암시하는 것이 될 수 있다. 뿐만 아니라 칠링워스의 유산상속에 대한 화자의 암시는 일단 범한 죄로부터 구원될 수 없다는 작가의 기본입장과도 상치된다.

V . 맺는 말

이처럼 꼼꼼하게 읽는다는 것은 개별적인 언어와 상징들을 유기적으로 연결시키고 그것을 전체적인 문맥에 비추어 이해하는 것을 뜻한다. 작품의 이해는 간단히 말해서 신비평가들이 주장하는 바와 같이 통일적인 텍스트를 만드는 것이다. 물론 통일적인 텍스트는 독자의 경험과 사고에 따라 달리 구성될 수 있어 객관성을 결여하고 있다는 비판을 받을 수 있지만 작품에 대한 자기 나름의 이해를 통하여 통일적인 텍스트를 만드는 일은 체계적인 사고훈련으로서 그 나름의 가치를 충분히 지니는 것으로 생각된다. 우리가 삶을 살아가는 데 진실과 거짓을 구분하는 지혜가 절대적으로 필요하다면 그러한 분별력을 배양해 주는 문학의 강독은 분명히 실용적인 가치를 충분히 지니고 있다고 말할 수 있다. 우리가 읽어 본 『주홍글자』는 이러한 목적을 충족시키고도 남음이 있다고 생각한다.

이 작품은 세 사람의 내면세계를 통해서 욕망의 억압이 초래할 수 있는 부정적인 심리적 현상을 고발하고 있다. 이를테면 딤즈데일의 극단적인 종교적 열정은 바로 육체적인 욕망의 억압의 반사작용으로서 그의 자학적인 행동은 그 자신의 비틀린 심리를 전형적으로 반영하는 것으로 생각된다. 물론 헤스터의 급진적인 사상모험과 칠링워스의 집요한 복수심도 모두 욕망의 억압에 따른 심리적인 비틀림으로 여겨질 수 있다. 욕망이 초래하는 이러한 부정적인 심리현상은 욕망과 감정의 억압을 통해서 낙원을 건설하려는 청교도들의 이상의 허구성을 보여주는 것임에 틀림없다. 인간의 죄는 욕망과 감정에서 야기되는 것이지만 한편으로는 그것에서 이 세상을 아름답게 만들어 주는 상상력과 사랑과 창조력이 나온다는 사실을 청교도들은 간과한 것으로 보인다. 청교도들이 헤스터를 죄인으로 낙인을 찍었으면서도 그들의 복장의 장식을 그녀의 바느질에 전적으로 의존하고 있음은 이러한 감정과 욕망이 지니는 아이러니를 시사하는 것으로 볼 수 있다. 이러한 점에서 헤스터의 바느질을 창조적인 활동으로 보는 니나 베임의 관점은 충분히 공감할 만하다(Baym 67). 작가의 아이러니는 그의 다양성에 대한 사고에서 나오는 것으로서 이러한 그의 사고는 헤스터에게서 오직 죄악만을 보는 청교도들의 편협한 시각과 대조를 이루는 것임은 물론이다.

그러나 우리는 이러한 다양성에 대한 사고와 정면으로 대립하는 운명에 대한 작가의 사고를 간과할 수 없다. 작가는 일단 죄를 저지르면 이 세상에서는 그 죄를 씻어낼 수 없다는 지극히 편협한 운명관을 믿고 있는 것이다. 작가는 이러한 등장 인물들의 약점을 거의 운명적인 것으로 받아들이고 있는 듯이 보인다. 딤즈데일과 헤스터가 이전에 저지른 죄악에 또다시 빠져들고 있다는 것은 성격이 곧 운명이라는 말을 상기시킨다. 칠링워스 또한 육체에 대한 열등감에서 벗어나지 못한다.

작가의 이러한 모순은 헤스터의 형벌에 대한 그의 입장에서도 드러난다. 작가는 수치심을 숨기고 싶어하는 인간의 최후의 자존심마저 지켜주지 않는 교수대에 대한 언급을 통해서 수치심을 만인의 앞에서 드러내게 하는 헤스터의 형벌의 비인간성을 암시하고 있다. 주홍글자의 소임은 헤스터로 하여금 속죄를 통해서 참회에 이르도록 하는 것이나 그러한 소임과는 달리 그녀를 도덕적인 불모지에 방치했다는 것이 작가의 생각이다. 그녀가 주홍글자를 달음으로써 도덕적인 불모지에 처하게 되었다는 것은 다시 말해서 그녀가 그 글자로 인해서 사회로부터 소외되어 있음을 암시한다. 사회로부터의 소외가 곧바로 도덕적인 의식의 상실로 이어진다는 이러한 주장은 청교도 사회가 비인간적인 사회임을 누누이 강조해온 그의 또 다른 입장과 정면으로 충돌한다. 우리는 이러한 작가의 사고 속에서 그 사회가 어떤 성격의 것이든 그 사회와의 융합이 도덕성을 확보하는 길이라는 매우 순진하고 단선적인 사고를 엿볼 수 있다. 청교도 사회가 비인간적인 사회라면 그러한 사회와의 교섭은 결코 그녀에게 도덕적으로 이로울 것이 전혀 없지 않은가.

이러한 작가의 단선적인 사고는 헤스터에 대한 묘사에서도 드러난다. 화자는 헤스터가 주홍글자를 달면서부터 그녀의 열정이 철저하게 냉각되었음을 강조하고 있으나 펄에 대한 그녀의 사랑을 익히 알고 있는 독자로서는 그 점에 공감하기 어렵다. 그녀는 펄에 대한 애정 때문에 자신의 꿈을 포기한 것으로 그려지고 있지 않은가? 이러한 점은 작가가 헤스터와 딤즈데일의 관계에만 치중한 나머지 헤스터와 펄 사이의 감정과 교감에 대해서는 별로 관심을 두지 않은 결과로 보인다. 작가의 이러한 무관심에 의하여 딤즈데일에 대한 헤스터의 감정만이 의미가 있는 것처럼 보인다.

이러한 문제점은 칠링워스에 대해서도 제기될 수 있다. 즉 작가는 일방적으로 딤즈데일을 옹호하고 있다는 비난을 피하기 어려울 만큼 칠링워스의 행동에 대해서는 가혹하기 이를 데 없는 것이 사실이다. 딤즈데일에 대한 복수심에 불타 있는 칠링워스의 모습을 철저하게 비인간적인 것으로 묘사하는 작가의 태도는 죄의식에 따른 딤즈데일의 고민과 갈등을 부각시킴으로써 그에 대한 독자의 연민을 자아내고 있는 것과 너무나 대조를 이룬다. 칠링워스가 딤즈데일에 대해서 복수심을 품고 있다는 것은 단적으로 그가 감정을 지니고 있음을 말해 주는 것임에도 작가는 시종일관 그를 감정이 없는 냉혹한 인간으로 그리고 있다. 그의 복수심도 따지고 보면 결국은 인간의 연약함에서 기인하는 것이 아닌가. 작가는 이 점을 철저하게 외면한 채 죽음 직전에 펄에게 유산을 상속하는 것으로서 그의 인간적인 면을 암시하는 것으로 만족함으로써 다양성을 인정하는 너그러운 그의 폭넓은 시각에 씻을 수 없는 흠집을 내고 있다.

이러한 작가의 모순은 청교도를 비판하면서 동시에 그것을 포용하려는 그의 양면성에서 비롯되는 것으로 판단된다. 다양성과 애매성을 들어 이 작품의 위대성을 입증하려는 평자들은 당연히 그것과 상치되는 점들을 지적했어야 마땅하다고 본다. 그런데 이러한 모순들이 지적되어 있는 경우는 별로 눈에 띠지 않는다. 이러한 현상은 그들이 텍스트에 의하여 검증되지 않은 생각들에 사로잡혀 있기 때문에 야기되는 결과로 보인다. 바로 이 점은 작품을 제대로 이해하기 위해서는 반드시 꼼꼼하게 읽는 것이 왜 필요한지를 설명해 준다.

대학에서의 영어 교육이 실용적인 교육의 명분아래 반복적인 학습과 암기에 의존하는 방식으로 계속 진행된다면 대학은 그야말로 학문의 전당이 아니라 기능인 양성소로 전락하고 말 것이다. 개인의 차이는 사고에 의하여 결정된다. 대학에서 주체적인 사고능력을 배양하는 교육이 이루어지지 않는다면 좋은 대학을 나온 사람이나 그렇지 못한 사람이나 별차이가 없는 평준화된 기능인이 될 수밖에 없다. 만일 문학 교육이 사고력을 배양하는 역할을 충실히 한다면 그것은 대단히 실용적인 교육이 될 수 있다. 정보의 홍수 속에서 살고 있는 현대인들에게는 무엇보다도 자신에게 유익하고 가치 있는 정보를 취사선택할 수 있는 사고력이 절실하게 요구되기 때문이다. 더욱이 대부분의 정보들이 표피적인 것들이어서 그것들에 만족하는 사람들은 자연히 피상적인 삶을 살 수 밖에 없다는 점에서 드러난 의미보다 행간의 의미를 간파할 수 있는 사고 능력이야말로 올바른 판단과 진정한 삶에 이르는 가장 유용한 도구라는 점에 이의를 달 사람은 없을 것이다. 이 점에 공감한다면 문학 교육을 도덕성 내지는 정서의 함양이라는 드높은 목적에 붙들어 매지 말고 하루바삐 생각하는 방법을 가르치는 방향으로 전환해야 할 것으로 생각된다.

■ ■ ■ ■ ■ ■ ■ ■ ■ ■ ■ ■ ■ ■ ■ ■ ■ ■ ■ ■

인 용 문 헌

김지원. "『주홍글자』의 개방성: 서술자를 통한 작가의 간섭". 『영어영문학』 45(1999): 137-55.

박영의. 『Nathniel Hawthorne』: 영미문학작가론 총서. 서울: 형성출판사, 1982.

박익두. 『Hawthorne가 다양성의 시학』. 서울: 한신문화사, 1995.

원유경. "『주홍글자』의 여성론적인 검토". 『영어영문학』 41(1995): 25-44.

Abel, Darrel. *The Moral Picturesque*. Indiana: Purdue UP, 1988.

Adcock, C.J. *Fundamentals of Psychology*. Harmonsworth: Penguin, 1964.

Bercovitch, Sacvan. *The Office of The Scarlet Letter*. London: John Hopkins UP, 1991.

Baym, Nina. "Who? The Character." The Scarlet Letter: *A Reading*. Boston: Twayne, 1986: 62-7.

Bell, Michael Davitt. "Another View of Hester." *Hester Prynne*. Ed. Harol Bloom. New York: Chelsea House, 1990: 87-95.

Broadhead, Richard H. "The Scarlet Letter." Hawthorne, *Meville and the Novel*. Chicago and London: Chicago UP, 1973.

Crews, Frederick. C. "The Ruined Wall." *The Scarlet Letter: with Essay in Criticism*. Seoul: Shinasa, 1996: 581-91.

Harris, Kenneth Marc. "Hester Prynne"s Sexuality." *Comprehensive Research and Study Guides: The Scarlet Letter*. Ed. Harold Bloom. New York: Chelsea House, 1998.

Johnson, Cloudia Durst. "The Meaning of the Scarlet A." *Readings on: The*

Scarlet Letter. Ed. Eileen Morey. San Diego: Greenhaven Press, 1998: 127-57.

Levine, David. "Allegory in *The Scarlet Letter.*" *Readings on.*: 46-56.

Hathorne, Nathaniel. *The Scarlet Letter.* New York: Dell Publishing, 1967.

Shandeen, Ernest. "*The Scarlet Letter* as a Love Story." *Twentieth Century Interpretations of the Scarlet Letter.* Ed. John C. Gerber. New Jersey: Prentice- Hall, 1968: 111-12.

제2장 ■■■■■■■■■■■■■■■■■■■■■

{헉클베리 핀의 모험} : 헉은 성장하고 있는가?

Mark Twain

Ⅰ. 들어가는 말

우리 대학의 영문과에서 교재로 사용하는 텍스트, 이른바 정전에 속하는 텍스트는 대체로 모더니즘적 읽기에 의하여 그것들의 가치와 위대성이 발견되고 입증되고 확인되고 있다고 말해도 지나치지 않을 것이다. 모더니즘적 읽기에서의 문학 텍스트는 자족적인 대상으로서 어떤 것의 수단이 아니라 그 자체로 목적이 된다. 따라서 모든 텍스트들은 분석 대상으로서 그것들의 언어의 가능한 한 모든 의미들이 탐구의 대상이 된다. 그리고 이 읽기는 텍스트가 중요한 주제를 담고 있다고 가정함으로써 주제를 찾는 일을 무엇보다도 중요시한다. 주제를 찾은 다음 독자가 해야 할 일은 텍스트의 모든 의미나 상황을 그 자신이 가정한 주제에 맞게 통일적으로 구성하는 일이다. 이때 텍스트의 모든 비유적 표현이나 상황은 독자가 마음속에 두고 있는 작품 전체의 구조에 의해서 설명된다. 텍스트의 모든 의미나 상황을 일정한 주제에 일치시키려는 노력은

자연히 텍스트에 무리한 억압이 가해지기 마련이다. 텍스트는 언제나 특
정한 방향으로 읽혀지기 때문에 그것의 통일성은 읽을 때마다 가능한 의
미나 방향을 폐쇄하고 오직 한 의미나 방향만을 선택해야만 유지될 수
있다. 정전은 바로 이러한 읽기에 의하여 그 권위를 지탱해온 것이 사실
이다. 『헉클베리 핀의 모험』(Adventures of Huckleberry Finn)의 위대성으
로 독자들이 지적하고 있는 부분들도 바로 이러한 읽기에 의하여 성립된
것으로 보인다.

　물론 그렇다고 해서 이러한 읽기를 무조건 편협한 것으로 비난하는
것도 성급한 판단일 것이다. 어떤 주제가 다른 방향의 독서에 의하여 해
체된다고 해서 그 주제가 무의미한 것은 아니다. 그것은 적어도 다른 독
자들에게 새로운 시각을 열어주는 길잡이가 될 수 있기 때문이다. 책읽
기는 즐거움과 불가분의 관계가 있다고 볼 수 있는데 그 즐거움은 우리
나름으로 설정한 주제가 얼마나 박진감 있게 전개되고 있는지에 달려 있
다고 해도 지나친 말이 아닐 것이다. 그러나 자신의 주제를 살리기 위하
여 다른 관점을 눈에 띄게 억압하는 것은 문제가 없지 않다. 가능한 한
폭넓은 관점을 포용하는 가운데 자신의 주제를 살려나가는 논의만이 설
득력을 얻을 수 있다. 주제의 선명성을 위하여 가능한 관점을 제한하는
논의보다 주제의 선명성은 떨어질지 몰라도 다양한 관점을 살리는 것이
더 바람직하다는 것이 필자의 생각이다.

　그러나 이 글은 어떤 새로운 주제를 전개하는 것을 목적으로 하지 않
는다. 여기서는 단지 헉이 불량소년에서 도덕적인 인간으로 성장하고 있
다는 널리 퍼져 있는 견해를 반성하는 것으로 만족하려 한다. 『헉클베리
핀의 모험』에 대한 독자들의 감동의 상당 부분이 이러한 관점에 힘입고
있다고 볼 수 있다. 이러한 관점이 널리 유포되어 있는 것은 아마도 한국
대학에서의 외국 문학에 대한 강의가 주로 교훈적인 것을 중심으로 이루
어지기 때문이 아닌가 생각한다. 우리는 무엇보다도 이 작품이 도덕적인
소설이 아니라 사실주의 소설이라는 점을 분명히 할 필요가 있다. 한국

의 독자들은 교훈적이고 도덕적인 것에 치중하다 보니 이 작품이 사실주의 작품이라는 사실을 자주 망각하고 있는 것으로 보인다. 사실주의 작품은 낭만주의 작품과 달리 특정한 인물이 아니라 다수의 인물들에 의하여 사건이 전개된다. 그러므로 헉을 영웅으로 만들려는 평자들의 음모는 바로 이러한 사실성을 약화시키는 데 일조하는 셈이 된다.

  헉이 성장하고 있는지 아닌지는 생각보다 작품을 이해하는 데 매우 중요한 지표가 된다. 가령 이 작품에서 가장 많이 논란의 대상이 되고 있는 부분 즉 톰이 후반부에서 다시 등장하여 짐을 구출하는 장면도 헉의 성장 여부에 따라 달리 해석될 수 있다. 트릴링(Lionel Trilling)은 짐을 탈출시키는 일을 톰이 주도하는 것은 지극히 당연하다고 말한다. 헉은 본래 나서기를 싫어하는 소년이기 때문에 짐을 구출하는 일을 톰에게 일임하는 것은 형식면에서도 적절하다는 것이 그의 견해이다(536). 이 견해에서는 작품의 초입에 등장한 헉과 톰이 재등장할 때의 헉이 동일시되고 있는 것이 분명하다. 그렇다고 해서 트릴링이 전편을 통해서 헉이 변하지 않고 있다고 보았던 것은 아니다. 그는 단지 작품의 초입에서 톰이 게임을 주도했듯이 이 장면에서도 톰이 주도적인 입장이 되는 것이 형식적인 통일성을 위해서 적절하다는 것을 주장하고 있을 뿐이다. 그러나 톰과 함께 놀이를 할 때의 헉과 후반부에서 톰과 재회할 때의 헉은 그 동안의 그의 경험으로 보아 같을 수 없다는 점에서 많은 독자들은 이러한 견해에 동의하지 않는다. 톰이 벌이는 짐의 탈출 극이 그 이전에 전개되어 왔던 노예 문제에 대한 작가의 진지한 관심과 사회 비판을 희석시키고 있다는 막스(Leo Marx)의 지적은 이러한 관점에서 주목할 만하다(564). 막스는 펠프스의 농장에 도착한 헉이 톰과 갱단 놀이를 할 때의 헉이 아님을 분명히 한다. 톰과 헤어진 이후로 헉이 보고 느낀 것은 인간의 본성과 자신에 대한 인식을 깊게 했을 것이라는 점에서 막스는 헉이 톰과 재회하면서 코미디와 같은 탈출 극을 벌이는 것은 도저히 이해할 수 없는 부분으로서 이 작품의 치명적인 결함으로 지적하고 있다. 막스의 견해는 헉이 정신적으로 성장하고 있다는 생각에서 출발하고 있는 것이 분명하다. 그러나 헉이 성장하지 않고 있다면 많은 독자들에 의하여 논란의 대상이 되고 있는 부분은 지극히 자연스러운 것이 될 수 있다.

헉이 정신적으로 성장하고 있다는 견해는 순진성을 헉의 미덕으로 강조하는 작가 트웨인의 의도와 상치된다. 트웨인은 인간이 고등 동물에 이르지 못하는 것은 도덕적인 의식 때문이라고 보고 있어(*Collected Tales* 212-13) 우리들의 상식을 뛰어넘고 있다. 인간이 도덕적으로 동물보다 열등하다는 작가의 생각은 다른 곳에서도 엿 볼 수 있다. 그는 「지구에서 보내는 편지」("Letters from the Earth")에서 아담과 이브가 선악과를 따먹고 얻은, 선과 악을 구별할 줄 아는 지식 다시 말해서 도덕적인 의식이 인간을 짐승보다 나은 존재로 만드는 것이 아니라 오히려 인간을 타락시키는 요소로 작용한다는 것을 밝히고 있다. 그리하여 그는 "인간이 옳고 그름을 판별할 줄 안다는 사실은 다른 동물보다 지적으로 우월하다는 것을 증명해 주지만 그가 잘못을 범할 수 있다는 사실은 잘못을 범할 수 없는 동물보다 도덕적으로 열등하다는 것을 증명한다"(같은 책 790-91)고 말한다. 이처럼 지식이 인간의 타락의 근본적인 원인이라면 그의 말은 곧 지식 이전의 순진한 상태에서만이 도덕적일 수 있다는 것을 뜻한다고 볼 수 있다. 따라서 작가는 헉의 순진성을 강조하고 있는데 많은 평자들은 그의 순진성을 정신적인 성장으로 이해하고 있는 것으로 보인다. 이러한 오해는 근본적으로 헉의 관찰을 통하여 타락한 문화와 인간의 비인간성을 고발하고 있기 때문에 생기는 것으로 판단된다. 헉은 단순히 정보 제공자일 뿐 정보 분석가가 아니다. 그의 관찰이 지적 분석에 바탕을 두고 있지 않은 것은 바로 이러한 연유에서라고 할 수 있다. 그런데 독자들은 헉의 관찰을 통하여 제시되는 비판적인 통찰을 헉의 것으로 단정함으로써 반미개인(Fiedler 458)에 불과한 그를 턱없이 위대한 인물로 추켜세우고 있는 것으로 보인다. 이 글은 바로 이 점을 바로잡기 위한 목적을 지닌다.

헉의 순진성은 윌리암 블레이크(William Blake)의 말을 빌어 말하자면 조직화되어 있지 않은 순진성에 가까운 것으로 보인다. 블레이크는 순진성을 경험 이전의 조직화되어 있지 않은 상태와 경험의 시련을 거친 조직화된 상태로 나누었는데 헉은 반미개인이나 다름없으므로 그의 순진성은 전자에 속하는 것으로 볼 수 있다. 많은 독자들이 지적하고 있는 헉의 덕성은 바로 그의 순진성에서 나오는 것이라고 볼 수 있다. 이것은 그의 덕성이 어떤 확고한 도덕적인 원칙이나 신념에 바탕을 두고 추구되는 것이 아님을 뜻한다. 그의 덕성은 사회적 양심 내지는 도덕으로부터 도망함으로써 얻어지는 것이라는 점에서 다분히 역설적이다. 이러한 점에서 헉의 주체성은 전도된 가치 체계에 기초하고 있어 그는 그 자신의 덕성을 전혀 의식할 수 없다는 콕스(C. B. Cox)의 지적은 (308) 주목할 만하다. 헉을 정신적으로 성장하는 도덕적인 인물로 보는 견해는 바로 이러한 작품의 구조를 외면하고 있는 것이 된다.

그럼에도 불구하고 한국의 독자들은(물론 많은 외국독자들도 상당수 포함한다) 헉을 개구장이에서 도덕적인 인간으로 성장하고 있는 매력적인 인물로 인식하는데 대체로 주저함이 없는 것처럼 보인다. 한 독자는 헉이 왜곡된 양심을 거부하고 극복하기 위하여 투쟁하며 흑인 노예뿐만 아니라 남녀 노소에 대하여 선악을 초월하는 우정과 용기를 실천하고 있는 주인공으로 보는가 하면 다른 독자는 일련의 사건들을 경험함으로써 장난을 즐기던 이전의 헉이 사회의 본질을 통찰하는 보다 사려 깊고 다감한 성인으로 성장하고 있는 것으로 보았다. 심지어 어떤 독자는 그의 학위 논문에서 헉을 니체의 초인으로까지 격상시키고 있는가 하면 또다른 독자는 헉이 처음부터 끝까지 길들어지기 싫어하고 있다는 점에서는 변함이 없음을 인정하면서도 그가 노예인 짐에게 자유를 주었다는 점에서 그의 도덕적인 성장을 인정하고 있었다. 이러한 관점들은 이 작품의 배경이 되는 시기와 그 자신의 시대를 동일시하거나 화자인 헉의 관점에 작용하고 있는 작가의 사고를 헉 자신의 것으로 오해하는 다른 많은 독자들의 그것을 대표한다고 볼 수 있다. 물론 작품의 의미가 시대적, 사회적인 변화와 더불어 다르게 이해될 수 있다는 사실을 모르는 바가 아니다. 문제는 헉의 행동을 현대를 살아가는 우리들의 관점에 비추어서도 그것의 의미가 크게 달라지지 않는다는 점이다. 그것은 근본적으로 그의 도덕적인 행위로 찬미되고 있는 부분이 사실은 당시의 사회의 도덕을 내면화하지 못한 그의 입장에서 연유하는 것으로 어떤 확고한 신념에 바탕을 두고 있는 것이 아니라는 점에서 그러하다. 따라서 그의 행동이 오늘날의 관점에 비추어 도덕적인 것으로 간주될 수 있다면 그것은 전적으로 우연에 지나지 않는다고 보아야 할 것이다. 그리고 헉을 도덕적인 영웅으로 보는 관점은 톰의 행동을 통하여 영웅에 대한 낭만적인 사고를 비판하는 작가의 기본입장을 거스르는 것이기도 하다. 또한 헉의 성장을 주장하는 평자들은 전혀 변모하지 않는 톰의 입장에 대해서 그럴듯한 해명을 해야 할 것이다. 등장인물들 가운데서 아무도 변모하지 않는데 유독 헉만 변모한다고 주장하는 것은 사실주의를 표방하는 이 작품에 걸맞지 않은 주장임에 틀림없다. 헉은 톰이 결성한 갱단에 들어가기 위하여 자신을 보살펴 주는 미스 왓슨을 볼모로 내세우는, 철이 다 들지 않은 순진한 소년의 모습을 끝까지 견지하고 있다는 것이 필자의 생각이다.

　미국 내에서도 헉의 행동에 대한 비판적인 시각이 만만치 않게 대두되고 있는데 한국의 독자들만은 거의 일방적으로 헉의 신봉자가 되어 있는 까닭이 무엇인지 이해하기 어렵다. 물론 미국 내에서의 비판적인 시각은 흑인 독자들로부터 나오는 것이지만 이것은 백인이 아닌 흑인의 관점에서 보면 많은 문제점을 내포하고 있는 것임을 암시하는 것임에는 틀림없다. 한국의 독자들은 백인도 흑인도 아니기 때문에 그들보다 훨씬 객관적인 시각을 얻을 수 있을 것이라는 것이 필자의 생각이다. 그러자면 무엇보다도 이 작품을 주체적으로 읽어내는 것이 선행되어야 할 것이다. 단지 본토 연구자들의 견해를 재확인하는 것에 불과한 연구라면 차라리 없는 것만 못하다. 그러한 관점들은 독자들의 주체적인 이해를 방해하는 장애물로 작용할 수 있다는 점에서 그러하다. 이 글의 목적은 근본적으로 헉이 불량소년에서 도덕적인 인간으로 성장한다는 보편적인 관점을 반성하자는 데 있지만 이 목적은 독자로 하여금 이 작품을 새롭게 이해할 수 있는 길을 열어준다는 부수적인 효과를 겨냥하는 것이기도 하다.

Ⅱ. 헉의 갈등

대개 독자들이 헉의 정신적인 성장의 표지로 내세우고 있는 부분들은 따지고 보면 그의 순진성을 증거하는 것에 더 가깝다. 이 점은 트릴링과 막스가 헉의 정신적 성숙의 표지로 내세우고 있는 부분들을 재검토함으로써 확인해 볼 수 있다. 트릴링은 짙은 안개 때문에 헉과 짐이 서로 헤어졌다가 다시 만나는 장면과 헉이 자신의 도덕적인 규범을 무시하고 짐의 탈출을 도와주기로 작정하는 장면을 헉의 정신적인 성장의 지표들로 삼고 있다(Trilling 533). 막스도 이 점에 공감하고 있으며 더 나아가서 킹과 듀크가 마을 사람들에 의하여 사형을 당하고 있는 것을 보고 인간의 잔인성에 실망하는 장면을 그것의 예로 들고 있다. 이 장면들은 다른 많은 독자들에 의하여 주목의 대상이 되어 있는 만큼 이것들에 대한 자세한 검토는 헉이 정신적으로 성장하고 있다는 지배적인 견해를 바로 잡을 수 있는 계기가 될 수 있다고 생각한다.

그러면 헉과 짐이 안개 때문에 서로 헤어졌다가 다시 만나는 장면부터 고찰하기로 한다. 짐은 헉을 다시 만났을 때 그가 죽었다가 다시 살아온 것처럼 반가워하는 반면 헉은 짐을 골탕먹일 생각만 한다. 짐은 그러한 헉의 태도에 격분하고 헉은 그에게 사과한다. 노예인 짐에게 사과하는 헉은 백인으로서의 그의 위신을 과감히 벗어 던지는 미덕의 표본으로, 헉에게 강력하게 항의하는 짐은 진정한 자존심이 무엇인가를 보여준

사례로 이해되고 있다. 이를테면 아담즈(Richard P. Adams)는 짐의 과민한 반응이 그가 가축이 아니라 인격과 생각을 지닌 한 인간임을 주장하는 것과 다름없다고 말한다(573). 그러나 짐은 그 자신을 800달러의 가치가 있기 때문에 그만큼의 돈을 갖기를 원하고 있는(*HF* 100) 노예에 불과하다는 점에서 그러한 평가는 턱없이 과장된 것으로 생각된다. 짐의 그러한 소박한 소원은 그가 그 자신을 돈에 의하여 사고 파는 물건으로 인식하고 있음을 단적으로 말해 준다. 이러한 짐이 어떻게 인간의 존엄성을 감히 주장할 수 있는지 우리는 이해하기 어렵다. 우리는 이러한 점에서 이 장면을 다른 각도에서 고찰할 필요가 있다. 즉 짐의 과격한 반응은 헉에 대한 사랑의 표현이며 짐에게 사과하는 헉의 행동은 그러한 짐의 사랑에 대한 감응의 표현으로 볼 수 있는 것이다. 우리는 여기서 헉이 언청이 소녀로부터 궁지에 몰렸을 때 그녀의 두 언니들이 그의 편을 들어주는 것에 감동하여 위험을 무릅쓰고 킹와 듀크의 손아귀에 들어 있는 돈을 찾아주려는 26장에서의 그의 결심과 자신을 자식처럼 보살펴 주는 샐리 아주머니의 따뜻한 마음씨에 감복하여 바깥에 나가고 싶어도 나가지 못하는 41장에서의 그의 모습을 상기할 필요가 있다. 이 장면들은 인정에 한없이 나약한 그의 모습을 나타내 준다. 이러한 그의 모습을 볼 때 헉과 짐의 비일상적인 행동은 변화된 인식의 산물이 아니라 한결 친숙해진 두 사람 사이의 정감을 나타내 주는 것으로 보아야 할 것이다. 피들러가 지적하고 있는 것처럼 헉의 마음을 움직이는 것은 "도덕적인 원리가 아니라 사랑"(Fiedler 459)으로 보이기 때문이다.

그러나 상식적인 관점에서 볼 때 이 장면은 많은 의문점들을 지니고 있는 것이 사실이다. 우선 헉의 장난에 대한 짐의 거센 항의는 책의 전편에 비추어 매우 갑작스럽고 부자연스럽다는 느낌을 배제하기 어렵다. 이를테면 과부나 왓슨 부인의 충고와 간섭에 항상 불만을 가지고 있었던 그가 짐 그것도 흑인 노예의 핀잔에 그의 태도가 일변한다는 것은 이해의 차원을 넘어서는 것임에 틀림없다. 짐이 화를 낸 이유는 그의 말로 미루어 자신은 헉의 안부에 모든 촉각을 세우고 있었는데 헉은 자신을 골려줄 생각만 하고 있었기 때문으로 추정된다. 장난기가 채 가시지 않은 헉의 관점에서 본다면 그가 짐을 다시 발견했을 때 그를 골려주고 싶은 마음이 드는 것은 매우 자연스러운 것이 아닌가. 오히려 이해가 안되는 것은 그에게 화를 내는 짐의 행동이다. 짐이 그처럼 헉의 안부를 궁금하게 여겼다면 헉의 행동을 나무라기 전에 반가움이 앞서야 하지 않을까? 또한 짐은 노예의 신분이기 때문에 백인의 비인간적인 대우에 익숙해 있을 것이라는 점을 고려한다면 헉의 장난스러운 행동에 대한 그의 과민한 반응은 더욱 납득하기 어렵다. 그의 거센 항의가 때때로 그의 고귀한 정신의 소산으로 이해되고 있는데 짐의 탈출의 성공이 전적으로 헉에게 달려 있다고 해도 과언이 아닌 그의 입장에서 보면 그러한 견해는 대단히 비현실적으로 보인다. 그러나 무엇보다도 짐의 과민한 반응이 납득되지 않는 것은 그가 펠프스 농장에 갇혀 있을 때 톰의 노리개의 역할을 커다란 불만 없이 해내고 있는 그의 모습과 너무도 판이하기 때문일 것이다. 그가 여기서처럼 자긍심을 지니고 있는 사람이라면 그러한 수모를 당하면서도 아무런 반응을 보이지 않을 수 있는가? 이러한 점들은 고귀한 인간성을 증언하는 대목으로서 많은 독자들에게 불러일으키고 있는 감동을 약화시키기에 족한 것으로 보인다. 어느 의미에서 헉이 주변인으로서 흑인에 대한 일반적인 차별의식이 희박한데다가 그러한 사회를 떠나 짐과 함께 뗏목 생활을 하고 있는 점을 고려한다면 헉과 짐의 비일상적인 행동은 충분히 있을 수 있는 일로 보인다. 언뜻 보기에 짐에게 사과하는 헉의 행동은 인종적인 벽을 허무는 상징적인 행위처럼 보인다. 그러나 이미 그는 잭슨 섬에서 짐이 도망쳐 나왔다는 말을 듣고 짐이 당부한 대로 그 말을 절대로 다른 사람들에게 이야기하지 않겠다는 약속을 한 바 있지 않은가? 이 약속은 그가 짐을 한 인간으로 대하고 있음을 반증하는 것이 아닌가? 이제까지 그의 안부에 대해서 그토록 마음을 써준 사람이 없다는 점을 고려한다면 짐에게 사과하는 그의 행동은 짐의 사랑에 대한 그의 순수한 반응으로 보는 것이 적절한 판단일 것이다.

　정신적 성장의 척도로 널리 받아들여지고 있는 짐의 탈출을 둘러싼 헉의 갈등 또한 많은 의문점을 지니고 있는 것으로 보인다. 짐이 자유주에 가까워지면서 흥분할 때 헉은 그의 탈출을 방조하고 있다는 죄책감을 갖기 시작하고 그러한 죄책감에 대해서 "나는 법적 소유자로부터 짐을 탈출시킨 것이 아니다"(*FH* 145)라고 발뺌하려 한다. 그러나 그의 사회적인 양심은 짐이 도망하는 것을 뻔히 보고 있으면서 고발하지 않는 것은 분명히 죄라고 그를 다그친다. 그의 딜레마는 바로 짐을 고발할 수 없다는 점인데 그의 양심은 미스 왓슨으로부터 입은 은혜를 망각하고 그녀의 노예가 도망치는 것을 그대로 방치하고 있다고 그에게 심리적인 압박을 가한다. 그는 오직 죽고 싶은 마음뿐이다. 그런데 짐이 한 술 더 떠 돈을 벌면 그의 아내와 아이들을 되찾고 그들의 주인이 그들을 팔지 않는다면 노예 폐지론자들을 시켜 훔쳐 올 것이라는 자극적인 발언을 서슴지 않는다. 그가 짐을 고발하려고 마음먹고 있을 때 짐은 그러한 그의 내면적 갈등을 전혀 의식하지 못한 채 그의 은혜를 결코 잊지 않을 것이며 그가 짐에게 약속을 지킨 최초의 유일한 백인 신사라고 추켜세운다. 그는 이 말을 듣고 도망친 노예를 잡으러 온 사람들에게 짐을 고발하지 않고 그들을 따돌리고 만다. 그는 짐을 고발하지 않은 자신의 행동이 거창한 어떤 도덕적인 의식 때문이라고 말하고 있지 않다. 우리는 여기서 그가 마음먹은 대로 짐을 고발하지 못하고 나서 찜찜한 가운데 마음 대로 했더라면 지금보다 더 자신의 마음이 편할 수 있을지를 자문한 다음 그렇게 했더라도 기분은 지금과 마찬가지였을 것이라고 생각하는 대목에 주목할 필요가 있다. 이처럼 옳고 그름을 그 자신의 기분에 의하여 판가름하는 그의 태도는 결코 성숙한 태도로 간주될 수 없다. 이러한 그의 태도는 한마디로 그가 정상적인 교육을 받지 못한 결과라고 할 수 있다. 일찍부터 올바른 태도를 학습하지 않는 한 착한 행동을 할 수 없다는 그의 말은 (*FH* 149) 이 점을 뒷받침한다. 이처럼 그가 짐을 고발하지 않은 것이 정상적인 교육을 받지 못한 결과임에도 불구하고 적지 않은 독자들에 의하여 그것이 그의 도덕적인 결단으로 이해되는 것은 아무래도 납득하기 어렵다. 더욱이 그는 짐을 고발하지 못한 것에 대하여 죄책감을 느끼고 있지 않은가? 설사 그가 짐에 대한 인정에 못 이겨 고발하지 못했다고 해도 그다지 의미가 없기는 마찬가지이다. 그는 짐을 고발하지 못한 것이 인정 때문이라고 말하고 있지만 그 인정은 어느 의미에서 그 자신의 사회적 양심의 뿌리가 깊지 않다는 것을 반증하는 것으로서 사회로부터 소외된 그의 입장에서 연유하는 것으로 볼 수 있기 때문이다. 정상적인 교육을 받지 못한 헉의 판단이 인간적으로 이해되고 있다는 것은 교육에 대한 간접적인 비판은 될 수 있어도 그 자체를 곧바로 그의 도덕성과 결부시키는 것은 지나친 비약임에 틀림 없다. 짐을 고발하지 않기로 한 그의 결정이 겉으로 보기에 인간적인 것으로 보이지만 그것은 앞에서 이야기 한 바와 같이 그 자신의 편이를 위한 것이라는 점을 상기한다면 이 점은 보다 분명해진다. 그리고 그가 짐을 고발하지 않은 것은 그 당시로서는 비도덕적인 행동이지 도덕적인 행위가 결코 아니다. 물론 오늘날의 관점에서 본다면 짐을 고발하지 않은 헉의 행동은 도덕적인 것으로 이해될 수 있지만 이처럼 최종적인 결정만을 가지고 판단하는 것은 바람직한 것으로 볼 수 없다. 그의 결정은 그의 입장에서 불가피하게 내려진 것이지 뚜렷한 어떤 이념에 바탕을 두고 있는 것이 아니다. 따라서 그의 결정이 현대 독자들에게 도덕적인 것으로 이해되는 것은 전혀 우연에 지나지 않는다고 볼 수밖에 없다.

또한 헉의 갈등의 표현이 너무나 갑작스럽다는 점에서도 그의 도덕성은 의문시된다. 이러한 느낌이 드는 것은 그가 짐과 잭슨 섬에서 서로 만나 도망쳐 왔다는 짐의 말을 들었을 때는 전혀 아무런 갈등을 느끼지 않다가 하필이면 자유 주를 눈앞에 두고 있을 때, 짐과 영원히 헤어질지도 모르는 순간에 그러한 갈등에 사로잡혀 있기 때문이다. 이러한 시기의 문제 때문에 그의 갈등은 마치 짐과 헤어지기 싫어 해보는 공연한 투

정처럼 보이는 것이 사실이다. 이러한 느낌은 결코 필자만의 것이 아니다. 브레너(Gerry Brenner)는 모험을 통해서 드러나는 헉의 초라한 모습을 그럴듯하게 보이기 위하여 그러한 도덕적인 고민을 삽입했다는 극언을 서슴지 않는다(466). 짐의 입장에서는 자유주가 자유인이 될 수 있는 곳이지만 헉의 입장에서는 또 다른 사회적 구속을 의미한다는 것을 우리가 염두에 둔다면 그러한 느낌은 공연한 것으로 볼 수 없다. 물론 그가 짐과 함께 살아야 할 이유는 없다. 만일 그가 자유 주까지만 동행하고 그 다음에는 남부에서처럼 사회의 변두리에서 편하고 자유롭게 산다면 자유 주에 도착하는 것이 그에게 정신적인 부담이 되어야 할 이유가 없다. 문제는 헉의 경우, 메센트(Peter Messent)가 지적하고 있듯이 자유롭고 마음이 놓이고 편한 공간으로서의 뗏목의 의미는 짐이 곁에 있을 때만이 존재하는 것으로 보인다는 점이다(95). 헉의 여행에 짐이 있어야 하는 것은 그가 혼자서 즐겁게 여행해야 할만큼 정신적인 자립을 이루지 못했기 때문이다. 트웨인은 그의 자서전에서 헉의 실제 모델이 유년시절의 톰 블랭큰십(Tom Blankenship)이었음을 밝히고(Clemens 68) 그를 묘사하는 자리에서 그 소년이 자립적인 정신을 가진 유일한 소년이었다고 말하고 있으나 헉은 실제 모델에 미치지 못하고 있는 것이 분명하다.

　해리스(Susan K. Harris)는 헉이 자연을 통해서 사회로부터의 그의 소외감을 극복하고 있다고 주장하고 있으나 (69) 이러한 관점은 자연이 헉에게 갖는 의미를 제대로 파악하지 못한 결과로 보인다. 헉의 자연에 대한 갈구는 어느 의미에서 워즈워스가 「틴턴 사원」이라는 시에서 식욕("appetite")이라는 말로 표현한 것에 가까운 것으로 파악된다. 청소년 시절에는 굶주린 사람처럼 자연을 갈구하지만 배부르면 식욕이 없어지듯이 그 갈구는 쉽게 권태로 이어진다. 워즈워스는 이러한 현상을 감각적인 즐거움의 한계로 보았다. 헉이 자연을 감각적으로 즐기고 있음은 자연에 대한 그의 묘사를 통해서 엿볼 수 있다. 이를테면 9장에서는 헉이 짐과 더불어 동굴 속에서 바라본 풍경 즉 폭풍우가 몰아치는 바깥 풍경이 다음과 같이 묘사되어 있다.

> 그것은 여름이면 정기적으로 오는 폭풍 가운데 하나였다. 밖은
> 너무 어두워 검푸르게 보였고 아름다웠다. 비가 억수같이 내려 조
> 금이라도 떨어져 있는 나무들은 거미줄처럼 희미하게 보였다. 이윽
> 고 나무들을 휘청하게 하고 나뭇잎들을 뒤집는 광풍이 불어닥친다.
> 그러더니 세찬 바람이 불어와 나뭇가지들이 미친 듯 춤을 추었고
> 이어 번갯불이 번쩍하더니 수백 야드 떨어져 있는 곳에 있는 나무
> 들의 꼭대기가 폭풍 속에서 이리저리 흔들리는 것이 보였다. 순간
> 다시 칠흑처럼 깜깜하더니 빈 술통이 긴 계단을 튀어 오르면서 굴
> 러 떨어지듯이 요란한 소리를 내면서 하늘에서 지하 세계로 굴러
> 떨어지는 천둥소리가 들린다.(*FH* 102)

우리는 여기서 폭풍우가 몰아치는 광경이 주로 시각적인 이미지와 청
각적인 이미지에 의하여 묘사되어 있음을 알 수 있다. 이것은 단적으로
헉이 자연을 감각적으로 향수하고 있음을 단적으로 말해 준다. 그가 이
처럼 폭풍우가 몰아치는 무서운 광경을 즐겁게 바라볼 수 있는 것은 말
할 것 없이 그의 곁에 짐이 있기 때문이다. 우리가 제 1장에서 헉이 미스
왓슨으로부터 지루한 설교를 들은 다음 자신의 방으로 돌아왔을 때 해방
감보다는 견디기 어려운 고독감에 사로잡혀 있는 것을 상기한다면 이러
한 추론은 충분히 가능하다고 할 수 있다. 헉이 혼자 있을 때 이처럼 외
로움을 느낀다면 혼자서 여행한다는 것이 무슨 의미가 있는가? 우리는
여기서 헉의 여행이 짐과 함께 있을 때만이 의미 있는 것이 되고 있음을
다시 한 번 확인할 수 있다. 짐이 자유인이 된다는 기쁨에 들떠 있을 때
헉이 갑자기 짐의 탈출을 방조한 것에 대한 죄책감에 사로잡혀 있는 것
은 이러한 점에서 두 사람의 이해관계가 엇갈려 결별이 예상되는 지점인
자유 주에 도착하는 것에 대한 착잡한 마음을 반영해 주는 것으로 읽혀
지는 것이 보다 적절하다는 생각이 든다.

31장에서 보여지는 헉의 갈등도 같은 관점에서의 고찰이 가능하다. 우리는 헉이 피케스빌이라는 마을에서 킹과 듀크가 말다툼을 하고 있는 사이에 몰래 빠져 나와 짐이 있는 곳으로 신나게 달려오면서 "짐, 이제 우리는 됐어"(*FH* 279)라고 말하는 것에서 짐을 한 식구처럼 여기고 있음을 느낄 수 있다. 헉이 이처럼 짐을 한 식구로 여긴다면 짐을 구출하겠다는 그의 결연한 의지는 주목의 대상이 되어야 할 이유가 없다. 더욱이 그는 짐을 구출하는 일을 비천한 행동으로 생각하고 있기 때문에 그의 결심은 책임감 내지는 도덕적인 의식의 소산으로 보는 시각은 잘못된 것임에 틀림없다. 평자들은 짐의 소재를 알리는 편지를 찢어 버리고 지옥에 가도 좋다는 제법 결연한 의지를 표명하는 헉의 결정을 정신적인 성장의 표시로 여기지만 변화를 위해서라면 지옥이라도 가고 싶어 한다든가 하루종일 거문고를 가지고 노래를 부르면서 한가롭게 지내는 천국을 탐탁하게 여기지 않는 그의 기본적인 성향에 비추어 본다면 그의 결정은 누구를 위해서가 아니라 바로 그 자신을 위한 것이라는 생각이 든다. 이 점은 짐의 소재를 알리는 싱거운 방법보다는 짐을 구출하는 쪽이 모험을 좋아하는 그의 성향에 들어맞는다는 점에서 그러하다.

이러한 관점은 이 두 장면을 통해서 작가가 제시하려는 것이 많은 독자들이 생각하는 것과 달리 헉의 도덕성이 아님을 말해 준다. 그것들 속에는 그보다 훨씬 심오한 의미가 내포되어 있는 것으로 보이는데 그것은 곧 인간의 도덕적인 결단도 알고 보면 이기적인 속성을 지니고 있다는 점이다. 이것은 인간의 도덕적인 의식이 근본적으로 타락한 것이라는 작가의 기본적인 인식과 상통하는 것으로 보인다.

우리가 이처럼 일단 헉의 도덕성에 대한 맹신에서 벗어나면 그의 자기반성에도 적지 않은 문제가 내포되어 있다는 것을 알게 된다. 이 점을 살피기 위해서는 갈등하는 그의 의식을 자세히 들여다 볼 필요가 있다. 그는 짐이 다시 노예로 팔려 간 것을 알고 그렇다면 그의 가족이 있는 곳에서 생활하는 것이 더 나을 것이라고 생각하고 톰에게 편지를 써서 그로 하여금 왓슨 부인에게 짐의 소재를 알리게 하려 한다. 그러나 그는 미스 왓슨이 짐의 배은망덕에 화가 잔뜩 화가 나서 그를 다시 노예로 팔지 모르며 설사 그녀가 짐을 팔지 않는다 하더라도 모든 사람들이 그를 은혜를 모르는 녀석이라고 비난함으로써 그를 비참하게 만들 수 있으며 그가 짐의 탈출을 방조했다는 소문이 퍼지면 자신은 얼굴을 들 수 없을 것이라는 생각 때문에 망설인다(FH 201). 그리고 그는 다시 미스 왓슨의 노예인 짐의 탈출을 방조함으로써 그녀에게 물질적인 손해를 끼쳤다는 사실에 주목한다. 그는 죄를 저지르고도 그것의 결과에 대해 책임을 지려 하지 않는 비천한 인간임을 깨닫고 돌연히 신에 대한 두려움에 젖는다. 그는 이러한 두려움으로부터 벗어나기 위하여 자신을 변호하고 싶은 비겁한 욕망을 느낀다. 그는 자신이 비천하게 자라났으므로 얼마간의 잘못은 용서받을 수 있다고 생각한다. 그러나 그는 그러한 생각이 변명에 지나지 않는다는 것을 잘 알고 있다. 주일학교에 나갔더라면 짐의 탈출을 방조하는 것과 같은 나쁜 행동을 하면 지옥에 간다는 것을 배웠을 것이라고 그는 생각한다. 그는 자신이 보다 착한 소년이 되도록 해 달라고 기도하려 하지만 말이 나오지 않는다. 그는 그 원인이 정직하지 못한 그 자신에게 있다고 생각한다. 그는 자신의 죄를 모두 청산한 척하지만 그의 마음 속 깊은 곳에서는 여전히 가장 큰 죄를 끌어안고 있음을 자각하고 있다. 그는 올바른 행동을 하기로 마음먹고 짐의 소유주인 왓슨 부인에게 편지를 쓰기로 작정하지만 그의 마음 깊은 곳에서는 그것이 거짓이라는 것을 알고 있다. 즉 그의 속마음은 짐을 어느 누구에게도 넘겨주고 싶지 않은 것이다. 그는 너무 고통스러운 나머지 무엇을 해야 할지 난감한 상태에 이른다. 그는 마침내 편지를 쓰기로 작정하자 마음이 가벼워지고 모든 고통이 사라지는 것을 느낀다. 그는 편지를 써 놓고 하마터면 지옥에 갈 뻔했다는 안도감을 갖는다. 그러나 그 안도감도 잠시 그는 다시 짐과 함께 지냈던 기억들을 되새긴다. 그는 마침내 편지를 찢고 지옥에 갈 결심을 한다.

여기서 문제가 되는 것은 헉이 속마음으로는 짐의 소재를 알리고 싶지 않은데 편지를 써서 알리기로 다시 마음을 고쳐먹으면서 갑자기 그의 마음이 날아갈 듯 가벼워지는 대목이다. 그는 편지를 씀으로써 그의 죄를 청산할 수 있는 것처럼 생각하지만 그러한 생각이 그의 진심이 아니라는 것을 알고 있다. 따라서 상식적인 관점에서 볼 때 그가 다시 편지를 쓰기로 작정했을 때는 그의 말처럼 그의 마음이 깃털처럼 가벼워지는 것이 아니라 천근처럼 무거워야 정상이 아닌가? 그는 앞에서 미스 왓슨에게 짐의 소재를 알리면 그의 배은망덕에 화가 나서 그를 다시 노예로 팔지도 모르고 설사 팔리지 않더라도 모든 사람들이 그를 은혜를 모르는 녀석이라고 그를 비난할 것이기 때문에 편지를 쓰는 것을 망설였지 않은가? 그런데 그것을 송두리째 망각하고 미스 왓슨에 대한 죄책감으로부터 벗어날 궁리만 하는 그의 의식은 한 번에 한 생각밖에는 할 수 없는 어린이의 단순성을 그대로 보여주는 것으로 볼 수 있다. 이러한 그의 단순한 의식에 도덕적인 의미를 부여한다는 것은 상식적으로 납득하기 어렵다. 우리가 그것에서 굳이 의미를 찾자면 그의 순진성일 것이다. 인간적인 정과 사회적인 책임 사이에서 갈팡질팡하는 그의 모습은 한마디로 그가 순진성을 상실하지 않았음을 보여주는 단적인 증거가 될 수 있다. 단지 짐과의 우정 때문에 지옥도 불사하고 짐을 구출하기로 한 그의 결정은 그의 순진성을 고려하지 않고서는 이해하기 어려운 것임에 틀림없다. 트웨인의 경우 성장은 순진성과 도덕성의 상실을 의미한다. 16장에서 보인 짐에 대한 그의 갈등의식이 31장에서도 그대로 반복되어 있는 것은 바로 그의 의식이 성장하지 않고 있음을 말하는 증거가 된다. 이 두 에피소드는 이러한 점에서 그의 도덕적인 성장이 아니라 그의 순진성이 그대로 보존되어 있음을 나타내 주는 것들로 이해되어야 마땅한 것으로 보인다.

Ⅲ. 헉의 관점

작가는 여러 장면을 통해서 헉의 순진성을 부각시키고 있다. 헉이 난파선과 함께 익사한 악당들을 동정하고 킹과 듀크와 같은 악당들이 사형(관습적으로 행해온 집단적인 징계 방법으로 뜻함)을 당하는 것을 보고 그들의 악행보다 인간의 잔인성에 환멸을 느끼는 것은 곧 나쁘게 말하면 그가 도덕적인 의식을 현저히 결핍하고 있음을 말하며 좋게 말하면 순수하다는 것을 암시하는 것으로 볼 수 있다. 헉은 도덕적인 의식을 결핍함으로써 오히려 도덕적일 수 있다는 작가의 역설을 구현하는 인물이다. 이러한 점에서 헉이 도덕적인 의식을 결핍하고 있다고 그를 비난하는 평자들은 그의 도덕적인 의식을 들어 그의 정신적인 성장을 주장하는 평자들과 마찬가지로 잘못을 범하고 있다고 말할 수 있다. 헉은 킹과 듀크로부터 비인간적인 대우를 받았을 뿐만 아니라 그들의 여러 비행들을 목격했음에도 마을 사람들에 의하여 사형을 당하는 그들을 다음과 같이 동정한다.

> 아! 정말 끔찍하구나. 나는 초라하기 짝이 없는 악당들이 불쌍하게 느껴졌다. 나는 그들에 대해서 더 이상 냉담할 수 없을 것처럼 보인다. 그것은 끔찍한 광경이었다. 인간들은 서로간에 끔찍할 정도로 잔인할 수 있는 것이다.(*FH* 301)

막스는 이 부분에서 인간 본성에 대한 헉의 통찰을 엿보고 있으나 이러한 견해는 과장된 것으로 보인다(553). 킹과 듀크가 마을 사람들에 의하여 가혹하게 처벌되고 있는 모습을 보고 인간이 잔인할 수 있다는 생각은 누구나 할 수 있는 것이 아닌가? 뿐만 아니라 그는 샐리 아주머니나 메리 제인, 쥬디스 로프터스와 같은 친절한 마음씨를 지닌 사람들도 있다는 것을 알고 있기 때문에 인간이 잔인할 수 있다는 그의 생각은 다분히 즉흥적이고 단편적인 것에 지나지 않는 것으로 보아야 할 것이다.
그리고 그의 관찰 속에서 드러나는 것은 인간 본성에 대한 통찰이 아니
라 그의 순진성인 것 같다. 그가 악당들의 처참한 모습을 보았을 때 그
동안 자신이 목격한 그들의 모든 악행들을 잊고 눈에 보이는 결과만으로
연민을 느끼고 있음은 선인과 악인에 대한 관습적인 구분으로부터 자유
스러운 그의 순진성을 드러내 주는 것으로 볼 수 있다. 그러나 킹과 듀
크가 저지르게 될 사회악을 전혀 염두에 두지 않고 마을 사람들에 의하
여 붙잡히지 않도록 그들을 피신시키려 하는 그의 행위는 아무래도 잘
보아줄 수 없다. 레스터(Julius Lester)가 그를 성장과 책임을 기피하는 만
년 청소년으로 간주하고 있는 것도(346) 바로 이러한 연유에서일 것이다.
그러나 그가 사회적 책임을 기피하는 이유에 대해서 알아보지도 않은 채
드러난 사실만을 가지고 판단하는 것은 온당치 않다. 그가 사회적 책임
감을 다하지 못한 것은 비난받아 마땅한 일이지만 그것이 그의 순진성에
서 기인하는 것이라면 그를 의식적으로 책임을 기피하는 소년으로 간주
하는 관점은 지나친 비약임에 틀림없다.

　여기서 드러나는 헉의 순진성과 인간애는 난파선인 월터 스코트와 더
불어 수장된 악당들에 대한 그의 연민을 통해서도 강조되어 있는 부분이
다. 여기서 강조라는 말을 사용하고 있는 것은 헉을 인간애가 풍부한 순
진한 소년으로 부각시키려는 작가의 의식적인 노력이 엿보이기 때문이
다. 작가의 이러한 의식적인 노력이 간과되고 있는데 그것은 헉의 감정
의 진지성을 저해하는 요인으로 작용한다는 점에서 반드시 짚고 넘어야
할 부분으로 생각된다. 우리가 여기서 주목해야 할 것은 난파선에서 다
른 한 사람을 난파선과 더불어 수장시키려는 두 악당들의 음모를 엿들
은, 헉이 두 악당들이 타고 갈 배를 타고 상륙해서 보안관에게 알려 그
들 모두를 혼내 주려고 계획을 세워 놓고 그 다음 장에서는 그러한 자신
의 계획을 전혀 망각하고 있는 것처럼 새삼스럽게 위험에 처해 있는 악
당들의 고통을 생각하고 연민을 느끼는 부분이다.

　　짐은 노를 저었다. 우리는 우리들의 뗏목을 향해 나아갔다. 그
때 나는 처음으로 그 사람들에 대해서 걱정하기 시작했다 … 이 전
에는 그럴 틈이 없었을 것이다. 나는 살인자들에게도 그러한 궁지
에 몰리면 말할 수 없이 두려울 것이라는 생각에 미쳤다. 나는 내
가 살인자가 될지도 모른다는 생각에 몸둘 바를 몰랐다.(*FH* 127)

　　그는 여기서 악당들에 대해서 어떤 조치를 취할 것인지에 대해서 전
혀 생각해 본 적이 없는 것처럼 행동하고 있다. 육지에 상륙해서 보안관
에게 알리려는 그의 애초의 계획 속에는 그들의 안전에 대한 염려도 내
포되어 있다고 보아야 할 것이다. 헉이 그 계획대로 행동했더라면 악당
들은 보안관에게 안전하게 구조되어 체포되었을 것이기 때문이다. 작가
가 이처럼 아무런 이유 없이 능청스럽게 애초의 계획을 수정해서 전혀
다른 이야기로 엮어 가고 있는 것은 악인과 선인을 초월한 헉의 인간애
를 강조하려는 그의 의도의 일환으로 보인다. 결국 12장에서의 악당들에
대한 헉의 연민과 그 동안 많은 경험을 한 후인 33장에서의 킹과 듀크의
최후에 대한 헉의 연민 사이에 어떤 질적인 차이도 발견되지 않는다. 이
것은 헉이 다양한 경험을 통해서도 여전히 순진성을 유지하고 있음을 시
사하는 것으로 볼 수 있다.

　　그가 관찰한 것에 대하여 드러내 놓고 비판하는 일이 없는 것은 바로
이러한 그의 순진성과 연관된다. 비판은 비판적인 기준이 될 수 있는 일
정한 잣대가 없이는 불가능하다. 헉과 같이 모든 문명적인 구분에 물들
지 않은 입장에서는 비판이라는 것이 성립할 수 없다. 여러 사건들에 대
한 그의 반응이 분석적이 아니라 소박한 정서적인 감응에 한정되어 있는
것은 바로 이러한 그의 입장과 관련되어 있는 것으로 볼 수 있다. 그는
자신이 보고들은 바를 그대로 제시하고 있을 뿐 관찰을 통해서 자신의
생각이나 느낌을 독자들에게 전달하려는 어떤 시도도 하지 않는다. 독자
들이 그의 관찰 속에서 발견하는 통찰은 어디까지나 그들이 발견한 것이

지 그의 것이 아니다. 많은 평자들은 이 점을 혼동함으로써 헉의 정신적인 성장을 부각시키는 데 일조하고 있는 것으로 보인다. 글라선(Thomas A. Gullason)은 헉이 "모험을 통해서 문명적인 태도 밑에 숨겨져 있는 비인간성과 삶의 진실을 간파한다"(586)고 말하는가 하면 아담즈는 헉이 겪은 여러 모험들이 그가 소속되기를 바라는 문명의 진정한 가치들에 대한 그의 자각에 기여한다고 말한다(Adams 570). 그러나 여행을 끝마친 그에게서 우리는 여행을 떠나기 전에 그가 보여준 의식과 달라진 것을 발견하기 어렵다. 헉이 여러 모험을 겪은 후에도 여전히 여행을 떠나기 전처럼 길들어지기 싫어 다시 떠나려는 것은 단적으로 그 사이에 어떤 발전이나 변화가 없음을 말해 준다.

우리는 남부 사회의 이러 저러한 모습을 통하여 그의 비판적 통찰을 엿볼 수 있지만 그것이 그의 성장론을 뒷받침하는 것으로 보기는 어렵다. 그가 마지막에 서부로 떠나는 것이 남부 사회에 대한 그의 부정적인 경험 때문으로 이해되고 있는데 그가 남부에서 경험한 인간의 타락은 남부 사회에만 한정되어 있지 않은 인간의 본질에 속하는 것으로 보이기 때문이다. 이 점이 사실이라면 그의 떠남은 경험을 통한 의식의 성장의 결과로 간주될 수 없을 것이다. 이 점을 구체화하기 위해서는 남부 사회에서의 그의 경험을 면밀하게 살펴볼 필요가 있다.

헉이 짐과 헤어져 처음으로 겪는 것은 남부 귀족들의 비인간성과 잔인성이다. 헉이 방문하게 된 그렌저포드 가문은 남부 귀족을 대표한다. 이 가문의 구성원들은 엄격한 예절과 중세 기사도의 명예를 금과옥조로 삼아 그들 가문의 명예를 위해서라면 사람을 죽일 수 있다고 생각한다. 한 번 화가 나면 쳐다보는 사람을 오싹하게 할 정도로 눈이 비정하게 불타오르는 주인 그랜저포드의 눈은 전형적인 신사의 풍모의 이면에 자리하고 있는 그의 잔인성을 엿보여 준다. 귀족들의 비인간성은 벅과 헉의 다음과 같은 대화를 통하여 극화되어 있다. 어느 날 벅과 함께 사냥을 나갔다가 벅이 상대방 가문의 사람을 보자마자 총으로 공격하는 것을 목격한 헉은 벅의 그러한 행동을 이해하기 어려웠던 것이다.

> H: "너 그를 정말 죽이려 했니?"
> B: 물론이고 말구.
> H: 도대체 그가 너에게 무슨 짓을 했는데?
> B: 그가? 그는 나에게 아무런 짓도 안 했어.
> H: 그러면 무슨 이유로 그를 죽이려고 했니?
> B: 아무 것도 아니야, 단지 숙원 때문이지.(*FH* 117)

헉의 이 물음은 단순한 호기심에서 나오는 것일 뿐 무엇인가 가치 있는 것을 독자들에게 전달하기 위한 어떤 의도성을 지니고 있지 않다. 우리는 이 두 사람의 자연스러운 대화를 통하여 사람을 아무런 이유 없이 죽이려 하고도 전혀 죄책감을 느끼지 않는 벅의 모습을 어렵지 않게 엿볼 수 있다. 이러한 벅의 태도는 인간의 생명보다 명예를 더 존중하는 왜곡된 귀족들의 의식을 대변해 준다. 여기서 작가의 비판의 대상이 되고 있는 사람들은 특정한 계층이나 지역에 국한되어 있는 것으로 보이지 않는다.

킹과 듀크의 등장은 그들에게 속는 군중들의 어리석음을 집중 조명하는 계기가 된다. 허황된 종교적 열정 속에 사로잡혀 있는 군중들은 현실을 직시하지 못하기 때문에 그만큼 속기 쉽다. 기도를 하면서 종교적인 열정에 사로잡혀 울부짖는 사람들과 중세 기사도에 대한 낭만적인 열정으로 가득 찬 벅과 비현실적이라는 점에서 유사하다. 그들은 감상적이어서 체루성의 이야기에 약하다. 이러한 군중들의 심리를 누구보다 잘 알고 있는 사람은 바로 킹이다. 그는 설교회에서 자신을 회개한 해적으로 소개한 다음 다시 자신의 활동 무대인 인도양으로 돌아가면 자신의 동료들을 진실한 길로 인도하는데 나머지 인생을 보내겠다며 짐짓 울음을 터뜨린다. 그의 고백을 듣고 감동해서 손수 모금을 하는 군중들의 동정은 지극히 감상적이다.

　군중은 또한 약자에게는 강하고 강자에게는 약한 성향을 지니고 있다. 이 점은 복스 영감을 죽인 셔번 대령을 린치 하기 위하여 몰려갔다가 그의 위압적인 태도에 슬금슬금 꽁무니를 빼는 군중들의 모습에서 여실히 드러난다. 그들은 셔번 대령이 지적하고 있듯이 힘없는 사람들은 린치할 수는 있어도 힘있는 사람은 그렇게 할 수 없다. 이 점은 마지막 장에서 도망가다가 붙들려 온 짐에 대한 군중의 태도에서 뚜렷하게 드러난다. 짐에 대한 그들의 행동은 약자에게 강한 군중들의 생리를 엿보여 주는 적절한 하나의 예가 된다. 폭도들은 군인들처럼 타고난 용기가 아닌 우두머리나 군중으로부터 빌어온 용기를 가지고 싸울 뿐이다(*FH* 149). 셔번 대령을 린치 하러간 군중들이 그가 겨눈 총에 겁을 먹고 밀물처럼 꽁무니를 빼는 모습은 지도자가 없이는 속 빈 강정에 불과하다는 것을 실감케 하는 대목이다. 한편 서커스에서 술취한 듯한 곡예사가 보여주는 위태로운 묘기를 보고 태연히 즐기는 마을 사람들은 군중들의 잔인한 일면을 드러내 준다. 이러한 군중들의 속성 또한 남부에서만 나타나는 것이 아님은 말할 것 없다.

　셔번 대령이나 그랜저포드 대령의 비인간성은 한마디로 명예에 대한 과도한 집착에서 비롯되는 것인 반면 킹과 듀크의 비인간성은 돈에 대한 집착에서 연유하는 것으로 볼 수 있다. 이들의 비인간성은 비본질적인 것에 과도하게 집착하면 누구에게든지 필연적으로 나타날 수 있는 것이라는 점에서 남부에서 살고 있는 사람에게만 특별히 나타나는 것으로 볼 수 없다. 이것은 곧 남부 사람들에 대한 헉의 관찰이 남부 사회에서만이 의미를 갖는 것이 아님을 말한다. 다시 말해서 남부 사회는 인간 본성의 탐구를 위한 상징적인 공간으로서 세계의 축도라고 볼 수 있다. 헉이 서부로 떠나는 것과 남부 사회의 타락을 연관시키려는 관점은 바로 이러한 상징적인 공간을 무의미하게 만드는 것이 된다. 그리고 남부 사람들의 비인간성과 잔인성이 인간의 본질이라면 그러한 인간의 속성은 어느 곳에서든지 나타날 수 있다는 점에서도 그러한 연계는 설득력이 없는 것으로 보인다.

Ⅳ. 헉의 정신적 성장

우리가 다음으로 검토해야 할 것은 헉이 짐을 한 인간으로 인지하는 과정이 헉의 정신적인 성장과 동일시되어 있는 점이다. 이 검토는 짐이 이 작품에서 어떻게 다루어지고 있는지에 대한 고찰과 긴밀히 연관된다. 평자들 가운데는 짐의 묘사에 대체로 만족하는 사람들이 있는가 하면 불만을 갖고 있는 사람들도 있다. 평자들이 짐에 관한 묘사에 지대한 관심을 보이는 것은 인종 문제가 작품의 평가에 지대한 영향을 준다고 생각하기 때문일 것이다. 이 작품을 옹호하는 사람들이 하나같이 짐을 옹호하는 것은 바로 이러한 점에서라고 볼 수 있다. 그러나 그들의 옹호는 대체로 설득력이 없어 보인다. 가령 스미스(H. N. Smith)는 헉이 짐을 고발할 것인가 말 것인가 고민할 때 짐이 그러한 그의 의중을 재빨리 읽고 그의 우정과 은혜에 무척 고맙다고 말함으로써 그의 동정심을 유발하고 있을 만큼 영리하다고 본다(120). 그러나 우리가 이 견해를 받아들인다면 짐이 헉의 사회적 양심을 자극할 수 있는 발언 즉 "자유 주에 도착하면 돈을 벌어 아내를 산 다음 둘이서 열심히 벌어 자식들을 살 것이며 만일 소유주가 그들을 팔지 않는다면 노예폐지론자들을 시켜 그들을 훔쳐오게 할 것"이라는 짐의 말을 어떻게 이해되어야 하는가? 한편 D. L. 스미스는 짐이 털 공과 톰이 초 값으로 놓아 둔 니켈화로 자신의 위신을 높이는 짐의 행동을 들어 그의 영리함을 입증하고 있으나(253-55) 그렇게 영리한 사람이 자신이 꿈꾼 대로 바름게 그것도 동네에서 멍청이로 소문이 난 그에게 어떻게 10센트를 투자할 수 있는지 우리는 이해할 수 없다. 이러한 불일치는 프랑스어와 솔로몬 왕에 대한 헉과 짐의 논쟁을 통해서도 드러난다. 마일로(Steven Mailoux)가 지적하고 있듯이 이 논쟁은 백인의 우월성에 대한 간접적인 비판으로 이해된다(107-33). 그러나 자신의 생각을 여간해서 바꾸려 하지 않는 것이 짐과 같은 단순한 사람의 속성이며 이것이 논쟁을 불가능하게 만든다는 헉의 말 또한 일리가 있는 주장임에 틀림없다. 대체로 평자들은 그들의 관점에 따라 이러한 짐의 어느 일면만을 강조하고 있을 뿐 그것을 전체적으로 검토하는 시각을 결여하고 있는 것으로 보인다. 필자가 보기에 그의 상반된 모습들은 그가 영리하기는 하나 그 영리함은 그 나름의 엄연한 한계를 지니고 있음을 암시하는 것이 아닌가 생각된다. 그리고 우리가 짐을 그처럼 영리한 존재로 간주한다면 헉에게 베푸는 짐의 모든 호의는 자신의 탈출을 위한 포석으로 이해될 수 있는 여지가 많으며 이렇게 된다면 작품에 대한 독자들의 이해는 걷잡을 수 없는 혼란에 빠질 수 있는 가능성이 얼마든지 있다는 점을 간과해서는 안될 것이다.

헉이 짐과 친밀해지는 것은 짐이 영리한 인간이기 때문이 아니다. 헉이 짐을 한 인간으로 보게 된 것은 그의 지적 능력이 아니라 그에게 베풀어 준 따뜻한 마음임은 앞에서 말한 바와 같다. 짐의 인간성을 드러내 주는 주요 대목으로 안개 때문에 헉과 짐이 헤어졌다가 다시 만나는 장면에서 짐이 그를 놀리는 헉을 호되게 질책하는 대목과 헉이 잠을 자고 있는 줄 알고 짐이 거리낌없이 가족에 대한 그리움을 표현하는 대목 그리고 늦은 시각에 헉 대신 보초를 서 주는 대목들이 지적되고 있다. 그런데 이 대목들에서 공통적으로 드러나는 것은 짐의 따뜻한 마음이다. 짐의 이러한 덕성은 종속적인 성격을 지닌 것으로서 오직 지배자인 백인을 위해 존재하는 것으로 보인다. 톰을 간호하기 위하여 자신의 자유를 포기한 짐의 태도는 수많은 소설에서 반복해서 나타나는 고식적인 이미지에 지나지 않는다고 보는 줄리어스 레스터의 견해는(Lester 344) 이러한 점에서 주목할 만하다. 말썽을 피우지 않으며 언제나 말이 없고 수동적이며 백인을 위해서 충실히 간호하는 짐의 모습은 백인들이 생각하는 흑인의 이상적인 미덕이 아닌가? 이러한 점에서 레스터는 짐을 자존심과 품위와 자아에 대한 감각을 — 백인들이 갖기를 바라는 것과 다른 그만의 독자적인 — 결여하고 있는 착한 흑인의 전형으로 본다(같은 책 같은면). 이 견해는 짐을 긍정적으로 보는 다른 많은 평자들의 그것과 정면으로 충돌하는 것이어서 주목된다. 짐이 안개와 급류 때문에 헉과 헤어졌다가 다시 만났을 때 자신을 희롱하려는 헉에게 따끔한 일침을 가하는 모습을 통해서 그의 자존심을 엿본 독자들은 이러한 견해에 승복하려고 하지 않을 것이다. 그러나 우리는 이러한 짐의 자존심이 계속해서 유지되어 있지 않다는 점에 유의할 필요가 있다.

　노예의 신분에서 자존심을 유지하기 위해서는 투쟁을 각오하지 않으면 안된다. 그런데 짐은 어떠한가? 짐은 자신의 탈출을 헉이나 톰에게 전적으로 일임하고 있지 않은가? 이러한 수동적인 입장에 비추어 볼 때 그의 자존심을 거론하는 것은 지나친 비약으로 보인다. 같은 관점에서 평자들이 주장하는 그의 지혜와 고귀한 인격 또한 유명무실한 것이 되고 만다. 톰이 다시 등장하기 전까지의 짐을 지혜롭고 고귀한 품격을 지니고 있다고 본 평자들은 톰이 죄수가 된 다음부터 그러한 그의 특질이 사라지고 있는데 대하여 깊은 실망을 느끼고 있는가 하면 어떤 평자들은 짐이 톰의 죄수가 된 다음에도 그의 고귀한 품성은 변하지 않는다고 주장한다. 필자가 보기에 전자에 속하는 평자들은 전반부에서의 짐을 지나치게 높이 평가함으로써 실망을 자초하는 격이라면 후자에 속하는 평자들은 전반부에서의 짐의 덕성에 걸맞은 특질을 후반부에서 억지로 찾아 내려는 것처럼 보인다. 가령 헨리(Peaches Henry)는 심지어 톰이 꾸민 탈출 각본에 마음에 들지 않는 대목에 대해서 강력히 불만을 토로하는 짐의 행동을 용감한 것으로 여기기도 한다(324). 이를테면 그는 국사범이라면 누구나 감옥에서 쥐를 길들여야 한다는 톰의 제안에 대하여 강력히 항의하는 짐의 태도를 용기 있는 것으로 간주한다. 톰의 제안이 짐을 국사범으로 만들기 위한 명분을 지닌 것들이라고 하지만 국사범이 무엇인지도 모르는 짐에게 그러한 것들이 무슨 의미가 있는가? 그것들은 어느

의미에서 그 자신의 탈출 극의 위신을 높이기 위한 의도의 산물에 지나
지 않는다고 보아야 할 것이다. 쥐를 길들여야 한다는 톰의 터무니없는
제안에 대하여 강력히 반대하는 짐의 행동을 용감한 것으로 자리 매김
한다는 것은 바꿔 말하면 짐과 같은 노예에게는 말도 안되는 제안에 반
대할 권리조차 없다는 것을 시인하는 것이나 다름없다. 따라서 그러한
짐의 행동을 용감한 것으로 간주한다는 것은 오히려 그를 우롱하는 것이
나 마찬가지이다. 그리고 짐의 요구는 개인적으로 쥐를 싫어하기 때문에
쥐 대신 뱀을 길들이겠다는 것이지 톰의 제안을 무조건 묵살하겠다는 것
도 아니다. 물론 짐의 입장에서는 그를 탈출시키려는 톰의 비위를 가능
한 한 건드리지 않는 것이 최선책임에도 불구하고 쥐와 같이 지내느니
차라리 탈출을 포기하는 것이 낫다는 짐의 극단적인 입장이라면 그의 요
구를 용감한 것으로 간주하는 것은 지나친 비약이 아닐 수 없다. 자신을
위해서는 어떤 권리도 주장하지 못하면서 백인을 위해서는 자유까지도
희생하는 짐의 행동은 오직 자신만의 즐거움을 위하여 짐이 자유인이라
는 사실을 숨기고 있는 톰의 행동과 얼마나 대조적인가. 그리고 그는 자
신을 장난감 취급하는 톰에 대해서 한마디 불평도 하지 못하고 있지 않
은가? 카플란(Justine Kaplan)은 짐이 작가의 애정과 인정과 도덕적인 열
정을 반영하고 있다고 주장함으로써 작가를 인종차별주의자로 몰아세우
는 독자들의 평가를 부정하고 있지만(357) 짐은 노동과 인권을 착취하는
지배자들을 위하여 끝까지 충성을 다하는 흑인 노예의 범주에서 멀리 벗
어나지 못하고 있다고 보는 것이 올바른 판단일 것이다.

짐의 덕성이 이처럼 종속적인 것이라면 헉이 그를 한 인간으로 인식
하게 되는 것이 과연 어떤 의미가 있는지 반문하지 않을 수 없다. 이것
은 곧 헉 또한 다른 백인들과 똑같은 시각을 지니고 있음을 뜻하는 것이
나 다름없지 않은가? 따라서 헉이 짐을 한 인간으로 인식하는 것을 두고
그의 정신적 발전 운운하는 것은 납득하기 어렵다. 가족을 그리워하는
짐의 모습에 의미를 두고 있는 헉의 시각 자체도 괜한 호들갑처럼 보인

다. 그는 안개 때문에 짐과 헤어졌다가 다시 만났을 때 그를 놀린다고
짐으로부터 꾸중을 듣고 사과할 때 이미 짐을 한 인간으로 인식하고 있
었던 것이 아닌가? 그렇다면 짐이 그의 가족을 그리워하는 것은 조금도
이상할 것이 없지 않은가? 그가 그처럼 가족을 그리워하는 짐의 행동에
의미를 두고 있다면 그와 짐이 케어로에 가까이 왔을 때 짐이 자유의 몸
이 되면 부지런히 돈을 벌어 자기 마누라를 산 다음 둘이서 열심히 일을
해서 두 아들을 다시 사겠다는 이야기를 들은 그가 짐에게 극심한 반감
을 드러내는 까닭은 무엇인가? 헉이 가족을 그리워하는 짐의 모습에서
인간적인 면을 발견하고 있다면 그는 여기서도 그것을 발견해야 마땅하
지 않은가? 짐이 그의 마누라와 자식들을 되찾으려는 것은 말할 것 없이
그의 가족에 대한 사랑 때문이다. 그런데 헉은 앞에서 살펴 본 바와 같
이 그러한 짐의 계획에 반감을 드러내고 있는 것이다. 말하자면 헉은 그
자신의 안정을 위협하지 않는 한에서만 짐의 감정을 인정하고 있는 것처
럼 보인다. 이러한 점에서 우리는 짐이 그의 가족을 그리워하는 것에 주
목하고 있는 헉의 태도를 들어 그의 정신적인 성장을 주장하는 견해는
별로 설득력이 없는 것으로 보인다.

　뿐만 아니라 헉이 짐을 물건이 아닌 한 인간으로 보게 되었다면 펠프
스 농장에 갇힌 채 톰의 낭만주의적인 탈출극에 의하여 고통을 당하는
짐에게 그가 어떻게 그토록 무관심할 수 있는지 우리는 이해하기 어렵
다. 물론 헉은 짐의 고통을 전혀 도외시한 톰의 제안에 대하여 이의를
제기하지만 그는 그것을 끝까지 관철시키는 법이 없다. 그리고 헉의 제
안들은 톰의 것들과 달리 현실적인 것으로 그의 기본적인 태도에서 나오
는 것이지 짐의 고통을 염두에 둔 것으로는 볼 수 없다. 가령 톰이 호주
머니 칼로서는 짐을 구해 낼 수 없다는 것을 깨닫고 호주머니 칼 대신
곡괭이를 사용할 것을 헉에게 제안하면서 이러한 계획 수정은 부도덕하
고 옳지 않은 것이지만 지금처럼 부득이한 경우에는 불가피하다고 말할
때 헉이 톰에게 "내가 나의 흑인이나 참외나 주일 학교 책을 훔치기로

마음먹을 때 나는 그 방법에 대하여 전혀 관심이 없다. 내가 원하는 것
은 흑인이요 참외요 주일 학교 책이다"(*FH* 319)라고 말하는 대목은 단지
그의 현실주의적인 입장에 대한 표명일 뿐 짐의 고통을 염두에 두고 있
는 것은 아니다. 아담즈는 헉의 이 말을 그의 정신적인 성장의 바로메타
로 보고 있으나(Adams 581) 이러한 생각은 헉의 주장에 대한 오해에서
비롯되는 것으로 보인다. 헉은 곡괭이를 주머니칼이라고 생각하고 그것
으로 짐을 구하자는 톰의 말을 원리 원칙보다는 결과를 중요시하는 자신
의 기본 입장을 뒷받침하는 것으로 오해한 것뿐이다. 그의 말은 그러므
로 그의 정신적인 성장보다는 인간의 생각이 얼마나 자기중심적인가를
시사하는 것에 더 가까운 것으로 보아야 할 것이다. 짐에 대한 헉의 무
관심은 톰이 총상을 입은 뒤 짐과 함께 도피해 있는 동안 그의 관심이
온통 톰의 안부에만 쏠려 있는 점에서 노골적으로 드러난다. 물론 톰에
대한 헉의 걱정은 톰이 총상을 입었기 때문에 충분히 이해할 수 있는 것
이지만 그의 여행의 목적이라고 공언한 짐의 탈출에 대해서도 당연히 관
심을 보이는 것이 마땅하지 않은가? 뿐만 아니라 42장에서 그의 관심은
온통 매트레스에 실려 온 톰에게 쏠린 나머지 함께 붙들려 온 짐은 거들
떠보지도 않는다. 이러한 무관심은 짐을 구원하기 위해서라면 지옥에라
도 갈 것이라는 그의 결심을 무색하게 만든다. 짐이 마을 사람들에 의하
여 다시 붙들려 오는 것을 보았을 때 겉으로는 표현할 수 없다고 하더라
도 최소한 자신의 계획이 모두 수포로 돌아간 것에 대한 정신적인 동요
가 있어야 할 것이다. 그럼에도 그는 단지 짐의 선행에 대한 의사의 말
을 듣고 그에 대한 자신의 판단이 옳았다는 것에 기뻐할 따름이다. 그는
다음과 같이 말한다.

　　내가 그를 처음 보았을 때부터 그가 선한 마음을 가진 착한 사람
　이라는 것을 알았기 때문에 그것은(짐에 대한 의사의 호의적인 태
　도는) 짐에 대한 나의 판단과 일치하는 것이어서 기뻤다. 그들은

(마을 사람들) 짐이 매우 훌륭하게 처신했다는 점을 인정해 주고 보상을 해주어야 한다는 점에 모두 동의했다. 그리하여 그들 모두 는 더 이상 짐을 핀잔하지 않았다.(*FH* 362)

우리는 여기서 헉의 여행이 짐을 탈출시키는 목적을 지니고 있는 것 인지 짐의 인간 됨됨이를 확인하기 위한 것인지 가늠하기 어렵다. 이것 은 다시 말해서 짐과 헉 사이가 그만큼 멀어졌다는 것을 말한다. 이러한 거리감이 톰의 등장과 함께 야기되고 있다는 점에 주목할 필요가 있다. 이것은 짐의 존재가 어디까지나 헉에게 안정과 평화를 가져다주는 한에 서만이 의미 있는 것이 되고 있음을 시사하는 것으로 볼 수 있다. 여기 서 우리는 짐에 대한 헉의 시각이 인습적인 것에서 그다지 멀리 떨어져 있지 않다는 것을 다시 한 번 확인할 수 있다. 이러한 점에서 짐의 인간 성에 대한 헉의 발견이 곧 그의 정신적인 성장으로 인식되는 관점은 재 고되어야 마땅하다. 헉이 자기 아닌 다른 사람들에 의하여 짐이 착한 사 람이라는 것이 입증된 것에 기뻐하는 것은 그의 탈출을 도와준 자신의 행동이 결코 무의미한 것이 아님을 증거 하는 것일 수 있기 때문일 것이 다. 이러한 점에서 본다면 헉이 여행하면서 발견하고 있는 짐의 이모저 모는 결국 짐을 착한 사람으로 본 그의 최초의 안목의 확인에 지나지 않 는 것이 될 수 있다.

V. 맺는 말

이처럼 헉이 정신적으로 성장하지 않고 순진성을 그대로 유지하고 있 다면 그가 톰과 다시 만났을 때 옛날처럼 장난기가 발동하는 것은 조금 도 이상할 것이 없다. 일부 평자들이 헉의 이러한 태도를 곱지 않은 시 선으로 바라보는 것은 아마도 그것이 그의 도덕성과 결부되어 있다는 생

각을 가지고 있기 때문일 것이다. 짐을 구출하는 희극적인 장면이 앞에
서 보여 주었던 사건의 심각성에 타격을 입히고 있다는 막스의 지적은
그러한 독자들의 입장을 대표한다고 볼 수 있다.

　한편 콕스는 이들과 다른 관점을 제시하고 있어 주목된다. 그는 희극
적인 부분을 "헉을 억압하는 도덕적인 정서에 대한 복수"(Cox 312)로 본
다. 트웨인은 양심으로부터의 자유라는 깊은 욕구를 표현하기 위하여 도
덕적인 정서를 강화시키지만 아이러닉하게도 짐에 대한 도덕적인 정서
때문에 양심으로부터 벗어나려는 그의 욕구가 위협을 받게 되었다는 것
이 그의 관점이다. 즉 헉이 짐을 구출하기로 결정하는 순간 그는 양심으
로부터 자유로워지고 싶은 그의 욕구를 부정하고 있는 것이나 다름없다
는 것이다. 그것은 그가 짐을 구출하기로 마음먹은 이상 그는 짐과 함께
노예 제도가 없는 북부로 가지 않으면 안되고 따라서 자연히 그는 남부
의 양심으로부터 벗어날 수 있게 되지만 그 해방은 곧 북부의 양심에 얽
매이는 또 다른 계기가 되기 때문이다. 결국 희극적인 부분은 인간은 누
구나 사회 속에 삶을 영위하는 한 사회적인 것이든 내적인 것이든 양심
으로부터 벗어날 수 없다는 것을 암시한다는 것이 그의 생각이다(같은
책 312). 이 견해는 겉으로 보기에 그럴 듯해 보이지만 자세히 검토하면
허점이 들여다보인다. 그는 헉이 짐을 해방시키기로 결정하는 순간 양심
으로부터 벗어나려는 그의 욕구가 좌절된다고 보는데 사실 헉은 어느 곳
에도 얽매어 있지 않기 때문에 짐을 자유 주에 데려다 주고 자신은 전과
마찬가지로 자연 속에서 양심의 구애를 받지 않고 자유롭게 살 수 있는
가능성이 얼마든지 있으므로 그러한 관점은 필연적이라고 할 수 없다.
그리고 후반부의 희극적인 부분에서 그가 사회로 복귀하고 있다는 콕스
의 견해도 동의하기 어려운 부분이다. 그가 샐리 아주머니 집에 머무르
게 된 것은 전혀 우연이며 어쩔 수 없는 상황 때문이다. 콕스의 견해대
로 그것이 복귀를 뜻하는 것이라면 샐리 아주머니에게 길들어지기 싫어
서부로 떠나려는 헉의 결정은 어떻게 이해되어야 하는지 반문하지 않을

수 없다.

  필자가 생각하기에 트웨인이 짐을 탈출시키는 장면을 희극적으로 처리한 것은 헉이 부러워하는 톰의 스타일을 풍자하기 위한 의도의 산물로 보인다. 트웨인은 유머러스한 풍자를 통하여 짐의 탈출이 헉에게는 심각한 고민이 되는 반면 톰에게는 일종의 장난이 되고 있음을 보여주는 것으로 생각된다. 이러한 차이는 말할 것도 없이 짐이 헉에게 한 인간으로, 톰에게는 장난감에 불과한데서 근본적으로 야기된다고 할 수 있다. 트웨인은 여기서 여러 에피소드를 통하여 제시한 인간의 잔인함의 주제를 반복해서 제시하고 있는데 톰의 잔인함을 희극적으로 처리하고 있는 것은 바로 짐을 인간이 아닌 장난감으로 생각하는 그의 비인간성을 풍자하기 위한 것으로 생각한다. 다른 사람들은 주로 돈이나 명예 혹은 힘 때문에 잔인한 행위를 저지르는 반면 톰은 단지 모험을 위해서 저지른다. 그는 짐이 미스 왓슨에 의하여 자유인이 되었다는 것을 알고 있으면서도 단지 모험을 즐기기 위하여 그 사실을 숨긴 데다가 일말의 죄책감도 느끼지 않는다.

  이와 같은 비인간적인 톰과 더불어 서부로 또 다른 모험을 위해 떠나려는 헉의 행동이 어떻게 도덕적인 것으로 간주될 수 있으며 정신적인 성장의 지표로 인식될 수 있는가? 이러한 의문은 그가 도덕적인 양심이나 의식을 현저하게 결핍하고 있는 지극히 순진한 떠돌이 소년에 불과하다는 것을 뒷받침하는 단서가 될 수 있다. 그리고 그의 미덕으로 볼 수 있는 순진성과 관용성은 사회 규범이나 도덕적인 원리를 제대로 내면화하지 못한 결과의 부산물에 지나지 않는 것처럼 보인다.

  헉이 떠돌이 소년에 불과하다고 해서 이 작품이 손상을 입는 것은 아니다. 오히려 그렇게 인식함으로써 사회적 양심이나 책임감으로부터 벗어나기 위하여 안간힘을 쓰는 헉의 내면 세계를 제대로 이해할 수 있다. 트웨인은 이러한 헉의 모습을 통하여 관습에 얽매이기 싫어하는 청소년의 의식을 사실적으로 포착하는데 성공하고 있다. 특히 이러한 사실성은 다분히 헉의 내면 세계를 실감 있게 고려한 결과라는 점에서 주목할만한 성과로 볼 수 있다. 트웨인이 이 작품에서 노리고 있는 것은 헉의 관찰 속에 드러나는 의미와 그 의미에 대한 헉의 무지 사이에서 발생하는 아이러니컬한 효과로 할 수 있다. 헉의 정신적인 성장을 주장하는 관점이나 헉이 성장하지 않는 만년 청소년이라는 점에서 그를 비난하는 관점은 바로 이러한 작품의 미학을 간과하고 있는 것임에 틀림없다. 그러니 만큼 이 작품은 헉의 도덕성이 아닌 그의 때묻지 않은 순진성에 역점을 두고 읽을 때만이 비로소 그 진가를 경험할 수 있다는 것이 필자의 생각이다.

■ ■

인 용 문 헌

김성식. 『Mark Twain의 니체적 허구와 초인상』 박사 학위논문. 1996, 12.
     경북 대학교 대학원.

김영수. "*Adventures of Huckleberry Finn: A Controlled Satire on Human
     Frailties*" 인문 논총, Vol. 25, 1995. 한양 대학교.

박양근. "*Huckleberry Finn*의 모험에 비친 저항과 수용의 미학" 논문집,
     Vol. 50, 1994. 부산 수대.

이창국. "Nostalgia for the Boyhood in Mark Twain's Works" 중대 논문집.
     Vol. 28, 1984. 중앙 대학교.

Abram, M. H. *Natural Supernaturalism.* New York: Norton and Company,
     1971.

Adams, Richard P. "The Unity and Coherence of Huckleberry Finn."
     Huckleberry Finn: With Essay in Criticism. Seoul: Shinasa, 1990:
     565-82. Abbreviated as *EC.*

Brenner, Gerry. "More than a Reader's Response: A Letter to 'De Ole True
     Huck.'" *Adventures of Huckleberry Finn: A Case Study in Critical
     Controversy.* Eds. Gerald Graff and James Phelan. New York: St.
     Martin's, 1995: 450-68. Abbreviated as *CS.*

Clemens, Samuel Langhorne. *The Autography of Mark Twain.* Ed. Charled
     Neider. New York: Harper, 1959.

Cox, James. M. "Attacks on the Ending and Twain's Attack on Conscience."
     CS.: 305-12.

Fiedler, Leslie *A. Love and Death in the American Novel.* Revised ed. New

York: Stein and Day, 1982.

Graff, Gerald and Phelan, James. Eds. *Adventure of Huckleberry Finn.* New York: Martin's Press, 1995. Abbreviated as *HF*.

Gullason, Thomas Arthur. "The 'fatal' Ending of *Huckeberry Finn.*" *EC*: 583-88.

Harris, Susan K. "Adventures of Huckleberry Finn." *Mark Twain's Escape from Time: A Study of Patterns and Images.* Columbia and London: Missouri UP., 1982: 60-71.

Henry, Peaches. "The Struggle for Tolerance: Race and Censorship in *Huckleberry Finn.*" *CS*: 359-82.

Hill, Richard. "Overreaching: Critical Agenda and the Ending of Adventures of Huckleberry Finn." *CS*: 312-34.

Kaplan, Justine. "Born to Trouble: One Hundred Years of *Huckleberry Finn.*" *CS.:* 348-59.

Lester, Julius. "Morality and *Adventures of Huckleberry Finn.*" *CS.:* 340-48.

Mark Twain, "Man's Place in the Animal World." *Mark Twain: Collected Tales, Sketches, Speeches, & Essays 1890-1910.* Ed. Louis J. Budd. New York: The Library of America, 1992.

Mailloux, Steven. "Reading Huckleberry Finn: The Rhetoric of Performed Ideology." *New Essays on "Huckleberry Finn."* Ed. Louis J. Budd. Cambridge: Cambridge UP., 1985: 107-33.

Marx, Leo. "Mr Eliot, Mr Trilling, and Huckleberry Finn." *EC.:* 548-64.

Messent, Peter. *Modern Novelist: Mark Twain.* Houndmills: Macmillan, 1977: 86-109.

Smith, David. L. "Huck, Finn and American Racial Discourse." *Huck Finn Among the Critics.* Ed. M. Thomas Inge. Frederick: University Publications of America, 1985: 253-55.

Smith, Henry Nash. *Mark Twain: The Development of a Writer.* New York: Atheneum, 1974.

Trilling, Lionel. "The Greatness of Huckleberry Finn." *EC.*: 527-38.

제 3 장 ■■■■■■■■■■■■■■■■■■■■■■
텍스트의 억압 - 『사일러스 마아너』
George Elot

I. 들어가는 말

현대인의 특징인 소외감과 고독감이 사회문제로 대두된 것이 19세기 초반이다. 오랫동안 유지되어 왔던 질서가 붕괴되어 사회와 사고가 분열됨에 따라 전통적인 유대관계가 금이 가기 시작하고 사람들이 고독감을 뼈저리게 느끼기 시작한 것이 바로 그 즈음이다. 그들은 사회의 분할장벽들에 의하여 소외감을 느꼈고 인간 또는 신과의 교류의 상실로 인한 고독감을 피할 수 없었다. 이러한 상황에서 그들에게는 전원의 평화와 통합적인 믿음이 존재했던 전 시대에 대한 향수에 젖어보는 일이 유일한 위안이었다(Houghton 77).

이러한 그들의 향수는 일시적이거나 막연한 것이 아니라 급변하는 사회의 흐름을 거슬러 올라가 옛것을 사랑하고 숭상하던 그 당시에 뚜렷하게 존재했던 보수적 성향을 반영하는 것이다. 다양한 고고학적인 발견으로 확대된 역사적 감각은 과거와의 연대가 사라지면서 약화되었던 계속성의 감각을 강화시키는 계기가 되었다. 바로 이 계속성의 감각은 발전보다는 정신적 유대관계를 강조하는 보수주의자들이 가장 중요시했던 가치 가운데 하나이다. 『사일러스 마아너』(*Silas Marner*)에서 제시되어 있는 전통적인 유기적 사회는 작가 조지 엘리엇의 이러한 보수적인 성향을 반영하는 것임에 틀림없다. 이러한 점에서 그녀가 한 서한에서 이 작품은 그녀가 어렸을 때 목격한 직공에 대한 기억이 모티브가 되었으며 "순수한 인간관계의 치유적인 영향을 중점적으로 부각시킨 작품"(Bennett 131)이라고 밝히고 있음은 시사하는 바가 크다.

이 작품의 기본 구조는 매우 간단하다. 사일러스 마아너라는 이름을 가진 선량한 직공이 가장 사랑하는 친구의 모함으로 도둑의 혐의를 받으면서 사건이 시작된다. 그가 사는 랜턴 야드에서는 범인을 확인하기 위하여 법적인 조치에 의존할 수 없다. 그것은 교회의 교리에 어긋나는 일이었다. 따라서 교구 사람들은 제비뽑기에 의하여 진실을 가리는 수밖에 없었는데 그 결과 엉뚱하게도 마아너가 범인으로 판명되었다. 그는 인간과 신에 대한 믿음을 한꺼번에 잃어버린 채 그의 고향을 떠나 래빌로라는 마을에 정착한다. 그 후 그는 에피라는 어린이를 만나 그 마을에 뿌리를 내리고 그녀와 행복하게 살게 된다는 것이 이야기의 결말이다. 작가는 이러한 동화와 같은 이야기의 골격에 그녀의 상상력을 통하여 사실성을 부여하고 있는데 이 사실성은 그녀의 사회학적, 심리학적인 지식에 힘입고 있는 것으로 보인다.

그러나 그녀의 사실적인 이야기는 그녀의 보수적인 이데올로기의 하중을 견딜 만큼 탄탄한 것 같지 않다. 그녀의 사회학적, 심리학적인 지식들은 그녀의 이데올로기와 결탁해서 이야기의 흐름을 주도하는 과정에서 적지 않은 문제들을 야기한다. 달라스(Eneas S. Dallas)는 작가의 교훈적인 의도가 표면화되어 있지 않다고 말하고 있으나(*E* 327) 작가는 여기서 사랑과 의무 그리고 순결성과 같은 정신적인 가치들을 강조하기 위하여 이야기의 어떤 부분을 약화시키고 생략하기도 하고 뒤틀기도 하는 것으로 보인다. 새일(Jerome Thale)이 "책이 말하고 있는 것과 책의 논리에

따라 당연히 제기되어야 할 것 사이의 갈등"(E 343)을 느끼게 하는 부분
들이 있다는 점을 지적하는 것은 바로 이러한 점에서 일 것이다. 즉 그
의 지적은 작품의 논리에 의하여 당연히 언급되어야 할 부분이 억압되어
있음을 암시하는 것으로서 달리 말하면 이야기에 일관성을 결여하고 있
음을 뜻하는 것으로 보인다.

　이러한 점에서 텍스트와 이데올로기 사이의 관계에 대한 피에르 마슈
레이(Pierre Macherey)의 견해는 주목할 만하다. 그는 구조주의적 마르크
주의자의 한 사람으로서 그의 저서 『문학 생산 이론』(*A Theory of Literary
Production*)은 많은 비평가들의 주목을 받은 바 있다. 구조주의와 마르크
스주의는 개인을 사회적 존재로부터 분리하여 이해하지 않는다는 점에
서 공통점을 지닌다. 마르크스주의자들은 개인을 사회 체제 내에서의 역
할 담지자로서 결코 자유롭지 못한 존재로 본다. 구조주의자들은 개인의
행위와 언어는 그것들을 만들어내는 의미 체계에 따라 의미를 지닌다고
본다. 그러나 구조주의자들은 이들 기층 구조를 영원하고 자동 조정되는
체제로 보는 반면 마르크스주의자들은 이 구조를 역사적이고 가변적이
고 모순으로 가득 차 있는 있는 것으로 파악한다. 마슈레이는 후자의 입
장을 취하여 텍스트를 하나의 창조물 또는 자기 충족적인 가공품으로 보
기보다는 많은 자료들이 그 안에서 작용하고 그 과정에서 변화하는 생산
으로 간주한다. 자료들은 작가가 통합적인 예술품을 창조하기 위하여 의
식적으로 마음대로 사용할 수 있는 자유로운 도구들이 아니다. 텍스트는
무의식적이어서 미리 주어진 자료들을 다룰 때 그것이 무엇을 하는지 모
른다. 그러나 일단 이데올로기가 텍스트에 개입되면 그것은(이데올로기)
전혀 다른 형식으로 변한다. 상상적이며 유동적인 진술에 불과한 그것이
마치 리얼리티를 완벽하게 통합적으로 설명해주는 것처럼 존재한다. 그
리하여 그것이 텍스트에 개입되면 그것이 지닌 모든 모순들과 논리상의
허점들이 드러난다. 사실주의 작가들은 텍스트의 모든 요소들을 통합하
려 하지만 텍스트 과정 속에 있는 작품은 필연적으로 그것이 사용하는

이데올로기적인 담론의 부조리에 상당하는 생략과 오점들을 만들어 낸다. 그것들은 어떤 것을 말하기 위해서 말해서는 안되는 것이 존재하기 때문에 생기는 필연적인 현상들이다.[2] 이러한 마슈레이의 이론은 프로이드의 꿈에 대한 해석과 거의 일치한다. 프로이드는 『꿈의 해석』이라는 책에서 꿈의 분석자는 그것의 잠재적인 내용을 발견하려면 외부로 드러난 꿈의 내용을 파고들지 않으면 안된다고 주장한 바 있다. 꿈의 분석가가 하는 일은 왜곡된 텍스트의 의미를 발견하고 그 왜곡 자체의 의미를 드러내는 것이다. 꿈의 진리는 왜곡된 상태로 존재한다. 그러므로 꿈의 진리를 간파하기 위해서는 꿈을 깨고 난 뒤 그것을 의식에 의하여 다시 합성한 상층부의 꿈을 벗기지 않으면 안된다. 이 작업은 곧 위장된 형식으로 잠재되어 있는 심층부의 꿈을 다루기 위한 준비작업이다. 프로이드의 상층부의 꿈은 그것을 체계화하고 틈을 메우고 모순들을 적당히 손질해서 그것으로부터 비교적 설득력 있는 텍스트를 만들어 낸다. 그러나 그 꿈 밑에 자리하고 있는 실제적이며 미완성의 자기 분열적인 절단된 꿈의 텍스트는 근본적으로 해석되어지기를 거부함으로써(Eagleton 90) 여러 가지의 부조리한 담론을 생산한다.

이러한 이론에 대한 관심은 그것을 작품을 통하여 검증하기 위해서가 아니라 작품을 보다 잘 이해할 수 있는 접근방법에 대한 시사를 얻기 위한 것이다. 대체로 이 작품에 대한 독자들의 관심은 모순들을 적절히 주물러서 그럴듯하게 조화시키는 데 집중되어 있는 것으로 보인다. 대표적인 예로 쌔일은 작가의 텍스트가 일관성을 결여하고 있음을 지적하면서도 마아너의 이야기를 바램의 진실로, 갇프리의 이야기를 경험의 진실로 이해함으로써 그러한 결점과 적당히 타협하고 있다. 그러나 마슈레이가 주장하듯이 텍스트가 본래 불완전한 것이라면 독자의 임무는 작품의 상층부의 매끄러운 표면을 뚫고 들어가 심층의 무의식에 참여함으로써 억

---

2) 이상의 개략적인 설명은 Raman Selden, *A Reader's Guide to Contemporary Literary Theory*(New York: Harvest Wheatsheaf, 1989)을 참조함.

압되어 있는 것을 드러내는 데 있다고 볼 수 있다. 이 글은 바로 이러한 의무 이행을 목적으로 한다.

Ⅱ. 마아너의 여정

마아너는 자신을 도둑이라는 억울한 누명을 씌우고 결혼하기로 마음 먹은 처녀까지 차지한 친구의 어이없는 배신과 그러한 배신으로부터 자신을 구원해 주지 못하는 종교의 한계에 대한 절망으로 자신의 고향을 등지고 래빌로 마을의 외곽 지대에 정착하게 된다. 이러한 지리적 배경은 말할 것도 없이 그가 주변인임을 암시한다. 래빌로 마을에서의 그의 소외는 많은 비평가들로부터 비인간적인, 비도덕적인 것으로 인식되고 있어 이점에 대한 반성이 요구된다. 그 당시만 해도 종교가 개인의 삶에서 차지하는 비중이 막중했던 점으로 미루어 볼 때 그의 종교에 대한 불신은 결코 적지 않은 상처를 남겼을 것으로 짐작된다. 그러한 상황에서 그가 선뜻 낯선 사람들과 어울릴 수 있다고 보는 것은 차라리 순진한 생각일 것이다. 마음의 깊은 상처와 자기가 살던 곳과 판이한 낯설음으로 인해서 다른 사람들과 어울리기를 꺼려하는 그의 태도는 누구나 공감할 수 있는 것이라는 점에서 그의 태도가 비인간적인 것으로 매도되는 것은 납득하기 어렵다.

래빌로의 마을은 그의 고향과 달리 아직 산업화가 이루어지지 않은 전원 마을로서의 특성을 그대로 간직하고 있는 곳이다. 그들의 순박한 마음은 물론 그것대로 가치를 지니는 것이긴 하지만 한편으로는 지리적인 폐쇄성 내지는 교육 등의 부재 때문에 온갖 편견으로 가득 차 있는 한계를 동시에 지니고 있다. 어떤 기술이든 획득 과정이 전혀 알려져 있지 않은 것은 그들에게 마술과 같은 느낌을 주기 마련이다. 낯선 사람들을 끼워 주지 않으려는 동질적인 사회의 폐쇄성은 분명히 직조공들을 고

립시키는 원인 가운데 하나였음에 틀림없다. 작가의 말을 빌어 말하면
"도시에서 시골로 이주해서 여기저기 흩어져 사는 직공들은 최후의 순간
까지도 주위의 농투성이 이웃들로부터 이방인 취급"(52)을 받는 것이 보
통이다. 마아너의 경우 직조는 이방인으로서의 고독한 삶을 극복하기 위
한 자구책이었음에 틀림없다.

작가는 오우츠 사건을 통해서 마아너가 마을 사람들과 교류하지 못하
고 이방인으로서 머물지 않으면 안되는 속사정을 제시한다. 마아너는 같
은 동네에 사는 쎌리 오우츠가 자신의 어머니가 앓았던 병과 똑같은 병
에 걸려 있는 것을 목격하고 연민에 젖은 나머지 자신의 어머니가 사용
했던 처방을 알려준다. 문제는 오우츠의 소문을 듣고 진료를 받기 위해
많은 사람들이 그에게 몰려온 데서 발생한다. 마아너는 자신이 의사가
아니기 때문에 진료를 거부하고 그들을 쫓아 버린다. 사람들은 그가 자
신은 마법도 모르고 사람을 치료할 수도 없다는 그의 말을 믿지도 않고
그에게 치료를 요구하다 거절당한 사람들은 어쩌다 사고를 당하거나 병
이 심해지면 그것을 마아너의 악의와 성난 눈초리 탓으로 돌린다. 이러
한 현상은 그가 모처럼 인간적인 감정을 가지고 마을 사람들에게 다가선
결과로서 그들과의 교류의 어려움을 시사한다. 이 사건을 계기로 그는
마을 사람들로부터 더욱 고립되고 마는데 이것은 한 순간의 동정심은 교
류의 촉매제가 될 수 없음을 뜻한다.

여기서 우리가 주목할 것은 다른 사람들과 교류하지 않는다는 단지
그 사실만으로 마아너가 비인간화되어 있는 점이다. 마아너는 인간적인
교감 없이 옷감을 짜고 돈을 버는 일에만 몰두한다는 점에서 본능적으로
실을 뽑아 내는 거미의 그것에 비유되어 있다. 사회적 책무를 강조하는
작가의 도덕적인 관점에서는 아무런 목적 없이 본능적으로 옷감을 짜는
마아너의 행동이 못마땅했을 것이 자명하다. 그러나 작가는 도덕적인 심
판에 급급한 나머지 중요한 점을 놓치고 있다. 거미가 실을 뽑아 내는
것은 그 자신을 위한 것이지만 마아너가 옷감을 짜는 것은 원시적인 분

업 상태에서의 사회적인 활동이라는 점을 간과하고 있다. 마아너는 실을 잣는 사람들을 찾아다니며 실을 받아다가 그 실로 옷감을 짜 주는 일을 한다. 물론 그는 생계를 유지하기 위하여 그런 일을 하지만 그 일을 통하여 사회에 일조하는 것도 부정할 수 없는 사실이다. 뿐만 아니라 그가 다른 사람들과 친하게 지내지 않는 것은 처음부터 이웃에 대한 관심이 없었기 때문이 아니라 랜턴 야드에서의 도독 누명과 오우츠 사건을 통해서 인간에 대한 믿음을 상실했기 때문이다. 그의 소외된 삶이 이처럼 뚜렷한 이유를 지니고 있는 이상 그것이 거미의 그것에 비유되는 것은 납득하기 어렵다.

마아너가 래빌로 마을 사람들(에피를 포함해서)과의 교섭을 통해서 서서히 인간과 신에 대한 믿음을 회복하는 것은 사회적 결속을 중요시하는 작가의 이데올로기와 연관된다. 마아너가 소외된 원인이 인간과 신에 대한 믿음의 상실이라는 점에서 본다면 당연히 상실된 믿음을 회복하는 문제가 인간관계의 중요성에 앞서 해결되어야 마땅함에도 그 순서가 바뀌어 진행되고 있음은 이러한 점에서 주목할 만하다. 이 뒤바뀐 순서는 래빌로에서의 마아너의 삶이 결국은 낯선 고장에 적응하는 과정에 지나지 않는다는 점에서 충분히 공감할 수 있는 사항이다. 문제는 이러한 과정에서 래빌로에서의 그의 삶이 랜턴 야드에서의 그의 삶의 연장으로 간주되어 있다는 점이다. 우리는 이러한 점에서 도독 누명을 쓰고 쫓겨온 그가 래빌로에서 또 다시 도난 사건에 연루되는 점에 주목할 필요가 있다. 바로 이 점은 그가 래빌로 사회에 동화되어 가는 과정이 동시에 랜턴 야드 사회와 화해하는 과정으로 오해될 소지를 제공하기에 충분하다. 따라서 베네트와 같은 독자는 래빌로 마을 사람들과 교류하고 그들의 전통을 수용하는 마아너의 변화 결과를 일반적인 의미에서의 사회 복귀로 단정한다(138). 이러한 관점은 말할 것도 없이 여러 가지 면에서 다른 두 사회를 전혀 구분하지 않고 있음을 말한다. 이러한 오해는 작가가 두 고장을 구분하고 양자 사이의 차이점들에 세심한 관심을 보이고 있으면서도 궁극적인 단계에서 양자의 구분을 흐리고 있는 데서 야기되는 것으로 보인다.

현재의 삶을 위한 가이드로서 과거를 숭배한 작가의 기본적인 입장(Pinney 41)으로 미루어 마아너의 삶은 그가 랜턴 야드의 사회로 복귀할 때 비로소 완성된다고 볼 수 있다. 이러한 점에서 21장에서 마아너가 에피와 함께 랜턴 야드에 가보는 장면은 의미심장하다. 그는 그곳에 가서 그가 도둑의 혐의를 받았던 사건이 그 동안에 어떻게 종결되었는지 알고 싶었고 또 그를 죄인으로 판명한 제비뽑기에 대해서 패스튼 목사로부터 답변을 듣고 래빌로의 종교에 대해서도 이야기하고 싶었던 것이다. 이러한 마아너의 여정은 낭만주의 시인들의 작품에서 다루어지고 있는 주인공의 정신적인 여행과 유사한 패턴을 밟고 있는 것처럼 보인다. 이를테면 콜리지의 『노수부』(The Ancient Mariner)의 주인공은 알바트로스를 죽인 대가로 자연과 공동체로부터 완전히 소외되는 고통을 경험한 후 자연에 대한 감응력을 회복함으로써 다시 공동체로 복귀하는 "에움길 여행"("circuitous journey")을 한다(Abrams 272-3). 물론 마아너와 노수부는 사회와 자연으로부터 소외된 동기에서 서로 다르지만 사랑의 회복을 통해서 다시 공동체로 복귀하는 에움길 여행을 하고 있다는 점에서 일치하는 것으로 보인다. 마아너가 고향이 사라짐으로써 그곳으로 돌아가지 못하는 것은 그것이 현실적으로 불가능하기 때문일 것이다. 이제까지의 래빌로에서의 전원적인 경험을 가지고 도시가 되어버린 그의 고향으로 돌아가서 산다는 것은 결코 가능한 일이 아니다. 존스(R. T. Jones)는 마아너의 고향의 사라짐을 이질적인 삶의 충돌에 의하여 야기된 그의 갈등이 고향 방문을 계기로 완전히 해소되고 있음을 상징하는 것으로 보고 있으나(40) 그것은 오히려 그의 삶을 미완의 상태로 남게 만들고 있다는 느낌이 더 지배적이다. 그의 삶은 래빌로에서 회복한 인간과 신에 대한 믿음을 가지고 그의 고향으로 복귀할 때만이 완성될 수 있다. 그러나 그가 회복한 신과 인간에 대한 믿음이 랜턴 야드에서도 그대로 유지될 수 있을 것이라는 전망은 지극히 희박하다. 이러한 점에서 작가는 마아너의 고향을 증발시킴으로써 그가 래빌로 사회에 적응하는 과정을 통하여 그곳과 전혀 다른 랜턴 야드의 문제를 해결하고 있다는 비난을 피하기 어려운 것으로 보인다.

Ⅲ. 마아너와 금화

작가의 도덕적인 관점은 물항아리와 금화에 대한 마아너의 감정을 구분하는 데서도 확연히 드러난다. 물 항아리에 대한 마아너의 감정은 인간적인 것으로 그리고 금화에 대한 그의 감정은 비인간적인 것으로 구분되어 있는 것으로 보인다. 물항아리에 대한 그의 인간적인 감정은 실수로 그것을 깨뜨렸을 때 깨진 조각을 이어 원상을 복원하려 애쓰는 그의 모습에서 여실하게 드러난다. 그러나 작가가 이 점을 들어 마아너가 시들어 가는 단계에서도 애정의 샘이 완전히 고갈된 것이 아님을 시사하는 것은 부적절한 것으로 보인다. 그것은 금화에 대한 그의 사랑과 물 항아리에 대한 그의 사랑 사이에 어떤 차이가 있는지 분명치 않기 때문이다. 로버츠(Neil Roberts)는 물 항아리를 인간적인 애정의 대치물로 보고 있으나(E 371) 금화와 물 항아리는 모두 물질이라는 점에서 동일하고 전자도 후자 못지 않게 일한 보람으로서 매우 소중한 것일 수 있다. 마아너는 금화에 대한 그의 애착을 통해서 사랑의 감정을 나타내고 있음에도 굳이 물항아리 사건을 통해서 그의 애정의 존재를 확인시키려는 작가의 의도는 군더더기에 지나지 않는 것으로 보인다. 우리는 다음과 같은 작가의 언급을 통해서 금화에 대한 마아너의 애정을 충분히 읽을 수 있다.

> 그는 기니 금화를 제일 좋아했다. 그러나 자기 노동으로 벌어들인 크라운 은화와 반 크라운 은화를 다른 것과 바꾸려 하지 않았

다. 그는 그것들 모두를 사랑했다. 그는 동전들을 수북히 쌓아 놓고
그 속에 손을 담그곤 했다. 그리고 그는 하나씩 세서 차곡차곡 쌓
아올리기도 했다. 때로는 동전의 동그란 선을 손가락으로 만지면
서, 마치 태어날 아기를 생각하듯이 지금 베틀에 걸려 있는 일감이
벌써 반쯤은 벌어들인 거나 다름없는 기니 금화를 생각해 보기도
했다.(70)

작가는 금화가 단지 돈이라는 이유로 그것에 대한 사랑을 거부하는
것처럼 보인다. 위의 글에서도 분명히 마아너가 돈을 사랑한다고 명시되
어 있음에도 불구하고 작가는 그것을 인간적인 감정으로 인정하지 않는
다. 그러나 마아너에게 있어서 금화는 쓰임새가 없기 때문에 사실 물항
아리와 다름없는 낯익은 물건에 지나지 않는다. 그의 경우 금화는 친구
와 다름없는 존재이다.

    그는(마아너)자기 베틀이 그러하듯이 돈도 자기를 알아본다고 생
    각하기 시작했다. 그래서 그는 자기에게는 친구나 다름없는 그 동
    전들을 그가 잘 모르는 다른 동전들과 절대로 바꾸려 하지 않았
    다.(68)

여기서 우리는 마아너가 돈과 친교를 나누고 있음을 어렵지 않게 짐
작할 수 있다. 그의 경우, 돈에 대한 사랑은 적절한 사랑의 대상의 결핍
에 대한 보상으로서의 의미를 지니는 것으로 보인다. 이 점은 금화가
"그의 사랑하는 능력을 한 데 그러모아 견고한 금화와 같이 견고한 고립
상태로 몰아 넣었다(92)"는 작가의 말에 의하여 뒷받침된다. 이것은 인간
과 신으로 향해야 할 그의 사랑이 금화 속으로 투입되고 있음을 시사한
다. 이러한 점에서 우리는 마아너의 삶이 황량한 사막의 가는 홈을 따라
흐르는 실낱같은 물줄기에 비유되어(70) 있는 것에 주목할 필요가 있다.
작가는 이 이미지를 통하여 간신히 명맥만을 유지하는 마아너의 삶을 암

시하는 것으로 보인다. 사회적 유대감을 강조하는 작가의 관점에서는 사랑도 믿음도 그리고 희망도 없이 외롭게 살아가는 마아너의 삶이 실낱같은 물줄기처럼 보이는 것은 어떻게 보면 당연한 것처럼 보인다. 그러나 앞에서 지적한 바와 같이 그의 삶은 금화에 대한 사랑으로 충만한 것이었다. 그의 금화에 대한 사랑은 물론 지극히 편협하고 이기적인 것일지언정 개인에 따라 그것이 종교에 가까운 믿음이 될 수 있다는 점을 우리는 간과해서는 안된다. 금화를 도난 당한 후의 마아너의 모습에 대한 작가의 다음과 같은 스케치는 이 점을 뚜렷이 밝혀 준다.

> 금화를 도둑 맞기 전에 그를 본적이 있는 사람들은 그처럼 시들고 이울어 버린 삶에 어떤 상처가 가해진다는 것이 불가능하다고 생각했을 것이며 그의 삶 자체가 끝장난 것 외에 그런 삶에도 무언가 빠질 게 있다는 것이 가능하다고 생각하지 못했을 것이다. 그러나 사실상 그의 삶은 광대하고 쓸쓸하며 불가해한 세상으로부터 그를 보호해 주는 울타리 역할을 하는 직접적인 목표로 가득 찬 열띤 삶이었다. 그것은 집착하는 삶이었다.(129)

여기서 우리는 마아너가 금화를 도난 당하기 전에는 그의 삶이 실낱같은 시냇물에 비유되다가 도난 당한 후에는 이처럼 열정적인 삶으로 부각되는 연유에 대하여 생각해 볼 필요가 있다. 우선 우리는 전자가 마아너의 삶을 겉에서 본 것인 반면 후자는 그 안으로 들어가서 본 것을 나타내는 것으로 생각할 수 있을 듯하다. 그러나 작가는 마아너의 고갈된 삶의 양상을 이야기하면서 그러한 단서를 붙인 적이 한 번도 없다. 이러한 점에서 마아너의 삶이 금화를 도난 당한 후에 전과 다르게 묘사되어 있는 것은 그것을 계기로 달라진 그의 심리상태를 부각시키기 위한 불가피한 추신으로 보인다. 앞에서 제시되었던 것처럼 마아너의 삶이 간신히 명맥을 유지하는 무력한 것이었다면 도난은 그에게 별다른 영향을 줄 수 없을 것이 자명하다. 마아너가 금화를 지니고 있으면서 그의 영혼이 그처럼 고갈되었다면 금화가 없어져도 그에게는 별다른 충격이 될 수 없을 것이 자명하다. 영혼의 고갈 상태에서는 감정의 움직임도 따라서 미약할 수밖에 없다. 그가 그토록 애착을 가지고 있던 금화라면 그것의 도난은 그에게 엄청난 충격이 되어야 하고 그 효과가 극대화되기 위해서는 무엇보다도 도난 당하기 전과 후 사이의 뚜렷한 대조가 요구된다. 작가가 도난 당하기 전의 마아너의 삶을 열정으로 가득찬 것으로 묘사해야 할 필요성이 바로 여기에 있는 것이다. 금화에 대한 그의 애착은 어느 의미에서 삶의 의지의 다른 표현으로서 거의 본능에 가까운 것이지만 그렇다고 해서 그의 삶이 무기력한 것이 되어야 할 필요는 없다. 그런데 작가의 도덕적인 관점에서는 그런대로 활기에 차있는 마아너의 삶이 무력한 것으로밖에는 비치지 않는 것이 분명하다.

자본주의 시대에서 열심히 일해서 돈을 축적하는 마아너의 근면하고 검약한 태도는 권장할 만한 것이지 비난받을 것은 분명 아니다. 그는 돈을 벌기 위하여 남에게 해를 끼친 적도 없고 부자가 되려고 돈을 축적한 것도 아니다. 그는 다만 소외감을 극복하기 위한 방법으로 일과 돈을 사랑한 것뿐이다. 한가지 문제점으로 지적되는 것은 일과 돈에 대한 그의 사랑이 도가 지나치다는 점일 것이다. 단지 그 이유만으로 그의 삶이 메마른 것처럼 제시되어 있는 것은 물질보다 정신적인 것에 보다 많은 가치를 부여하는 작가의 도덕적인 이데올로기와 결부되는 것으로 보인다. 작가는 돈을 저축해서 삶의 조건을 발전시킴으로써 정신적으로도 윤택한 삶을 영위할 수 있다는 점을 외면하고 있다. 작가가 마아너의 삶을 고갈된 것으로 보는 것은 그가 다른 사람들과 함께 어울리지 않고 일에만 매달려 있다는 점에서이다. 우리는 여기서 에피를 외면했던 간프리가 15년 뒤에 마아너의 집에서 그녀를 데려가려 할 때 작가가 "우리는 간프리가 그의 주변에 살고 있는 노동자들에 대해서 지니고 있는 인상들의 상당 부분이 손에 못이 박힌 사람들이나 궁핍한 사람들에게는 깊은 정감이 있을 수 없다는 쪽으로 그의 생각을 기울게 했을 것이라는 점을 기억

하지 않으면 안된다"(218)고 말함으로써 그의 행동을 옹호하고 있는 것
을 미리 들쳐 볼 필요가 있다. 그의 말대로 일로부터 해방되는 것이 정
신적인 풍요로움을 위한 필요조건이라면 우선 물질적인 여유가 전제되
어야 한다는 점에서 무조건 물질을 경시하는 작가의 태도는 어느 의미에
서 자기 모순에 빠져 있다고 볼 수 있다. 그리고 아무도 그를 도와줄 수
없는 낯선 고장에서 열심히 일해서 돈을 축적하는 것은 그의 생존 전략
일 수도 있다는 점을 우리는 또한 간과할 수 없다. 물질적인 향상보다
서로 정을 나누면서 오순도순 사는 것을 더 선호하는 작가의 태도는 발
전보다는 안정을 중요시하는 보수주의자의 그것임에 틀림없다.

Ⅳ. 마아너와 에피

금화가 마아너에게는 인간과 신에 대한 믿음을 대신하는 것이었던 만
큼 그것의 도난은 엄청난 충격이었을 것임은 충분히 짐작하고도 남음이
있다. 금화의 도난 사건이 그의 사적 세계의 파괴를 뜻하는 것이라면 그
것은 동시에 공적인 세계로 나아갈 수 있는 계기가 될 수 있다는 전망을
낳는다. 더욱이 우리가 작가의 도덕적인 관점을 여기서 상기한다면 이러
한 전망은 더욱 뚜렷해진다. 이러한 전망이 어떻게 실현되고 있는지 구
체적으로 살펴보기 전에 우리는 일단 잃어버린 금화 대신 기적처럼 등장
한 에피의 존재 의미를 규명할 필요가 있다.
우리가 특히 주목할 것은 마아너가 에피를 처음 발견했을 때 그녀는
그 자신의 누이동생을 상기시키고 있는 점이다. 그가 비록 환몽 상태일
지언정 그의 어릴 때의 누이동생을 상기하는 것은 이제까지 단절되었던
과거와 현재의 교감이 이루어지고 있음을 뜻한다. 그는 과거와의 교감을
통하여 랜턴 야드에서 그가 지니고 있던 부드러운 감정과 "자기의 삶을
주재하는 어떤 힘, 즉 신에 대한 예감에서 느끼는 경외감"(168)을 동시에

경험한다. 이 경험은 곧 그의 의식이 정신적인 차원을 회복하고 있음을
말하는 것으로써 그의 닫혔던 영혼이 열리고 있음을 말한다. 그러나 그
의 영혼의 완전한 개화는 에피를 키우는 과정을 통해서 이루어진다.

> 아이의 마음이 점차 더 많은 지식을 향해 나아가는 반면 그의 마
> 음은 더 기억 속으로 향해 나아갔다. 그녀의 삶이 개화함에 따라
> 오랫동안 차디찬 감옥 속에 갇혀 있던 그의 영혼 또한 개화하기 시
> 작해서 전율과 함께 완전한 의식으로 피어나기 시작했다.(185)

　작가가 여기서 말하는 것은 아이를 양육하는 과정을 통해서 단절되었
던 과거와의 교감을 갖게 되었다는 것으로 요약된다. 아이가 점점 더 많
은 지식을 습득함에 따라 그의 마음이 더 기억 속으로 빠져들고 있다는
것은 아이의 성장 과정이 그 자신의 어린 시절을 추체험하는 계기가 되
고 있음을 의미한다. 그리고 그의 영혼이 개화되었다는 것은 얼어붙었던
그의 인간적인 정서가 되살아나고 있음을 뜻한다. 이처럼 그가 과거의
기억을 되살림으로써 인간적인 정서를 회복하고 있음은 인간 상호관계
의 필요성에 대한 작가의 강조와 일치하지 않는 것으로 보인다.
　마아너가 금화를 도난 당하고 난 뒤 레인보우 술집으로 달려가 마을
사람들이 모여 있는 가운데 자신의 문제를 이야기 할 때 작가는 마아너
의 의식의 변화에 대하여 "우리의 의식은 바깥에서와 마찬가지로 안에서
도 성장의 시초를 기록하지 않는다. 가장 작은 싹의 징후를 발견하기까
지는 많은 수액의 순환이 있어야 한다(108)"고 말한 바 있다. 작가의 이
언급은 분명히 마아너의 문제에 대한 래빌로 사람들의 관심이 그로 하여
금 이제까지 견지해 온 인간에 대한 불신감에 대하여 막연하나마 어떤
의문을 갖게 하는 계기가 될 수 있다는 것을 암시한 것으로 생각된다.
그러나 그가 금화를 도난 당한 뒤 절망 상태에 빠져 있을 때 돌리가 그
의 아들까지 동행하면서까지 그를 위로하고 교회에 나올 것을 간곡히 권

유할 때도 그의 "인간에 대한 사랑과 신의 믿음의 샘물에 채워진 빗장
(140)"은 열리지 않았다. 그토록 굳게 닫혔던 그의 영혼이 에피를 통하여
열리게 된 것이다. 문제는 그의 영혼의 열림이 따지고 보면, 방금 위에서
살펴보았듯이, 다른 사람들과의 상호 교류에 의한 것이라기보다는 과거
에 대한 그의 기억을 통해서 이루어지는 것이라는 측면이 더 강하다는
점에 있다. 이 점은 인간관계를 통하여 인간성을 회복할 수 있다는 작가
의 암시가 충분히 논리적인 뒷받침을 받지 못하고 있음을 단적으로 말해
준다.

　마아너의 영혼이 마을 사람들과의 교류에 의하여 점진적으로 이루어
지지 않고 에피가 환기하는 그의 과거에 대한 기억을 통해서 열리고 있
음은 작가의 보수주의 이데올로기를 반영한다. 작가의 도덕성의 기초는
"정서적인 힘"(Pinney 41)이다. 옛날의 낯익은 대상물이나 연상이 마아너
에게 소중한 것이 되고 있는 것은 바로 그것들이 삶의 의미를 제공하는
정감을 불러일으키기 때문이다. 작가의 보수주의 이데올로기는 마아너가
에피를 중심으로 그의 삶을 영위하는 데서도 드러난다.

　　그는 에피에게 필요한 것이 무엇인지를 찾고 모든 일이 그녀에
　　게 미치는 효과를 공유함으로써 래빌로 생활의 틀이 되는 관습과
　　믿음을 자기 것으로 하게 되었다. 그리고 새로이 깨어나는 감수성
　　과 더불어 추억 또한 일깨워짐에 따라 그는 예전의 신앙의 요소들
　　을 곰곰이 생각해 보고 자기가 이곳에서 받은 인상들과 그것들을
　　결합하기 시작했다. 그리하여 마침내 그는 과거와 현재 사이의 통
　　일성에 대한 의식을 회복했다. 모든 순수한 평화와 기쁨과 함께 오
　　는 인간에 대한 신뢰, 그리고 모든 것을 주재하는 선에 대한 의식
　　이 생김에 따라 그의 과거에 무엇인가 실수나 착오가 있었던 것이
　　며 그것이 자기의 최고의 시절에 검은 그림자를 드리웠던 것이라고
　　막연히 생각하게 되었다.(201-02)

여기서 우리는 마아너의 시각이 과거지향임을 알 수 있다. 그가 에피를 중심으로 삶을 영위하고 있다는 것은 현재를 살면서 사실은 과거를 다시 사는 것에 지나지 않는다. 그는 어느 의미에서 에피를 위해서 자신의 삶을 포기한 것이나 다름없다. 갇프리가 지적하고 있듯이 그의 직조는 기계의 자동화에 의하여 조만간 쓸모 없는 것이 될 것임에도 불구하고 그에 대한 만반의 준비를 하기보다 에피를 중심으로 생활한다는 것은 그의 미래를 사실상 포기한 것이나 마찬가지이다. 같은 관점에서 마아너가 래빌로 사회에 동화되어 가는 것도 결코 바람직한 것이라고 말할 수 없다. 많은 독자들은 그것을 마아너의 인간성 회복의 상징적인 표현으로 간주하고 있으나 사실은 소도시에서 쫓겨 나와 시골에서 안정을 찾은 것이나 다름없다. 작품의 말미에서 그의 고향이 도시화의 물결 속에 완전히 사라지고 있음은 그 여파가 래빌로에도 곧 밀어닥칠 것이라는 전망을 낳는다. 이러한 점에서 우리는 그가 래빌로에서 힘들게 성취한 그의 안정이 얼마나 허망한 것인가를 짐작하기 어렵지 않다.

Ⅴ. 마아너의 사랑 그리고 믿음

우리는 마아너의 에피에 대한 사랑이 작가가 시사하는 것만큼 원대하거나 숭고한 것으로 보기도 힘들다. 우리는 이러한 점에서 마아너가 에피를 그가 잃어버린 금화와 동일시하는 점에 주목할 필요가 있다. 이것은 금화에 대한 그의 애착이 그대로 에피에게 전이되고 있음을 뜻하는 것일 수 있다. 바로 이 점은 그의 에피에 대한 사랑이 거의 금화에 대한 사랑과 마찬가지로 편벽되어 있는 느낌을 주는 이유가 될 수 있다. 에피가 다른 사람들을 더 좋아할지 모른다는 우려 때문에 다른 사람들에게 에피를 맡기려 하지 않는다던가 그녀의 나쁜 행동을 견제하기 위하여 체벌을 가하는 문제에서도 교육적인 효과보다는 그것으로 인해서 그녀와 사이가 멀어질지 모른다는 걱정이 앞서는 그의 의식구조는 자기만을 사랑해 주기를 바라는 또 다른 에고이즘의 소산이라고 보아야 할 것이다. 그는 에피를 마을 사람들과 격리시켜 그들의 나쁜 습관에 젖지 않게 할 수 있다고 하지만(205) 그러한 그의 양육 태도는 금화를 감추어 두고 저녁에 몰래 꺼내어 세어 보며 즐거움을 느끼던 그의 태도와 크게 구분되는 것 같지 않다. 그의 에피에 대한 독점적인 사랑은 그녀의 양육이 기이한 화초 재배에 비유되어 있는 점에서도 드러난다. 작가는 그의 양육 태도에 대하여 "귀중한 화초가 새로운 토양에서 자라도록 집을 마련해 주려고 하는 사람이 그의 화초 재배와 관련하여 비와 햇빛과, 그 외에 모든 영향들을 생각하고 땅 속으로 박혀 가는 뿌리의 요구를 만족시켜 줄 모든 지식, 피해를 입지 않도록 잎과 봉오리를 보호해 줄 모든 지식을 꾸준히 찾는 것이나 마찬가지였다"(190)고 말한다. 물론 이 말은 그가 그녀를 양육하는 데 온갖 정성을 다했음을 뜻하는 것이지만 이것은 동시에 그녀가 그의 곁을 거의 떠나지 않고 자라났음을 암시하는 것이기도 하다. 기이한 화초는 함부로 바깥으로 내돌리지 않는 법이다. 기이한 화초 재배가의 즐거움은 그것을 혼자서 바라보는 데 있는지도 모른다. 이러한 점에서 마아너가 기이한 화초 재배가에 비유되어 있음은 작가가 의식했든 그렇지 않든 에피에 대한 마아너의 사랑이 독점적인 것임을 암시하는 것이 될 수 있다.

마아너의 에피에 대한 독점적인 사랑은 역설적으로 그의 삶이 전적으로 그녀의 존재에 달려 있음을 말해 주는 것이기도 하다. 그녀는 그의 삶의 전부라고 해도 과언이 아니어서 그녀가 없으면 그의 삶은 한꺼번에 와해될 것처럼 보인다. 이런 점에서 그가 그녀를 잃어버린 금화 대신 들어온 것으로 보는 것은 상징적인 의미를 지닌다. 그것은 그와 그녀 사이의 관계가 그와 금화 사이의 그것과 거의 차이가 없음을 뜻한다. 작가는 양자를 구별하려고 애쓰고 있지만 그러한 구별이 어딘가 모르게 추상적인 느낌을 주고 있는 것이 사실이다. 그가 금화를 사랑하면서 마을 사람들과 소원한 관계를 유지하게 된 것은 그의 사랑이 금화 속에 투입된 탓이다. 이 논리에 따르면 그녀에게 집중된 그의 사랑은 당연히 주변 사람들과 원활한 관계를 유지하는 데 장애 요인으로 작용할 수 있다는 생각은 누구나 해볼 수 있다. 이처럼 그녀가 그에게 갖는 존재 의미는 금화와 크게 다른 것 같지 않음에도 작가는 그녀를 마아너와 그의 마을 사람들을 연결시켜 주는 메신저로 여기고 있다. 그러나 상식적인 관점에서 그녀를 매개로 한 마아너와 그의 주변 사람들 사이의 관계는 피상적인 것에 그칠 수밖에 없다. 실제로 우리는 에피와 돌리를 제외하고 그가 친밀한 관계를 맺고 있는 사람을 그의 주변에서 찾아 볼 수 없는 것이 사실이다.

마아너의 사랑이 그녀의 사랑에 의하여 보답되고 있는 것도 그의 사랑이 엄밀하게 말해서 자기 자신을 위한 것이라는 인상이 짙다는 점에서 선뜻 공감이 가지 않는 점이다. 그녀가 그의 삶의 의미이며 동시에 목적이라는 점에서 그녀에 대한 사랑은 곧 자신에 대한 사랑을 뜻하는 것이나 다름없다. 그의 사랑은 이질적인 요소들을 융합할 수 있는 힘을 지닌 것이라기보다는 금화에 전적으로 매달리듯이 에피에게 그의 모든 삶을 거는, 어떻게 보면 허무하기 짝이 없는 것에 지나지 않는다. 작가가 이러한 사랑에 의미를 두고 있다는 것은 작품의 도덕성을 강조하는 그의 입장을 위태롭게 할 수 있다.

우리는 또한 마아너가 에피의 존재를 통해서 인간에 대한 신뢰감과 세계는 선하다는 믿음을 갖게 되는 것도 납득하기 어렵다. 그가 삶에 대한 긍정적인 비전을 회복하는 일은 사회로의 통합을 위하여 우선적으로 이루어져야 할 과제임에 틀림없지만 그 비전이 그의 구체적인 삶의 경험을 통해서 획득한 것이 아니라는 점에서 설득력이 없는 것으로 보인다. 그는 비록 자신의 친구로부터 배신을 당하고 게다가 애써 번 돈을 모두 도난 당하기는 했지만 그 대신 에피라는 보물을 얻게 되었기 때문에 세상을 긍정적으로 이해하게 되었을 뿐이다. 그러나 여기서 우리가 생각해

야 할 것은 과연 그의 말대로 에피라는 보물이 그에게 보내진 것이 필연
적이었는지를 생각해 볼 필요가 있다. 그녀가 불빛을 따라 그의 집으로
들어간 것은 그녀의 생모인 몰리가 우연히 마아너의 집 근처에서 죽었기
때문이므로 사실 양자의 만남은 필연이 아니라 우연이라고 말할 수밖에
없다. 물론 우리들의 일상생활에서는 기적과 같은 일들이 이따금 발생하
기 때문에 그러한 일이 일어날 가능성을 전혀 배제할 수는 없지만 그 가
능성이 희박한 것도 틀림없는 사실이다. 이러한 점에서 작가는 마아너가
우주에 대해서 조화감과 통일성을 느끼는 구체적인 증거로 우연의 일치
를 제시하고 있다(E 341)는 쌔일의 비난을 피할 수 없다. 그는 갇프리를
통해서 일정한 규범 없이 자기 마음대로 행동하는 사람들이 의존하는 것
은 우연일 뿐이라고 비난하면서 우연의 일치를 믿음의 증거로 제시하는
모순을 범하고 있는 것이다.

　여기서 주목되는 것은 작가가 이러한 모순을 신비주의적인 관점에 의
하여 정당화하고 있는 점이다. 우리는 방금 앞에서 에피의 출현을 우연
이라고 말했지만 마아너의 입장에서는 그것이 신비 그 자체로 보인다.
그녀가 어떻게 해서 자신의 집으로 들어왔는지 밝혀진 후에도 그는 여전
히 그녀를 신비한 존재로 이해한다. 크뇌플메어(U. C. Knoeflemaeher)는
이 점을 마아너가 다시 랜턴 야드의 미신적인 종교로 다시 돌아가고 있
음을 나타내 주는 것으로 보고 있는데(E 397) 이 견해는 에피라는 인간
으로부터 촉발된, 그의 인간적인 종교로서의 특성을 전혀 고려하지 않고
있다는 점에서 한계가 있는 것으로 보인다. 엘리어트의 경우 종교는 인
간의 인간에 대한 사랑과 공감, 그리고 희생으로 이루어진다. 그리하여
인간관계는 그 자체로서 종교적인 성격을 갖는다(Paris 25). 마아너의 랜
턴 야드에서의 종교와 지금의 그의 종교 사이의 차이는 바로 여기에 있
다고 볼 수 있지만 기적과 예시에 의존하던 옛날의 종교적인 습관이 그
대로 존속되어 있어 언뜻 보아 차이가 전혀 없는 것처럼 보이는 것이 사
실이다. 종교적인 믿음을 회복한 그의 눈에 비친 에피는 몰리의 딸이 아

니라 어딘지 모르는 곳에서 그에게로 온 신비한 존재이다. 그녀는 세상
이란 선하다는 것을 그에게 고지하러 온 신이 보낸 메신저로 보인다. 이
러한 점에서 마아너가 에피에 대한 사랑으로 "질서의 신화"(*E* 349)를 만
들고 있다는 캐롤(David R. Carroll)의 견해는 주목할 만하다. 질서의 신
화에서 핵심이 되는 것은 사랑으로서 사랑이 있으면 질서의 신화를 만들
고 그것이 없으면 우연의 신화를 만든다는 것이 그의 논지의 핵심이다.
이것은 한마디로 에피에 대한 그의 사랑이 그에게 삶에 대한 믿음을 주
고 있다는 이야기가 된다. 그러나 여기서 주목할 것은 우주의 질서에 대
한 그의 믿음이 단지 그녀와의 만남에 바탕을 둔 것으로 그녀의 존재에
전적으로 달려 있다는 점이다. 이러한 점에서 19장에서의 그가 그녀에게
들려주는 이야기는 주목할 만하다. 그는 여기서 한동안은 그가 잃어버린
금화가 돌아오기를 고대했지만 언젠가부터 금화가 돌아와서 "너를 내게
서 데려가면 다시 저주가 되돌아온 것이라고 생각했을 것"(226)이라고
그녀에게 말한다. 이처럼 그의 믿음이 그녀의 존재에 달려 있다는 것은
곧 그의 믿음이 일시적인 것으로 확고한 바탕을 지니고 있는 것이 아님
을 뜻한다. 그녀가 그의 친구인 윌리암 데인처럼 배반하지 않는 것도, 그
녀가 결혼하고서도 그의 곁을 떠나지 않는 것도 우연일 뿐이다. 그녀가
지금과는 전혀 다르게 변모될 수 있는 가능성은 얼마든지 있다. 이러한
점에서 캐롤의 견해는 에피에게 국한된 마아너의 편협한 사랑을 보편적
인 것으로 확대 해석하고 있다는 비난을 면키 어렵다. 게다가 논리적인
바탕이 없이 제시되어 있는 그의 믿음은 자칫 그가 경험한 것과 같은 기
적적인 체험을 하지 않은 한 어느 누구도 그러한 우주의 조화에 대한 믿
음을 발견할 수 없을 것이라는 오해를 낳을 수도 있다. 이러한 문제점들
은 한마디로 에피를 통한 마아너의 종교적 믿음의 회복이 설득력을 결여
하고 있음을 단적으로 말한다. 그의 믿음이 설득력을 지니지 못하는 이
유는 근본적으로 상황에 따라 얼마든지 변할 수 있는 에피라는 인간에게
불변의 존재인 신에 대한 관념이 투사되어 있기 때문이다.

우리는 이러한 점에서 에피가 마아녀의 난로가에서 발견된 점에 주목
할 필요가 있다. 그는 바로 이 점 때문에 화로의 신을 믿게 되었다. 이것
은 그의 종교가 물신숭배라는 원시적인 믿음에 근거하는 것임을 말한다.
그녀가 화로의 신과 결부되어 있음은 그녀가 마아녀의 얼어붙은 영혼을
녹여 주어 그를 마을 사람들과 연결시키고 있는 점에서 상징적인 의미를
지닌다. 그녀는 어느 의미에서 마아녀의 화로의 여신뿐만 아니라 래빌로
마을 전체의 여신처럼 보인다. 그것은 그녀가 마을 사람들의 모든 적대
감을 용해해서 래빌로를 하나의 통합된 공동체로 만들고 있다는 점에서
그러하다. 그녀의 미덕은 때묻지 않은 순수성이다. 그녀가 모든 사람들
을 하나로 융합하고 있음은 어린이의 마음과 같은 순수성이 사회적 결속
을 위해서 필요한 덕성임을 시사한다. 그러나 그녀의 순수성은 그녀가
마을로부터 격리되어 자라났기 때문에 지켜질 수 있는 것이어서 그러한
시사는 설득력이 없어 보인다. 작가는 그녀의 순수성이 누구나 한 때 지
닐 수 있는 일시적인 것일 수 있음을 외면하고 있다.

Ⅵ. 갇프리의 고백

우리는 또한 갇프리의 고백 장면을 통해서도 작가의 도덕적인 관점과
작품의 구체적인 전개 과정이 일치하지 않고 있음을 발견하게 된다. 작
가는 갇프리가 마아녀의 경우처럼 매우 경이적인 경험을 통하여 우연에
의존하는 그의 태도를 청산하고 돌연히 종교적인 태도로 돌아서는 과정
을 제시하고 있으나 그 과정이 작품의 현실과 유리되어 있다는 느낌이
지배적이다.

갇프리의 무질서한 태도는 어떤 정해진 원칙이 없이 현재의 안녕과
이익에 따라 행동하는 데서 드러난다. 갇프리가 천박한 여인과 비밀히
결혼한 사실을 이용해서 그를 협박하는 동생의 비열한 행동에 참을 수

없는 고통을 겪으면서도 그의 아버지에게 고백하고 동생의 시달림으로
부터 벗어나지 못하는 것은 바로 그 고백이 초래할 불이익이 두려웠기
때문이다. 그는 그의 동생의 입을 막고 스스로 고백하지 않는 한 그의
비밀이 탄로되지 않을 것이라는 우연을 한편으로 믿고 있다. 그는 그러
한 가능성이 있음에도 불구하고 스스로 고백해서 불이익을 자초하는 것
은 어리석은 짓이라고 생각한다. 그 고백은 곧 상속권 박탈을 의미하는
데 농사도 짓지 못하고 그렇다고 구걸할 수도 없는 그의 처지로서는 엄
청난 모험일 수밖에 없다. 그러한 불이익 속에서도 그가 낸씨와 결혼할
수만 있다면 즐거운 마음으로 농사를 지을 수 있을지 모르지만 그의 비
밀이 밝혀지면 상속권뿐만 아니라 그녀도 잃게 될 것이 뻔하다. 현재의
그의 심정은 초조하고 불안하기 짝이 없지만 이 상태는 고백해서 불이익
을 당하는 것보다 훨씬 낫다고 생각하고 그러한 모험을 하지 않기로 마
음먹는다. 그가 숭상하는 것은 우연이라는 신이다. 그는 현재의 그의 행
동의 옳고 그름과는 상관없이 좋은 결과를 바란다.

그가 낸시와 결혼하기 위하여 사실상 고아나 다름없는 에피를 외면하
는 비인간적인 행위를 저지르는 것도 그러한 태도의 연장으로 볼 수 있
다. 물론 그는 그러한 자신의 행동에 대하여 어느 정도 죄책감을 느끼고
는 있지만 그것은 어디까지나 그의 현실적인 이익이 다치지 않는 범위
안에서 작용한다. 그의 비밀을 알고 있는 사람 가운데서 에피의 생모인
몰리가 죽고 그의 동생이 행방불명된 상태에서 에피를 자신의 딸로 인정
하는 것은 그의 공리주의적인 관점에 비추어 적지 않은 손실임에 틀림없
다. 갇프리가 부도덕한 행위를 숨기고 낸시와 결혼한 후에 전혀 양심의
가책을 받지 않고 살아가는 것도 이러한 관점에서 이해될 수 있다. 그는
에피에 대한 자신의 지나친 관심이 다른 사람들에게 의심을 살 수 있다
는 것을 염려한 나머지 적절한 선에서 마아너에게 선물을 주는 것으로
만족하고 에피가 부잣집보다 가난한 집에서 오히려 더 행복할 수도 있다
고 생각하고 자위하는 그의 태도에서 우리는 자식에 대한 의무감보다는

자신의 이익이 더 우선하고 있음을 알 수 있다. 그가 자신의 비밀을 숨기고 낸시와 결혼하는 데 성공하지만 그들 사이에 아이가 없는 것은 이러한 점에서 주목할 만하다. 이것은 자식에 대한 의무를 게을리 하는 사람에게는 아이가 존재해서는 안된다는 작가의 준엄한 도덕적 심판으로 이해될 수 있다.

갇프리도 그들 사이에 자식이 없는 것을 그의 과거의 잘못에 대한 응징으로 보고 체념하지만 자식에 대한 그의 바램은 여전히 그의 마음 속에 자리한다. 자식을 갖고 싶은 그의 욕구는 이제나저제나 모든 남성들의 공통적인 염원일 것이다. 그의 이러한 욕구는 낸시가 더 이상 아이를 가질 수 없다는 점에서 이제까지 그녀의 규범에 순종했던 종전의 그의 태도에 대한 변화를 예고하는 것으로서 독립된 주체로서의 자아가 형성되고 있음을 의미하는 것으로 보인다. 그는 그녀를 자신의 어리석은 습관들을 교정해 주는 어머니와 같은 존재로 인식하고 그녀에게 충실함으로써 캐쓰 집안의 권위를 유지해 왔다. 그러나 그녀의 엄격한 규범에 대한 그의 불만은 대단히 소극적인 것에 지나지 않는다. 아이를 입양하자는 그의 제안이 그녀의 원칙에 따라 받아들여지지 않자 그것으로 일단락되는 것은 그가 여전히 그녀의 규범 속에서 벗어나지 못하고 있다는 증거이다. 그런데 채석장의 물웅덩이에서 자기 동생의 해골과 마아녀가 잃어버린 금화를 발견하는 순간 그녀의 규범에 의존하던 그의 종전의 태도에 변화를 가져오게 된다.

아마도 작가는 이 사건을 마아녀와 에피의 만남과 동일한 관점에서 다루고 있는 것으로 보인다. 갇프리도 마아녀의 경우처럼 전혀 우연에 불과한 사건으로부터 신비적인 체험을 한다. 그는 이 사건을 통해서 신은 마음만 먹으면 무엇이든지 밝혀 낸다는 사실에 초자연적인 공포감을 느낀다. 이 경험은 마아녀의 그것처럼 개종을 암시하는 것으로 보인다. 이 점은 우연의 신을 믿었던 그가 그 경험 직후 신에 대한 두려움에 사로잡혀 있는 것으로 미루어 짐작된다. 그가 그 경험 직후 낸시에게 자신이 숨겨 온 비밀을 고백하고 에피를 데려오기로 그녀와 합의하는 것은 그가 이제 비로소 하나의 독립된 주체로서 태어나고 있음을 뜻한다. 이 작품을 심리학적으로 살피고 있는 에머리(L. C. Emery)는 갇프리가 던스턴의 해골과 그의 채찍을 발견하는 순간 그의 원시적인 자아가 회복되는 것으로 본다(75). 구체적으로 말하면 마아너가 에피를 보는 순간 그의 누이동생을 상기함으로써 억압되었던 그의 본연의 자아를 회복하고 있는 것처럼 갇프리도 그의 동생을 보는 순간 낸시의 규범에 의하여 순치 되기 이전의 자아로 되돌아간다는 것이다. 이러한 해석은 인간의 본성을 불변의 것으로 규정하는 것이어서 선뜻 받아들이기 어렵다. 그의 개종의 경험은 어느 의미에서 인간의 질서를 포용하는 보다 큰 우주의 질서에 대한 순응으로 그의 향상된 자아를 반영하는 것으로 볼 수 있다. 이러한 점에서 아이를 입양하자는 갇프리의 제안에 대하여 낸시가 그것은 신의 섭리에 의하여 주어진 운명을 거스르는 것이라는 점에서 반대할 때 갇프리가 마아너와 에피의 예를 들어 그녀의 그러한 확신이 부질없는 것이라고 그녀를 설득하려 한 것에 우리는 주목할 필요가 있다. 이것은 그가 그때만 해도 신의 섭리 같은 것을 믿지 않았음을 말한다. 그런데 그는 동생의 주검과 금화를 보는 순간 그녀의 편협한 규범보다 더 높은 우주의 질서에 눈을 뜨게 된 것이다. 그는 이를 계기로 낸시에게 그 동안 숨겨 온 비밀을 고백하고 에피에 대한 아버지로서의 의무를 이행하려 한다. 그가 새롭게 자각하고 있는 의무감은 그것이 우주의 질서에 대한 믿음에 바탕을 두고 있다는 점에서 신성한 것으로 여겨진다. 각자에게 주어진 의무를 이행하는 것은 유기적인 사회를 구현하는 데 불가결한 덕성 가운데 하나임에 틀림없다.

그러나 그의 고백은 한편으로 자신의 비밀이 밝혀지고야 말 것이라는 위기감에서 출발하고 있다는 점에서 다분히 자기 방어적인 것이라는 느낌이 강하다. 즉 그의 고백은 어느 의미에서 어차피 그의 비밀이 밝혀질 것이라면 차라리 미리 고백하는 것이 오히려 떳떳한 입장이 될 수 있다는 그의 계산에서 나온 것으로 보인다. 게다가 그의 고백이 개종의 체험에 따른 것이라는 점에서 고백 이전과 그 이후의 행동에서의 변화가 있어야 마땅함에도 불구하고 크게 달라진 것처럼 보이지도 않는다. 고백과 동시에 마아너에게 에피를 요구하면서 내거는 그의 명분은 다분히 공리적인 것으로 종전의 그의 태도와 전혀 변함이 없음을 말해 준다. 그는 마아너의 현실적인 입장을 주지시키면서 에피를 그에게 보내는 것이 타당하다고 그를 설득하고 있는데 그의 논리는 간단히 말해서 에피가 자신의 집에 오면 누이 좋고 매부 좋다는 식이다. 에피가 자신의 집에 오면 우선 상류층의 신분을 얻게 되고 풍족하게 살 수 있으며 마아너 또한 자기가 보살펴 줄 것이므로 편안한 여생을 보낼 수 있다는 것이다. 마아너는 사실 늙어서 직조하기도 힘들고 설사 계속할 수 있다고 해도 사양 사업이기 때문에 그의 생활은 어렵기는 마찬가지일 것이다. 사정이 그렇다면 에피를 그에게 맡기는 것이 어느 모로 보나 타당한 결정이라는 것이 갇프리의 주장이다. 뿐만 아니라 우리는 그의 에피에 대한 요구가 그녀를 사랑하기 때문이 아니라 과거에 실행하지 못한 의무를 완수함으로써 죄책감에서 벗어나려는 어느 의미에서 이기적인 목적을 지니고 있다는 점에서도 그의 요구에 도덕적인 정당성을 부여하기 어렵다.

그의 고백의 도덕성을 저해하는 또 다른 요인은 아마도 문제의 그 개종의 경험이 갇프리와 낸시가 결혼한 후 상당한 시간이 흐른 다음에 일어나고 있는 점이다. 이 시점은 그가 아이의 필요성을 절감하고 있었던 때인 만큼 그의 고백은 개종의 진지성을 저해하고 있다. 이 경험을 통해서 마땅히 이행해야 할 의무의 중요성을 환기하는 것이 작가의 주요 관심사라고 한다면 갇프리는 자신의 비밀을 고백하되 에피를 마아너에게 맡기고 아무도 모르게 자신의 의무를 이행해야 마땅하다. 그렇게 한다면 고백의 진지함도 살리고 의무감에 대한 강조도 훨씬 더 호소력을 지닐 수 있었을 것이다.

고아나 다름없는 에피를 외면했던 갇프리가 15년이 지나 어엿한 숙녀로 자라난 지금에서 그 스스로 저버린 아버지로서의 의무를 내세워 그녀를 요구하는 것은 상식 밖이다. 작가는 그냥 가슴 깊이 묻어 둬도 상관 없는 비밀을 구태여 고백하고 그녀에 대한 의무를 이행하지 못한 부분에 연연하는 그의 태도에 도덕적인 의미를 부여하려 하지만 자신의 비밀을 고백하고 마아너에게 에피를 돌려 달라는 그의 요구는 다분히 이기적인 것으로 느껴진다. 그의 고백은 어느 의미에서 에피를 입양하고 싶은데 낸시가 주어진 운명을 거스르는 것은 좋지 않다며 그의 요구를 거절하고 있기 때문에 생각해 낸 궁여지책에 가까워 보인다. 15년 전에 아버지로서의 의무를 포기한 그가, 의무 운운하면서 마아너의 손에서 다 자란 에피를 데려가려는 것은 분명 도덕적인 행동이 아니라 지극히 파렴치한 것임에 틀림없다. 그의 이기적인 행동이 표면화되지 않는 것은 순전히 작가의 도덕적인 이데올로기 때문이다.

VII. 맺는 말

조지 엘리어트는 작품의 도덕성을 중요시하지만 그것을 드러내 놓고 강조하지 않는 작가이다. 잘 알려져 있듯이 그의 미덕은 도덕성 못지 않게 사실성을 중요시한다는 점에 있다. 그러나 우리는 이상의 고찰을 통해서 작가의 사실주의적 관점이 도덕적인 그의 이데올로기에 의하여 억압되어 있음을 알 수 있다.

그의 도덕적인 이데올로기는 다분히 보수적이어서 사실성에 대한 작가의 욕망과의 충돌이 불가피한 것이었다. 작가는 심리적인 사실주의자로 널리 알려져 있는 만큼 등장인물들의 심리나 변화를 사실적으로 드러내려 하고 있으나 그러한 그녀의 노력은 보수성을 띤 도덕적인 이데올로기에 의하여 왜곡되고 뒤틀림으로써 논리적인 모순과 허점들을 낳고 있다.

　작가는 마아너와 에피 그리고 갇프리를 유기적으로 관련시킴으로써 이들이 각각 대표하는 사랑과 순수성 그리고 의무감이 사회의 결속을 위해서 필요한 덕성임을 시사하고 있다. 에피는 래빌로의 구심점으로서 마아너는 그녀에 대한 사랑을 통해서 갇프리는 그녀에 대한 의무를 통해서 사회로 통합되고 있다. 이것은 사랑도, 의무도 순수성에 바탕을 두지 않는 한 가치를 지닐 수 없다는 것을 암시하는 것일 수 있다. 에피가 결혼한 후에도 그의 곁을 떠나지 않고 그를 보살피려는 것은 그의 사랑이 그녀에게 순수한 것으로 받아들여졌기 때문이며 이와 반대로 그녀가 자신의 딸이 되어 달라는 갇프리의 요구를 거절하는 것은 그가 구실로 내세우는 의무감이 순수한 의도로 비치지 않았기 때문으로 볼 수 있다. 그러나 자신의 요청이 받아드려지지 않았음에도 계속해서 그녀를 보살피는 그의 행동은 진정한 것으로 보아야 한다. 에피가 그의 호의를 기꺼이 받아들이는 것은 바로 이러한 관점에서 이해될 수 있다.

　그러나 에피를 꼭지점으로 하는 마아너와 갇프리의 안정된 삼각 구도는 에피의 순치된 욕망 때문에 가능한 것이었다고 말해도 과언이 아니다. 이 삼각 구도는 에피가 래빌로의 생활에 만족하고 그녀의 친부인 갇프리를 따라 가지 않음으로써 성립될 수 있는 것이다. 우리는 이러한 그녀의 태도를 통하여 그녀의 순결한 마음을 충분히 읽을 수 있지만 사실 그녀의 순수성은 어느 의미에서 가능한 한 욕심을 버리고 현실에 안주하는 평범한 생활에 의하여 길들어진 결과라고 말할 수 있다. 그리고 그녀의 순수성은 세파에 의하여 단련된 것이 아니라 현실 생활로부터 격리됨으로써 보존될 수 있었던 것이므로 앞으로 그녀가 살아가야 할 현실에서도 변함없이 지켜지리라는 확신이 서지 않는다. 아이의 순수성을 통해서 결합된 래빌로의 유기적인 사회, 시간의 흐름을 철저히 차단함으로써 이룩된 사회는 언제 어느 때 현실의 무게에 빈틈을 내줄지 모르는 위태로운 사회임에 틀림없다.

■ ■ ■ ■ ■ ■ ■ ■ ■ ■ ■ ■ ■ ■ ■ ■ ■ ■ ■ ■
인 용 문 헌

Abrams, M. H. *Natural Supernaturalism.* New York: Norton & Company, 1971.

Bennett, Joan. "Silas Marner." George *Eliot: Her Mind and Her Art.* Cambridge: Cambridge UP, 1954.

Carroll, David. R. "Silas Marner: Reversing the Oracles of Religion." in *Silas Marner: With Essay in Critics.* Seoul: Shinasa, 1979: 345-51. Abbreviated as *E.*

Dallas, E. S. "Silas Marner." *E:* 323-27.

Eagleton, Terry. *Criticism and Ideology.* London: Thetford, 1985.

Eliot, George. *Silas Marner.* Harmondsworth: Penguin, 1986.

Emery, L. C. "Silas Marner." *George Eliot's Creative Conflict.* California: California UP, 1976.

Houghton, Walter. E. *The Victorian Frame of Mind.* New Heaven: Yale UP, 1963.

Jones, R. T. *George Eliot.* Cambridge: Cambridge UP, 1970.

Knoeflmaeher, U. C. "Reconcilation Through Fable: *Silas Marner.*" *E:* 376-407.

Paris, B. J. "George Eliot's Religion of Humanity." *George Eliot: Twentieth Century View.* Ed. George R. Creeger. New Jersey: Prentice-Hall, 1970.

Pinney, Thomas. "The Authority of the Past in George Eliot's Nobles." *George Eliot: Twentieth Century View.* Ed. George R. Creeger. New

Jersey: Prentice-Hall, 1970.

Roberts, Neil. "Silas Marner." *E*: 365-75.

Selden, Raman. *A Reader's Guide to Contemporary Literary Theory.* New York: Harvester Wheatsheaf, 1989.

Thale, Jerome. "George Eliot's Fable for Her Times." *E*: 336-44.

제 4 장 ■■■■■■■■■■■■■■■■■■■■
딜란 토마스의 마스크 - 산문 읽기
Dylan Thomas

Ⅰ. 들어가는 말

딜란 토마스(Dylan Thomas)의 시에 대한 독자의 평가는 대체로 긍정적이 아니면 부정적인 것으로 극단화 되어 있다. 부정적 평가의 상당 부분은 시 자체의 평가보다는 그의 무절제하게 보이는 생활에 지나치게 영향을 받고 있는 것으로 보인다. 그의 시는 흔히 이미지의 연쇄적인 집적에 의하여 시를 창조하는 시인으로 알려져 있다. 이러한 세간의 평가는 간단히 말하면 그의 시에 깊이가 없다는 뜻으로 받아들여진다. 술주정뱅이에다 교육도 변변하게 받은 바 없는 그의 입장에 비추어 보면 그러한 독자들의 오해는 충분히 있을 수 있다는 생각이 든다. 더욱이 그의 작품들은 난삽하기 이를 데 없어 그것들을 이해하려는 인내심의 한계에 부딪친 독자들은 그것들을 주정뱅이의 잠꼬대로 규정하는데 주저해야 할 이유가 없어 보인다. 어떤 독자는 그의 시가 "어린이의 거짓된 환상"에 바탕을 두고 있다고 말하는가 하면(Holbrook 1964, 16) 어떤 독자는 그의 시를 "뜨거운 가슴에서 용솟음치는 무의미한 진흙탕물"에 비유하기도 한다

(Grigson 119). 후자의 견해를 지지하는 독자들은 T. S 엘리엇과 오든의 지성과 점잖음을 높이 평가하는 사람들일 가능성이 높다. 이러한 독자들은 시인이 그의 시 전집에 적어 놓은 다음과 같은 노트를 별로 신뢰하지 않을 것이다.

> 나는 어디선가 아름다운 울타리 안에서 그의 가축을 지키기 위하여 달에게 의식을 거행하는지에 대해서 묻는 말에 "그것을 거행하지 않으면 천치 바보일 것"이라고 대답한 한 목동에 대해서 읽은 적이 있다. 이 시들도 그것들의 잔인함과 의심과 혼란에도 불구하고 인간에 대한 사랑과 신을 찬미하기 위하여 쓰여진 것으로서 그렇지 않다면 나는 천치 바보일 것이다.

그러나 문학이 전기가 아닌 다음에야 전기적인 사실들을 들어 문학적인 진술을 부정하는 것은 분명히 잘못된 생각이다. 일반적으로 시인 자신의 사사로운 감정을 표현하는 것으로 알려져 있는 서정시에서조차도 화자와 시인은 일치하지 않으며 일치할 수도 없다. 사적인 정서가 그대로 시가 될 수 없음은 이제 진부한 상식에 속한다. 그런데 이러한 기본적인 상식이 토마스의 경우에는 무시되고 있는 것으로 보인다. 예이츠와 엘리엇은 극적인 화자를 사용하여 그들의 정서와 사고를 효과적으로 전달하고 있음은 널리 알려져 있는 사실이다. 그들의 극적인 화자들은 젊음과 이상을 상실한 다분히 희화적인 노인들로서 인간의 삶에 대한 두려움과 무의미한 삶의 실상을 부각시켜 준다는 점에 많은 평자들이 공감하는 것으로 보인다.

그러나 우리는 그들의 시의 보편적인 공감이 알고 보면 지극히 개인적인 정서에서 출발하고 있음을 잊어서는 안된다. 엘리엇의 초고들을 검토한 무디는 엘리엇이 「황무지」와 그 후에 발표된 작품들을 통하여 그의 연인과의 이별의 아픔을 영원하고 신성한 것으로 창조함으로써 해소하고 있다고 말한다(Moody 117-18). 이 말은 곧 엘리엇이 그 자신의 내밀한 갈등을 해소하기 위하여 시를 쓰고 있음을 시사하는 것인데 이것은 곧 그가 마스크를 사용하고 있다는 말이 된다. 이 점은 예이츠의 경우에도 예외는 아니다. 예이츠의 독자들에게는 그가 마스크를 시의 창조 원리로 삼았다는 사실은 상식에 속한다. 우리가 그의 시에서 "모순이 없이는 발전이 없다"는 다분히 블레이크의 신념을 상기시키는 표현들을 자주 만날 수 있음은 이러한 점에서 주목할 만하다. 이러한 그의 표현은 근본적으로 그의 시가 그 자신의 내적인 갈등의 표현임을 암시하는 것으로 볼 수 있다. 이를테면 존재의 통일성에 대한 그의 사고가 제시되어 있는 작품들 가운데서 모드 곤에 대한 그의 애증의 감정이 기본 모티브가 되어 있는 것들이 적지 않다는 사실은 이 점을 뒷받침한다. 블레이크의 순진성과 경험에 대한 탐구가 그 자신의 성격 속에 자리하고 있는 갈등과 죄의 요소들을 해소하기 위한 한 방법임을 주장하는 W. D. 하딩의 견해 또한 이러한 점에서 주목할 만하다. 블레이크는 인간의 성격에는 우리가 두려워해야 할 것이 전혀 없다는 확신을 제시함으로써 그 자신의 죄의 문제를 해결하고 있다는 것이 그의 판단이다(Harding 72). 그의 시가 인간에 대한 사랑과 신을 찬미하기 위하여 쓰여졌다는 앞서 인용한 토마스의 진술도 이러한 관점에서 이해되어야 할 것이다.

그의 작품을 심리학적으로 살피는 독자들은 그가 그의 어머니로부터 지나치게 사랑을 받았다는 점에 주목한다. 그의 어머니는 입을 맞추고 애무하는 것을 좋아 한 것으로 알려져 있다. 이러한 어머니의 사랑은 상상력이 풍부한 아이일 경우 성적인 환상과 죄책감을 유발할 수 있으며 이것들은 또한 성에 대한 두려움을 야기하며 이 두려움은 남성으로서의 정체감을 파괴할 수 있다는 것이 그들의 판단이다. 그들은 또한 토마스의 음주벽과 여자에 대한 관심이 바로 남성으로서의 정체감을 획득하기 위한 수단이라고 말한다(Ferris 40, FitzGibbon 51). 그가 연약한 체질에다가 수줍음을 많이 타는 소년이었다는 점에 주목하면 이러한 견해가 전혀 근거 없는 것이라고 할 수 없을 것이다. 작품 「늙은 가르보」("Old Garbo")

에서 햇병아리 신문기자인 화자는 선배와 만나기로 한 술집에서 그 선배가 오기 전에 혼자서 쓴 맥주를 마시면서 자신의 아버지가 술을 마시는 자신의 모습을 보았더라면 자신이 더 이상 어린아이가 아니라는 것을 알고 기뻐할 것이라고 생각하는 대목은(*P* 93) 이러한 점에서 매우 시사적이다.

그가 자신의 그러한 약점을 술과 여자로 극복하려 한다는 것은 그의 반항적인 일면을 엿보여 주는 것으로 생각된다. 웨일즈의 청교도는 정신적인 죄보다는 육체적인 것을 더 가혹하게 다루었고 이러한 전통이 확립되어 있는 사회에서의 주색잡기는 사회적 가치에 대한 "반항적인 행동"(FitzGibbon 93)이 될 수 있기 때문이다. 이와 같은 그의 온순함과 난폭함의 상반된 요소는 그가 시적으로 풀어야 할 과제임이 분명하다. 우리는 이와 관련해서 그가 자신은 짐승과 천사와 그리고 광인의 요소들을 지니고 있으며 자신의 시는 그러한 요소들의 투쟁의 기록이라고 말한 점에 주목할 필요가 있다(Tedlock 14). 이 말은 간단히 말해서 그의 시는 바로 그러한 상반된 요소들을 융합하여 일시적인 평화를 창조하는 것임을 뜻한다. 존 로우건은 토마스가 사는 동안 그의 예술은 그 자신 속에서 발견한 파괴적인 홍수로부터 구원될 수 있는 노아의 방주였다고 말한다(Logan 43). 이 점은 그의 이미지 창조 방식에도 암시되어 있다. 그는 그의 시가 산만하다는 헨리 트리스의 비난에 대하여 "각각의 이미지는 그 속에 그 자체를 파괴할 수 있는 씨앗을 지니고 있으며…… 갈등의 자궁 즉 동기를 부여하는 중심의 창조와 재창조, 파괴와 모순의 성격 때문에 핵심이 되는 씨앗은 그 자체가 파괴적인 동시에 창조적인 것이 된다. 나는 일시적인 평화인 시를 만들려고 노력한다"(Treece 37)고 해명한 바 있다. 이 말은 곧 그의 시의 창조 방식이 자신의 내적인 갈등을 해소하기 위한 목적에 이바지하는 것임을 암시하는 것으로 볼 수 있다.

이러한 그의 목적은 그의 산문에도 그대로 유지되어 있는 것으로 보인다. 이 글은 토마스의 산문 『강아지 예술가의 초상화3)』(*Portrait of the*

Artist as a Young Dog)에 실려 있는 작품들을 통하여 그가 자신의 내적 갈등을 어떻게 해소하고 있는지를 살펴보는데 목적을 둔다. 우리가 그의 내적 갈등에 대해서 이야기할 때 염두에 두어야 할 것은 감정의 결핍이 다. 그의 시를 심리학적으로 접근한 비평가인 홀브룩은 트레버 휴즈에게 보낸 다음과 같은 서한의 일부를 인용하면서 시인의 무감각을 뒷받침한 바 있다.

> 나에게는 무엇인가 틀림없이 결핍되어 있다. 나는 다른 사람들에 대하여 걱정하거나 해본 적이 없다. 언제나 관심이 있는 것은 나 자신이다. 나는 내가 만든 허구적인 인물들을 제외하고는 다른 사 람의 감정에 대해서 관심을 가져 본 적이 없다. 나는 삶보다 스타 일을, 정서 그 자체보다 정서에 대한 나의 반응을 더 좋아한다. (Holbrook 1972, 195)

이 서한은 그를 대단히 사랑했던 그의 이모가 암에 걸려 죽어가고 있 다는 것을 알면서도 아무런 느낌이 들지 않는 자신의 무감각에 곤혹스러 워 하면서 쓴 것이다. 이러한 그의 무감각은 그의 산문 「가죽 매매의 모 험들」("Adventures in the Skin Trade")을 통해서도 제시되어 있다. 주인공 인 사뮤엘 베네트/토마스는 화장실에서 그의 여자 친구와 함께 있으면서 버스 안과 같은 공적인 장소에 있는 것처럼 아무런 감정을 느끼지 못해 신에게 무엇인가를 느끼게 해달라고 간절히 호소한다(*A* 31). 그의 이러 한 무감각은 성을 죄악으로 여기는 청교도의 영향으로 알려져 있다. 그 리고 성에 대한 그의 두려움은 또한 죽음에 대한 두려움과 밀접하게 연 관되는 것으로 보인다. 그는 『초상화』에서 이러한 제반 문제점들과 적절 히 타협하여 정체성을 획득하는 방법을 모색하는데 그 방법은 간단히 말 해서 마스크를 사용하는 것이다.

---

3) 앞으로 이 책의 인용은 『초상화』로 약기함.

토마스는 버트 트릭에게 보낸 서한에서 이 이야기들이 대부분 돈벌이를 위해서 쓰여진 것들이라고 말하고 있으나(*Selected Letters*, ed. 234) 이 말은 독자들의 부정적 평가를 미리 봉쇄하기 위한 말장난으로 보인다. 그가 이 작품집에서 자신을 개와 동일시하는 것도 같은 관점에서 이해될 수 있다. 그는 사람들이 그 자신을 좋게 생각하기를 원해서 항상 이웃 사람들의 생각에 민감한 관심을 가지고 있었다는 그의 여자 친구의 증언은(Ferris 159) 이러한 추측을 가능케 한다. 이 작품들은 지금도 영미 독자들에게 꾸준히 읽혀지고 있고 호평을 받고 있어 그것들의 문학적인 가치를 점검하는 일은 결코 무가치한 것이라고 할 수 없을 것이다. 그것들의 풍부한 상징성과 긴밀하게 유기적으로 연관되어 있는 이미지들은 잘 빚은 항아리를 연상케 하는데 이러한 특징은 전적으로 그의 시적 재능으로부터 힘입고 있는 것으로 보인다.

II . 바보현자의 마스크

파레크는 앞에서 언급한 서한과 달리 토마스가 「장례식 후」("After the Funeral")라는 시에서 그의 이모의 죽음에 대해서 무척 슬퍼하는 점을 주시하고 그의 시는 자신의 실체를 은폐하기 위한 위장이라는 홀브룩의 견해에 동의하는데(Parekh 169) 우리는 『초상화』에 실려 있는 작품들을 통해서 토마스의 다양한 마스크와 접할 수 있다. 그의 작품 「복숭아」("The Peaches")는 그의 이모의 농장에서 경험한 것을 토대로 한 것으로 그녀에 대한 그의 감정의 실체를 살필 수 있는 계기를 제공한다는 점에서 주목된다.

이 작품은 화자가 이모부와 함께 그의 농장에 가서 지내는 동안에 일어난 일들을 있는 그대로 기록한 것인데 화자는 여기서 가능한 한 자신의 사사로운 감정을 개입시키지 않으려 한다. 우리는 이러한 화자의 의

도가 단지 화자로서의 입장 때문인지 아니면 타자에 대한 무관심에서 연
유하는 것인지를 생각해 볼 필요가 있다. 화자로서의 그의 입장을 생각
한다면 그가 객관적인 입장을 고수하는 것은 당연하다고 할 수 있지만
이 작품은 바로 그가 이야기의 중심이 되어 화자로서의 객관성을 유지하
는 일이 처음부터 불가능한 것으로 보인다. 실제로 화자는 여기서 타자
에 대해서는 표가 날 정도로 무감각한 반면 자신의 감정을 이야기할 때
는 매우 날카로운 감수성을 보여주는 것이 사실이다. 그리고 다음과 같
은 화자의 진술은 그가 얼마나 자기중심적인 인간인지를 잘 말해 준다.

> 그녀가 나에게 키스할 때 시계가 12시를 쳤다. 나는 가면을 벗은
> 왕자처럼 황홀한 상태에서 서 있었다. 한순간 나는 꾸르륵하는 홀
> 쭉한 배와 시한폭탄처럼 언제 터질지 모르는 가슴으로 뻣뻣한 옷을
> 입고 어두운 통로에 서서 학생 모자를 움켜쥐고 추위에 떨고 있었
> 고 들창코를 가진 이야기꾼은 그 자신의 모험에 실망하고 집에 가
> 고 싶어했다. 다음 순간 나는 나의 이야기의 중심에 서서 나에게
> 알려 주는 시계소리를 들으며 열렬히 환영받는 아주 멋진 도시의
> 옷을 입은 왕자와 같은 조카가 되었다.(P 4)

우리는 이 묘사에서 이모의 따뜻한 마음씨보다는 그 자신이 주인공이
되었다는 사실이 더 강조되어 있음을 간파할 수 있다. 이처럼 그의 자아
가 중심이 되어 있는 경우 타자에 대한 감정이 객관화되는 것은 지극히
자연스러운 현상이다. 그가 자신의 이모부를 악마로 인식하는 것은 언뜻
보기에 그에 대한 적대감을 드러내 주는 것처럼 보이지만 그의 이모부는
단지 그가 상상하는 악마로 추상화되어 있을 뿐이다. 그의 이모부가 이
모를 자기 코트에 싸서 들고 다니다가 어느 날 갑자기 자그만 누런 피부
를 지닌 이빨이 하나 없는 갈라진 노래 목소리를 가진 곱추 여인으로 만
들 수 있을 것이라는(같은 면) 진술에서도 우리는 그의 이모에 대한 그
의 어떤 연민의 정서도 느끼기 어렵다. 그는 단지 동화적인 상상력을 즐

기고 있을 뿐이며 그의 이모는 그러한 놀이를 위한 소재에 지나지 않는
것으로 보인다. 이 점은 윌리암 부인이 도착했을 때의 그의 이모의 모습
에 대한 다음과 같은 묘사를 통해서도 드러난다.

> 애니는 가장 훌륭한 방의 의자 커버처럼 나프타린 냄새가 나는
> 반짝이는 검은 옷을 입고 있었다. 그녀는 진흙 투성이에 구멍이 숭
> 숭 뚫린 운동화를 바꿔 신는 것을 잊고 있었다. 그녀는 돌이 깔린
> 통로에 있는 윌리암 부인에게로 달려가서 집이 누추하다는 것을 말
> 하고 어찌할 줄 몰라했다. 그러면서 거친 손으로 그녀의 머리를 연
> 신 쓰다듬고 있었다.(P 9-10)

   우리는 이 묘사를 통하여 그의 이모의 소박하고 겸손한 태도를 엿볼
수 있지만 화자에게는 그러한 미덕이 한낱 희극적인 요소에 지나지 않는
것처럼 보인다. 윌리암 부인을 바라보는 그의 시선 또한 희극적이면서
동시에 냉소적이다. 화자는 그녀가 키가 크고 건장하고 가슴이 크고 다
리가 굵어서 그녀의 뾰쪽한 구두 바깥으로 그녀의 복상 뼈가 불거져 나
와 있는 점에 주목하는 것이 고작이다. 화자는 이처럼 윌리암 부인의 외
적인 면에만 주목할 뿐 의자에 앉기 전에 레이스로 된 손수건을 꺼내 그
것의 먼지를 털거나 이모가 복숭아를 권했을 때 배는 몰라도 복숭아는
먹지 않는다고 말하는(P 11) 그녀의 태도에서 드러나는 오만함과 허세를
간파하지 못하는 것처럼 보인다. 그러나 자신의 느낌을 이야기할 때는
더할 나위 없는 섬세함과 예민한 감각을 보여준다. 우리는 그 예로서 숨
바꼭질할 때 그가 숨어 있는 곳에 잭이 가까이 다가왔을 때의 그의 육체
적인 반응을 들 수 있다.

> 나는 나의 어린 몸뚱이가 나를 둘러싸고 있는 흥분한 동물처럼
> 느껴졌다. 상처 난 무릎을 굽히고 앉아 있을 때 가슴은 두방망이질
> 치고 다리 사이에 열기가 달아오르고 손과 고막에까지 땀이 나고

발가락 사이에는 때가 덩어리지고 눈은 들어가고 목소리는 잠기고
피는 용솟음치고 기억은 나르고 뛰어오르고 헤엄치고 비상할 태세
를 갖추었다.(P 11-2)

이 부분은 자신의 무감각성에 대한 토마스의 고백을 무색하게 만든다.
이 민감성은 화자가 다른 사람들의 감정에 대하여 대단히 민감함에도 그
것을 극도로 절제하고 있다는 생각을 갖게 한다. 그러면 그가 타자의 감
정을 표현하는 일에 그토록 인색한 이유는 무엇일까? 그는 자신의 이모
부의 야만적인 행위나 월리암 부인의 오만한 태도에 대해서 드러내놓고
비판하지 않는다. 술에 취한 이모부가 잭의 어머니를 비웃고 아이들을
모두 집으로 돌려보내라고 호통치는 소리를 듣고 잭이 바로 그를 데리러
와달라는 편지를 집으로 보내 그를 데리러 온 어머니에게 이모부의 말을
낱낱이 일러바칠 때도 화자는 그러한 잭의 행동을 탓하거나 그에게 좋지
않은 감정을 품지도 않는다. 그는 어머니와 자동차를 타고 묵묵히 사라
지는 잭에게 손수건까지 흔든다. 코르그는 이러한 화자의 행동을 무지의
소산으로 보고 있으나(Korg 170) 앞에서 밝혀진 바와 같이 우리는 화자
가 지극히 민감한 정신의 소유자라는 점에 주목할 필요가 있다. 그러면
서도 화자/저자가 자신의 사사로운 감정을 절제하는 것은 애니 이모의
경우처럼 다른 사람들과의 원만한 관계를 유지하려는 의도와 연관되는
듯하다. 그것은 그가 상대방의 감정을 전혀 헤아리지 않고 자신의 사적
인 감정을 거침없이 드러내어 불편한 관계를 만드는 잭이나 월리암 부인
과 대조를 이룬다는 점에서 그러하다.

그러나 토마스에 관한 전기적인 사실은 관대한 평화주의자처럼 보이
는 화자의 행동이 실은 타자에 무관심한 자기중심적인 그의 자아를 은폐
하기 위한 제스처에 지나지 않는다는 것을 시사한다. 영국이 독일과의
전쟁을 선포했을 때 오든과 같은 문인들은 중립국인 미국으로 도피했으
나 그렇게 할 수 있는 아무런 수단도 지니지 못했던 토마스는 종교적인

양심에서가 아니라 단지 자신의 삶을 파괴하고 싶지 않다는 이유에서 양심적인 반대자가 되는 것을 택한 것으로 알려져 있다. 싱클레어가 그를 "이기적인 평화주의자"로 규정하는 것은 이러한 연유에서이다(Sinclair 111). 바보같으면서도 현명한 화자의 이러한 태도는 「패트리시아와, 에디쓰 그리고 아놀드」("Patricia, Edith and Arnold")에서도 드러난다.

이 작품은 「기도의 대화」("The Conversation of Prayer")라는 시와 동일한 주제를 갖고 있는 것으로 보인다. 이 시에서 시인은 어린이와 어른의 기도하는 자세를 대조적으로 묘사함으로써 다른 사람에게 사랑을 베푸는 실천적인 사랑의 가치를 천명한다. 어른은 열렬한 사랑 속에서("In the fire of his care") 죽어 가는 연인을 위하여 기도하는데 반하여 어린이는 특별한 사명감 없이 습관적으로 기도한다. 작품의 끝 부분에서 분별이 있는 자는 위안을 받으며 분별이 없는 자는 고통을 받는다. 그러나 이 고통을 통해서 어린이는 분별력을 얻게 된다.

> 그의 연인은 그의 열렬한 사랑 속에서
> 따뜻하게 살아 있는가 하면
> 사랑이 없이 기도한 어린이는 그의 무덤처럼 깊은 슬픔에 잠겨
> 잠의 눈을 통해서 검은 눈의 파도를 목격해서야
> 죽어 있는 사람을 보기 위하여 위층으로 올라가리라.

> ……alive and warm
> In the fire of his care his love in the high room
> And the child not caring to whom he climbs his player
> Shall drown in a grief as deep as his true grave,
> And mark the dark eyed wave, through the eyes of sleep,
> Dragging him up the stairs to one who lies dead.(*CP* 111)

이 산문의 화자 또한 처음에는 다른 사람들의 고통을 이해하지 못하

지만 경험을 통해서 그것이 가능하게 된다. 화자는 패트리시아와 에디쓰 그리고 아놀드 사이에 심각한 일이 벌어지는 동안 거의 내내 눈사람을 만드는 데 열중한다. 문제의 아놀드는 두 소녀가 친구인 것을 알고 있었 지만 그녀들이 서로 다른 직장에서 일하기 때문에 안심하고 그 두 소녀 들과 동시에 교제한 것이다. 그런데 그 두 소녀들이 함께 일하게 되어 아놀드의 계략이 탄로가 난 것이다. 그는 그 두 소녀가 그에게 누구를 사랑하는지 선택하라는 말을 듣고 처음에는 둘 다 사랑한다고 말하다가 어떻게 그것이 가능할 수 있느냐고 따져 묻는 에디스의 추궁에 패트리시 아를 선택한다.

이러한 심각한 사건이 벌어지는 동안 눈사람을 만드는데 열중하는 화 자는 아놀드에 대한 분노와 배반감으로 가슴아파하는 두 소녀와 대조를 이룬다. 다른 사람의 마음의 고통을 조금도 헤아리지 못하는 화자는 그 렇지 않아도 배신감으로 화가 잔뜩 나 있는 패트리시아에게 아놀드가 그 녀를 사랑한다고 말하지만 그녀의 등뒤에서는 에디쓰를 사랑한다고 속 삭였음을 고자질함으로써 그녀의 화를 더욱 돋구기까지 한다. 이러한 그 의 태도는 「복숭아」의 화자와 대조를 이루었던 잭을 다분히 연상시킨다. 그는 패트리시아가 그 말을 듣고 왜 화를 내고 그토록 심각한 반응을 보 이는지 알 수 없을 정도로 인간의 감정에 대해서 무지하다. 그러나 이러 한 그의 무지는 자신의 입장을 한사코 변명하기에 바쁜 아놀드를 때려눕 히고 에디쓰를 배반하면 혼을 내줄 것이라고 으름장을 놓는 패트리시아 의 행동을 계기로 새로운 전기를 맞는다. 화자는 패트리시아의 격렬한 반응을 이해할 수 없다고 말하지만 이러한 그녀의 미친 듯한 행동을 통 해서 어느 정도 그녀의 고통을 헤아리게 된 것으로 보인다. 이 점은 화 자가 눈사람을 만들던 곳에 모자를 두고 온 사실을 알고 가지러 갔다가 그곳에서 에디쓰가 떨어뜨린 자신이 보낸 편지를 읽는 아놀드를 발견했 으면서도 그 사실을 그녀에게 숨기는 것으로 미루어 짐작된다. 모자를 가지고 그녀에게 돌아 왔을 때 그녀가 모자를 찾는데 시간이 오래 걸렸다고 말하는 것으로 보아 우리는 그가 편지를 읽는 아놀드를 오랫동안 바라본 것으로 추정할 수 있는데 그것은 그가 모자를 눈사람 있는 곳에서 금방 찾을 수 있었기 때문이다. 그가 아놀드를 바라보며 무슨 생각을 했는지는 알 수 없지만 아놀드를 보았는지 묻는 패트리시아에게 그를 보지 못했다고 거짓말하는 것은 이제까지의 그의 행동으로 미루어 전혀 예기치 못한 것임에 틀림없다. 코르그는 화자의 거짓말이 패트리시아의 감정을 상하게 하지 않으려는 마음에서 나온 것이라고 말하면서도(Korg 170) 화자가 아놀드를 보고 안보고가 왜 그녀의 감정을 상하게 하는지에 대해서는 구체적인 설명을 하지 않고 있다. 이미 그녀는 아놀드와 감정적으로 정리를 한 상태이기 때문에 그에 대한 어떤 이야기도 그녀의 감정을 상하게 할 이유가 없는 듯하다. 필자가 생각하기에 화자가 거짓말을 한 것은 앞서 패트리시아에게 그 자신이 보고들은 것을 곧이곧대로 이야기한 것이 오히려 그녀의 감정을 상하게 한 결과가 되었음을 앞에서 경험했기 때문에 본대로 이야기하면 또다시 그녀의 감정을 상하게 할지 모른다는 단순한 생각에서 거짓말을 한 것으로 보인다.

그가 집에 돌아와서 옷을 갈아입고 손을 불에 쪼일 때 손이 화끈거리는 것을 느끼는 대목은(P 31) 그가 비로소 타자의 고통을 공감할 수 있게 되었음을 상징하는 것으로 볼 수 있다. 그의 손이 화끈거리는 것은 말할 것 없이 그의 손이 얼어 있었기 때문이다. 그의 언 손은 다른 사람의 고통을 이해할 수 없는 그의 냉담성을 상징하는 것이 될 수 있다. 이러한 점에서 화자가 화끈거리는 손을 통해서 패트리시아의 고통을 이해한다는 코르그의 지적은 대단히 적절한 것으로 생각되지만 그의 언 손의 의미는 그 이상의 것을 뜻하는 것으로 보인다. 즉 그것은 이제까지 보여주었던 그의 냉담성의 이면에는 다른 사람의 고통을 이해할 수 있는 따듯한 정서가 자리하고 있음을 암시하는 것이 될 수 있다. 만일 그러한 정서가 그에게 존재하지 않는다면 고통 또한 더 이상 존재할 수 없을 것이기 때문이다. 그의 따뜻한 정서는 이제까지 순진성의 외피 속에 싸여 있었던 것으로 보인다. 그의 순진성은 차가운 눈의 순수성을 다분히 상기시키는데 그가 이야기 속에서 처음부터 끝까지 눈과의 친근성을 유지하는 것은 이러한 점에서 주목할 만하다. 요컨대 토마스는 여기서 무지하지만 경험을 통해서 지혜를 얻는 바보 현자(wise fool)의 마스크를 통해서 타자에 대한 그의 무관심과 제휴하는 것으로 보인다.

Ⅲ. 보히미언의 마스크

토마스의 초기시는 흔히 자궁(Womb)과 무덤(Tomb)의 시로 알려져 있다. 그는 남녀 사이의 성적인 관계를 우주의 과정으로 확대 해석함으로써 삶을 창조하는 행위는 곧 죽음의 순간이 된다. 죽음은 곧 우주의 자궁으로 들어가는 것을 뜻한다. 삶과 죽음을 동일시하는 이러한 사고의 이면에는 성에 대한 그의 두려움이 작용하는 것으로 보인다. 그의 초기시들에는 성적인 두려움을 암시하는 은유들이 많이 나오는데 그 가운데서도 대표적인 것은 인간의 탄생이 아버지의 남근을 "뽑거나"(소네트 I) "불사름으로써"(소네트 II) 이루어지는 점을 들 수 있다. 이러한 은유들은 말할 것 없이 어린이의 생성은 부모의 쇠퇴를 동반한다는 것을 암시하는 것이지만 그것들은 근본적으로 거세 공포증을 고려하지 않고서는 생각해낼 수 없는 것들임에 틀림없다. 이러한 공포증은 성을 죄로 간주하는 그의 청교도적인 사고에서 비롯되는 것으로 보인다. 그가 어느 누구도 부정할 수 없는 청교도적인 기질을 지니고 있었음은 그의 부인인 캐틀린도 증언한 바 있고 그를 아는 대부분의 사람들이 공감하는 사실이다 (FitzGibbon 144-45). 그리고 그의 소네트 VIII에서는 그리스도가 성 즉 죄를 거세하는 외과의사로 등장하기도 한다. 그가 그러면서도 시에서 대담한 성적 표현을 거침없이 사용하는 것은 성적인 두려움을 위장하기 위한 의도적인 제스처로 보인다. 그런데 그의 산문에서는 이러한 그의 제스처가 대단히 모호한 형태로 드러나 있다.

작품 「괴상한 리틀 카우」("Extraordinary Little Cough")의 화자는 대단히 사교적이고 세련된 건달처럼 행동한다. 이러한 그의 의식적인 행동은 이 작품의 주인공인 과묵하고 성적인 두려움을 지니고 있는 조지 후펑과 자신을 차별화하기 위한 것으로 보인다. 그러나 그러한 그의 과장된 행동은 서툴고 어색하기 짝이 없어 보인다. 그의 어색한 태도는 여자 친구에게 인사하다가 떨어뜨린 모자를 주우려다가 그의 호주머니에서 사탕들이 쏟아지자 그것들이 말을 먹이기 위한 것이라고 되지도 않는 변명을 늘어놓은 데서 뚜렷하게 드러난다. 그는 곧 얼굴을 붉히면서 자신의 행동에 대해 후회하고 차라리 아무 말하지 않고 가만히 있었더라면 더 좋았을 것이라고 생각하지만 그는 무슨 말이라도 하지 않으면 오히려 더 불안하다. 그는 후회하고 있는 동안에도 소녀들에게 무슨 말을 해야 된다는 압박감을 느끼고 그러한 긴장감 속에서 튀어나온 말은 고작 "날씨가 매우 좋지요"이다. 이러한 일련의 사실들은 곧 여자를 상대하는 것이 화자에게 얼마나 버거운 것이며 그렇게 만드는 요인으로 보이는, 성적인 두려움과 과묵함으로부터 탈피하려는 그의 욕구가 얼마나 절실한 것인지를 짐작케 한다.

화자가 자신과 차별화하려는 조지야 말로 그 자신의 분신이나 다름없다. 조지의 목소리가 극도로 억압되어 있음은 바로 그러한 그의 성격이 화자 자신의 그것과 일치하는 것이기 때문일 것이다. 조지는 이 작품의 제목이 시사하듯이 주인공이면서도 한마디밖에 하지 않는다. 이 이야기는 토마스의 실제적인 성격에 바탕을 둔 것으로 보이는데 그 때 캠핑에 실제로 참여했던 한 사람인 존 베네트는 토마스가 조지처럼 해변가를 종주한 것이 한두 번이 아니라고 전한다(Ferris 58). 조지의 과묵함도 토마스의 성격과 상충되는 것 같지 않다. 러드밴 토드(Ruthven Todd)는 1930년 중반에 런던의 한 공동주택에서 함께 머문 적이 있는데 그 때 그들은 그의 부탁으로 점심때부터 초저녁 때까지 맥주 두 병과 함께 그를 방안

에 가두어 놓은 적이 있다고 회고하고 있으며 그 후 몇 년 후에는 그의
장모 집에서 맥주와 담배만으로 잠근 방에서 작업을 했다고 한다(Ferris
39). 그리고 토마스가 아우구스터스 존이 여러 번 간음을 범하고서도 조
금도 양심의 가책을 받지 않고 밤에 술을 마시고 아침에 일어나서도 조
금도 후회하지 않는 점에 대하여 놀란 적이 한 두 번이 아니었다는 이야
기와 여자들과 성적 관계를 맺을 수 있는 계기가 주어졌을 때 그는 의외
로 냉담했다는 트레버 휴즈의 진술은 토마스가 성에 대해서 무척 소심한
태도를 지니고 있었음을 뒷받침한다(FitzGibbon 144-45). 이러한 점에서
여자들에게 보여주는 화자의 자유분방한 건달 같은 행동은 그와 상반된
성격을 은폐하기 위한 마스크에 지나지 않는 것으로 보인다.

　　화자와 그의 단짝 친구인 댄이 자신들의 파트너를 건달에게 빼앗기고
실의에 젖어 있는 모습은 자신도 할 수 있다는 것을 보여 주기 위하여
해변을 종주하고 자신감에 차 있는 조지의 모습과 대조를 이룬다. 그러
나 다분히 엉뚱해 보이는 조지의 달리기는 소녀들과의 대면을 피하기 위
한 한 방법이 될 수 있음을 우리는 간과해서는 안된다. 물론 이러한 조
지의 성적인 두려움은 바로 화자/저자의 일면을 반영하는 것임에 틀림없
다. 자신을 조지와 차별화하기 위한 어릿광대와 같은 화자의 행동은 정
체감을 모색하려는 사춘기의 청소년들의 그것을 전형적으로 보여주는
것으로 생각된다.

　　「마치 강아지들처럼」("Just Like Little Dogs")의 화자 또한 보히미언적
건달이다. 화자는 마치 자신이 매우 풍부한 감정을 지니고 있지만 그것
으로부터 자유스러워지기 위하여 밤거리를 배회하는 것처럼 이야기한다.
인적이 드문 밤거리에서는 "더 이상 억압적인 세계를 느끼지 않아도 되
고 나 자신에 대해서뿐만 아니라 내가 살면서 고통받는, 이 살아 있는
지구와 하늘의 무감각한 체계에 대해서 더 이상 사랑이나 자만심 또는
연민과 겸손한 마음 같은 것을 갖지 않아도 되기 때문이라고" 그는 말한
다(57). 이러한 그의 말은 자신의 정서 결핍을 의식한 발언으로 보이는데

이 발언은 화자의 냉정한 태도가 실은 자유를 구속하는 정서적인 개입을 억제한데 따른 결과임을 암시하는 것이 될 수 있다. 화자의 자유에 대한 강조는 곧 작가 토마스의 기본 입장을 대변하는 것으로 볼 수 있는데 그는 다른 무엇보다도 자유를 중요시한 것으로 알려져 있다. 그의 한 전기 작가는 그에게 자유가 없더라면 시도 없었을 것이며 캐틀린이 그가 진정으로 사랑한 유일한 여인으로 남게 된 것도 결국은 그녀가 그의 자유를 존중해 주었기 때문이라고 말한다(FitzGibbon 1975, 152).

이 작품은 화자가 다리 밑에서 서성이다가 그의 처지와 비슷한 처지의 두 사람을 만나고 그들의 이야기를 듣는 것으로 끝난다. 그가 만난 두 사람은 각각 톰과 월터인데 이들은 형제이다. 그들의 이야기에 따르면 월터는 도리스와 함께 이야기도 하고 포옹하기도 하고 재잘거리는 반면 톰은 노마에게 자신의 직업과 나이를 알려 주고는 더 이상 할 말을 찾지 못한다. 톰의 이러한 행동은 여자를 대하는 태도가 얼마나 서툰지를 단적으로 말해 주는 것임에 틀림없다. 날이 어두워지면서 그의 파트너인 노마가 월터의 파트너로 바뀌고 월터의 파트너였던 도리스가 그의 파트너가 되는 것은 어느 의미에서 지극히 자연스러워 보인다. 톰은 그의 파트너가 어떻게 해서 바뀌었는지 확실하지 않은 상태에서 그와 도리스는 성적 순결을 강조하는 웨일즈의 전통 때문에 사랑하지 않으면서 결혼하고 만다. 그들이 집에 들어가지 않고 다리 밑에서 서성이는 것은 톰이 집에 들어가기를 싫어하기 때문이다.

화자는 보히미언답게 두 사람의 사랑 이야기를 들으면서 톰의 고통은 아랑곳하지 않고 제멋대로 상상의 날개를 편다. 자신의 상상력 때문에 다리의 아치 밑은 사랑스러운 밤이 되어 그것이 하늘처럼 높아진다. 그는 톰이 노마의 가슴을 더듬는 반면 월터와 도리스는 조용히 누어 있는 장면을 상상한다. 이러한 그의 상상은 실제와 정반대라는 점에서 주목된다. 실제 이야기에서는 월터가 톰보다 성적인 면에서 훨씬 더 적극적인 사람으로 제시되어 있다. 톰은 노마를 사랑하면서도 장갑을 낀 손을 만지는 것조차 두려워 멍청하게 쳐다보기만 하는데 반하여 월터는 도리스를 껴안기도 하고 재미있는 이야기도 한 것으로 제시되어 있다(*P* 59). 톰은 노마를 사랑하지만 그는 그녀가 요구하는 타입과는 거리가 먼 사람으로 보인다. 그녀가 파트너를 바꾼 것은 도리스에 대한 월터의 행동을 통하여 그의 성적 대담성과 여자를 즐겁게 할 줄 아는 사교적인 태도를 엿보았기 때문일 것이다. 그럼에도 화자가 실제와 정반대로 상상하는 것은 그 자신이 톰이라면 그렇게 했을 것이라는 강한 암시로서 달리 말하면 그는 톰과 달리 성적 두려움을 전혀 가지고 있지 않다는 것을 강조하는 것으로 볼 수 있다. 그러나 시인 토마스는 화자의 말과 달리 성에 대해서 무척 소심했던 것으로 알려져 있다(FitzGibbon 1975, 144-45). 그러니까 그의 보히미언과 같은 태도는 바로 이러한 그의 소심함을 은폐하기 위한 제스처에 지나지 않는 것으로 보인다.

Ⅳ. 정열적인 연인의 마스크

작품 「어느 따뜻한 토요일」("One Warm Saturday")의 화자는 「이상한 리틀 카우」에서와 달리 다른 등장인물 속에 숨는 대신 적극적인 사랑의 표현을 통하여 그 자신의 성적 두려움과의 화해를 시도한다. 그러나 처음에는 자의식에 매달려 사랑의 감정을 용인하지 않으려다가 나중에 그것에 깊게 빠져드는 그의 착잡한 내적 드라마 속에는 성적 두려움이 교묘히 위장을 하고 은신해 있음을 우리는 느낄 수 있다.

많은 사람들이 여름을 즐기는 해변가의 모래사장에서 그림을 그리는 화자의 모습은 소외된 인간의 전형이다. 그가 "저속한 태양 빛을 받고 있는 풍경처럼" 공휴일에 아무런 매력을 느끼지 못하는 것은 그의 자의식 때문으로 보이는데 그는 그것에 의하여 자신을 다른 사람들과 구별하고 싶어하는 듯하다. 그러나 그의 양심은 그러한 자신의 의도를 용납하

지 않는 것으로 보인다. 그는 친구들의 초대를 거절하고 혼자서 조용히
휴일을 보내려 하지만 그의 양심은 그러한 생각을 부정한다.

> 시인들은 그들의 시와 함께 살고 걷는다. 비전을 지닌 사람은 다
> 른 동료들이 필요 없다. 토요일은 잔인한 날이다. 나는 집에 가서
> 보일라가 있는 방에 앉아 있어야 한다. 그러나 그는 시와 함께 살
> 고 걷는 시인이 아니었다. 그는 따뜻한 공휴일에 소비할 수 있는 2
> 파운드의 돈을 지니고 있는 해안도시의 젊은이였다. 그는 비전도
> 없고 가진 것은 2파운드와 백사장을 배회하는 자그만 몸집밖에는
> 없다.(*P* 103)

우리는 이러한 화자의 독백을 통하여 그의 자의식이 다른 사람들과
어울려 놀 수 있는 용기와 자신감의 결여에서 연유하는 것이 아닌가 하
는 의구심을 떨치지 못한다. 이 점은 해변가에서 만난 매춘부인 루에 대
한 그의 반응을 통해서 엿볼 수 있다. 그 자신도 그녀가 아름답다고 생
각하고 그녀도 그에게 적극적인 관심을 보이는데도 그는 마치 그녀가 두
려운 듯이 그 자리를 서둘러 피한다. 그럼에도 그는 그녀가 단지 매춘부
라는 사실 때문에 그녀를 피한 것처럼 생각하는 것 같다. 이 점은 빅토
리아 살롱의 거울에 비친 자신의 모습을 보고 "사랑에 미친 이 잘난 체
하는 사람은 이제 무엇을 할 것인가?"(*P* 104)라고 묻는 그의 독백으로 미
루어 짐작된다. 그러나 우리는 이러한 그의 암시를 그대로 받아들이기
어려운데 그것은 설사 그것이 사실이라고 해도 그가 성적 두려움을 가지
고 있지 않다면 루를 그토록 두려워 할 필요가 없을 것이라는 생각에서
이다. 그가 살롱에서 루와 다시 만나는 순간 집으로 가서 수치심으로 가
득 찬 침대에 누워 깃털 같은 젖가슴과 얼굴에 대고 흐느끼고 싶은 충동
을 느끼는 것도(*P* 107) 그의 성적인 두려움을 고려하지 않고서는 이해할
수 없는 것이다. 그의 자의식은 그러한 충동을 유치한 것으로 생각하고
그녀와 정면으로 부딪치기로 마음 먹지만 그녀에 대한 강렬한 사랑에 굴

복하고 만다. 그는 그녀에게 완전히 사로잡혀 이제는 주변 사람들의 시
선에도 아랑곳하지 않고 그녀와 함께 바다 깊은 곳의 텅빈 하얀 공간 속
으로 가라앉아 다시는 떠오르지 않았으면 하고 원할 정도로 대담해지고
있음은 곧 그의 자의식이 성적 두려움을 감추려는 의도의 산물임을 시사
한다.

  그러나 그녀와 함께 바다 깊은 곳의 텅빈 하얀 공간 속으로 가라앉아
다시는 떠오르지 않았으면 하는 그의 소망은 관능적인 사랑에 대한 그의
기대가 몽상에 불과한 것임을 암시한다. 이 대목은 T. S 엘리엇의 「J. 앨
프리드 프루프록의 연가」("The Love Song of J. Alfred Prufrock")에서 프
루프록이 사랑하는 여인에게 프로포즈를 끝내 하지 못하고 몽상 속에서
해초로 몸을 휘감은 바다 처녀가 된 그녀와 바다 깊은 곳에 함께 머물고
있는 장면을 떠올리게 하는데 바다 속은 관능의 세계를 암시하는 것으로
보이지만 그곳의 텅빈 하얀 공간으로 가라앉고 싶다는 것은 몽상에 지나
지 않기 때문이다. 이 점은 테니슨에 관한 에피소드를 통하여 엿볼 수도
있다. 루와 그녀의 일행이 번갈아 가면서 노래를 부르는데 화자만이 유
일하게 테니슨의 사랑의 시를 읊는다. 여기서 우리가 특히 주목해야 할
것은 일행 가운데 한 사람이 테니슨을 키가 작고 곱사등이 있는 사람으
로 알고 있는 점이다. 우리가 여기서 이 점에 대한 진위 여부를 가리는
것은 이야기의 초점을 벗어나는 것이 될 것이다. 세입은 루의 방에 있는
사람들이 모두 불구자라는 점과 연관시켜 그러한 오류를 정당화하고 있
으나(Seib 145) 이러한 지적은 단순하다는 비난을 면하기 어려운 것으로
생각된다. 그러한 오류는 낭만적인 사랑을 믿지 않고 오직 육체적인 사
랑만을 인정하는 부류의 사람에게는 흔히 있을 수 있는 것임에 틀림없
다. 그것은 테니슨의 연가가 육체적인 사랑이 불가능하기 때문에 쓰여질
수 있다는 소박한 심리학적인 사실을 환기시킨다는 점에서 상징적인 의
미를 지니는 것으로 보인다. 사실 아름다운 시인들의 연가들이 따지고
보면 거의 이러저러한 이유로 사랑이 현실적으로 맺어질 수 없는 상황에

서 쓰여진 것들임을 부정하기 어렵다. 이러한 관점은 연가들을 직접 쓴 시인뿐만 아니라 그 시들을 즐겨 부르는 화자와 같은 사람에게도 적용될 수 있다. 즉 테니슨을 불구자로 알고 있는 사람의 말은 동시에 연가를 애송하는 화자 또한 육체적인 불구자라로서 그의 관능적인 사랑에 대한 기대가 실현되기 어려운 것임을 암시하는 것으로 여겨질 수 있는 것이다.

이러한 암시는 화자가 루의 침대를 술과 담배연기 때문에 마치 파도에 흔들리는 배로 생각하는 점에서 더욱 구체화된다. 어지러운 배에서 과연 온전한 사랑이 가능할 것인지를 생각하면 그의 사랑의 실패는 예정되어 있는 것으로밖에는 보이지 않는다. 그의 사랑을 실패로 이끈 것은 바람을 쏘이고 싶은 그의 욕구 때문인데 이러한 욕구는 그가 관능적인 사랑에 부적합한 사람임을 시사하는 것으로 볼 수 있다. 다른 사람들은 난파 직전의 흔들리는 배에 적응이 되어서 파선의 위험도 느끼지 못하는 반면 화자는 그 배의 흔들림에 적응이 되어 있지 않은 탓으로 바람을 쏘이고 싶은 일종의 자각증세가 나타난 것으로 보인다. 이러한 그의 자각 증세는 어느 의미에서 성적인 두려움에서 연유하는 것일 수도 있다. 이것은 바람을 쏘이고 싶은 욕구가 소변을 보고 싶은 욕구라는 점에서 그러하다. 소변에 대한 그의 욕구는 그러니까 고조된 성적 두려움에 의한 긴장감을 완화하기 위한 생리적인 현상으로 풀이될 수도 있다. 루의 방을 찾지 못하게 만드는 어둡고 음산한 통로는 바로 그의 성적 두려움을 상징하는 것이 될 수 있다. 화자가 소변을 보고 나서 루의 방을 찾지 못해 그녀와 사랑을 나누지 못한다는 이 작품의 결말은 그러므로 그의 성적 두려움이 사랑의 종국적인 실패의 원인임을 뜻하는 것이나 다름없다. 그는 사랑에 미친 듯한 태도를 보이지만 그것은 어디까지나 자신의 성적 두려움을 은폐하려는 마스크에 지나지 않는 것으로 보인다. 그가 그녀를 정말로 미친 듯이 사랑했다면 루의 방을 찾지 못했을 때 그렇게 간단히 체념하지 않았을 것이라는 것이 필자의 생각이다. 루를 찾는 것이 불가능해지면서 더욱 혈안이 되어 가는 화자의 모습은 싸움을 말리면 더욱 기승을 부리는 약자의 심리를 드러내 주는 것으로밖에는 보이지 않는다.

Ⅴ. 예언자의 마스크

토마스를 사로잡았던 또 하나의 문제는 죽음이다. 그는 자신이 오래 살지 못한다는 것을 확신하고 있었다. 그는 그의 부인인 캐틀린에게 자신은 마흔 살까지밖에 살지 못할 것이라는 말을 되풀이 이야기했다고 전한다(FitzGibbon 258). 그의 시 도처에서 죽음에 대한 그의 의식이 드러나 있는 것으로 미루어 보면 그의 말이 공연한 것이 아님을 알 수 있다. 죽음에 대한 그의 의식은 산문에서도 엿보이는데 여기서 다루어지고 있는 죽음은 시에서와 마찬가지로 타자의 것이고 죽음과의 화해방식은 마스크에 의존하는 것으로 보인다. 화자/저자가 여기서 사용하고 있는 마스크는 예언자의 것으로 생각된다. 우리는 이 점을 작품 「할아버지 댁의 방문」("A Visit to Grandpa's")과 「너는 누구와 함께 있고 싶으냐」("Who Do You Wish Was With Us")을 통하여 살펴볼 수 있다.

작품 「할아버지 댁의 방문」은 화자의 외할아버지가 어느 날 갑자기 자신의 고향인 랭가독으로 죽음의 여행을 떠나는 것을 골자로 하고 있어 우리는 죽음의 문제가 이 작품의 중심적인 주제임을 짐작하기 어렵지 않다. 작가 토마스가 이러한 유년 시절의 기억을 되살리는 것은 그것이 죽음에 대한 그 자신의 두려움을 극복하려는 의도와 연관되는 것으로 보인다. 이 작품에서는 죽음을 전혀 의식하지 못하는 화자와 죽음을 필연적인 것으로 받아들이는 할아버지가 대조되어 있다. 침대 위에서 말을 타는 시늉을 한다던가 화자와 함께 자그맣고 연약한 조랑말이 이끄는 이륜마차를 타고 랜스테판에 갈 때 마치 들소라도 모는 것처럼 고삐를 바짝 쥐고 채찍을 잔인하게 휘둘러 대기도 하고 거리에서 놀고 있는 소년들에게 상스럽게 경고를 하기도 하고 두 발을 떡 버티고 서서 한사코 종종걸음 치는 조랑말을 탓하는 (P 19) 할아버지의 행동은 죽음에 대한 의식을 떨쳐버리기 위한 몸부림처럼 느껴진다. 멀쩡한 상태에서 화자와 함께 여행에서 돌아 온 그 다음 날 죽기 위하여 랭가독으로 떠나는 할아버지의 행동은 토마스의 죽음에 대한 두려움을 반영하는 것으로 보인다. 할아버지가 랭가독으로 죽음의 여행을 떠날 때 새총을 가지고 새 사냥을 하는 화자의 대조적인 모습은 죽음을 의식하지 못하는 철부지의 전형이다. 고향으로 가는 도중 다리 난간에서 낡은 가방을 옆구리에 꼭 끼고 흐르는 강물과 그 속에 비친 하늘을 물끄러미 바라보는 할아버지의 모습은 화자에게 "전혀 의심이 없는 예언자"(P 22)처럼 보인다. 낡은 가방을 옆구리에 꼭 끼고 있는 할아버지의 모습은 이승에 대한 미련을 완전히 버리지 못하고 있음을 나타내 주는 듯이 보이지만 확신을 가진 예언자처럼 강물을 바라보는 그의 모습은 죽음을 기꺼이 수용할 준비가 되어 있음을 시사하는 것으로 보인다. 예언자를 닮은 이러한 화자의 할아버지의 모습은 곧 죽음의 두려움을 극복하려는 화자의 이상적인 이미지임에 틀림없다.

작품 「너는 누구와 함께 있고 싶으냐」에서도 작가는 예언자의 마스크를 통하여 죽음에 대한 의식을 극복하는 것으로 판단된다. 이 작품에서는 「할아버지 댁의 방문」에서와 달리 비극적인 요소가 두드러져 있다. 죽음의 의식에 사로잡혀 있는 레이는 말할 것 없이 작가를 대변하고 있음에 틀림없다. 레이는 아버지와 누이 그리고 동생 모두를 잃었고 그의 어머니 마저 관절염 때문에 하루종일 휠체어에 앉아 있다. 토마스의 주변에도 레이의 경우 마찬가지로 항상 죽음의 그림자가 드리워져 있었던 것으로 알려져 있다. 그보다 먼저 잉태되었던 형이 사산되었고 게다가 그 자신 또한 결핵을 앓은 경험이 있고 그의 아버지와 이모가 모두 암으로 죽었던 것이다. 그의 친구는 어느 날 3일 동안 술을 마신 뒤에 그가 자신의 손을 쥐어뜯으면서 "나의 살을 떼어낼 수 있다면 이 끔찍한 가죽을 제거하고 속으로 파고 들어가 뼈를 끄집어낼 수 있으면 얼마나 좋을까!"라고 말한 것을 기억하고 있다(Ferris 113). 그의 시에서 뼈는 흔히 죽음의 상징으로 사용되어 있는 점으로 미루어 볼 때 그의 절규는 죽음에 대한 치열한 의식을 반영하는 것으로 생각된다.

그러나 이 작품에서 등장하는 레이는 작가와 달리 죽음과 함께 산다. 화자는 레이와 함께 절벽이 있는 해안가로 도보 여행을 떠나 그들의 목적지인 웜드 헤드에 도착했을 때 생명력이 넘치는 이색적인 경험을 하는 반면 레이는 의기소침한 상태에서 먼지가 묻은 하얀 구두를 쳐다보기만 한다. 화자는 먼지가 묻은 하얀 구두가 레이에게 무엇을 의미하는지를 안다. 그것들은 죽은 사람의 발이고 레이는 그의 형에 관한 이야기를 하려고 한다는 것을 그는 안다. 그리하여 화자는 레이의 마음을 죽음의 고통스러운 기억으로부터 벗어나게 하려고 물이 빠진 바다로 내려가자고 제안한다.

바다로 내려간 레이는 발을 담그고 나올 줄을 모른다. 발을 담그고 있는 동안 그는 집안 일을 모두 잊을 수 있었던 것이다. 그러나 그 즐거움이 사라지면 그는 또다시 고통스러운 집과 점점 더 여위어 가던 그의 형에 대한 기억으로 돌아갈 것이라고 생각한 화자는 다시 레이의 시선을 외부세계로 끌어내기 위하여 그에게 갈매기의 수를 세어보라고 권한다. 화자의 이러한 노력은 언뜻 레이를 위한 것처럼 보이지만 실은 죽음에 관한 이야기를 듣고 싶지 않은 그 자신을 위한 것으로 보아야 할 것이다. 자신이 갈매기라면 양고기나 죽은 갈매기는 절대로 먹지 않을 것이라는(*P* 82) 다분히 암시적인 화자의 말은 죽음을 삶과 별개의 것으로 여기는 미숙한 그의 인식 태도를 엿보여 주는 것으로 볼 수 있다. 한편 바다 물에 발을 담그고 둥그렇게 휘젓는 레이의 행동은 작품 첫머리에 등장하는 그의 어머니의 휠체어와 어린 소녀들이 동생을 태우고 밀고 있는 유모차와 더불어 삶과 죽음의 순환을 암시하는 것으로 생각된다. 화자가 그에게 즐거움을 주는 사람들과 함께 웜즈 헤드에서 살고 싶어하는 반면 레이는 죽은 자신의 형과 살고 싶어하는 것도 이러한 양자의 차이에서 연유하는 것으로 볼 수 있다. 죽은 형과 함께 살고 싶어하는 레이의 바람은 삶과 죽음을 동일시하는 토마스의 사고를 반영하는 것으로 생각된다. 오로지 삶만을 지향하는 화자가 레이의 그러한 선택에 따른 이유나 동기에 대해서 전혀 관심을 보이지 않는 것은 그러므로 조금도 이상할 것이 없다. 화자는 단지 태양이 지면서 바다로부터 올라오는 한기를 구체적인 이미지로 형상화하기에 바쁘다. 그는 추위를 얼음 뿔과 물이 뚝뚝 떨어지는 꼬리와 물고기들이 오가는 물결치는 얼굴을 가진 모습으로 상상한다(P 85). 이러한 그의 동화적인 상상력은 한기 즉 파괴적인 에너지를 회피하고 싶은 그의 무의식적인 욕망을 드러내 주는 것이지만 파괴적인 에너지를 상징하는 밀물은 방금 그들이 서 있던 바위를 뒤덮어 죽음의 필연성을 환기시킨다. 바다 물에 둥근 원을 그리는 레이의 행동은 바로 이러한 자연의 필연성을 예시하는 예언자의 그것으로 볼 수 있다.

Ⅵ. 맺는 말

『초상화』에 실려 있는 작품들은 거의 작가 자신의 전기적인 삶을 다루고 있다. 그것들은 소년시절부터 성인이 될 때까지 그가 보고 느낀 것을 토대로 하고 있다. 그것들은 서툴고 생각이 모자라고 세련되지 못한 미숙한 단계를 벗어나지 못한 그의 모습을 보여준다. 그가 이 작품들에서 자신을 강아지와 동일시하고 있는 것도 이러한 연유에서가 아닌가 생각된다. 그것들의 소재와 줄거리로 보아서는 너무나 평범하고 진부하다는 느낌마저 들지만 소재를 다루는 방법은 착잡하고 섬세하다. 이 작품들에서 작가가 부심하는 것은 등장인물들의 의식의 변화이다. 이러한 점에서 그의 작품들은 현대 소설의 흐름 속에 자리한다고 말할 수 있다.

애커맨은 이 작품들을 코메디와 향수를 성공적으로 결합한 최초의 전기적 작품 속에 포함시키고 있지만(Ackerman 105) 엄격히 말해서 그것들은 향수의 분위기에서 쓰여지고 있다고 말할 수 없다. 이 작품들은 대부분 청소년이거나 아니면 사회 초년생의 미숙한 경험을 다루고 있지만 그들의 이야기들을 선별하고 배열함으로써 의미를 부여하는 사람은 원숙한 창조력을 지닌 작가 토마스이다. 그것들은 모이니한이 말하고 있는 것처럼 작가 토마스의 젊음에 관해서 이야기하는 성인의 아이러닉한 관점을 내포하고 있는데(Moynihan 162) 보다 구체적으로 말하면 그는 여기서 청소년의 기억들을 통하여 자신의 내적 갈등에 대한 그 나름의 해법을 제시하고 있다고 말할 수 있다. 사랑과 성, 그리고 자아의 문제는 청소년들의 공통적인 고민거리들로서 그들의 정체성과 밀접하게 연관되며 그들은 또한 죽음을 의식하지 않으려 한다는 점에서 공감대를 이룬다.

토마스의 경우 감정의 결핍과 성적 두려움 그리고 죽음에 대한 두려움이 가장 압도적인 갈등 요인이었다. 이러한 요인들은 결코 성장에 따른 일시적인 현상이 아니라 그가 성장한 다음에도 지속적인 갈등으로 자리하고 있었던 것이 분명하다. 『초상화』에 실려 있는 작품들의 화자를 통하여 이러한 문제의 요인들과 그것들이 다양한 마스크에 의하여 다루어지고 있음을 살펴볼 수 있었다.

그는 「복숭아」에서는 바보 현자의 마스크를 통해서 자신의 정서 결핍과 화해한다. 화자/저자는 여기서 그 자신의 사사로운 감정을 철저하게 통제함으로써 정서가 결핍되어 있는 것처럼 보이는 현상이 사실은 다른 사람들과의 원만한 관계를 위한 노력의 일환임을 시사한다. 「패트리시아와 에디스 그리고 아놀드」에서는 정서 결핍으로 보이는 현상이 그의 일련의 경험을 통해서 다른 사람들의 고통을 이해하는, 어리석은 듯하면서도 현명한 바보의 마스크를 통하여 사라진다. 한편 성적 두려움은 작품 「괴상한 리틀 카우」와 「마치 강아지들처럼」의 화자처럼 대담성을 가장한 보히미언적 건달의 마스크와 「어느 따뜻한 토요일」의 화자처럼 사랑에 미친 사람의 마스크를 통해서, 그리고 죽음과의 화해는 「할아버지 댁의 방문」과 「너는 누구와 함께 있고 싶으냐」의 화자처럼 예언자의 마스크를 통해서 해소된다.

『초상화』는 기교의 면에서 조이스의 『더블린 사람들』(*Dubliners*)과 큰 차이를 보이지 않지만 양자 사이에는 결코 간과할 수 없는 차이가 있다. 후자에서는 저자의 의식이 정신적으로 마비되어 있는 더블린이라는 사회문제로 열려 있는 반면에 전자에서의 주인공들의 의식은 작가 자신의 개인적인 문제로부터 과히 벗어나 있지 않다. 토마스가 그의 탁월한 창조 능력에도 불구하고 정신적으로 미숙한 예술가로 비판받는 것은 바로 이러한 점 때문일 것이다. 물론 『초상화』가 작가 자신의 개인적인 문제에 국한되어 있다고 해서 전적으로 무가치하다는 것은 아니다. 아직 정체성이 확립되어 있기 전의 청소년들의 의식을 이만큼 리얼하게 전달하는 작품도 드물다는 것이 필자의 생각이다.

■ ■

인 용 문 헌

Ackerman, John. *Dylan Thomas: His Life and Work.* Houndmills: Macmillan Press, 1966.

Ferris, Paul. *Dylan Thomas.* London: Hodder and Stoughton, 1977.

FitzGibbon, Constantine. Ed. *Selected Letters.* New York: New Direction, 1967.

_____. *The Life of Dylan Thomas.* London: J. M. Dent and Sons, 1975.

Griegson, Geoffrey. "How Much Me Now Your Acrobatics Amaze." *A Casebook on Dylan Thomas.* Ed. John Malcolm Brinnin. New York: Crowell, 1960.

Harding, W. D. "William Blake." *The Pelican Guide to English Literature: From Blake to Byron.* Ed. Boris Ford. Harmondworth: Pelican Books, 1969.

Holbrook, David. *Dylan Thomas: Poetic Dissociation.* Carbondale: Southern Illinois UP, 1964.

_____. *Dylan Thomas: The Code of Night.* London: The Athlone Press, 1972.

Korg, Jacob. *Dylan Thomas.* Boston: Twayne, 1965.

Moody, A. D. *Thomas Stearns Eliot: Poet.* Cambridge: Cambridge UP, 1963.

Logan, John. "Dylan Thomas and the Ark of Art." *Critical Essays.* George Gaston. Ed. Boston: G.K. Hall, 1989: 42-9.

Moynihan, W. T. *The Craft and Art Of Dylan Thomas.* New York: Cornell

UP, 1966.

Parekh, Pushpa Naidu. *Response to Failure: Poetry of Gerard Manley Hopkins, Francis Thomson, Lionel Johnson, and Dylan Thomas.* New York: Peter Lang, 1998.

Seib, Kenneth. "Portrait of the Artist as a Young Dog: Dylan 's Dubliners." *Critical Essays.* George Gaston. Ed. Boston: G.K. Hall, 1989: 139-47.

Tedlock, E. W. *Dylan Thomas: the Legend and the Poet.* London: Heinemann, 1960.

Sinclair, Andrew. *Dylan Thomas: No Man More Magical.* New York: Holt, Rinehart and Winston, 1975.

Thomas, Dylan. *Portrait of the Artist as a Young Dog.* New York: New Direction, 1968. Abbreviated as *P.*

_____. *Adventures in the Skin Trade.* New York: New Direction. 1969. Abbreviated as *A.*

_____. *The Collected Poems.* New York: New Direction, 1957. Abbreviated as *CP.*

Treece, Henry. *Dylan Thomas: 'Dog Among the Fairies.'* London: Ernest Benn, 1957.

■ ■

영미문학 자세히 읽기

인쇄 · 2002년 11월 30일
발행 · 2002년 12월 5일

저 자 · 이 세 규
펴낸이 · 김 진 수
펴낸곳 · **한국문화사**
주소 · 서울특별시 성동구 성수1가2동 656-1683번지 두앤캔B/D 502호
전화 · (02)464-7708 / 3409-4488
팩시밀리 · (02)499-0846
등록번호 · 제2-1276호
등록일 · 1991년 11월 9일
홈페이지 · www.hankookmunhwasa.co.kr
이메일 · hkm77@korea.com
가격 · 13,000원
잘못 만들어진 책은 바꾸어 드립니다.
이 책의 내용은 저작권법에 따라 보호받고 있습니다.
Copyright ⓒ 한국문화사

ISBN 89-7735-957-0 93840